The Other Guy's Bride
by Connie Brockway

偽りの花嫁と夢の続きを

コニー・ブロックウェイ
平林 祥[訳]

ライムブックス

THE OTHER GUY'S BRIDE
by
Connie Brockway

偽りの花嫁と夢の続きを

主要登場人物

ジネス（ジニー）・ブラクストン……エジプト考古学一家に生まれ、学者を目指す女性
ジェームズ（ジム）・オーエンス……フランス外人部隊の元兵士
ミルドレッド・ウィンペルホール……婚約者の待つエジプトへ向かう令嬢
ヒリヤード・ポンフリー陸軍大佐……ミルドレッドの婚約者
ロバート・カーライル卿……ジネスの曾祖父
ジェフリー・タインズバロー……ケンブリッジ大学の古代史教授
ハージ・エルカマル……ジネスの幼なじみ
マギ……ハージのおば
アルシア……ジムの祖母
ヴァンサン・ラ・ブーフ……盗掘品の売買人
ハリー・ブラクストン……ジネスの父
デズデモーナ（ディジー）・ブラクストン……ジネスの母

プロローグ

一八九七年　スーダン　サハラ砂漠

「フランス外人部隊に入隊し」泥と血にまみれた若い男はつぶやきながら、ライフル銃に弾を装塡《そうてん》した。「あげくに命を落としたら、さすがに彼女も悲しんでくれるだろう」背嚢《はいのう》の奥のほうからもうひとつ弾を取りだし、弾倉に押しこむ。「問題は、悲しむ顔すら見られないってことだ、くそっ」

深呼吸をしてから五まで数え、巨岩の陰から頭だけ出して数発撃ち、反英・反エジプトを唱えて聖戦《ジハード》を展開するマフディストの連中がどの岩陰に身を潜めているのか探る。銃声が何十発と返ってきて、砕けた岩のかけらが男の顔を打った。すかさず頭を引き、男は荒い息をついた。

とりあえず敵の銃は五丁まで数えたが、少なく見積もっても一〇丁はあるだろう。敵の攻撃が始まってから二日目。こちらはゆうべの時点から、男がひとりで応戦している。部隊の仲間たちは、みな死んだ。

男の背中を汗が伝い、シャツににじむ。細めた目で遠くを見やれば、手のひらの半分ほどの大きさの太陽が、西の地平線を焼き焦がしていた。男の顔は水ぶくれができるほど日に焼けている。銃創の残る左腕は、ライフルを肩にかけるたびに悲鳴をあげる。だがそんなものは、折れた鎖骨の痛みに比べればかゆみ程度でしかない。男は四八時間、一睡もしていなかった。攻撃を受けたときは身を低くして、水辺ではいっそう低くして、ひたすらに走りつづけてきた。南と北と東から、少なくとも五人のマフディストが彼を仕留めようと狙っていた。そして数百キロにわたって西に広がる砂漠もまた、彼の命を奪おうとしている。

前途有望とは言えない。

あと半時もすれば夕暮れがやってきて、悪い状況は、最悪の状況へと変わる。日中は地獄同然だが、岩陰に入れば陽射しを避けることができる。それよりも恐ろしいのは夜だ。気温が急激に下がって寒さが骨の髄まで浸みこみ、歯の根が合わなくなって、あたかもピットブルテリアにかまれたぬいぐるみのように全身を震わせることになる。自分がもう一晩生き延びられるとは、とうてい思えない。反撃に出るなら、いましかない。

彼にはまともな計画などなかった。ほとんど思いつきで行動する彼の最後に選択した道が、フランス外人部隊への入隊だった――フランス人でもなければ、部隊をろくに知りもしないのに。だが、ほかに選択肢はなかった。

背嚢をひっくりかえして、残りの弾を取りだす。折りたたみナイフを開くと、弾の先端をはずし、この一年間というもの心臓のすぐそばに忍ばせつづけてきたぼろぼろの手紙を広げてそこへ火薬を出した。火薬の下からのぞく流麗な署名を眺めながら、彼は思った。これでようやく、いまいましい紙切れの使い道が見つかった、と。

　便箋の二枚目を四角形にちぎり、少量の火薬をつつんでは紙をひねって、即席の点火プラグをいくつも作る。

「外人部隊の一員となり、この目で世界を見、栄光のうちに死す、か！」作業をつづけながら、彼はひとりごちた。目にすることができた世界は、焼け焦げた砂漠また砂漠ばかり。栄光については……と考えながら周囲を見まわす。そんなものはここにない。あるのは幾体もの、名もなき哀れなきがらだけだ。彼がその一体にならずにすんでいるのも、ただの偶然にすぎない。

「おあいにくさまだな、ばあさん」彼はつぶやいた。手紙の差出人であるシャーロットから、彼女に手紙を書かせた張本人……アルシアへと意識を移す。彼の後見人であり、番人であり、宿敵である祖母へと。あの意地の悪いご老体はシャーロットに教えたのだ。ジムは庶子だから、名前も社交界における地位も財産も、なにひとつ継げないのだと。そうしてシャーロットはご老体の話を信じた。なぜなら、老婆には名前も地位も財産もあったから。

　祖母に直談判を試みたところ、わたくしの意図に反するいっさいを排除し、退け、阻止しますよ、と言われた。祖母の意図とは一族の名をさらに高めることであり、そのためには、ジムは祖母の選んだ時期に、祖母の選んだ相手と結婚しなければならないのだった。さらに祖母はつけくわえた。わたくしの決める人生から逃れる方法はただひとつ、死ぬことですよ、と。

彼は祖母にこう応じた……あなたの言いなりには絶対にならない、操り人形になるくらいなら死んだほうがましです。すると祖母は彼の瞳をじっと見据え、わたくしとしても、おまえが死んでくれたほうがずっといい、義弟のジョックのほうが、一族の名を継ぐにふさわしいから、とやりかえした。

というわけで、彼は祖母と取引をした——名前を捨て、故郷を離れて永久に行方をくらまし、死んであげましょう。いずれ裁判所が行方不明となったおれの死を宣告し、そうすれば、おれが継ぐはずだったすべてはジョックのものとなる。その代わりにあなたは、おれの母から持参金として贈られ、夫の死後はみずから継いだ土地を、ニューメキシコ準州に住むおれの母方に返す。

祖母は彼の提案に飛びついた。

そんなわけで約一年前、かつての彼は死に、ジェームズ・オーエンスと名乗る男が誕生した。前世から捨てずに取っておいたものは、シャーロットからの別れの手紙だけだった。だがそれすらも、間もなく消えてなくなろうとしている。

「救いようのないばかだな」彼はつぶやき、愛馬を悲しげに見やった。騎乗中に撃たれ、すでに息絶えている。「そんなに死にたけりゃ、タワーブリッジから飛びおりればよかったんだ。そうすれば、少なくとも馬を死なせずにすんだ」

火薬をすべてつつみ終えた彼は、ぼろぼろのシャツの裾を引き裂いた。裂いた布をさらに細く引き裂いて紐状にし、結び目に点火プラグを仕込みながら紐と紐を結んで、導火線を作る。すべて結び終えたところで、導火線に薬筒のグリースをくまなく塗った。

一連の作業を終えると、シャツとブーツを脱ぎ、ベルトもはずした。陽射しを反射するおそれがあるからだ。作戦はごく単純なものだった。西に落ちる日がつかの間、敵の目をくらますそのとき、導火線に火をつけ、一〇〇メートル先に見える窪地へと匍匐《ほふく》前進で逃げるのだ。窪地に到着するころには、火は火薬を仕込んだ点火プラグまで届き、つづけて次の点火プラグへと進んでいる。敵がこの巨岩を監視しつつ、最後のあがきで弾をむだに撃ちつづけているとかんちがいしてくれているうちに、彼はこっそりと野営地を目指し、残しておいた馬の一頭に乗って逃れる算段だ。

理論どおりにいくかは不明である。

そもそも、窪地まで匍匐前進する彼の姿を隠してしまうほど、鮮やかな夕日が照ってくれるのかどうか。それに、シャツにちゃんと火がつくか、ついたとしてどのくらいの速さで燃え進むのかもわからない。間にあわせの点火プラグが、果たしてライフルの銃声に似た音をたてるのかどうかも。そこまでが上首尾に運んだところで、この作戦が成功するかどうかはけっきょく自分しだいだ。彼は折れた鎖骨と役立たずの片腕で、手綱はあっても鞍はない馬にまたがり、追跡者たちに気づかれる前に十分な距離を稼がなくてはならない。

前途有望とは、まったく言えない。

とはいえ、馬の扱いなら得意だ。大の得意と言っていい。なにしろ子どものころ、叔父の下で働くコマンチ族のカウボーイたち、つまり世界一の馬乗りたちに手ほどきを受けたのだから。問題は、この場で通用する腕前かどうかだ。

彼は顔をあげた。太陽は地平線の上でたゆたい、イスラムの天女フーリーのヴェールのように鮮やかに、優美に、空を赤く染めあげている。いまがチャンスだ。あるいは、人生最後のチャンスかもしれないが。彼は天を仰ぎ、目を閉じた。

二〇歳。まだ死にたくはない。

「神よ、いまここで逃げおおせることができたなら、二度と愛のために愚かなまねをしたりしません」

目を開け、腹ばいになり、彼は匍匐前進を開始した。

1

愛らしい恐れを知らぬヒロインは彼女の未熟な心に、かつて覚えたことがないほど深く大きな喜びがわき起こった！

――ジネス・ブラクストンの創作日記より

一九〇五年　エジプトはアレクサンドリアに向かう英国旅客船リドニア号にて

「人間は船酔いで死んだりしないものよ、ミス・ウィンペルホール」

ジネス・ブラクストンは励ました。そう言いきっていいものかどうか、われながらよくわからない。けれどもジネスは昔から、「それはちがう」と断言できないかぎり嘘ではないと思っている。残念ながら彼女の励ましは、相手を元気づけるどころか、ますます意気消沈させたようだが。

「死んだほうがましですわ」ジネスより少し年上のミス・ウィンペルホールは寝台の柵をつかんで、うつ伏せの状態からわずかに身を起こした。長い赤毛が、船の揺れに合わせて上下左右になびく。「死が……救済となるのですわ」

ジネスは相手の手を軽くたたいた。この四日間、似たような繰り言をずっと聞かされてきた。令嬢に大いに同情はするが、気持ちを理解することはできない。ジネスは、自分でもうんざりするほどの健康体だった。

ジネスは床に置かれた磁器のたらいを伸ばした片足で引き寄せ、端をつかんで差しだした。ミス・ウィンペルホールが首を振り、固く目を閉じる。しばらくしてから、彼女は寝台に突っ伏した。

「ご迷惑をおかけしてごめんなさい、ミス・ブラクストン。でも、ほんとうに気分が悪くて」

「気にしないで」

ミルドレッド・ウィンペルホール嬢ほどしとやかで控えめな人に、ジネスはかつて出会ったことがない。自分自身も家族もそのような特質はいっさい持ちあわせていないので、ジネスはミス・ウィンペルホールのつつましさにすっかり魅了されていた。だがそれ以上に魅了されたのは、相手の問わず語りの内容だった。令嬢は婚約者のもとへ、エジプトの英国駐屯隊を率いる指揮官のもとへ、結婚式を挙げるため向かう途中なのだという。つまりミルドレッド・ウィンペルホール嬢は、正真正銘の「ヒロイン」なのだ。

「ヒロイン」はジネスの憧れだ。姉妹のいないジネスは、六人の小汚い弟たちに囲まれたいまいましい現実に背を向け、書物の世界へ、おならもげっぷもしない、気高くも勇敢な男たちばかりが登場する書物の世界へと逃げこんだ。エジプトから英国への帰国を余儀なくされると、みずから冒険譚《たん》を書いて望郷の思いを癒やすようになった。一度だけだが、作品がタブロイド紙に掲載されたこともある。

そうした嗜好を、彼女はけっしておおっぴらにはしていない。自分の胸のなかだけにとどめている。ロマンチックな心と知性を同時に兼ね備えるのはまず不可能だと、普通の人は考えるらしい。男性はとくにそうだ。だから、学者として名を成すまで、ジネスはいっさいの悪評を避けなければならない。

ミス・ウィンペルホールがまたうめいた。「ここは地獄なのだわ」と情けない声でつぶやく。「ここは地獄で、わたしは永遠にこの苦しみを味わ、味わ、味わ――」みなまで言うことはできなかった。ジネスが磁器のたらいをまだ持っていたのは、じつに幸いだった。

「ここが地獄なら」数分後、ジネスは口を開いた。「悪魔はわたしのほうだわ。でも、まさかね」ありえないとばかりに、くすくす笑う。「冗談じゃないわ。わたしが悪魔だなんて」

みずから片手を振って、ジネス悪魔説を打ち消す。「たしかに小さいころは、子どもらしくいたずらにふけっていたわ」軽い口調で言いたかったのに、思いがけず重たい声音になってしまった。「だからといって、悪魔呼ばわりされるほどじゃなかった」

あらためて、軽い声音を作る。

「あくまで、子どものころの話ね。ずっと、ずうっと昔の話」

弱々しい笑みが、令嬢の口元に浮かぶ。

「ずっと昔？　まだとってもお若いのに」

「もう二一歳よ。しかも古代史の学位を持っていて、新たに別の学位取得も目指してる」そしてすべてが順調に運べば、じきに考古学の世界で名をあげることができる。

一家の名誉となれる。

「そうでしたの」と応じる声にはかすかに非難の色がにじんでいた。「それでも、わたしにとってあなたは慈悲深い天使のような方ですわ。最初の寄港先で、あの信用ならないメイドが逃げて以来ずっとよくしてくださった。それにしても、メイドもつけずに旅をなさるあなたには驚いたわ」

「メイドなんて、つけたことないもの」ジネスのメイドとして適任かつやる気のある人材を、家族は見つけられなかったのだ。当のジネスはそのことをありがたく思っている。四六時中、他人につけまわされるなどごめんだ。

「そうでしたの」ミス・ウィンペルホールはうなずいた。「いずれにしても、神に感謝しなくては。わたしのとなりの客室と、わたしの苦悩にいち早く気づく非凡な才能を、神はあなたにお与えくださったのだもの」

非凡な才能などではない。単に、客室と客室のあいだの壁が薄いだけのことだ。

ふいに大波が舷窓《げんそう》を打ち、船体が大きく横に揺れる。衣装棚の扉が勢いよく開き、ミス・ウィンペルホールの衣類が床にぶちまけられる。

令嬢が蒼白になり、手近なタオルを手探りして口元を押さえる。

「死んでしまいたい。お願いだから、もう死なせて――」

「婚約者の話をもっと聞かせて？」ジネスは促し、よろめきながら部屋の向こうに行って、ミス・ウィンペルホールの衣類を拾った。「六年前に婚約したときから、お相手はずっとエジプトに赴任したきりなんでしょう？」

「わたしったら、そんな話まで？」

「そうよ。六年間、さぞかしつらかったでしょうね」

「ええ。でも、まるきり会えなかったわけではないんですの」令嬢が片手を伸ばし、ジネスがその手に水の入ったグラスを持たせる。一口飲んでから、話が再開された。「二年前も、彼のお父上が亡くなられて四カ月間の賜暇《しか》を取ることができましたし」

「だけど、さびしかったでしょう？　婚約者の方もきっとそうだったろうと思うわ。わたし自身は、愛するものとそんなに長いあいだ離れて暮らすのがどんなものか想像もつかないけど」幸いジネスは、休暇時に愛するエジプトを訪問することを許されているのだ。

「人生に犠牲はつきものですわ」ミス・ウィンペルホールが言う。「ポンフリー卿も英国に留まっていたら、あれほど短期間のうちに陸軍大佐という立場を手に入れることはできなかったでしょう」

「もっと早くお式を挙げればよかったのに。あなたが奥様なら、お相手の方ももっと早く昇進できたはずよ」ジネスは用心深く言葉を選んだ。彼女には、やたらとおせっかいな一面がある。「他人の生き方にむやみに関心を示すレディらしからぬふるまい」は、ジネスの数ある欠点のひとつだ。どうしてもその一面を抑えることができない。人という生き物は、彼女にとって尽きせぬ好奇心の源なのだ。

幸い、令嬢はおせっかいな言葉に気を悪くすることもなく応じてくれた。

「軍は、下級士官の結婚にいい顔をしませんの。戦場で義務を遂行するうえで妨げになるからですわ。でもある程度の階級まで昇ってしまえば、むしろ結婚したほうが落ち着くと推奨されるのです。ポンフリー卿からいただいた、結婚を申し込むお手紙にも書いてありました。上官の方も、部下の結婚を心から喜んでくださっているって」

ジネスはごく小さくほほえんだ。自分なら、手紙で結婚を申し込まれたいとは思わない。そもそも、上官を喜ばせるために結婚しようというのがいただけない。むろん、自分は批判などできる立場ではないのだが。

「でも、どうしてそれほど短期間のうちに昇進できたの？　さぞかし立派な功績を残されたんでしょうね」

海の荒れはややおさまったようだ。ミス・ウィンペルホールは会話で気をそらせるのがありがたいらしく、長々と説明を始めた。ジネスはといえば、じつはポンフリー卿の話はすでにさんざん聞かされたあとなので、室内の片づけをつづけながら、まるで別のことを考えていた。

今日の夜にはイタリアのチヴィタヴェッキアに寄港し、そこからいよいよエジプトへと最後の船路に出ることになる。カイロに到着したら、ジネスは人夫とポーターをなんとしてでも雇い入れ、発掘現場へと向かわなければならない――ここまでは基本的に、軍資金さえあれば難しい話ではない。

問題は二点。第一に、ジネスは軍資金を持っていない。第二に、彼女が発掘を考えている場所ははるかサハラ砂漠にある。資金がなんとかなっても、カイロの人間に砂漠を渡る案内役を請うのはまず無理だろう。彼女がいくら謝礼金を積もうが、まともな頭の持ち主であれば、ハリー・ブラクストンの娘をそのような危険にさらすまねはしない。父の賛同を得たうえだと言い張ったところで、エジプト人はそう簡単に騙されない。

だったら、素性を隠して運命とおのれの頭脳にすべてをゆだねればいいだけのこと。タインズバロー教授の助手もどきとして、どこかの発掘隊の船荷証券をうんざりする思いで作成しながら、あっと驚く発見をものすことなどできるわけがない。当初はジネス自身、エジプト最大の伝説のひとつがどこにあるのか、そのヒントを自分が見つけられるなどとは思ってもいなかった。その伝説は、ゼルズラと呼ばれている。白い都市ゼルズラと。小鳥のオアシスと。あるいは、双子の黒い巨人に守られながら、死せる王と王妃が住まう場所と。

タインズバロー教授にヒントを見つけたと話してみると、そんなものは希望的観測にすぎない、さらなる調査の必要性はないと一蹴され、夕食に誘われた。

心底がっかりした。ケンブリッジ大学始まって以来の若くして功成り名遂げた教授であるタインズバローのことは、ジネスだって嫌いではなかった。教授にも、助手である自分の技量を買われていると思いこんでいた。だがけっきょくは教授もほかの殿方と同じ。ジネス・

ブラクストンはなにもできないと見くだしている。

というわけで彼女は助手をやめ、自力で調査を開始した。数カ月にわたって調査を重ね、さらに裏を取り、念入りに検討し、情報をもとに推理を進め、ついにパズルのピースを組みあげることに成功した。

みずからの発見をジネスは誰にも話していない。考古学研究の仲間たちにも、教授たちにも。当然ながら家族にも。家族は大切だが、ジネスはぜひとも、いや、なんとしてでも、ブラクストン家の日陰者から卒業して、本領を発揮しなければならないのだ。

父はエジプトにおける遺跡発掘の第一人者。母は古代エジプト詩の翻訳者として、世界的に名を知られた言語学の大家。曾祖父のロバート・カーライル卿はエジプト古文書の世界的権威。そして長男の(といっても彼女よりふたつ年下の)ソーンは、古代エジプトにおける死体防腐処理技術の専門家を目指している。ジネスは弟の専門分野を気味悪く思っているが、家族はみな賛意を示している。さらに弟のフランシスは弱冠一八歳にして、偽造遺物を見分ける人並みはずれた才能で近ごろ世に出はじめた。ちなみに、弟はおそらくその才能を、みずから偽造を手がけることで磨いたのではないかとジネスは踏んでいる。

そして当のジネスは……?

彼女について世に知られていることといったら、幼いころの度重なる不運ばかり。それが原因で彼女は、エジプト語で悪魔や悪童を意味する〝ジン〟だの〝アフリート〟だのといったあだ名をつけられ、英国の寄宿学校に送られてしまった。両親からは、おまえの身の安全のためだと言われたが、ジネスはいつだって流刑者のように感じていた。英国での彼女は、なにかにつけて「やりすぎ」、あるいは「やらなすぎ」だった。おかげで物心ついてからずっと、変わり者と呼ばれている。

だが、その呼び名とももうお別れだ。

これからは、才能ある考古学者と呼ばれるのだ。そのためにはまず、ゼルズラを発見しなければならない。あのタインズバロー教授よりも先に。学友のひとりが教えてくれた——教授が図書館の古文書保管室に何時間もこもって、ジネスが調べていたのと同じ文献を読みふけっていたと。

その話を聞いたあと、カイロに住む曾祖父のロバート卿から手紙が届いた。年末に開館予定のブラク博物館が研修生を募集しており、曾孫のために、古代遺物の責任者との面談を取りつけてくれたというのだ。おかげでこうしてエジプトに戻る機会が得られた。やはり運命は、ジネスを白い都市ゼルズラの発見者として定めているらしい。これでついに彼女も、幼いころからの悪運をすべて振り払い、笑いの種だの不安の種だのといった呼び名を捨てて、人びとの賞賛と尊敬を集める存在となれる。高名なるブラクストン家で、自分にふさわしい場所をいよいよ手に入れることができるのだ。

「——それで大佐に昇進って、変だと思いませんこと？　むしろ、周囲の期待よりは時間がかかったのかもしれませんわ。もちろん、わたしは軍の判断についてとやかく言える立場ではありませんけれど」

ミス・ウィンペルホールの問いかけに、ジネスは現実へと引き戻された。

「ええ、そう、そうね、そのとおりだわ。だんな様になる殿方は、誰よりも颯爽とした人がいいものね」

「颯爽とした？」ミス・ウィンペルホールはおうむがえしに言った。「いいえ、そういう話ではありませんわ。夫になる方に、そんな一面は不要です。わざわざ言うまでもないでしょうけれど」

ジネスは無言で応じた。夫となる殿方には、颯爽たる風采は絶対に欠かせないと考えていたのだ。

「なんてこと……」令嬢は軽く舌打ちをした。「必要だとおっしゃりたいのね。こうなったら、思いきって助言させていただくわ、ミス・ブラクストン」弱々しい声が、ひそひそ声に変わる。「よく聞いてちょうだい。殿方の〝高潔さ〟よりも〝颯爽たる風采〟を重んじたばかりに、悲劇的な結末を迎えたいとこの話よ」

ジネスは大いに好奇心をかきたてられた。一言たりとも聞き逃すまいと、身を乗りだす。

「ぜひ聞かせて」

令嬢がうなずいて、あとをつづける。

「いとこが婚約した相手は、当人の言い分とはまるで正反対の方でしたの。結婚する前に、すべてが明るみになったのは幸いでしたわ」

「悲劇的な結末というのは？」ジネスはたまらず問いただした。

なぜいちいち訊くの、とばかりにミス・ウィンペルホールがいぶかしげに見つめてくる。

「もちろん、スキャンダルに決まっているじゃありませんか。おかげで次の社交シーズンには、いとこはロンドンに行くことすら許されなかったんです」

それが、悲劇的な結末？　家から出られなかったことが？

ミス・ウィンペルホールは重々しくうなずいた。

「これであなたもおわかりになったでしょう？　颯爽とした紳士には、よくよく気をつけたほうがよろしくてよ」

ジネスはいまだかつて、颯爽とした紳士になど出会ったことがない。いや、紳士の知りあい自体がタインズバロー教授と父くらいのもので、しかもそのふたりともがなぜか、紳士と呼ばれるのを拒むとくる。できることなら、朝目覚めるなり埃まみれの古文書だの、古代の壺の破片だの、ミイラの手足だののことを考えない殿方と、お近づきになりたいものだ。

「颯爽としていようが、いまいが」ジネスは口を開いた。「婚約者の大佐は、あなたにとても会いたがっているのでしょう？　大佐はきっと、桟橋でもどかしげに足踏みをしたり、両手を揉みあわせたりしながら、港に入ってくる船という船を切望をこめた瞳で見つめ、あなたの到着を待ちつづけるのだわ」うらやましそうに、ため息をもらす。「そうしてついにあなたを見つけ、両の腕であなたを抱きあげて――」

「まさか」令嬢がさえぎる。「ポンフリー大佐は人前でそんな下品なまねはしない方ですわ。どんなときでも、威厳というものを忘れない方。わたしも、そうありたいと願っています」

どうやら先ほどまでの悲嘆は消えたようだ。「そもそも、大佐は出迎えにはいらっしゃらない予定ですし」

「そうなの？」

「婚約者の出迎えなんかのために、指揮官としての義務を忘れ、駐屯隊を放りだすわけにはいきませんもの。大佐にふさわしいふるまいとは言えませんわ。わたしも、出迎えなどお願いするつもりはありません」

「でしょうね」

「でも、代わりの出迎えの方を寄越してくださるそうよ」

「代わりの方？」

ミス・ウィンペルホールは小さく身震いした。

「ええ。大佐によると、少々評判のよろしくない殿方らしいけれど」

ジネスは眉根を寄せた。

「おかしな話ね。評判のよろしくない殿方に、あなたのお世話を命じたりするなんて」

さりげない非難の言葉に、令嬢は顔を赤らめた。

「ポンフリー大佐は……ちゃんと事情を説明してくださいましたわ。だから、ちっともおかしな話ではありません。ほら、これを読んでちょうだい。大佐からの手紙ですわ。わたしよりもずっと達筆で」枕の下に手を挿し入れ、何度も読んだとおぼしき手紙を引きだして、最後の一枚だけをジネスに差しだす。

走らせた。

「そんな……ふたりの手紙を読むわけには……」と一応は拒みつつ、ジネスは読む気まんまんだ。最初はためらいを見せながらも、ひったくらんばかりの勢いで受け取り、文面に目を走らせた。

アレクサンドリアに到着したら、カイロ行きの列車に乗りたまえ。カイロでジェームズ・オーエンスという男がきみを出迎え、駐屯地まで案内してくれるはずだ。オーエンスは米国育ちの長身に金髪のカウボーイでいかにも粗暴そうだが、それも見た目だけのことなので、警戒するにはあたらない。第一級の無法者にはちがいないものの、命を救ってやったわたしに恩を感じ、それを返す機会をずっと求めていたという男だ。またオーエンスには、五、六名の兵士も同行させることになっている。

カウボーイ！　ごろつきのカウボーイですって！　大衆小説の愛読者であるジネスの想像力はたちまちふくれあがった。頭には黒のテンガロンハット、肩には投げ縄、足元には拍車。鋭い目をした、褐色の肌のたくましい男《オンブレ》。胸を高鳴らせつつ、彼女は読み進めた。

きみが無事にわたしのもとへ来られるよう、できることなら全部隊を出迎えに行かせたいところだ。だがそんなことをすれば、かえって砂漠に住む無法の民たちの注意を引くことになる。もちろん、途上で万一そんなやからに出くわしたときには、部下たちが抜かりなく対応する。だが万一のことがないかぎり、ここではできるだけ目立った行動は避けるよう指示を受けている。そのようなわけで今回は遺憾ながら、オーエンスに託すことにした。彼ならば、砂漠で楽な獲物を探すならず者たちともいわばお仲間だから安心だ。「ジャッカルから身を守るには、より邪悪なジャッカルを飼うべし」とことわざにも言うからね。

しかも、ならず者だなんて！　ときめくわ！　でも肝心のミス・ウィンペルホールは、さぞかし不快に思っていることだろう。

オーエンスが一緒ならきっと安全だ。とはいえ、彼とは極力、交流しないよう。粗野で無礼な男だから、かえってきみが気分を害することになる。

さて、そろそろ仕事に戻らなければ。ミルドレッド、きみに会える日を心待ちにしている。会うときは、黄色い服は避けてほしい。黄色はどうも苦手だ。ダークブルーあたりがいいんじゃないだろうか？

敬具

ヒリヤード・ポンフリー大佐

二年ぶりに会う婚約者宛ての手紙にしては、どうもそっけない締めくくり方だ。もう少しなんというか……色っぽい終わり方のほうがいい気がする。むろん、ジネスがとやかく言うことではない。いまだかつて求愛された経験もなく、書物のなかで幾人かの自称放蕩者と出会っただけで、そういう魅力のかけらもないジネスに。

彼女は長身で、筋肉質な体格だ。すぐに日に焼けるので色白ではないし、幼いころには亜麻色だった髪もいつの間にかなんの変哲もない茶色に変わってしまった。鼻の大きさや形は母親から「フィレンツェ風」と褒められるが、単に大きいというだけだ。同様に、口もまた厚くて横に大きい。唯一自慢できるのは、青とも緑とも言いきれない個性的な色の瞳くらいだ。

とはいえ、自分の容姿が嫌いなわけではない。筋肉質な長身だって、厄介な相手と対するときには、手ごわそうな印象を与えるのに利用できる。

目の前で船酔いに苦しむミス・ウィンペルホールのようなレディのことは、きっと誰も「手ごわそう」などとは思わないのだろう。赤毛がちょっと気になるが、色白でペールブルーの瞳のミス・ウィンペルホールは全体に小作りな、優しげな容姿をしており、大波に揺られて涙を浮かべるさまは、いかにもはかなげだ。寝台の下から小瓶がひとつ転がりでてきて、ジネスは上の空でそれをつかみ、ふとラベルを読んだ。

これは……。どうやら美しい赤毛は、自前のものではないらしい。ヘンナの粉末が入った小瓶を、ジネスは慌ててポケットにしまった。髪を染めているのがばれたとわかったら、哀れなレディはきっと動揺するはずだ。

「これで、なんの心配もいらないのだと、おわかりになったでしょう？」令嬢は問いかけ、少々不満げにつけくわえた。「もちろん、ミスター・オーエンスがもっと感じのよさそうな人だったらとは思いますわ。わたし、臆病者ですから。あなたは全然そんなことはなさそうですわね、ミス・ブラクストン。あなたなら、ミスター・オーエンスみたいな殿方にもうまく対処できそうだわ」

たしかに。

「ジブラルタルで、あの予定外の寄港を船長に納得させた手腕を見ただけでわかりますわ。ああ、いっそあのとき下船してしまえばよかった」

「弱音を吐いてはだめよ、ミス・ウィンペルホール。じきにイタリアに着くわ。あと数時間の辛抱よ」

「数時間ですって？　わたし、そんなにもちません」

「ばかなことを言わないの」ジネスは励ました。「胃のなかのものを出してしまえば、すっきりするはず――」

ミス・ウィンペルホールがたらいをひっつかむ。ずいぶん経ってから、彼女は打ちひしがれたまなざしをジネスに向けた。唇はわなわなと震えている。

「これ以上耐えられませんわ！」

「あなたなら耐えられるわ。ずっとそばにいてあげるから、ね？」

「ずっと？　ずっと、ずっと……海の上だなんて！」令嬢は息をのみ、額に玉の汗をにじませた。「船なんて……もういやよ。あと一秒たりともいられませんわ」

「落ち着いて――」

「いやよ、もういや」と拒絶する口調は、聞いたこともないほどきっぱりとしている。「いっそ死んでしまいたい」

「死ぬ気になれば、なんでもできるでしょう？」

「だったら、イタリアで船をおり、列車でもなんでもいいから、とにかく別の方法でエジプトに向かいますわ。手を貸してくださるでしょう？」

「もちろん」ジネスは請けあった。「だけど、どこまで手を貸せるか……。まずは荷物を運んでくれるポーターを見つけなくちゃ」

「ああ、なんだかうまくいきそうに思えてきましたわ」

「この世にそうそう難しいことなんてないもの」ジネスは応じつつ、つかの間、ゼルズラ行きをめぐる困難に思いをはせた。

「でも、船長に下船を止められたらどうしましょう。それに、たとえ相手がポーターだろうと、わたしはあなたとちがって殿方にものを頼むのも苦手で」

「頼む必要なんてないの。命令すればいいのよ。男性はね、選択肢を与えられると困ってしまうの。はっきりとした指示を求めるものなのよ」

「その若さで、男性の気持ちをずいぶんよくわかっていらっしゃるのね」

「弟が六人もいれば、男性のものの考え方も見えてくるものよ。正直言って、大して深みのある領域でもなければ、興味深い分野でもないけれど。それで、具体的にはわたしにどうしてほしいの？」

「わたしが下船したあとで、船長に手紙を渡してちょうだい。事情はすべてそこに書いておきます。そしてカイロに到着したら、ミスター・オーエンスにも手紙を渡してちょうだい。一生恩に着ますわ」

「ポンフリー大佐には？　どうやって彼に連絡を……駐屯地はどこなの？」

「フォート・ゴードンですわ」ミス・ウィンペルホールは即答した。「電報を打てば大丈夫だと思いますの……ミス・ブラクストン、どうかなさった？　おかしな顔をして」

フォート・ゴードンはたしか、エジプト最西部に広がる砂漠の、小さなオアシスに位置するはずだ。ゼルズラがあるはずの場所から、五〇キロほどの小さなオアシスに。

これは運命だ。定めなのだ。

「ミス・ブラクストン？」

「ああ、ええ、なんでもないの」ジネスは応じた。「ちょっとめまいがして」頭のなかではさまざまな考えが駆けめぐっていた。この状況を利用するにはどうすればいいのかと、何十もの作戦を電光石火の速さで思いついてはあきらめ、ついにこれだという案にたどり着く。

「ミス・ウィンペルホール」ジネスはきっぱりとした口調で呼びかけた。「なにもかも、わたしに任せてちょうだい。ポーターを見つけて荷物を運ばせ、船長とミスター・オーエンスに手紙を渡し、エジプトまでの列車の切符を買い、駅までの足も手配するわ。それとね、イタリアに着いてからご自分で電報を打ちに行くのはよしたほうがいいわよ。電報局は怖い場所らしいから。なんでもあちらの殿方は……手が早いらしくて」

令嬢が小さな悲鳴をあげる。ジネスは内心、イタリアの全男性に謝った。

「そもそもあなた、イタリア語はわかるの？　わからないのでしょう？　やっぱり……。わたしはわかるわ。だから、フォート・ゴードンへの電報もわたしが打つということでいいかしら？」

「まあ、お願いしてもよろしいの？」令嬢はジネスの両手を握りしめた。「どうご恩返しをすればいいのか、わからないくらいですわ！」

「いいの、気にしないで」ジネスは心からの笑みを浮かべた。「お返しなら、もういただいたから」

彼の険しい顔は陽射しによって褐色に焼け、風によってしわを刻まれ、沈黙と孤独の日々がもたらしたのだろう、超然とした静けさを浮かべてたたえていた。

——ジネス・ブラクストンの創作日記より

2

列車の窓に頬を寄せ、ジネスはかすかにほほえんだ。街の新興区域、この街らしくない区域を通らねばならないとはいえ、とにもかくにもここはカイロだ。ジネスは故郷に帰ってきたのだ。

尖塔《ミナレット》が、ほっそりとした指のように天を指している。その下に見える寺院《モスク》の丸いドームは、ハーレムの女性たちの胸のように白くつややかに輝いている。南を向けば、そこには旧市街が広がり、曲がりくねった路地やわだちのできた小道が、独特の喧騒にわきかえっている。旧市街は、家々が整然と並び、ネムノキが木陰を作る広い街路の延びる、不自然に作りこまれた欧州人の居住区域とは大ちがいだ。午後の風が通りの埃を巻きあげ、むきになって絨毯《じゅうたん》をたたく掃除魔のごとくカイロの街に埃を降らせて、灰色のとばりで覆いつくす。

洞穴を思わせるミスル駅に列車が入り、速度を落としたところで、ジネスは窓を持ちあげて首を出した。見おろしたプラットフォームは大勢の人でごったがえしている。これから列車に乗る旅行者、客を探すポーターたち、資格認定書の内容（だいたいはでっちあげだ）を大声で読みあげる観光案内人、「施しを《バクシーシ》」と叫ぶ物乞い、冷たいレモネードから甘ったるいパンまで、ありとあらゆるものを売る行商人たち。

彼らのなかのどこかに、ジェームズ・オーエンスがいる。

そう考えると、ジネスの鼓動は速さを増した。ミルドレッド・ウィンペルホールになりすますのは、別に罪でもなんでもないわ……彼女は自分に言い聞かせた。自分自身のためであるばかりか、粗野なカウボーイと二週間もともに過ごす悲劇からミス・ウィンペルホールを救うためでもあるのだから。

ミス・ウィンペルホールになりすますのは、ちっとも難しくなかった。あのしとやかなレディがイタリアで下船したあと、ジネスは船長に、「ミス・ジネス・ブラクストンは下船してリドニア号にはもう戻らない、列車で旅をつづけることになった」と伝えた。それから令嬢の荷物をすべて自分の客室に運びこみ、自分の荷物と交換しようとしたところで、ポーターがやってきて、室内の荷物という荷物をすべて埠頭に運びだしてしまった。運びだされる前に救出できたのは、自分の旅行かばんひとつだけ。だがこの小さな失敗以外は、完璧に事が運んだ。

ミス・ウィンペルホールの客室にいるのがほんとうにミス・ウィンペルホールかどうか、

たずねる者はひとりもいなかった。哀れなレディが、航海初日から船酔いで部屋に閉じこもっていたおかげである。食事を運んできたり、客室の清掃をしたりする乗務員たちも、半ば閉じられたカーテンの向こうで寝台に突っ伏すレディの赤毛を、ちらりと目にするくらいだった。

じつはその赤毛こそが、心配の種だった。ミス・ウィンペルホールから拝借したヘンナの粉末で、自分の髪もしっかり染まるかどうか半信半疑だった。けれども四日間で計八回、ヘンナを髪に塗布すると、見事な赤に染まってくれた。アレクサンドリアに到着後は、すぐに黒眼鏡を購入した。ポンフリー大佐がミスター・オーエンスに、婚約者の瞳の色はペールブルーだと話した可能性があるからだ。ジネスの瞳の色を、ペールブルーと言う人はまずいないだろう。

これまでの行程を思いかえしつつ、ジネスは上着のポケットから眼鏡を取りだしてかけた。たちまち自信がわいてくる。なりすまし作戦はきっとうまくいく。だがフォート・ゴードンに着いたあとは……？　まあなんとかなるだろう。彼女は運命に導かれてここまで来た。最後の最後になって、運に見放されるわけがない。

列車がきしみ音をたてながら止まり、しゅーっという音とともに蒸気を吐きだす。ジネスは立ちあがり、棚から旅行かばんをおろすと窓の外をのぞいて、粗暴な面立ちのアメリカ人を探した。欧州製とおぼしきスーツに身をつつんだハンサムな若いエジプト人が、窓下にぶらりと現れる。ジネスはぎくりとし、あらためてその青年を凝視した。

まさか。

いや、やはりまちがいない。

ハージ・エルカマルだ。

幼いころ、ジネスをいじめつづけた張本人。ハージは一〇代になるとおばのマギとともに、ジネスの曾祖父であるロバート卿の邸宅にしばしば居候するようになった。やがてロバート卿のお気に入りとなり、曾祖父が発掘した古文書の翻訳を手がけるにいたった。横柄で尊大で、腹立たしいほどの才能に恵まれたハージは、ジネスが褒められようとしてがんばるたびにばかにした。使用人たちの方言を彼女が使ったときには、いかにもおかしそうに大笑いした。猫のミイラを発見したときですら、どこにでもある代物だと軽んじたのだ。

ジネスは不快げに目を細めた。そもそもハージのせいで、エジプトから英国への流刑に遭ったのだ。古文書（といっても、実際にはさほど古いものではない）の倉庫に火をつけたのはジネスだと、彼が言いふらしたのが原因だ。

窓枠を指でたたきながら、彼女は考えをめぐらした。これは単なる偶然ではない。きっとハージは曾祖父に言われてジネスを探しにやってきたのだ。まったくいまいましい。だが数週間でカイロに到着するとイタリアから電報を打った時点で、こうなることを予期してしかるべきだった。あるいは、曾祖父のことだから電報をどこかに放っておき、それをハージが見たのかもしれない。ひょっとすると、曾祖父は電報を読んでもいない可能性がある。ロバート・カーライル卿という人は、パピルス紙よりも近代的な通信方法をことごとく嫌っている。葉書の誕生によって人類は文明的通信手段をついに失った、とまで言っているほどだ。

とにかく、ハージに見つかってはいけない。ジネスは慌てて帽子をかぶった。だが万一見られても、彼女だとは気づかれまい。六年間会わないあいだに、ジネスもすっかりおとなになった。いまでは彼女のほうが一〇センチは背が高そうだし、少女のころは金色だった髪も鮮やかな赤に染めてある。

哀れなハージ。今日一日、わたしを探して延々と列車を待ちつづければいい。

そのくらいの罰は受けて当然。

ジネスは窓から身を乗りだし、ほほえみをたたえた。ハージは群衆のなかを歩きながら、むなしく視線をさまよわせている。むだな努力だと気づいている様子もない。だが次の瞬間、ジネスは眉間にしわを寄せた。ハージが歩みを止め、長身に無帽、濃い金髪に三日は剃っていないとおぼしきひげに覆われた顔の、いかにも荒くれ者といった風情の男性に声をかける。

なんてこと。

ジネスはまじまじと男性を見つめた。まさにならず者だ。背は高く、肩は広く、筋骨たくましく、日焼けした髪がいやに長い。落ち着きはらった顔は険しく、濃い眉の下で淡灰色の瞳をいらだたしげに細めている。妥協を許さない、いかにも頑固そうな雰囲気。

しかも身なりがひどい。

しわくちゃの上着の下にのぞくシャツには汗染みが広がり、頑丈そうな革のサスペンダーでつったズボンはすり切れ、ズボンの裾をたくしこんだ膝丈の革のブーツも傷だらけだ。日に焼けた太い首には、砂漠の民の必需品、クーフィーヤと呼ばれる白黒のスカーフを巻いている。

ジネスは必死にプラットフォームに視線を走らせ、「第一級の無法者」がほかにいないかと探した。だがいなかった。ということは、あれがジェームズ・オーエンスだ。

見ていると、男性は背をもたせていた壁から離れ、ハージに歩み寄った。しなやかな身のこなしが、大型の猫を思わせる。大型の、危険な猫を。

いまいましいこと、このうえない。なぜエジプトでは、ならず者というならず者はみな顔見知りなのだろう。

細身だが均整のとれた体つきと、優美な彫りの深い面立ちを、きらめく瞳と波打つ巻き毛が際立たせている。

――ジネス・ブラクストンの創作日記より

3

「バーニーだろう？　ああ、やっぱり！　気でもちがったのかい？」

エジプト中でジム・オーエンスをバーニーと呼ぶ人間は、ひとりしかいない。ロンドンの法律事務所にみずからの死を知らせるよう、ハージ・エルカマルに頼んだりしたのが運のつき。あのときまでこのアフリカ大陸でジムの本名を知る者はいなかった。フランス外人部隊に入隊したときだって、偽名を使ったくらいだ。ハージにあんなことを頼んだのも、マムシに腕をかまれ、ほかに手を貸してくれそうな人間がいなかったからだ。あのときジムは、自身の死をなんとかしてジョックに知らせなければならないと必死だった。孫の死を知った祖母が大いに喜ぶだろうと思うと癪《しゃく》にさわったが。

ところが、マムシにかまれたら終わりだ、これがきみの運命だ、というハージの言葉に反し、ジムがこの世から消え去ることはなかった。そしてどうやらハージの記憶からも、消え去っていないらしい。

　ジムは周囲を見まわした。

「二度とバーニーと呼ばないでくれ。今度呼んだら、ただじゃおかない」

「了解。ではジェームズ、気でもちがったのかい？　警察署長が、今度きみが街に現れたら逮捕すると息巻いていたよ」

「そうらしいな」

「ラ・ブーフもきみを捜してる。なんのためかは、あえて言わないでおくけど、もちろんきみはとっくに知っているよね。それなのにどうして、わざわざ街に？」

　心配など無用だが、ハージの気持ちはありがたい。八年前に出会ってから、ハージはいつの間にかジムの共犯者から数少ない友人のひとりへと変わっていた。

「借りを返すためだ」

　ハージは目を細め、つづけて見開いた。

「嘘だろう！　まさか、あのいまいましいポンフリーのやつに？」

「ポンフリー大佐殿と言え、ああ、彼にだよ」

「あいつのせいで、きみは変わったね」

　ジムはなにも言わずにいた。八年前に砂漠で死にかけていたジムを救うのは、やはりほかならぬヒリヤード・ポンフリー陸軍大佐でなければならなかったのだ。あのしゃれ者の、恩着せがましく潔癖な聖人君子でなければ。ふたりは一目見て互いに嫌悪を抱き、以後、会ったり話したりするたびに嫌悪感を深めていった。それでもポンフリー大佐がジムを生かしつづけているのは、みずからの寛大さを示すためなのだろう。だからこそ、砂漠の果てで出くわしたときですら、大佐はジムのもとへ引き返し、死体同然の彼を街まで連れ帰ってくれたのだ。

大佐はきっと、本気で聖者の列にくわわるつもりにちがいない。そのために毎晩床にひざまずいては、まだ報われていないみずからの善行をひとつ残らず神に訴えているのではないだろうか。聖者候補一覧表で、おそらく大佐の名前はかなり上のほうに記されているはずだ。ここ数年間というもの、ジムはそんなふうに思っては、暴風に巻きあげられた砂に打たれたときのような、いらだちと腹立ちを覚えてきたのだった。

「あの借りをどうしてそこまでむきになって返そうとするのか、ぼくにはまったく理解できないね」ハージが言った。

「紳士たるもの、借りは必ず返すものさ。どんな種類の硬貨を使っても、どんなに時間がかかっても」ずっと昔に学んだ教訓、捨て去った人生のわずかな記憶のひとつだ。

「紳士か」ハージはわずかに嘲笑を浮かべた。「ポンフリーに紳士と思われているかどうかが、そんなに気になるのかい？」

「いいや」ジムは応じた。「大切なのは、自分で自分をどう思うかだけさ」

「なるほど！　例の、西部人の誇りを守るためってわけだね」ハージは陽気に言った。

ジムは反論しなかった。西部を舞台にした安っぽい小説を愛読しているハージの、夢を砕いてはかわいそうだ。

「それで、どうやって借りを返すんだい？　アヘンの運搬かな？　それともポンフリーの敵を代わりに殺してやるとか？」

ジムは片眉をつりあげた。まさか、自分はそこまで悪党だと思われているのだろうか。それとも、ハージにとっての「借りを返す」とは、そういうことを意味するのだろうか。

「大佐がおれに、非合法的な行為や、倫理に反することを命じると思うか？」

「もちろん。人が心から倫理を重んじるのは、理由があるときだけだからね」

ほんのつかの間、大佐が悪の親玉となったところを想像して楽しみ、すぐに現実へと立ちかえる。

「あいにくだな。ミイラ泥棒でも麻薬密売でもない、つまらない頼みだよ」

「傭兵《ようへい》のきみに？」ハージが問いただす。

「冒険家と言ってほしいね」ジムは応じた。

外人部隊はジムと仲間の歩哨《ほしょう》たちを死没者とした。ジムはそれでかまわなかった。以来、彼はエジプトと北米で波乱万丈の人生を歩み、人としての道を幾度となく踏みはずした。いや、踏みはずしたどころではない。二度と元の道には戻れないくらい、遠くまで来てしまった。

だが、過去の行いがどうあれ、なにがなんでも借りは返すと自分に誓っていた。人は誰でも、自分自身に多少の幻想を抱くものだ。ジムの場合は、自分にもまだ名誉と呼べるものが残されていると信じている。二カ月後には、前世の名残はその名誉だけとなるはずだ。二カ月後には祖母のアルシアが裁判所におもむき、彼の死は法的に確定する。あと二カ月の命だ。

「そろそろ教えておくれよ、ポンフリーになにを命じられたんだい？」

「あの列車に乗っている、彼の婚約者の出迎えだ」ジムは答えた。「ミルドレッド・ウィンペルホール嬢の出迎えだよ」

「なんだって？　きみが？　ジェームズ・オーエンスが、レディのエスコート役？」エスコートとなったジムを想像したのか、ハージは笑い転げた。「まずはどこにご案内するんだい？　ピラミッドかな？　それとも博物館？　あるいは――」

「黙れよ、ハージ」

「黙れるものか！　じつに愉快じゃないか。まさかポンフリーが、そこまで意地の悪い、いやらしいことを考えつくとはね。これからは、彼に対する見方を変えなくちゃいけないな。それほど想像力豊かな男だとは思ってもみなかったよ。命を救った礼にしては、じつに独創性がある！　やつがきみのことを、とるに足りない人間だと見くびっている証拠だね。まったく愉快だ」

「観光案内を命じられたわけじゃない」ジムは告げた。「フォート・ゴードンの大佐のもとに、彼女を連れていくだけだ」

ハージの顔から笑みが消えた。フォート・ゴードンはサハラ砂漠の果て、スーダンの国境近くに位置する。危険と悪行がはびこる場所だ。

「ポンフリーはルクソールにいるんだと思っていたけどな。いったいいつから、フォート・ゴードンの指揮官になったんだろう」

「八カ月前だ。おまえも、もう少し世情に通じたほうがいいぞ。銃を持った敵の正体もわからないようじゃ、しゃがむだけでいいのか、それとも逃げるべきなのか、判断できないだろう?」

ハージはいやみを無視した。

「どうしてポンフリーは、自分の部下にエスコート役を命じなかったのかな」

「命じたとも。五、六人に。川上の、ソハーグあたりで合流する予定だ。おれの仕事は、令嬢をそこまで送り、フォート・ゴードンまで付き添ったらおしまいだ」

「五、六人じゃ足りないんじゃないかい? どうしてそれだけなんだろう?」

「大佐がついに、砂漠の民をすべて敵にまわしてしまったからさ。婚約者の出迎えに何十人という兵士を送りこむのは、人質はここですよと宣伝するようなものだというんだろう。おれも同感だね。もんちゃくを起こさずにフォート・ゴードンまで送り届けられるのは、おれくらいだというわけさ。これも同感だ」

ハージは疑わしげな表情だ。「そうかなあ」

「たしかにおれは、彼らの方言は話せない。でも、彼らの怒りを買ったこともない。というわけで、あと二週間かそこらで大佐とおれの縁も切れる」

ハージは考え深げに頬を撫でている。

「ウィンペルホールか。珍しい名前だね。きれいなのかな？　いや、そんなわけはないだろうな。ポンフリーが、自分より容貌に優れた妻を迎えるはずがない」

ジムは同意しかねた。

「いや、ほかの男に望まれないような女性を、妻に迎える大佐じゃない」

つかの間考えてから、ハージはかぶりを振った。

「ちがうね。きっと見苦しい女性だよ。なんだったら、英国ポンドで賭けてもいい」

「乗った」

「ほかに、その女性について知っていることは？」

「オールドミスの赤毛。大佐からは、〝育ちのいい内気なレディだから、むやみに話しかけて彼女の気分を害してくれるな〟と警告されている」

ハージがにやりと笑う。

「いや、気分を害するのはもう決まったようなものだよ。だいたい、その格好はなんなんだい、ジェームズ。そんなむさくるしいなりで、英国のレディに会うつもりかい？　まるで、波止場で一晩飲み明かしたみたいじゃないか」

ジムは肩をすくめた。

「しかたがないだろう？　カイロにはゆうべ着いたばかりで、しかも今朝起きたら、背嚢が盗まれていた」背嚢には所持品のすべて――寝袋、数冊の本、ヘアブラシ、唯一の財産であるアラブ馬とその仔馬の譲渡証書——が入っていた。馬たちはいまルクソールで、やはりアラブ馬が大好きだという男の厩舎を借りて、そこに預けてある。「ほんの一時間前まで、盗人野郎を追いかけていたわけさ」

「盗人野郎か」ハージは試すようにその言葉を口にした。「カウボーイも似たようなものの気がするけどね」

あえて言いかえすことはせずに、ジムはたずねた。

「そういうおまえは、こんなところでいったいなにを？」

ハージは大げさにため息をついてみせた。

「おばの言いつけでね。面倒な仕事ばかり押しつける、厄介なおばなんだ」

「面倒な仕事とは？」

「じつはぼくも、この列車が運んでくる女性を迎えに来たんだ」

「列車が運んでくる女性？　なんだか、野生動物みたいな言いまわしだな」

「あながち、まちがいでもないんだよ。ジネス・ブラクストンを出迎えるんだから」

「ブラクストン？」ジムはおうむがえしに言った。「ハリー・ブラクストンの親戚か？」

ハリー・ブラクストン本人に会ったことはない——そもそも属している社会がまるでちがう。だが、エジプト考古局でブラクストン家の人間と何度か面倒なことになった。不愉快な連中だった。しかも彼らのせいで、ジムは金銭的な損失までこうむった。大きな損失を。ブラクストン家の仕事のひとつは、盗掘品の可能性がある遺物の売買を食い止めることである。

そしてジムの仕事のひとつは、盗掘品の売買だ。

「娘だよ」

「なぜ当のブラクストンが迎えに来ない」

「一家はいまロンドンにいて、ジネスの弟のひとりが合流してから、みんなでエジプトに戻ってくるらしいよ。ジネスはこっちで、ローマ時代の遺物の目録作成という仕事を得るために、ムッシュ・マスペロの面接を受ける予定なんだ。それでひとりだけ、急ぎエジプトに来ることになったわけ」ハージは小ばかにするように鼻を鳴らした。「ローマ時代に興味があるのに、ローマに行かないのはどうしてだと思う？」

「それは、時代によっては――」

「ちがうよ」ハージは重々しくさえぎった。「彼女が強情っぱりの、ひねくれものだからさ。子どものころなんて、誰かれかまわずつきまとい、用もないくせに発掘現場に現れては、陶器のかけらだの古文書の切れ端だのを盗んでいたんだ。発掘現場には来るんじゃないと注意されていたし、面倒ばかり起こすくせにさ。痩せっぽちでみっともない、黄色い髪の悪魔め。だいたい、親にあんな名前をつけられたのが運のつきなんだ」問いかけるようなジムの表情に気づき、説明をくわえる。「ジネスという名は、〝ジン〟から来ているんだよ」

ジムはふっと笑った。言い伝えによれば、〝ジン〟は騒ぎを起こし、いたずらばかりする精霊だとか。

「彼女が英国に送りかえされたときには、せいせいしたよ。それがこっちに舞い戻ってきて、このぼくがお守りをしなくちゃいけないとくる」ハージはぼやき、小声でつけくわえた。「しかも、また」

「変わったかもしれないじゃないか」ジムは慰めの言葉をかけ、プラットフォームに視線を走らせた。その呪われた女性は、どこにいるのだろう。

「相手はジンだ。外見は変えることができても、本性はそのままさ。おせっかいで、騒々しくて、危険な生き物だよ。見ればきみにもわかる。腕が折れている人か、あるいは服に血がついている人を探してごらんよ。ジネス・ブラクストンは、そのすぐ後ろにいるはずだから」

「だが、何年ぶりかで会うんだろう？」ジムはたずねた。「英国に送られたのなら、寄宿学校にでも入ったはずだ。礼儀作法をわきまえたレディの大量生産工場にね」

ハージはふんと鼻を鳴らした。

「英国レディについて、きみがいったいなにをわかっているというんだい？　自分と同じ、金の亡者だとでも思っているんだろう？」

「なにもわかっちゃいないさ」ジムは機嫌よく応じつつ、列車をじっと見つめていた。扉がようやく開き、ポーターたちが踏み段を用意する。薄暗く暑いプラットフォームに男と子どもと女が次々におり立ち、物乞いや行商人、すりやポーターにあっという間に囲まれて、わけもわからず目をぱちくりさせる。

ひとりの女性が現れた瞬間、ジムはそれがミルドレッド・ウィンペルホールだとわかった。

深紅の髪は、半ば帽子に隠れてはいるものの、まちがいようがない。

ハージが彼の視線の先を追う。「一ポンドの貸しだね」

「どうして？」

「どうして、だって？」信じられないとばかりにハージはくりかえした。「よく見てごらんよ。背が高すぎるし、痩せぎすだ。鼻も大きすぎるし、顎もごついじゃないか。それにあの髪ときたら！」

ジムは視線を鋭くした。ミルドレッドの瞳は、黒眼鏡で隠れていて見えない。だがそれ以外の外見的な特徴は、たしかに派手すぎる感はあるものの、均整がとれているし、どこか異国的でもある。彼女を見苦しいだなんて、ハージは頭がどうかしているのだ。

「細身なのは認めよう。だがあれで背が高すぎるというのは、子どもっぽい妬みにすぎないんじゃないか？」

身長一六〇センチにちょっと足りないハージが、むっとした表情を浮かべる。

けれどもジムはハージなど見ていなかった。ミルドレッドが肩越しに振りかえり、背後に延びるトンネルから射しこむ光がほんのつかの間、彼女の横顔を浮き彫りにした。ジムは息をのんだ。かつての自分の亡霊、情熱的で、感受性豊かで、思いがけない美に出合うたびに心揺さぶられたあの男が、ふたたび生命を宿したかのような錯覚に陥る。

「あの横顔」ジムはつぶやいた。「古代の墓で幾度も見かけた」

「なんだって」ハージが不思議そうに問いただす。

「アンクトにイシス、ディアナにアルテミス」

だが唇は、まさに英国人だ――ジムは内心でつけくわえた。とはいえ、既婚女性の引き結んだような青白い唇ではない。ちゃめっ気のある若い娘らしい、みずみずしくて蠱惑的《こわくてき》な唇だ。ジムの胸の奥が、なぜか締めつけられる。

「でも、あの鼻はまずいだろう？」

ジムは憤然と顎をあげた。

「おれなら……フィレンツェ風と呼ぶね」

4

無精ひげをはやし、~~もつれた~~乱れた髪を長く伸ばした彼は、さぞかし屈強で横柄な男にちがいない。

――ジネス・ブラクストンの創作日記より

「賭けに勝つためなら、象のことさえ華奢だと言いそうな勢いだね」ハージが異議を唱えた。
「髪については、おまえに賛成だ」ジムは認めた。ミルドレッド・ウィンペルホールの髪は、見苦しい、ではすまなかった。すさまじい代物だった。あれほどどぎつい赤は、自然界には存在しないはずである。

だがそれ以外は……埃と汗にまみれ、長旅のためにしわと染みだらけの服をまとっていても、〝見苦しい〟という言葉とはいっさい無縁だった。だがそれを言うなら、〝慎み深さ〟という言葉とも無縁だった。ほかの女性客はみな、迎えの男性をのんびりと待っている様子だ。ところがミルドレッド・ウィンペルホールときたら、黒っぽいスカートを音をたてて揺らしつつ、古めかしい旅行かばんが脚にぶつかるのも気にせず、どぎつい赤毛にしわくちゃの帽子をのせたまま、押し合いへし合いする人波のなかへとずんずん進んでいってしまう。

くっきりと刻まれた人中《じんちゅう》と鼻に玉の汗をかいている彼女は始終、黒眼鏡を人差し指で押しあげている。旅をする女性の制服とも呼ぶべき分厚い紺色の上着とスカートは、肩も裾も埃で白茶けている。にもかかわらず彼女は、そのくたびれた見かけにそぐわない生き生きとした雰囲気を醸している。

それに彼女は、思っていたよりも若そうだった。大佐からの手紙に書かれていたわずかな情報から、ジムは勝手に、婚約者のミルドレッドのご令嬢はすでに薹《とう》がたっているのだろうと想像していたのだ。ところが目の前にいるミルドレッドは、絹のようにすべらかな肌を持ち、胸だって高く盛りあがって、腰つきも……今度は、胸以外のところが締めつけられた。

「ミス・ウィンペルホール」ジムは呼びかけながら歩み寄った。彼女はぱっと見た感じよりもさらに背が高かった。頭のてっぺんが、ジムの目線に来る。「おれは——」

「ミスター・オーエンスね」令嬢がさえぎり、その場に立ち止まって、ジムの全身をいやにじろじろと眺めまわす。「どんな方か事前にうかがっていましたの。想像どおりだったわ。あなたなら、どこにいてもすぐに見つけられそう」

それから彼女はハージを認めるなり、身を硬くした。見るからに緊張した様子だ。

「わが国へようこそ、ミス・ウィンペルホール」ハージが言い、満面の笑みを浮かべる。

「ハージ・エルカマルです、よろしくどうぞ」

令嬢はしばし無言だった。黒眼鏡の向こうから黙ってハージを見つめていたが、ふいに旅行かばんをハージの胸元に突きだした。

「そう。かばんを運んでちょうだい。ちょうどよかったわ」

後ろによろめきながらも、ハージは地面に落ちかけたかばんをしっかりとつかむ。

「気をつけてちょうだい」令嬢がたしなめた。「落としたらチップはなしよ」

欧州製の上着とズボンを身につけ、黒髪をポマードできれいに撫でつけたハージは、あぜんとして彼女を見つめるばかりだ。

「ミスター・エルカマルはポーターじゃない」ジムは教えつつ、内心、愉快に思っていた。それと同時に、かすかに記憶に残っているだけの、なじみのない感覚につかの間とらわれた。胸の奥深くをすばやく縫い合わせた糸が、きつく締めあげられたかのような感覚だ……相手は、英国から新たにやってきた外国人嫌いの旅人にすぎないのに。「おれの連れです」

「あら、そう」令嬢は応じてハージを横目で見やり、カーフスキンの手袋をした手で、ジムを差し招いた。さらに歩み寄ったジムは、令嬢の体からたちのぼる汗のにおいと、甘く優しげな女性の香りとを嗅ぎとった。

「あんなのが連れとは、どういうこと？」令嬢は聞こえよがしに問いただした。「こそ泥にしか見えないわ」背筋を伸ばしてつづける。「とはいえ、しょせんあなたはアメリカのカウボーイですものね。いくら言っても、おわかりにならないわね」

大した女だ……ジムは感心した。わずか三分間で、彼女はジムとハージとアメリカをこけにしてくれた。まさに大佐以上の才能だ。令嬢がにっこりとほほえみかけてくる。太陽が無意識に光を放つのと同じように、彼女もまた、意図せず人をこけにする才能を持っているらしい。魅惑的な口元にも、笑みを浮かべている。

「とはいうものの、あなたの口調はあまりカウボーイらしくないわね」

「注意してしゃべってますから」ジムは答えた。「ここで少し待っていてくれれば、ほかの荷物もおろしてホテルまで届けさせますが」

「その必要はないわ。海で嵐に遭って、波にさらわれてしまったの。だから荷物は――」令嬢は応じ、ハージが太った赤ん坊のように腕に抱える旅行かばんを指差した。「それだけ」

「ご心配は無用です、ご令嬢《シート》」ハージは言って、旅行かばんを抱えなおした。「エルムスキ通りに行けば、服を売っている店がありますから。欧州製の服です。あそこの店なら――」

令嬢が人差し指をあげてハージを黙らせた。

「心配なんかしていないわ。かんちがいしないでちょうだい」と応じる口調はまるで、おつむの弱い人に話しかけるときのようにゆっくりとしている。令嬢はジムに向きなおった。

「荷物はほかにないと言いたかっただけよ。だから明日は夜明けとともにフォート・ゴードンに向かいましょう」

「明日？」ジムはおうむがえしに言った。たしかに大佐との約束はさっさと果たしてしまったほうがいい。だが令嬢の染みだらけのスカートは、生地やペチコートが幾層にもなっていかにも重たそうだ。「そんな格好じゃ砂漠を渡れない。蒸し焼きになっちまう」

令嬢はしかめっ面で、スカートを見つめるジムの視線の先を追った。

「それもそうね。では新しい服を何着か買いましょう。ただし、いますぐに。ポンフリー大佐のもとに向かわねばならないのに、カイロでぐずぐずしているわけにはいかないわ」

「シートさえよろしければ」落ち着きを取り戻したハージが、ふたたび笑みをたたえてミルドレッドに話しかけた。「ぼくがお供いたしましょう」

彼のほうに顔を向けた令嬢は、黒眼鏡の縁まで眉をつりあげた。「あなたが？」

ハージは頭を下げた。

「はい。わがいとこが仕立屋を営んでいます。才能あふれる男で、じつに手頃な値段で美しいドレスを作ります。英国スタイルのドレスですよ。カイロに住む欧州のレディにそれは人気で、店自体もここからほんの数分ですし」

「厄介なおばさんの次は、仕立屋のいとこか。今日はずいぶんと驚かせてくれるな、ハージ」ジムは穏やかに、アラビア語で言った。

ハージは晴れやかに笑った。「そんないとこはいないって、きみもわかっているくせに」とアラビア語で応じる。「でも、着古しを仕立てなおしたドレスを法外な値段でこのご令嬢に売りつけてくれる男なら知ってるよ。売上の一割はぼくがいただく寸法さ。彼女がいつまでも人を見くだしつづけるつもりなら、そいつに言って、ドレスにノミをつけてもらうとしよう」

「彼、なんて言っているの」ミルドレッドが問いただした。

「ポンフリー大佐の婚約者がいとこのドレスを着てくれれば光栄のきわみです、と」ジムは答えた。

ミルドレッドはいかにも満足げにうなずいた。「では、いとことやらの店に案内してちょうだい。清潔なところだといいのだけど。シラミもノミもごめんだわ」令嬢が言い、ハージがぎょっとした顔で見つめる。彼女はつづけた。「それと、わたしの前でアラビア語はやめてちょうだい。無礼だし、無意味だわ。そもそも、あなたは英語を話せるようなんだし」パブリック・スクールで学んだ英国式のアクセントが自慢のハージが、得意げな表情になる。

「少なくとも意味が通じる、という程度の英語であってもね」

令嬢の皮肉に驚きつつ、ジムは噴きだしそうになった。

「ノミはいますよ。たくさんいますとも。この雌犬め」ハージがぶつぶつとつぶやく。

「今度はなに」ミルドレッドはジムのほうを向いた。「いったいなんと言ったの？」

「ご無礼をお許しください、と」ジムは応じた。

「そうです、そうです」とハージ。「なにぶんにも、こいが少ないものですから、自分の感情をうまく伝える言葉がわからないんです。ほんとです。こいが足りないだけなんです」

「こい、じゃなくて語彙よ」ミルドレッドが慇懃《いんぎん》に訂正する。

ハージは驚きの表情を装った。

「ご指導ありがとうございます。それで、じつはいますぐはお供できないんです。午後になってからではいかがでしょうか」

「いますぐがだめな理由は？」

「とある若い女性と会う予定がありまして」ハージが説明した。

「まあ。まさか、ハーレムに連れていくの？」ミルドレッドが仰天の面持ちでたずねる。すぐにこのふたりを引き離したほうがいいのは、ジムにもわかっている。だが、こんな愉快な会話は数カ月ぶりだ。

「いいえ。ミス・ブラクストンという女性で」応じるハージが、その名を口にしたとたんにそわそわしはじめる。

ミルドレッドはいきなり、手袋をはめた手を胸元にあてた。

「ミス・ブラクストンですって？　彼女なら同じ船に乗っていたわ。とてもお優しい、ほんとうにチャーミングな方」

信じられない、とばかりにハージが令嬢を見つめる。

「ミス・ジネス・ブラクストンですよ？」

「ええ、そう、ジネスさん。金髪で小柄な、天使のように愛らしいお嬢さん。ほんとうにお優しい方で。旅のお友だちにぴったり」令嬢が応じた。「こんな残念な知らせをお伝えする役目はいやなのだけど、ミス・ブラクストンは、それはひどい船酔いにかかられたの。船酔いのせいで命を落としかけさえしたのよ。だからイタリアで船をおりて、あとは健康を取り戻ししだい鉄道で旅を再開するつもりだとおっしゃっていたわ」

「彼女が、途中で船をおりた？」ハージがたずねた。

「ええ、そう」ぽかんとした表情で見つめてくるハージに気づいたミルドレッドは、いらだたしげにため息をつき、大きな声で言いなおした。「ミス、ブラクストンは、船を、途中で、おりたの」

ハージが目をしばたたく。

「彼女が船長さんに、手紙を渡していたはず――」ミルドレッドはいったん言葉を切り、呆然としたきりのハージに気づくとまたため息をついてつづけた。「彼女が、船長さんに、手紙を」と言いながら、宙で手紙を書く手ぶりをしてみせる。「渡していたわ」

「なんてこった」ハージはアラビア語でつぶやいた。「あの悪魔《アフリート》は、やっぱり災いのもとなんだ！　あの悪魔と一緒に戻らなかったら、ぼくはおばさんに殺される。絶対に、なにもかもぼくのせいにされる」

「アラビア語はやめてと言ったでしょう」ミルドレッドは静かにたしなめた。

すっかり打ちのめされた様子のハージは、聞いてもいない。「もう行かなくちゃ」と一言つぶやくと、旅行かばんを地面に落とし、人波のほうへと一目散に駆けていった。

ジムはミルドレッドに向きなおった。令嬢は唇をかんでいた。いったいどういうわけか、笑いをかみ殺しているように見える。ジムの視線をとらえると、咳ばらいをして言った。

「なんなのかしら、あの態度。無礼にもほどがあるわ」

「ふだんはもっと礼儀をわきまえているんだが」ジムは友人をかばい、旅行かばんを取りあげた。「ひとまずホテルまで送ります」先に行くように令嬢に促し、後ろからついていく。

駅を出ると、通りの反対側に停まっている馬車を見つけて目で合図し、片手をあげた。御者が手綱で馬の尻をたたく。「あの馬車で——」

「いいえ」ミルドレッドがさえぎった。「けっこうよ。そのへんの小さなロバを借りるほうが簡単だわ」旅行者を我慢強く背に乗せたロバたちの群れを指差す。

「ロバを？」ジムは疑わしげにたずねた。カイロでは、貸しロバがいたるところにいる。ロンドンの貸し馬車と同じようなものだ。ほんの数枚の硬貨で、ロバにまたがってどこまでも行くことができる。バザールを訪れる旅行者には、とくに人気が高い。だが、ロバは埃まみれだし、体臭もすさまじい。「ロバのほうがいいと、本気で言ってるんですか？」

「ええ」どこか落ち着かなげに、ミルドレッドは唇をかんだ。「つまりその……閉ざされた空間であなたとふたりきりになるのは……あまり気が進まないというか……」言葉をとぎれさせ、頬を真っ赤に染める。

困惑したジムは彼女を無言で見つめた。ふたりで馬車に乗るのがいやだと、令嬢が言い張る理由がまるでわから——なるほど。だが、まさか本気でなにかされるのではないかと疑っているわけではあるまい。なにしろ彼女は大佐の未来の花嫁だ。仮に彼が閉ざされた空間を利用して女性になにかしようとするほどの下司野郎だったとしても、相手はちゃんと選ぶ。

ジムはアラビア語で小さく悪態をついた。

「なにか問題でも、ミスター・オーエンス？」令嬢が硬い声でたずねる。

「いいですか、ミス・ウィンペルホール。これからわれわれは、過酷な砂漠の地をともに旅しなければならないんだ。ほかに同行者がいても、閉ざされた空間でふたりきりになることだってある。だから、どうか信じてほしい。おれは、あんたの面目も、それからええと、貞操も、わが妹の貞操同然に守り抜くつもりだ」ジムは思わず令嬢の赤毛を見た。「いや、わが妹の貞操以上に、だ」

「ふうん」

最後の一言は余計だったかもしれない。

「というわけで、馬車に乗りましょう」

「ロバがいいわ」ミルドレッドが冷ややかにこたえる。

「勝手にしてくれ」ジムはアラビア語でロバ貸しの少年に声をかけた。たちまち少年とロバに取り囲まれる。乗りやすそうなロバを選び、貸主の少年に行き先を指示して、一ピアスタを渡す。それからジムは無意識の行動で、令嬢に向きなおると、その腰に両手を添えて体を持ちあげた。

ミルドレッドは思いがけず軽かった。幾層にもなったスカートをはいているわりには意外なほどに軽く、しかも勢いよく持ちあげたせいで、令嬢はロバの背に乗るなり体勢を崩してしまった。前のめりになった拍子に両手を伸ばし、ジムの肩をつかんで、やっとの思いで体勢を整える。腰に添えたジムの両手にいっそう力が入る。

女性に触れること自体、とても久しぶりだった。最後に触れたのも、欲望も感じないまま便宜的にそうしただけのこと。つかの間の肉体的な触れあいに、心は満たされるどころかむしろ空虚になるばかりだった。

あのときの相手は、たっぷりと肉づきがよかった。だがミルドレッド・ウィンペルホールはちがう。彼女の体は引き締まっていて、とてもしなやかだ。分厚いギャバジンの層越しにも、ほっそりとしたウエストからまろやかな腰へとつづく曲線を感じとることができる。純粋なまでの欲望がさざ波となって身内を走る。ミルドレッドのことが強く意識され、ジムの鼓動が速くなる。

「もう、なんのつもり」令嬢は息をあえがせた。また彼女の気分を害してしまったらしい。当然だろう。こんなに長く腰を抱いていたのだから。

熱いものに触れたかのように、ジムはいきなり手を離した。ホテルまでミルドレッドを送るつもりだったが、当面は距離を置いたほうがよさそうだ。

相手は、大佐の婚約者なのだから。

「あとでホテルにうかがいます。七時に」

「そうしてちょうだい」ミルドレッドはつんと顎をあげた。抱き心地はよくても、人となりはどぎつい赤毛にふさわしいもののようだ。

少年に尻をたたかれ、ロバが歩きだす。ミルドレッドは優雅なツルのようにロバの背に座っている。ほんの数歩進んだところで、彼女はジムを振りかえった。

「一言言い忘れていたわ、ミスター・オーエンス。貞操を奪われるのを心配していたわけではないの。心配だったのは、わたしの鼻」

「どういう意味です？」

「あなた、におうのよ、ミスター・オーエンス」捨てぜりふを残し、ミルドレッドは人混みのなかへと消えた。

5

彼の身のこなしは軽やかで優雅さに満ち、野生の獣クロヒョウを思わせた。口を開けば、スウェーデンハンガリーの王子のごとき教養あふれる話しぶりだった。

――ジネス・ブラクストンの創作日記より

ほんとうに臭かったんだもの……カイロの曲がりくねった細道を行くロバの背の上で揺られながら、ジネスは思った。とどめの一言を投げたときにジェームズ・オーエンスの顔に浮かんだ驚きの表情を思い浮かべ、わき起こりかけた罪悪感を抑えつける。

危うい場面を恐れているなどと、オーエンスときたらよくも勝手な想像ができたものだ。そんなことを恐れてなどいないし、考えただけでもぞっとする。そもそも自分は、オーエンスが気持ちをそそられるような容姿では……。そう、ジネスはちゃんとわかっていた。自分には、男性の動物的な情熱をかきたてるような魅力はない。だからオーエンスにも、うぬぼれた女だとかんちがいされたくなかった。

彼がアラビア語で「ありえん！」と小さく悪態をついたときの、あの、嫌悪に満ちた声！

瞬間、ジネスは屈辱感にまみれたのだった。

同時に、がっかりもした。オーエンスの第一印象は悪くなかった。まさにカウボーイの典型。詩人の魂を持った一匹狼……そこまで考えたところで、ジネスは眉をひそめた。とってつけたような言いまわしだ。比喩はもっと練らないと。

それにカウボーイのわりには、オーエンスは表情に知性があった。礼儀もわきまえていたし、落ち着いており、横柄さはみじんもなかった。ジネスがハージをおちょくったときには、淡灰色の瞳に笑みすら浮かべていた。

ハージに対しては、ジネスは罪悪感のかけらも覚えていない。幼いころ彼女は、ハージにもっとひどい目に遭わされた。告げ口屋のいじめっ子だったハージは、ジネスがちょっと人とちがうことをするたび、目ざとく気づいては周囲に言いふらした。悪魔《アフリート》などというあだ名をつけたのもハージだ。だから今日は、ほんのちょっぴりでも仕返しができてよかった。

実際、オーエンスはあのとき噴きだしそうだった……ジネスはほほえみながら思いかえした。絶対に見まちがいではない。大きな口の端をわずかにあげたと思ったら、横を向いて、厳めしい表情を作りなおしていた。そう、カウボーイたるもの、ユーモアを解すだけではなく、厳めしさも兼ね備えていなければならない。

ほんとうにカウボーイだったらいいのに……。だが残念ながら、深みのある穏やかな声には、かすかだが聞きまちがいようのない英国パブリック・スクール仕込みの訛りがあった。ジネスはため息をついた。おそらくふだんのオーエンスは、リバプールあたりで売り子でもしているのだろう。そう思えば、「あんたの貞操も、わが妹の貞操同然に守り抜くつもりだ」なんてつまらないせりふも、うなずける。本に出てくるカウボーイは、あんなふうに女性に気さくに接しない。女性には心からの敬意を持って接するものだ。弱虫なカウボーイでも、その点については立派なものだ。とはいえ、女性を抱いてロバの背に乗せ、ひとりでホテルに行かせる英国紳士というのもありえない。だからやはり、米国育ちなのだろう。

シェパーズ・ホテルに到着したのは四時を少しまわったところで、通りは静けさに満ちていた。午後の熱気のなか、あえて通りに出るつわものはほとんどいないが、バルコニーに出る勇者は幾人かいるようだ。年老いたコプト教徒がひとり、バルコニーの下の通りで、猿の芸を披露している。哀れな猿はやる気がなさそうに、小さなフェズ帽を持ちあげ、前足でバクシーシ《チップ》をねだっている。ひとりの紳士が笑い声をあげ、手すりに身を乗りだした。見あげたジネスは、たちまち顔面蒼白になった。

バルコニーにいる六、七人のうち、三人を知っていた。いや、向こうがこちらを知っていると言うべきか。物憂げに語らう男女はハイスマン夫妻。ふたりには、家族からはぐれて清潔とは言いがたいバザールでぶらぶらしているところを、救出された経緯がある。夫妻とともにテーブルについているのはドクター・ヤンターヴィル。医師には二度、折れた腕を診てもらったことがある。

カイロの外国人コミュニティがごくごく狭いことを、どうして忘れていたのだろう。知りあいに出くわす可能性を予測しておいてしかるべきだったのに。シェパーズ・ホテルは料理のまずさに定評があるものの、考古学者をはじめとするカイロの名士たちが集う場所として、いまなお高い人気を誇る。きっと今日も、ブラクストン家の友人知人が大勢泊まっているにちがいない。

「着きました、シート」

ロバの背からすべりおりたジネスは用心深く顔をバルコニーからそむけつつ、財布を開いて硬貨を二枚、ロバ貸しの少年の手に握らせた。例のごとく二枚では足りないと文句を言われたが、ターバンを巻いた制服姿の中年ドアマンが、すぐさま正面階段をおりてやってきてくれた。このドアマンも知っている。名前はリヤド。ジネスが物心ついたころから、シェパーズ・ホテルのドアマンをしている。リヤドはしっしっと言って薄汚い少年とロバを追いはらいながら、同時にジネスの旅行かばんを預かり、さらにはおもねった口調で、歓迎の言葉を五、六カ国語で口にした。

リヤドに気づかれないよう祈りつつ、ジネスは黒眼鏡の位置を直し、表情を消した。

「お名前をちょうだいしても、シート?」ドアマンがたずねる。

「ミルドレッド・ウィンペルホールよ」答えながらジネスは、なりすましだと大声をあげられるのではないかと半ば怯えていた。

だがリヤドは温かい笑みを浮かべ、「ああ、ミルドレッド・ウィンペルホール様でございますね。お待ちしておりました」と歓迎した。

ドアマンの案内で広々としたロビーに入るなり、ジネスはますます暗澹《あんたん》たる思いに沈んだ。

ロビーは数人のグループになってアフタヌーンティーを楽しむ人びとでごったがえしており、見知った顔がいくつもあった。ソファに陣取るのは、レディ・スクモアとそのお仲間のミセス・パウルボッテンとミス・ダングルフォードだ。三人はエジプトいちの俗物として知られ、カイロの伝説の社交場〈ターフ・クラブ〉に集う女性陣を何十年にもわたって牛耳っている。ジネス自身は六歳のときから社交の場への出入りを禁じられていた。ムンター・フォン・ハルヴィーナー伯爵夫人のペットのヒョウを、ゴルフ場に放ったのがきっかけだった。

「納得できないね！」男性が大声をあげ、ジネスはフロントのほうに目をやった。「わたしと連れに、さっさと部屋を用意したまえ！」

横に長いフロントデスクの前に数人の旅行者が並んで、弱りきった顔のフロント係に罵声を浴びせたり、いらだたしげな身ぶりでなにやら命じたりしている。リヤドは旅行者たちに不快げな視線を投げてから、すまなそうな笑みをジネスに見せた。

「ミス・ウィンペルホール、申し訳ございませんがチェックインは少々お時間がかかりそうです。しばらくロビーでお飲物でも」リヤドは促し、声を潜めて言い添えた。「ロビーという場所は、お若いレディが視線を集めるのにも、周りを観察するのにも、最適な場所ですから」ドアマンはちゃめっ気たっぷりに目を輝かせた。ジネスが、レディとして注目を浴びたがっていると勝手に思いこんでいるらしい。

「ひとりで静かに待てる場所はあるかしら」ジネスはたずねた。

最後に会ったのは六年前で、そもそも明るい場所で顔を合わせたことのないハージであれば、騙すのはたやすい。けれども、カイロの両親の家や、ここシェパーズ・ホテルでわずか一年前に食事をともにしたことがある相手は、そう簡単には欺けない。

ドアマンは残念そうに首を振った。

「申し訳ございません。ほんのしばらくのあいだですので、どうかあちらでお待ちください」

ロビー中央の空いた席を指し示されたが、ジネスはすでに、もっと人目につかない席を狙っていた。ロビーを囲むようにして並ぶ、巨大なナツメヤシの鉢植えの向こうに見える席だ。レディ・スクモアとお仲間たちが鉢植えを挟んでちょうど反対側の席にいるものの、大きな鉢のおかげで見られる心配はない。

誰かに取られる前に、ジネスはドアマンの脇をすり抜けて、半ば隠れた席へと急いだ。

「――今年の社交シーズンはとても退屈そうね。そうならないことをせいぜい祈らなくちゃ」ミセス・ダングルフォードが大げさな口調で言うのが聞こえてくる。

「あら、めったなことをおっしゃらないで」レディ・スクモアが応じる。「あのジネス・ブラクストンが、数日中にもカイロに現れるとの噂があるんだから」

なんてこと。噂の的になっている。ジネスは周囲を見わたし、ほかに空いている椅子がないかどうか探した。だが空席のとなりには必ず人がいて、その誰もがみな知りあいだった。

「あの厚かましい小娘」ミセス・パウルボッテンが不快げに鼻を鳴らす。「小娘とは思えない、見透かしたような目で人を見るんだものね。母親はともかく、父親は礼儀知らずな娘に頭を抱えていたようよ。小娘のことを、〝わがじゃじゃ馬〟なんて呼んでいたらしいわ」

いや、父はいい意味でそう呼んでいたはずだ。「どうやらわたしたちは、じゃじゃ馬を育ててしまったらしいな」父は笑いながらそう言ったのだ。「ジネスときたら、いちかばちかという局面でこそ、生き生きとして見える」

「あのご夫婦が小娘を送りかえしたのは英断だったわ」とレディ・スクモア。「小娘のせいで、ミセス・ブラクストンもさぞかしご苦労なさったことでしょう」

そのとおり。言われなくてもわかっているわ……ジネスは思い、意気消沈した。

でも、意図して面倒を起こした覚えはない。どれも、わざとではなかった。けばけばしいショーウィンドウに、とりわけ薄汚い通りの隅に、街で一番高い尖塔のてっぺんに、あるいは見たこともないくらい細い地割れに、彼女を誘惑して放さないものがあっただけの話なのだ。騒動のあとには必ず、次からはもっと慎重に、思慮深く、自制心を持って行動しようと反省する。いつだって、心の底から後悔している。

「でも、もっと早く送りかえすべきだったんだわ」

「小娘をよほど溺愛していたんでしょう」ミセス・パウルボッテンがふんと鼻を鳴らす。

「片親が甘いだけでも問題なのに、あそこは両親ともそうなんだから……おかげであのざま」

「小娘がエジプトにいたあいだに、われらが考古学界にもたらした損失の大きさを考えると恐ろしくなるわ」レディ・スクモアがぼやく。

老鶏が殊勝めかしてなにを……。実際には、ムスリムのコミュニティにも、考古学界にも関心などないくせに。

「むしろあの火事は僥倖《ぎょうこう》だったわね」

あのいまいましい火事……。あのときだって、しわくちゃの古文書にわざと火をつけたわけではない。虫眼鏡で実験をしていたら、予想外の展開になっただけだ。

「どういう意味？」

「少なくともあの火事のおかげで、ミセス・ブラクストンもついに小娘をちゃんとしつけてくれる場所に送りこむ気になったわけだもの」

いまわしい火事の記憶が、思い出のなかの母に取って代わられる。異様なほど瞳を輝かせながら、〈ミス・ティムウェルの徳育・更生学園〉の正面玄関に立った母の姿に。

「エジプトは、あなたのように好奇心旺盛な子にとっては危険すぎるの。危ない目に遭う可能性があまりにも高くて、しかもあなたは、その可能性を生かそうとする」

ジネスは懸命に両親に頼みこんだ。もっと注意深く、分別を持って行動する、二度とあんなことにはならないからと。だが誰も、彼女自身ですら、その言い分を信じなかった。両腕の骨折、脳震盪《のうしんとう》、足首のねんざ、数えきれないほどのすり傷や切り傷の記憶が、重たく胸にのしかかる。

「ところがあのご夫婦ときたら、もっとまともなフィニッシング・スクールを選べばいいものを、わがまま娘を放任することで有名な学校に小娘を送りこんだ」

そのような学校に入れられてからも、ジネスはあふれる好奇心を、スリルを追い求める魂を、すっかり抑えつけることはできなかった。勉強嫌いだったわけではない。むしろ、すべてを学びたかった。ジネスの魂はいわば魚の網のようなものだった。新たな事実や謎、秘密、史実に出くわすたび、価値あるものから、そうでないものまで、あらゆる事柄を網に捕えてしまう。

だがついに、これだというものを発見した。だからこそエジプトに戻ってきたはずだ。ジネスは背筋を伸ばし、びくびくするのはやめようと心に決めた。婦人たちになんと言われようが関係ない。

「でもきっと、小娘は戻ってきやしないわよ。ロンドン社交界は、こちらよりもずっと寛大で過ごしやすいでしょう？　小娘もいまごろは、未来の夫探しに夢中……」

人の恥や流刑の人生をアフタヌーンティーの暇つぶしの種にするとは、いったい何様のつもりだろう。すっくと立ちあがったジネスは、気づいたときには植木鉢の向こう側に行っていた。だが一言言ってやろうとしたところを、運よくリヤドにさえぎられた。

「ああ、ミス・ウィンペルホール。お待たせしましたが、どうぞこちらへ」

ドアマンにいざなわれてフロントまで行き、今度はベルボーイと向かいあう。荷物を受け取ったベルボーイの案内で、ジネスはムーア式の大広間へと移動した。そこでようやく、邪魔な黒眼鏡をはずすことができた。ベルボーイとともにつきあたりの大階段へと進む。階段ののぼり口には、実物大のヌビア人女性の像が左右に立っている。さらにそのとなりには、母のお気に入りの銀行家、ミスター・ランヤンとミスター・ブラッドリーがいた。

「ハッサン」ミスター・ランヤンがベルボーイを呼んだ。「ちょうどよかった。けんかの仲裁役が欲しかったところ――おや、これは失礼。お客を案内しているところか。ハッサンひとりかと思ったら」礼儀正しく笑みをたたえ、興味津々の様子で彼女を見つめる。とりわけ、髪に興味を持ったようだ。

ジネスは歩みを止めた。つられてベルボーイも止まる。男たちとの距離は六、七メートルばかり。大広間はほの暗く、夕方の陽射しを閉めだすために窓の鎧戸も閉じられている。黒眼鏡なしでも相手を騙せるよう、祈るしかない。

男たちは彼女がなにか言うのを待っていた。黙っていると、ミスター・ブラッドリーがかすかな当惑をにじませながらも明るい笑みを浮かべ、こちらに歩み寄ってきた。すぐにふたりをやりすごす方法を考えなければ。

「あいにく、紹介してくれる人間もいないようですが」ミスター・ブラッドリーは言うと、くすくす笑った。「ここは外国、そう形式張ることもないでしょう」

深呼吸をし、ジネスはきびきびとした足どりでふたりに歩み寄った。ベルボーイもおずおずとついてくる。

「ドナルド・ブラッドリーと申します、連れは――」

「賛同いたしかねますわ。社交的な会話においては、常に形式を重んじるべき。少なくともわたしは、そうするつもりですの」すっとふたりの脇を通りすぎる。「野蛮人ではあるまいし」

振りかえって男たちの表情をたしかめたい衝動にジネスは駆られた。ふたりともきっと口をあんぐりと開けているにちがいない。人のいい紳士ふたりに、失礼な態度をとってしまった。でもしかたがなかったのだ。これでふたりとも、ジネスのことは赤毛の……レディ・スクモア並みの皮肉屋とだけ記憶してくれるだろう。

6

「くずめ、立ちあがって、男らしく戦ったらどうなんだ」足元でうなる敵に向かい、彼は言った。「こっちは、たとえ相手がきさまのような下司野郎でも、倒れたところを殴るようなタイプじゃないんでね」

——ジネス・ブラクストンの創作日記より

「おれが出るまでに、清潔な服を調達しておいてくれ。そうしたらもう一ピアスタやるぞ。そら」ジムは少年に服を買うための硬貨を放って渡した。少年はそれを宙でつかみ、頭を下げてから、ふたたびおもてに出ていった。ジムはひとり、公共浴場の個室に取り残される。

夜が訪れつつあった。タイル張りの壁高く据えられた小さな窓も黒々として、扉上の蠟燭《ろうそく》だけが、湯気のたちこめる室内をほの明るく照らしている。中央の一段高いところに設けられた浴槽から湯気がたちのぼり、古めかしいタイル張りの天井で凝縮して、すべる石の床にしたたり落ちる。室内は暑く、酸っぱいにおいがする。

いや——ジムは思った——におうのは、おれかもしれない。

腕をあげ、腋をくんくんとかいでみる。ふむ。大佐の未来の花嫁の言うことにも一理あるか。だが、彼女があのように失敬な、傲慢な言い方をしたのはなぜなのだろう。貞操を守り抜く、と言ったのが気に入らなかったのだろうか。普通の未婚女性は、旅の案内人が面目に配慮してくれるとわかると心から安心するものだが。英国の結婚市場では、面目が株券や現金も同然だから。

しかしそれでは、彼女が標準的な英国の未婚女性とはちがうという結論に陥ってしまう。見た目は普通のうら若きレディだった。上流社会の出らしい優雅なアクセントがあり、弧を描く眉は高慢そうで、顎もつんとあがっていた。いずれも一流のフィニッシング・スクールの産物だ。他人やよその文化を、疑うこともなく見くだす態度にしてもそう。ということは、やはりただの英国レディなわけか。

しかしそれにしては、生き生きとしすぎていた。歩くときだっていやに歩幅が大きく、きびきびとしていて、優雅な上流階級出という雰囲気ではなかった。第一、あんなふうに口を開けて笑ったら、寄宿学校の女校長に厳しく叱られるはずだ。それにレディらしく居間でお茶を飲んでばかりいては、あのようにしなやかな腰つきにはならない。ミルドレッド・ウィンペルホールは、謎に満ちている……。

彼女のことを考えて時間をむだにするとは、ばかばかしい。彼女はおれではなく、大佐の謎なのだから。

ジムはシャツを脱いで丸め、必要以上に力をこめて、大理石の長椅子に放った。それから交互に片足立ちになってブーツを脱いだ。つづけてベルトの留め具をはずし、途中まで引き抜いたところで、浴槽の上に漂う湯気が揺らぐのに気づいた。すんでのところで身をかがめ、頭めがけて振りおろされたこん棒をよける。

ジムは勢いよく振りかえって襲撃者を確認した。浅黒い顔にたっぷりとしたひげ。薄い唇に、傷跡の走る顎。ヴァンサン・ラ・ブーフだった。

周囲に視線を走らせ、ジムは武器になりそうなものを探した。なにもなかった。ラ・ブーフが飛びかかってくる。身をひねって飛びすさったが、肩にこん棒が命中した。痛みが腕へと伝わっていき、指の感覚がなくなる。横ざまに逃げようとしてタイルにすべり、ジムは膝からくずおれた。無事なほうの手で体を支え、敵を見あげる。ラ・ブーフがゆっくりと近づいてくる。

「なあ、ジェームズ」フランス男は静かに言った。「人間ってのはいったい何度、背後から襲われれば、攻撃をかわせるようになるんだろうなあ。よほど経験を積まないとだめかもしれんなあ」

よろめきながらもジムは立ちあがった。「数回ってところだろう」

ラ・ブーフはかぶりを振った。

「あいにくだな。おまえの場合は、やっぱり何度襲われても無理だよ」

「そいつは残念だ、ヴァンサン」ジムは応じ、背中に手をまわしてしかめっ面を装った。感覚のない手で、なんとかしてベルトを次のベルト通しから引き抜く。

「どうやらおまえは、共犯者どもからあまり人望がないらしい。みんな、おまえが嫌いだそうだよ」

「そのへんの飲み屋であと何度か立ちまわりをすれば、人望も得られるさ」

ラ・ブーフが声をあげて笑う。まるで居間で団らん中のような、気さくで感じのいい笑い声だった。それがラ・ブーフの恐ろしいところだ。いとも簡単に、理性のある人間、善良な一般市民と見せかけることができる。

根っからの悪党なのに。

「おれがここにいると、誰から聞いた？」ジムは時間稼ぎにたずねた。

敵が肩をすくめ、答えるまでもないとばかりに応じる。「タオルをたたんでいた小僧だ」

ジムはうなずいた。驚きはなかった。ラ・ブーフは「小鳥」と呼ぶ大勢の手下、ひったくりや盗聴屋、金棒引きといった連中から情報を集めている。ジェームズ・オーエンスに関する情報には、とりわけ高い駄賃を払うのだろう。

ラ・ブーフはいっそう笑みを広げた。

「カイロに舞い戻ってきたと聞いたときには、心底驚いたよ。ずいぶんとせっかちじゃないか。せっかちとはほど遠いおまえのはずなのになあ。それともあれか、死を望んでいるのか？」

「まさか。ぜひとも生き延びたいね」

「ほう。信じられんなあ」ラ・ブーフはつぶやき、ピースの足りないパズルを見るような目でジムを凝視した。「なにしろおまえには、なにもない。家族も、家も。居場所すら。そうだろう《ネスパ》？　つまりわれわれは、似た者同士というわけだよ」

ジムはなにも言いかえさなかった。ラ・ブーフがもっともらしいことを言っているあいだに、麻痺した片手に力が戻ってくる。

「わたし自身は」ラ・ブーフはこん棒で自分の胸を指した。「フランスの腐りきった政府から追われている。で、おまえはなにから追われてるんだったかな？」問いかけるように片眉をつりあげる。

「なんだっていい。そもそも、追われているというより、追いはらわれた」

まるで友だちを相手にでもしているかのように、ラ・ブーフはまたもや笑い声をあげ、首を振った。

「おまえというやつが理解できんよ。わたしが誘ってやったときに仲間に入っていれば、大金持ちになれただろうに。それをむざむざ断るとは。富はいらないとでも言わんばかりじゃないか。だがな、人がエジプトに来る理由は、富を得るためにちがいないんだよ」

ジムは無言をとおした。

「ジェームズ、おまえは謎だよ。ロマンチストのわたしとは、やはり相容れん。で、やっぱり金が目的なんだろう？　話してみろ」

「お褒めにあずかり、ありがとうよ、ヴァンサン。せっかく勝手に納得しているところをあいにくだが、あんたももっと周囲をよく見たほうがいい。祖国や名前や家族を失い、ほかに行き場がなくてエジプトに来た男など、数えきれないほどいる」

しばらく黙りこみ、ラ・ブーフはジムをじっと見つめた。鋭い視線が、頭のなかで策をめぐらしていることを物語っている。ずいぶん経ってからラ・ブーフはため息をもらした。

「そうかもしれんなあ」と、どこか残念そうに言う。「まあいい。それで、わたしの首飾りはどこへやった？」

ジムはわずかな望みをつないだ。宝石がちりばめられたファラオの首飾りを別の盗掘品売買人にすでに売りはらったことを、ラ・ブーフは知らないらしい。

「あれのことが気になってしかたがないんだ。いったいどこへやった？」

「なあ」ジムは応じた。「どうやら誤解があるようだとか、あんたのかんちがいだとか、そういうことは言いたくないんだ。かんちがいじゃないと、お互いにわかっているんだから。おれはあのとき、あるものをたまたま手に入れ——」

「〝たまたま手に入れ〟たのは、そいつのありかをわたしが教えてやったからだろう？」

ラ・ブーフは冷たい声でさえぎった。

「そのありかに、あんたは近づくことができなかったが、おれにはできた」ジェームズはやりかえし、両手をあげて、相手をなだめるような身ぶりをした。手をあげるとき、ベルトをさらに次のベルト通しから引き抜いた。「あんたに売るとは言ったが、別の売買人が現れてね」

「そいつは、たまたまではなく、おまえから首飾りの話を聞いて現れたんだろう？」

「たしかに」

ラ・ブーフの口の端がつりあがる。

「おれはビジネスマンだ。あんたもだろう?」ジムは懸命に、思慮深い声音を作った。「おれにどうしてほしいんだい?」

「約束どおり、あれを寄越すんだ」

「約束?」ジムはおうむがえしに言った。「頼むよ、ヴァンサン、おれたちは盗人だろう?」言い終えたところで、ベルトの端をつかむなり一気に最後まで引き抜き、鞭のようにしならせた。バックルがラ・ブーフの額に命中する。

深くえぐれた傷から血が噴きだし、敵の顔を赤く染めあげた。ラ・ブーフはあえいだが、百戦錬磨の闘士だけあって、武器を離そうとはしない。振りあげられたこん棒がジムの肋骨にあたった。だが顔をゆがませて体を折り曲げつつ、ジムはこん棒の威力を少しでも減じようと、敵との間合いを詰めた。ラ・ブーフが頭めがけてこん棒を振りおろしたが、ジムはその手をベルトで打ちすえ、手首に巻きついたベルトを締めあげた。ラ・ブーフが腕を突っ張らせ、こん棒を落とす。

すかさずジムはその場にしゃがみ、両手を床について、両足を前に伸ばした。足にかかったラ・ブーフが前のめりに倒れこむ。半ば下敷きになったジムは敵のシャツの襟をつかみ、腹を蹴って、背後の大理石の長椅子のほうへどけた。

ラ・ブーフの頭がいやな音をたてて長椅子にぶつかる。敵は紐を切られた操り人形のように床に転がった。

顔をしかめ、ジムは仰向けになると立ちあがった。舌で口の端を舐めると、血の味がした。傷はひとつふたつではないようだ。脇腹が痛むし、肩はうずいて、左目は早くも腫れが出てまぶたが開かない。足を引きずりながらラ・ブーフに歩み寄り、つま先で触れてみる。倒れたふりをしているわけではないようだ。安堵したジムはラ・ブーフのシャツを脱がせて肩にはおった。服を買いに行かせた少年は、きっと戻ってきまい。

運がよければ、そしてラ・ブーフをうまいことどこかに隠すことができれば、発見されるのは早くても明朝になる。それまでに、できるだけ遠くに逃げてしまえばいい。

ジムはラ・ブーフの両手を背中にまわし、タオルを引き裂いた紐で縛りあげた。東へ、インドあたりへ逃げるのが得策だ。あの重たい首飾りの行方がラ・ブーフにばれれば、自分はもう命がない。宝石がちりばめられた金の宝物は、すでにエジプトを離れ、いまごろはオーストリアの伯爵が飼うブルマスチフ犬の首を飾っているだろう。大金持ちの伯爵は、あの犬をたいそうかわいがっていたようだから。

目覚めたとき、ラ・ブーフはいよいよ殺しを決意しているはずだ。ジム殺しを。きっと血眼になってジムを探すことだろう。したがって、これからもエジプトで安全に暮らしていきたければラ・ブーフに死んでもらうしかない。そうなればありがたいが、それを現実のものとするには……ジムは人事不省の男をしばし見おろし、ため息をついた。無理だ。自分にはできない。やはり、今後の計画からエジプトを削除するしかない。

あきらめたジムはラ・ブーフの両足に紐をかけ、手首と一緒に縛りあげた。作業を終えて立ちあがる。残された唯一の問題はミルドレッド・ウィンペルホール。彼女を大佐のもとに連れていかなければ、借りを返す機会は二度と与えられまい。つまり、死ぬまで大佐に借りを返せないということだ。

それだけはごめんこうむりたい。

気にしなければいいと思うものの、やはり気になる。ならば、命を危険にさらしてでもミルドレッドをフォート・ゴードンまで連れていくか。考えるだけ愚かというものだろう。そう、ほかの誰かが、彼女を婚約者のもとへ送ればすむ話だ。ミルドレッドの身になにも起こらぬよう、「なにか」が起こるのが日常の砂漠で彼女を守ってくれる誰かが。フォート・ゴードンまでの案内役は、自分でなくても務められる。ただ、自分が最適任者だというだけの話だ。

足元でラ・ブーフがうめいた。ジムは数秒考えてから肩をすくめ、敵の顎を一発殴ってふたたび昏倒させた。

合否を気にするのが自分ひとりなら、試験の結果などどうでもいい。そもそも自分は何度も試験に落ちてきたし、これが最後というわけでもない。いまからアジアへ、あるいは北へ、バルト諸国へ向かえばいい。世界にはまだほかにも、過去を忘れて生きられる場所があるはずだ。それで万が一、過去によって骨の髄まで苦しめられることになろうと、少なくとも命は保証される。

八年前、ジムは自分に誓った。たかが女のために、二度と愚かなまねはしないと。ミルドレッド・ウィンペルホールを婚約者のもとまで送るのは、まさに「愚かなまね」だ。

7

目の前にいる男のほんとうの武器はペンなどではない、六連発拳銃なのだ——そう気づいたとたん、彼女の全身を恐れが興奮が走り抜けた。

——ジネス・ブラクストンの創作日記より

「起きてくれ、ミス・ウィンペルホール」

長身で悪人顔のやくざ者が出てくるいやな夢からようやく目覚め、ジネスはまばたきをして、薄暗いホテルの部屋に目を慣らした。ぼんやりとした頭を左右に振る。きっと自分はまだ夢を見ているのだろう。でなければ、ジェームズ・オーエンスがベッドの端に座っている理由がわからない。

「ここでなにをしているの」ジネスはもぐもぐ言い、室内を見まわした。テラスの窓が大きく開かれている。

「出かけよう。いますぐに」

「ここでなにをしているの」ジネスはくりかえし、顎の下までシーツを引きあげた。かかとを使って上半身をベッドの上で起こそうとしたとき、精緻な彫刻の施されたヘッドボードに頭をぶつけた。暗いので相手の様子はよく見えない。わかるのは、シャツが地元の下層階級が着るようなチュニックに替わっていることくらい。あとはほとんど代わり映えがない。

しかもチュニックはタバコ臭かった。アルコール臭もした。ジネスはくんくんとにおいをかいだ。そうだ、やはり酒を飲んできたのだ。ジネスはレースのあしらわれたシーツ越しに相手を見やった。この世には、アルコールの力を借りてひどい所業に及ぶ男もいる。

「なにをしているのよ」たずねる声が一オクターブ高くなる。

「婚約者のもとまで送る」

と応じる口調に、みだらな感じはいっさいなかった。ジネスはわずかに緊張を解いた。

「婚約者のもと?」

「ああ。出かけよう。いますぐ」

「あなたなんかと、どこにも行かないわ。すぐにわたしの部屋から出ていってちょうだい、ミスター・オーエンス」

「ミス・ウィンペルホール、話しあっている暇は――」

「わかっているわ。だから、行かないと言っているでしょう?」まったく。まさか彼は本気で、夜の夜中にふたりで出かけるつもりでいたのだろうか。別れ際の言い方がまだ手ぬるかったのかもしれない。

「いいか、ミス・ウィンペルホール」ジェームズが大きなこぶしをひとつ、彼女の太ももの脇に置いて身を乗りだしてくる。白いチュニックの胸元がはだけて、筋肉に覆われたたくましい胸板があらわになった。つかの間射した光を受けて、黒い胸毛がきらめいた。頰を赤らめたジネスはすぐさま顔をそむけた。ばかげている。とりわけ刺激的なエジプトの愛の詩でさえ、赤面せずに読める自分のはずなのに。いまの状況は、死者たちが交わす、あの露骨な愛の言葉……ジネスは内心で思いだして笑った。あれとはまるでちがう。ジェームズ・オーエンスは生身の男で、あまりにも近くにいるために、片手をあげればすぐにでも彫像のように広い胸板に触れてしまいそうな——。

「よくないわ。あなたの話を聞く気はありません。出ていかないのなら、人を呼ぶわ」

「誰も呼ぶな。話を聞いてくれ」応じたジェームズが体の位置をずらし、顔が光の下にさらされる。

たちまちジネスは、不安も恥ずかしさも忘れた。

「なんてこと！　いったいなにがあったの」

ジェームズはひどい顔をしていた。左のまぶたは腫れ、唇は切れ、無精ひげのはえた顎はあざで青黒くなっている。

ジネスも合点がいった。「けんかをしたのね。酒場でけんかを！」息をのみ、米国西部が舞台の三文小説で読んだ、けんかっ早い男たちの生々しい描写を思いだす。彼女は身を乗りだして相手の顔をのぞきこんだ。シーツが肩から落ちる。「けんかね、そうなんでしょう？」

じれったいような、怖いような感覚がわき起こってくる。「女の取りあいね？」

「は？」ジェームズはさっと身を引いた。険しい顔につかの間、当惑の色が浮かぶ。きっとただの演技だ。

「そうなんだわ！」ジネスは決めつけた。「酒場で飲んだくれ……」ふさわしい言葉を必死に探す。「ふしだらな女を取りあってけんかになった！　否定してもむだよ」

ポンフリー大佐とやらは、いったいどういうつもりなのか。ミス・ウィンペルホールのように繊細かつ内気な女性のエスコート役として、こんな男を送りこんでくるとは。信じられない。ジェームズ・オーエンスみたいな男を前にしたら、ミス・ウィンペルホールは怯えきってしまうにちがいない。ジネス自身は、繊細でも内気でもないので大丈夫だが。

ジェームズはそそくさと手を伸ばすと、彼女の肩にシーツを掛けなおした。

「カイロに酒場はない」

「とぼけないで。酒場というのは言葉のあやで、実際には、殿方の低俗なる衝動を満たすための、例のいまわしい場所のことよ」

「低俗なる衝動？」

「は、恥を知りなさい」ジネスはたしなめた。これでジェームズの胸の奥にも、深窓の令嬢には良識を持って接しなければならないという気持ちがめばえるはずだ。小説にならえば、きっとそうなる。「生まれながらのならず者ではないのでしょう？　善人になれるよう……努力しなくちゃ。善良な一面が、きっとあなたにもあるはず」確信もないのにジネスは力説した。「心のどこかにあるはずよ」

しばし彼女を凝視していたジェームズは、ふいに立ちあがると、また身を乗りだしてきた。ほの暗い部屋で彼の瞳が光る。

「すべてお見通しというわけか」とほれぼれする西部訛りで彼はぼやいた。

素晴らしい響きだ。

「そう、酒場でけんかさ」ジェームズは認めた。「残念ながら、男という生き物は酒が入ると手がつけられない」

「そうらしいわね」ジネスはあえいだ。

「まったくあんたの言うとおりさ。ここまで白状したんだから、ついでに警告しておくのがフェアだろうな。おれは、英国の愛玩犬みたいにおとなしい性格じゃないんだよ」

言われるまでもないわ……ジネスは思い、シーツをたぐり寄せた。愛玩犬にはほど遠いもの。相手の本意がわからず、ジネスは目をしばたたいて顔を見あげた。心臓が口から飛びでそうだ。

「コンプレンデ？」

ジネスは眉根を寄せた。「なんて言ったの」

「わかったかい？」

「ええ」

「では、おれが行くと言ったら行くんだ。ラムロッドはおれだ、いいな？」

ラムロッドって……？　ああ、ボスのことね。ジネスは黙ってうなずいた。

「それから、旅の途中でおれが指示を出したら、つべこべ言わずに従え」

「つべこべ言わないわ。レディらしくないもの」

「だから、つべこべ言うなと言ってるだろう」

口を開きかけたジネスはすぐさま閉じ、ごくりとつばをのみこんだ。冷酷なジムの口調に、少しだけ怖くなってくる。

「そういう目で見るのはよせ。言われたとおりにしてさえいれば、なにもしやしない。おれの目的はただひとつ。あんたを愛する男のもとへと無事に送り届けることだけだ。おれは大佐からあんたを預かった、それに」ジェームズが顔をそむける。唇をかすかに震わせているのは、なにか胸にこみあげるものでもあったのか。「おれは西部のルールで生きている。泣きわめいて暴れるあんたを抱きかかえてでも、大佐のもとに連れていくつもりだ」

なんて素晴らしい。

「わかったか？」

「ええ」わたしはミルドレッド・ウィンペルホールじゃない、だからあなたと一緒には行かない……ジネスは危うくそう口走りそうになった。なりすまし作戦を始めたときのジェームズ・オーエンスと、目の前の彼はまるで別人だ。令嬢が彼を恐れたのは、正しかったらしい。

とはいえ、ポンフリー大佐がミス・ウィンペルホールを託した相手だ。大佐の判断は信じていいだろう。信頼もできない男にミス・ウィンペルホールを託して、婚約者の身の安全はもちろん、貞操を危険にさらすようなまねは絶対にしないはず。

そもそもジネスはいま、目標に、未来に、栄光に近づきつつある。その事実を忘れてはならない。自分がなんのためにここにいて、どれほどの栄光を手に入れようとしているのかを。

気力をかき集め、ジネスは顎をつんとあげた。

「その代わりに、お酒を飲みたくなっても我慢すると約束して」

ジェームズは冷ややかに彼女をにらんだ。「おれはおれの好きにする」

「約束して」

「守れない約束はしない。ただし、努力はすると言っておこう」

「あなたの行動を、ポンフリー大佐に言いつけたくないの」とさりげなく脅してみたが、効き目はないようだ。

彼は口元をこわばらせたものの、こう応じた。

「おれも言いつけられると困る。だからこそ、いますぐ出るんだよ。ここにいたら、酒と女の魔力にまたやられそうだ」

「いますぐなの？」

ジェームズはうなずいた。

「真夜中よ」

「つべこべ言うな」

「だって、真夜中なのに」

「ミス・ウィンペルホール、これからおれたちは、ものすごく暑くてものすごく広い砂漠を渡る」英国風の訛りが戻っている。西部訛りは、酔ったときか、興奮したときにだけ出るのかもしれない。少々残念だ。良し悪しはともかく、西部訛りのほうがジネスはずっと好きなのに。「だから、移動はもっぱら夜明け前と夕方以降にしたほうがいい。というわけで、いますぐ出かける。一時間以内にしたくを」

もうつべこべ言うつもりはなかった。早く出れば出るだけ、目的も早く果たせる。ただし……「服を買い揃える時間がないわ」

「任せておけ」

「あなたに？」

「いや、大佐にという意味だ。忘れていたよ。大佐があんたの服や旅の物資を用意しておいてくれたんだった」

ジネスはまじまじと相手を見た。なにかを隠されているような気がしてならない。

「それにしばらくはその格好でも大丈夫だろう」無言の彼女に向かってジェームズが言い添える。「最初の二日間は船で移動するから、さほど暑くない」

「わかったわ」ジネスはベッドの端に移動し、シーツを体に巻きつけながら立ちあがった。見ればジェームズは、長身な彼女よりゆうに一五センチは高い。「出てって」

彼が近づいてきてジネスを見おろした。顔が陰になっており、表情はうかがえなかった。

「すまないね、いますぐに出発しなくちゃならないんだ」彼は優しく言った。怖いくらいに優しく。「肩にかついで運ばれるのと、自分で歩くのとどっちがいい？」

相手は経験浅い弟でもなければ、愛情深い父でもない。正体の知れない、厚かましい他人だ。ジネスはどうすればいいのかわからなかった。

危険だ。彼はとても危険だ。でもフォート・ゴードンを目指すなら、一緒に行くしかない。

「行きたくないとは言ってないでしょう。着替えをして、ちょっと荷物をまとめるあいだ、外に出ていてほしいだけよ」

たちまちジェームズが緊張を解く。「なんだ、そういうことか。だったらそう言えばいいんだ」

開いた窓に歩み寄り、ジェームズは立ち止まった。ほの明るい空を背にして体の輪郭が浮きあがる。

「三〇分後に落ちあおう。ロビーではなく、庭の端で。誰かに見られたら厄介だ」

ジネスの返事を待つことなく、彼は窓枠をまたぐと無言で夜のなかへと消えた。残されたジネスは首をかしげた。たしかにわたしは、夜中に出発するところを人に見られたくない。でも、なぜ彼までが？

8

彼は彼女の小さな白い手をとり、胸元に引き寄せると、鼓動を手のひらに伝えようとするかのように胸に押しあてた。「ダーリン、きみはなんて勇敢なんだ」彼は感極まったように言った。「目を開けて。きみの無事をたしかめたい」

――ジネス・ブラクストンの創作日記より

「まったく、ろくに考えもせずに」ハージはぼやき、ジムに荷物を放ると、小型帆船《フエラツカ》の舳先《へさき》に飛び乗った。

ぼやきを無視して、ジムは水夫のひとりに荷物を渡した。

「すべて揃えてくれたんだろうな？」とハージにたずねる。

ハージはしかめっ面をした。

「すべてというのは、あの赤毛の雌猫用の服ってこと？　ああ、もちろん。雌猫のお気に召すかどうか？　そいつは知らない。言うまでもなく、朝の四時から英国女性向けの服を売ってくれる店なんてそうそうない。しかたがないから、知りあいのとあるレディのところを訪れたよ。見ず知らずの女のために服を譲ってほしいと頼んだら、むっとされた。だから彼女が、いったいどんな服をその荷物に詰めたのかはわからない。ひょっとすると、ぼろばかりかも。ともあれ、ぼくへの礼金は一〇ポンドだから」ハージは周囲を見まわした。「で、ポンフリーの未来の花嫁はどこなのさ？」

ジムは船尾に座るミルドレッド・ウィンペルホールを顎で示した。ミルドレッドは船べりを両手でつかんで、日の出を眺めていた。一日の始まりを告げるほの明かりが彼女の横顔を薔薇色に輝かせている。その明かりが、すっと通った堂々たる鼻筋から、すっきりとした顎の線、長く細い首へと伸びている。

「なんであの黒眼鏡をいつまでもかけているんだろう」ハージがうんざりした声で言った。「朝焼けなんてまぶしくないのにさ」

ジムにもわからなかった。彼も不思議に思っていたし、眼鏡の奥の瞳は何色なんだろうと気にもなっていた。ホテルの部屋でも、薄暗くてよくわからなかった。ただ、淡い色の内気そうな目でないことはわかった。きらきらした黒っぽい瞳で、カールした長いまつげに縁どられていた。

ホテルの部屋では、ほかにも気づいたことがいくつかあった。たとえば、シーツが腰のあたりまで落ちたときに見えた、薄いコットンのナイトドレスに隠された豊かな乳房のふくらみ。あれに気づいたりするのではなかった。ミルドレッドのことは、あくまで借りを返すための道具と考えていたかった。だが彼女は……ジムは首を振り、想像しようとする自分をいさめた。彼女は、トラブルのもとだ。決まっているじゃないか。

大佐の花嫁というからには、明確に定められた細い細い道だけを歩んできた、いかにも取り澄ました女性だろうと思っていた。想像力のかけらもない、冷血人間だろうと。大佐の結婚相手として、快活で、女っぽく、とてつもなくロマンチックな女性などまさか想像もしていなかった。だが、ミルドレッド・ウィンペルホールはまさにそういう女性だった。

まず彼女は、ジムがなにも言わないうちから、勝手に彼を無法者のカウボーイと決めてかかった。どう説明しても決めつけをやめてもらえそうにないことに気づいたジムは、だったらこっちもその役割を利用しようと思いたった。彼女には、協力を頼んだところで絶対に聞いてはもらえなかっただろう。悪党と思われているのなら、悪党のふりをしておけばいい。そうすれば、ミルドレッドが彼に逆らい、それがきっかけで彼の正体がばれる危険性もなくなる。人に逆らうのが誰よりも得意そうな彼女には、それが一番の対処法だ。

ジムは無意識のうちにほほえんだ。あのときのミルドレッドは、羽が生えそろったばかりのフクロウのようだった。シーツの巣のなかから、不思議そうに目を丸くして彼を見あげていた。表情は恐れと興奮がないまぜになったようで――。

「最善は尽くしたよ」

ジムは顔をあげ、夢想からわれに返った。

「船員のこと」ハージが説明しながら、波止場を行き来して荷物を運び、出帆の準備を整える四人の男たちを顎で示す。「ヌビア人だって。きみがヌビア語を話せないのは知ってるけど、急な話だったから、彼らを揃えるのが精いっぱいだった。船長は英語が少しわかるってさ」

ジムはうなずいた。どうやら英語は船長の唯一の売りらしい。半時前に酔っぱらって現れた彼はずっと、懸命にしらふのふりをしている。見ていると、樽のような腹をした船長がげっぷをし、ひとりの少年に向かってなにごとか大声で命じた。少年が船尾に駆け寄り、主帆をあげる作業に取りかかる。もたもたする少年に、罵声が飛んだ。

「やれやれ。溺れずにこの川を渡りきることができたら、まさに奇跡だな」ジムはつぶやいた。「それで、連中にはいくら払えばいい？」

「一日あたり二〇ピアスタ。船長には、プラス五〇」

「ずいぶんふっかけるじゃないか、ハージ」

「実際はポンフリーが払うわけだろ。きみは請求書を彼に渡すだけ。ぼくがきみなら、たっぷり水増しするね」ハージはミルドレッド・ウィンペルホールのほうを見やって、にやりと笑った。「闘いの駄賃としてさ。そのくらい当然だろう？」

ハージは笑みを消した。

「でも、命は金に代えられない。正気の沙汰とは思えないな。ラ・ブーフみずから追ってくることはなくても、きっときみを賞金首にするはずだよ。一〇〇キロ四方にいる悪党という悪党が、きみを血眼になって捜すにちがいないのに」

「砂漠でおれを捜そうとするやつなんて、いないさ」応じたジムだったが、ハージに言われたようなことは想定済みである。

「ミス・ウィンペルホールの身の安全だって、考えたほうがいいんじゃないのかい？　きみと一緒にいれば、格好の標的だ」

それも想定済みだ。

「彼女に手出しすれば、ラ・ブーフは英国陸軍にまで追われる羽目になる。やつもそれくらいわかっているさ」

「ばかばかしい！　ポンフリーの花嫁なんだから、彼に新しい案内人を探させればいいじゃないか。あるいは、彼が迎えに来ればずっと簡単だよ」

ジムは返事をためらった。たしかにハージの言うとおりだ。未熟な水夫と酔っぱらいの船長を見やり、あてにならない連中に彼女まで任せてほんとうに大丈夫なのかと、あらためて考えてみる。ミルドレッドのように、若く無防備な女性を。金の亡者のラ・ブーフのことだから、地図のない広大な砂漠に手下を放ってジムを捜させるようなまねはしないだろう。けれども賞金に目がくらんだ誰かが、無茶をしないともかぎらない。

「こうしよう」ハージが説得をつづける。「彼女には、どこかの高級ホテルに一週間かそこら泊まってもらうんだよ。無理じゃないだろう？」

たしかに、無理ではない。

「無理よ！　絶対に無理！」

女性の慌てきった大声に男ふたりはくるりと振りかえり、ミルドレッドが木箱の上を四つん這いになってこちらにやってくるのを見た。コウモリ並みの聴覚の持ち主だ。

「ミス・ウィンペルホール」ハージが笑みをたたえて呼びかける。「事情がわかれば、あなたもきっとミスター・オーエンスに案内役は無理だと思うはずです」

「事情くらいわかるわ！」ミルドレッドは反論し、主帆をあげる作業になおも手間どっている少年のとなりで止まった。「なにからなにまで。だから断言できるの、彼の抱えている問題など、わたしの目的に比べたらなんでもないって」

ハージの視線が険しくなる。「下手すれば彼は殺――」

ジムはハージの腕をつかみ、小さく首を振って止めた。

「ミス・ウィンペルホール、申し訳ないんだが、予期せぬ事態が起こった。あんたのことは、おれ以外の誰かにフォート・ゴードンまで送り届けてもらうほうが、関係者全員にとっていいと思う。ここにいるハージが、代わりに立派な案内人を見つけてくれるはずだ」

「代わりの案内人などいらないわ」ミルドレッドは青ざめた。「あなたがいいの」

意外に頑固らしい。「お言葉は嬉しいんだが、じつはある男が――」

「お願い」ミルドレッドが懇願する。「あなたが有能なスパイだろうと、役立たずの案内人だろうと、不信心者だろうと、なんだってかまわない。重要なのは、あなたがいまこの場にいるということ。代わりの案内人を見つけるには、きっと何日もかかるわ。でも、わたしには時間がない」

大佐がこれほど情熱的に慕われる男とは思えないが、ひとまずジムは応じた。

「婚約者殿と早く会いたい気持ちはよくわかるが、のっぴきならない事態が起きたんだ」

「いいえ、なんとかなる！　あなたはここにいる。わたしもここにいる。船員も。彼が現れる前に、ここを発つべきだったんだわ」ミルドレッドは黒眼鏡の下から短剣のように鋭い目でハージをにらんだ。

「それはどうもすみませんね、シート」ハージはいやみったらしく言いかえした。

令嬢が地団駄を踏み、足元の木箱が危なっかしく傾く。彼女は両手を腰にあて、胸を大きく上下させて息巻いた。

「いいこと。わたしは今日、フォート・ゴードンに向かうわ。いますぐに。あなたがいても、いなくてもよ、ミスター・オーエンス」

「頼むから落ち着いてくれないか、ミス・ウィンペルホール――」それ以上なにを言えばいいかわからず、ジムは言葉を切った。

「あなたがいても、いなくても」令嬢はくりかえした。部下に指示を出すのを中断して、ことのなりゆきを興味津々に見守る船長を、尊大に指差す。「船長、あなた英語がわかるんでしょう？」

「ええ、まあ」

「フォート・ゴードンまで案内役を務めてくれそうな人を知らない？」

「さあ」船長はうんざり顔で首を振った。「目的地は遠いし、危ないところを渡らなくちゃいけませんから、いないでしょ」

ミルドレッドの態度に、ジムは緊張をゆるめた。気づけば全身の筋肉という筋肉がこわばっていたようだ。

「そう言わずに、引き受けてくれる人をなんとか探してくれない？　そうね、五〇ポンドとかで」

すぐさま船長が、首を振るのをやめる。彼は目を細めて令嬢を見た。

「いとこの娘のだんなが、ベドウィン人だ。あいつなら――」

「だめだ」ジムはさえぎった。「絶対にだめだ。直接知っているわけでもない男を、こんな旅に同行させるわけにはいかない」

「あなたのことだって、ポンフリー大佐が書いてきたこと以外になにも知らないけど？」ミルドレッドが指摘した。「大佐自身も、あなたをよくわかっていないんじゃないかしら。あなたが約束破りだなんて、思ってもいないかもしれない」ジムの全身を眺めまわす。「想定してしかるべきだったのに」

もっとひどい言われ方をしたことだってある。それにジムは、言葉のひとつやふたつで、いちいち腹を立てる男ではない。だが、やはり傷ついた。

「ああ、想定してしかるべきだったな」

「あきれた！」ミルドレッドはまた地団駄を踏んだ。「もういいわ。船長、この人たちがおりたら、ただちに出発しましょう」

「先に船代をいただかないと」

「そうよね。お代なら、いまわたしが——ちょっと、なにをしているの、ミスター・オーエンス。その人からいますぐ手を放しなさい」

ジムは船尾梁を渡り、船長の民族衣装《ガラビア》をつかむと、無理やり自分のほうに向かせた。まったく。これで船長に、彼女が金を持っていることを知られてしまった。ミルドレッド・ウィンペルホールはたったいま、みずから身を危険にさらし、しかもそれに気づいていない。よくこれで、エジプトまで無事にたどり着けたものだ。

自分が一緒にいれば彼女の身を危険にさらしてしまう、ジムはそう危惧していた。けれども彼女にはすでに危険が迫っていて、しかも刻々と深みにはまりつつある。自分自身を含めたあらゆる人間がどんな目に遭うかなどおかまいなしでわが道を行こうとする、そういう女性だからだ。

「あんたに任せるわけにはいかない」ジムは船長に向かってすごんだ。「五〇ポンドだか一〇〇ポンドだかはあきらめろ。わかったか」

船長はもがくようにジムから逃れ、両手をあげて降参した。

「わかりましたとも、だんな《エフエンディ》。ばか言ってすみません」

「ひどいわ！」ミルドレッドが木箱の上から叫んだ。「卑怯じゃない。これはわたしの問題なのよ」

ジムは肩越しに彼女を見やった。「あんたのためだ」

「そんな言葉は聞き飽きたわ」鋭く言いかえした令嬢の頭から帽子が落ち、赤毛がまるでメデューサの蛇のように顔にまとわりついた。

「その船長をくびにすることはできても、川岸で仕事を探すすべての船長に同じまねはさすがにできないでしょう？　でも、わたしを止めたかったらそうするしかないのよ。こうなったら、岸の先から先まで歩いてあらゆる男に声をかけ、ダハビヤでも、フェラッカでも、いかだでもなんでもいいから、船を出してくれる人を探してみせる。じきに誰かしら見つかるから、邪魔をしないで。あなただって、わたしのあとを一日じゅう追いまわすのはいやでしょう？　そもそも、あなたは一刻も早くわたしを追いはらおうとしていた。だったら、いますぐそうすればいいんだわ。そら、向こうに行って、ミスター・オーエンス。わたしはわたしで、船長探しに取りかかるから」

ジムはミルドレッドをにらんだ。ミルドレッドはジムをにらんだ。

くそっ。

「やったぞう！」令嬢のかたわらの少年がふいに叫び、飛び跳ねて嬉しそうに両手で宙をパンチした。主帆が風をとらえ、大きくふくらんでいた。

だが勝利の喜びはつかの間だった。少年は、主帆を留めるロープを結んでいなかったのだ。主帆がいっぱいに風をとらえた瞬間、太い木のマストが倒れて、あたりのいっさいをなぎ払った。

ミルドレッド・ウィンペルホールをも。ついさっきまでそこに立って、ジムをにらんでいた彼女が、いまはもう消えている。

船体の端に駆け寄れば、ちょうど令嬢が水中へと沈んでいくところだった。幾層にもなったスカートが巨大なクラゲのように広がってふくらみ、彼女を水のなかへと引きずりこむ。

「いいからきみは早くエジプトから逃げるんだ、ジェームズ」ハージが静かに諭してくる。「令嬢のことは、ぼくに任せて」

だが手遅れだった。ジムはすでに、川へと飛びこんでいた。


ギャバジンの重たいスカートに引っ張られて、ジネスはナイルの川底へと落ちていった。どろりとした茶色の水のなかで目を開けたとたん、パニックに襲われかけた。上も下もわからない。だが方向感覚を失い、恐怖につつまれながらも、彼女はもがくまいと自分を制した。泳ぎは得意だ。ただ、スカートが邪魔をしている。これを脱ぐしかない。

懸命に、紐やボタンをはずしはじめる。胸が痛み、肺がいまにも破裂しそうだが、ここで思いっきり息を吐きだすのは危険だ。ジネスは慎重に、ほんの少しだけ息をもらし、スカートを脱ぐ作業をつづけた。だが頭がもうろうとしてきて、指がうまく動かない……。

そのとき突然、力強いふたつの手につかまれて、ジネスは泥水のあいだを引かれていった。頭が川面を突き破り、水上へと、大気のなかへと体が浮上する。彼女はあえぎ、必死に息をした。つづけて、たくましい腕にフェラッカ船の船腹へと押しあげられ、いくつかの手につかまれて、あたかも大漁網のように甲板に引っ張りあげられた。

ジネスは咳きこみ、甲板中に泥水を吐いた。すると、たくましくも広い胸板に抱き寄せられた。温かな首と、筋肉が盛りあがった肩のあいだに、彼女は頭をもたせた。

「大丈夫か？」と問いかける声は険しく、優しさのかけらもない。彼はジネスの体を小さく揺さぶった。「大丈夫かと訊いてるんだ」

「ええ」

まぶたをあげ、顔を覆う泥水越しに目をしばたたき、ジネスは自分を見おろすジェームズ・オーエンスを見つけた。わかっていた。触れられた瞬間から、彼だと気づいていた。ジェームズの顔はまるで仮面のようで、感情がまったくうかがい知れない。淡灰色の瞳はジネスの頬から髪、唇へと視線を移していき、最後にようやく目と目が合った。

「わたしのために、川へ？」弱々しい声で、ジネスは不思議そうにたずねた。

その問いかけがおかしかったのか、ジェームズは口の端をゆがめてほほえんだ。

「おれが飛びこまないと思ったか？」

考える前に、ジネスは答えていた。

「もちろん」

「おれもだ」と応じる彼の声はどこか奇妙だったが、当惑している風ではない。

「わたしを、フォート・ゴードンまで連れていってくれる？」さして期待せずにたずねてみる。当然断られるだろう。これで計画はおじゃんだ。一本のマストのために、ジネスの夢はついえた。

「ああ」彼はあきらめきった声で答えた。「連れていくしかないらしい」

9

彼女は毎日、彼のそばにいた。少女のようにほっそりとした体と、明るくて知りたがり屋な優しい気づかいが、彼にこれまでの人生の味気なさを実感させた。

――ジネス・ブラクストンの創作日記より

オールに視線を据えたジムは、前方の船べりに腰かけてたらした足をぶらぶらさせているミルドレッド・ウィンペルホールを必死に見まいとしていた。そこをどけ、と内心でつぶやいた。そんなことをしたら、川の神にまた水中に引きずりこまれるじゃないか。だが当人に危ないまねをしている自覚はなく、昨日の災難もすっかり忘れているらしい。まるでナイル川に落ちるのは日常茶飯事だと言わんばかりだ。

足元ははだしだが、服については、暑苦しいギャバジンの旅行着にふたたび戻っている。昨日は一日、マストに上着とスカートを掛けて乾かすあいだ、長い帆布にくるまって過ごしていた。ハージが調達した着替えのたぐいは、手際の悪い水夫がほかの荷物の山と一緒にしてしまって、どこにあるかわからなかったのだ。とはいえ、令嬢は着替えがなくても気にならない様子だ。フォート・ゴードンに連れていくとジムが言ってから、彼女はたいそう機嫌がいい。

ジムに選択肢はほとんどなかった。ミルドレッドはまちがいなく、ジムがいようがいまいがフォート・ゴードンに向かおうとしただろう。ならば、彼女が砂漠を無事に渡れるよう、誰かが案内をする必要がある。その誰かは、ポンフリーの要請に応じたジムしかいない。というわけで、ミルドレッドは幸か不幸かジムの手にゆだねられた……婚約者に引き渡すまでは。

やわらかな風に川面が波打つのに気づき、ジムは主帆を見あげた。主帆はわずかにはためき、すぐにまた動きを止めた。ナイルをフェラッカ船で渡るには風が頼りだが、いまはほとんど無風で、ジムとヌビア人の水夫たちが漕ぎ手として働くことを余儀なくされている。汗みどろになりながら、必死に。

「駅馬車から強奪したことはある？」と問いかける声が聞こえた。

驚いたジムは、見るべきではないのに、ミルドレッドを見てしまった。令嬢は始終、その手の質問ばかりしている。六連発拳銃は持ってる？　牛を盗んだことはある？　ウイスキーってどんな味がするの？　水牛の群れを見たことは？

「あるいは、列車から」令嬢はまばたきひとつせず、真剣な面持ちでたずねた。

いったいどこの若いレディが、こんな質問をするというのだろう。そもそも、こんなことに関心を持つというのだろう。

良家のお嬢様にあまり縁のないジムは、ミルドレッドのような相手にどう接すればいいのかわからない。お嬢様という生き物は一般に、慎み深く内気で、常に伏し目がちに、口元にうっすらと笑みをたたえている。たとえばシャーロットなどは、赤の他人にそのような個人的な質問をするのは、はだかで通りを走るようなものだと言うにちがいない。

ところがミルドレッドは、女性が三人集まったときのかしましさよりも、さらに多くの質問と意見とおしゃべりで圧倒してくる。どこのフィニッシング・スクールに行ったのか知らないが、ジムが彼女の父親なら、学費を返せと言いたいところだ。

「答えたくなければ、答えなくてもいいわ」ミルドレッドが言い添えた。

「そいつはありがたい」ジムは淡々と答えた。

「でも、答えてくれたら嬉しいけど」長いまつげの下から、人の顔をちらりと見る。あの目――。

あの目だけは、かんべんしてほしい。彼女が昨日、川で黒眼鏡をなくしてくれたのは、幸いとは言いきれなかった。フェラッカ船の甲板に救いあげられたミルドレッドがまぶたを開けたとき、ジムは心臓が止まるかと思った。見たこともないほど青い瞳だったからだ。正真正銘のセルリアンブルー。緑がかったやわらかな青の虹彩に、赤褐色のきらめきがちりばめられ、ダークブルーに縁どられていた。男に分別を失わせ、その場でひざまずかせる瞳だ。

正確には、一部の男を――ジムはちがう。

「どうなの?」ミルドレッドの手元には、たたんだ便箋と鉛筆があった。いったいなにを書いているのだろう。始終なにかしら書きつけているようだが。「列車から強奪したことはあるの？」

「いったい、おれをどんな人間だと思ってるんだ、ミス・ウィンペルホール？」

「さあ。わからないから、わかろうと努力しているの」とミルドレッド。「だけど、あなたが一言二言しか答えてくれないから苦労しているわ」

「答えないのはたぶん、答えがあんたのお気に召さないからだ」

しばし考えこむ表情になったミルドレッドは、長い脚を伸ばしてつま先を川につけた。ほっそりとした足首と優雅に弧を描く甲、ピンクのかわいらしいつま先がジムの視界に入る。たちまち体がこわばるのを覚えて、ジムはいらだった。たかが足に、なぜ自分はこうも興奮しなくちゃいけない？

「たしかに、気に入らないかもしれない」令嬢がようやくうなずいた。「でも、ポンフリー大佐がわたしの身の安全をゆだねた男性が果たしてどんな人なのか、知る権利はあると思わない？」

「大佐がおれにゆだねたという事実だけじゃ、まだ足りないか？」ジムはやりかえした。

「ええ」ミルドレッドは即答した。「だって、ゆだねられたのは大佐ではなくてわたしの身の安全だもの」

ジムのなかで、令嬢が行ったとかいうフィニッシング・スクールに対する評点がまた下がる。「行ったとかいう」とつけくわえたのは、その手の学校にほんとうは行っていないのではないかと疑問に思いだしたからだ。若いレディは普通、こんなふうに自分の意見をとおそうとしない。老婦人ならいざ知らず、強い自我を持つにはミルドレッドは若すぎる。にもかかわらず、彼女は自我のかたまりのように見える。

しかも、筋はとおっている。案内役の人となりを、最後まで責任を果たし、万一のときにも見捨てたりしない男かどうかを、知る権利が彼女にはある。反対の立場なら、ジムだって知りたいと思うだろう。

ジムだって答えたかった。誰かに、いや彼女に、自分という人間を、数日間ともに過ごすだけのまぼろしのような人間ではないことを知ってほしかったからだ。なぜそんなふうに感じるのかは、よくわからないが。

「いや、駅馬車から強奪したことはない。列車からも。その前の質問に答えるなら、銀行からもだ」

「でも、強奪の経験はあるのでしょう?」ミルドレッドはジムをまじまじと見つめた。「誰かしらから」

「ああ。死人から」相手の驚愕の面持ちに気づいたジムは、つまらなそうに笑った。「墓から、という意味だ。死んだ牛泥棒からブーツを盗んだりしたことはないよ」

「墓からの出土品を、遺物と呼ぶ人もいるわ」令嬢が硬い声で指摘する。

「墓から掘り起こして奪う考古学者と、おれたちにどんなちがいが? 盗みは盗みだ。ちがいがあるとしたら、タイミングくらいだな」

令嬢が表情までこわばらせ、ジムは大胆になっていった。なんだか、おもしろい具合になってきた。

「考古学者は、公衆の利益のために墓を掘り起こすわ。個人の欲を満たそうとするのが泥棒よ」

「ひょっとして、お父上が考古学者かなにかなのか？　あんたも、やつらの一味なのかな？」ジムは令嬢をからかった。上流社会には、アマチュア考古学者を気どる連中も多い。ジムもそうしたやからに、盗品を売りつけたことがある。

「ちがうわ！　でも、そうよ」ミルドレッドは顔を赤らめた。「父は、才能ある考古学者よ。盗人呼ばわりはやめて」

これでわかった。だからミルドレッドは、歴史の豆知識を会話の途中に挟んだり、遺跡のかたわらを通るたびに、つまらない意見を披露したりするのだ。

「だったらお父上はきっと、遺物の取得にまつわるありとあらゆるルールをしっかり守るんだろうな」

令嬢はますます顔を赤らめ、咳ばらいをした。

「そのとおりよ。でも、うちの家族の話はどうでもいいの。わたしたちは、あなたのご家族について話しあっていたんだから」

「いや、そんな話はしていないし、これからもしないね」ジムが冷ややかに応じると、ミルドレッドはにらんできた。ハージ以上に厄介で、ハージ以上にわかりやすい性格をしているらしい。

「いいわ、わたしたちは、米国の未開の荒野でのあなたの暮らしぶりについて話しあっていたのよね」

「いいや。あんたが勝手に話していただけだ。おれは船を漕いでいた」

「だけど、こうして話をしていれば」ミルドレッドは食い下がった。「暑さも、オールを漕ぐつらさも、目的地までの遠い道のりも、忘れられるでしょう？」元気づけようとして言っているのだろうが、元気など出なかった。「あるいは、船員の無能さも」

左右の船端でオールを漕ぐヌビア人を見やって、彼女はつづけた。

「あのなかの誰ひとりとして、他人と一緒に漕いだことがある人なんていないんじゃないかしら。船漕ぎ歌でも歌ってあげましょうか？　そうしたら、同じ調子で漕げるようになるわ」

「必要ない」ジムは慌てて言った。未婚女性が船にいるせいで水夫たちが不安を感じていると、船長から聞かされていた。ミルドレッドが川に落ちたのも、いつになく風が吹かないのも、凶兆の前触れだというのだ。「ああ、ええと、こうして話をしているほうがいい」

ミルドレッドは満面の笑みを浮かべた。ジムははめられた気分だった。

「野生馬は飼っていた？」

ようやく安全な話題が出た。

「ああ。小さいが頑丈な、黄灰色のやつをね」

「顔はかわいかった？」

「全然。ガーゴイル並みに不細工だったよ。こっちの背骨が折れるほどの勢いで走り、それでも一度も転ぶことなく、雄牛を前にしても怯まないやつだった」

「乗馬は得意なんでしょう？」

「まあね」

「その子、まだ飼っているの？」

「いいや」ほかのすべてのものと同様、父が亡くなり、ジムが相続人になると、馬はどこかへ売り飛ばされた。父の死後、祖母のアルシアは意地悪な天使のようにいきなり現れ、ジムを叔父の牧場から引きずりだして、墓場のような家（家などと呼べる代物ではないが）に住まわせた。祖母はジムに、なにひとつとして牧場から持ちだすことを許さなかった。

「詮索ばかりさせないで、少しはご自分から話してくれない？」ミルドレッドからいやに熱心に促され、ジムは驚いた。なぜそこまで自分に興味を持つのか。「謎めいた孤独な放浪者の生き方を知りたいのよ。なのにあなたときたら、むっつり押し黙って。スフィンクスのほうがずっと社交的なくらいだわ！」

謎めいた孤独な放浪者？　そんなふうに見られていたのか。ジムは思わずほほえんだ。

「そういう笑い方はやめて。謎めいた男を装っているだけなんでしょう？　そうすれば、妖しいオーラが醸せるとわかっているんだわ」

まいったな。ジムのほほえみは、満面の笑みへと変わった。ほんとうに突拍子もないお嬢さんだ。じつにおもしろい。

「このおれに、妖しいオーラを感じてるのかい？」

「まさか、醸そうとして失敗したみたいよ」ミルドレッドはふんと鼻を鳴らした。

「それは残念」ジムは笑顔のまま応じた。令嬢は腕を組んで、つんと顎をあげると、そっぽを向いた。「この話題はここまでにしておこう。それで、おれのなにが知りたい？」

「きょうだいはいる？」

「ああ。五歳年下の、義理の弟がいる。ジョックというんだ」義弟の名前を口にするのさえ久しぶりだった。口にしたとたん、妙な感じ、ほろ苦いような気持ちにつつまれた。「優しいが引っこみ思案で、勉強好きだった。本ばかり読んでいた。母親は、お産のときに亡くなった」冷え冷えとした祖母の屋敷で、義弟だけがわずかなぬくもりだった。

ミルドレッドがほほえみかけた。「そうなの。つらい少年時代だったのね」

「まあね」

令嬢は、令嬢とは思えない勢いで洟をすすった。

「あんたは、きょうだいは？」ジムはたずねかえした。「おれもあんたのことはなにも知らない。大佐の婚約者だという事実以外はね」

「そうよね」ミルドレッドが淡々と答える。「たくさんいるわ。弟が六人と、これからさらにもうひとり増える予定。次はわたしが質問する番ね。ご両親はどこに？」

思いだしたくない記憶だ。「ふたりとも死んだ」ジムはこわばった声で短く答えた。答えてから、なぜかもっと話したくなっている自分に気づいた。「母はおれが四歳のときに亡くなった。当時は、叔父の牧場に住んでいて――代々そこに住んでいたんだ。母の死後は、叔父が代わりにおれを育ててくれた。大変だっただろうと思うよ。叔父は独身だったし、おれは手がかかる子どもだっただろうし」

「お父様は？」

「両親は、おれが生まれる前に別居した。だから親父の顔は見たこともない。親父は母の死後に再婚し、おれが一四歳のときに亡くなって、それでおれは親父の……」当時のことは胸の奥にずっとしまっていた。ここで思いだして、苦しむ必要はない。

「お父様の……？」ミルドレッドが優しく促した。

「全財産を受け継いだ。大した財産じゃなかったが」ジムはつづけた。「おれにとっては、という意味だ。父方の祖母が、孫に気ままな暮らしをさせてはいけないと考えたんだろう、牧場にやってきて、そこからおれを連れだした」ジムは深々と息をつき、ついてから、息を止めていた自分に気づいた。

「そうだったの……大切な思い出の場所を離れるのは、さぞかしつらかったでしょうね」

ミルドレッドは心底悲しげな表情を浮かべていた。

「ずっと昔の話さ。なにかが起こり、それに順応する。人生なんて、そのくりかえしだろう？」

令嬢はしばし考えこむ様子だったが、やがて、悲しげな表情は納得の面持ちへと変わっていった。

「さてと、珍しく長々とおしゃべりしたせいで、声がかれそうだ。ほかに訊きたいことは？」

ミルドレッドはやや思案してからたずねた。「馬は好き？」

「馬が好きかって？　尊敬しているよ。素晴らしい生き物だ。優美な姿にも、走る速さにもほれぼれする。素直な性格も、精神力も、賞賛に値するね。でも、馬が好き、なんて人間はいないんじゃないか」

「あなたは馬好きだわ」彼女はまたもや、いやに熱心に言った。「いまのせりふは、馬好きを認めたも同然よ」

熱のこもった口調に、ジムはほほえまずにはいられなかった。

「そこまで言うなら。ああ、おれは馬が好きだ」

「あなたならきっと、立派なカウボーイになれたわ」またもや力強く言い、ミルドレッドはスカートのしわを手で伸ばした。「いまは、馬は飼っていないの？　エジプトで」

「飼ってる」一言ですまそうと思ったのに、信じられないほど青い瞳がつまらなそうに曇るのを見たとたん、嵐を未然に防ぎたい衝動に駆られてジムは言い添えた。「アラブ馬の雌馬とその子どもだ」

するとミルドレッドは眉根を寄せた。

「伝染病が蔓延してから、エジプトでアラブ馬の雌馬は珍しいわ」

なぜ、彼女がそんなことを知っている？

「ベドウィン人ならともかく」ミルドレッドがさらりとつけくわえる。

「ベドウィン人から譲り受けたんだ」ジムは説明した。「見かえりに、三年がかりで貯めた全財産を要求されたよ。とはいえ、金なんてどうでもよかった。馬と対面し、歓迎のいななきを耳にしたとたん、おれのものにしようと決めたからね」

「すてき！」ミルドレッドはうっとりとため息をつき、手のひらで顎を支えた。「なんてロマンチックなの！」

ジムは鼻を鳴らした。

「ばかだったよ。飼育費がべらぼうにかかる。手に入れたあとのことなんてなにひとつ考えていなかった。毎日の世話についても、そもそも手に入れてどうするのかも」

いや、ばかどころではなかったのだろう。あの馬に子どもを産ませたのだから。いつか素晴らしいアラブ馬を何頭も飼う寡黙な馬主になりたいなどと、胸の奥底で夢をふくらませていたせいだ。つまらない夢だが、金の使い道などほかになかったし、当時はつまらない夢のひとつふたつに投じられるだけの金があった。

ジムは笑顔をつくろった。「今日の取り調べはおしまいかい？」

取り調べ、という言葉にミルドレッドは頬を赤らめ、うなずいた。瞳には傷ついた色が浮かんでおり、ジムは子猫をうっかり蹴ったときのような罪悪感に襲われた。

「ええ、おしまいよ」

謝りたい衝動をジムは懸命に抑えた。彼女と心を通わせる必要はない。誰かに自分を理解してもらう必要や、居場所を知ってもらう必要も。故国を離れてエジプトに住む人びとと、親しくする理由も。人目を引くようなまねは、避けなければならないのだ。

彼は亡霊なのだから。亡霊は家も、恋人も、友人も、名声も、厩舎も持たないものだ。かつて、彼は取引をした。あの取引は、世界が彼の死を信じているかぎりは有効だ。それに死者は、みずからの過去を話したりしない。彼はすでに話してしまったが。

ドジを踏んだ自分を後悔したジムは、会話を振りかえり、大した話はしていないと胸を撫でおろした。カウボーイに憧れるミルドレッドに、ちょっと話を合わせてやっただけのことだ。そもそも、多少の真実を打ち明けたところで、どうなるわけでもない。これからずっと、真実を打ち明けつづけるというのなら話は別だが。

彼女とずっと一緒にいるというのなら話は別だが。

ミルドレッドはしばらく黙りこんでいたが、いつまでも落ちこんでいる性格ではないらしい。ふたたび口を開いたときには、親しげな、遠慮のない口調に戻っていた。

「クレオパトラが、船の帆に香水を振りかけていたのは知ってる？　そうすれば、風にのって自分の存在をナイル川流域じゅうに知らしめることができるからなんですって」

「知らないな」

「紫色の船だったそうよ」

「へえ」

「マルクス・アントニウスの訪問を受けたときには、足首まで埋まるほど分厚く、部屋じゅうに薔薇の花びらを敷きつめたらしいわ」

「なんのために?」

「なんのために?」ミルドレッドはおうむがえしに言った。「ロマンチックだからでしょう?」

ふんと鼻を鳴らし、ジムはオールを漕ぐ作業に戻った。

「ロマンチストは嫌い?」

かんべんしてくれ。令嬢はこちらに向きなおっていた。また好奇心のかたまりになっているのがわかる。

「ガキなら、ロマンチストでもけっこうだが」

「おとなはいけないの?」

「まあ、そういうことだ」

「つまらない人生ね。人を好きになったことは?」

「一度だけ。当然、ガキのころの話だ。それにすぐに回復した。マラリア熱みたいなもんだった」やや考えてから、つけくわえる。「マラリア熱にかかったのも、ガキのころだったな」

ミルドレッドは眉間にしわを寄せて彼を見つめていたが、やがてふいに、そのしわを消した。「なるほど」と訳知り顔につぶやく。「失恋したのね」

「まさか」

令嬢は声を潜め、思いやり深く彼を見やった。「彼女を忘れるために、エジプトに来たの?

そうね、そうなのね！」有頂天になって口笛まで吹いた。

ジムは無言で応じた。次になにを言いだすか、興味津々だった。

「米国という国は、あなたの落胆と傷ついた心をつつみこんでくれるほど大きくはなかった。だからあなたはエジプトに逃れた。彼女の愛らしい顔、けっして手に入れられないものを、二度と見つめなくてすむように。ああ、なんてこと」ミルドレッドは心臓に指先をあてた。

ジムは噴きだした。

夢見るような表情がミルドレッドの顔から消え去り、不機嫌そうな面持ちが現れる。

「言いたいことがあるなら言えば？　でも、図星なんでしょう？　あなたは彼女を熱烈に愛したけれど、悲劇的な終わりを迎えたんだわ」

「そうだな、部分的には合っている。たしかに、あれは終わった」ジムは物憂げに応じた。笑っていられるのが不思議だった。かつては、思いだすたびに苦々しさを覚えたというのに。

「どんなふうに終わったの？」

「彼女から、婚約を解消しましょうという手紙が届いた」言いながらジムは気づいていた。この程度の説明ではミルドレッドは満足しない。さらに訊かれる前に、彼はみずから言い添えた。「おれと別れるよう、警告を受けたんだ」

「あなたが、荒野のガンマンだったから？」彼女は目をきらきらさせて訊いた。

まったく彼女には当惑させられる。まるで、ガンマンであってほしいかのような口ぶりだ。だがおれの聞きちがいだろう。おれだって、ガンマンなどほとんど見たことがない。

「いいや、彼女の期待していたような輝かしい未来が、おれを待ち受けていなかったからさ」

ミルドレッドは不快げに鼻梁にしわを寄せた。

「きっと、あなたを本気で愛していなかったのよ。別れて正解だわ。本気で愛したら、女は相手の立場や未来に関係なく、そばにいたいと思うものだもの」

「ロマンチストだな。あまり彼女のことを手厳しく言わないでくれ。当時はまだ一八歳の小娘で、家族から大きな期待をかけられてもいたんだよ」最後の手紙でシャーロットは、家族の期待に添わない結婚はできない、あなたのついた嘘は、かつての気持ちを消し去るに足るものだと書いてきた。嘘などついた覚えもないが、自尊心が邪魔をして、そう言えなかった。

「家族の期待なんて、口にねじこんで返してやればいいのよ」というミルドレッドの口調に、ひょっとして令嬢自身も親の期待に悩んでいるのかもしれないと思わずにいられない。「美人さんだった？」

「ああ、もちろん。すごく美人だった」そう、シャーロットは誰から見ても美しかった。露に濡れたような肌に、薔薇のつぼみを思わせる唇、小さな手。小柄だが均整のとれた体。出会いの場はパーティだった。会場には遅れて到着した。誘ってくれたのは、彼を場の盛りあげ役に利用しようとした青年たちだったが、理由などどうでもよかった。祖母の家から、ほんの一晩でも逃れることができるのなら、なんだってする。

シャーロットはジム同様、場になじめずにいる様子だった。いかにも高級そうなドレスをまとい、英国で（最も厳しくはなくとも）最も学費の高いフィニッシング・スクールを出たにもかかわらず、周囲に解けこめずにいた。「友人たち」はジムにウインクしたり、肘で小突いたりしながら、「彼女の親、ただの商売人らしいぞ」と教えた。

当のジムは牛飼いだ。

自分たちはお似合いだと思った。パーティがお開きになる前に、シャーロットはジムにキスを許してくれた。ジムにとっては初めてのキスだった。

若い男なんて、たったそれだけで恋に落ちる。だがシャーロットには、心根の優しさや、気立てのよさも備わっていた。彼女の前では、ジムは紳士でいられた。祖母や、祖母の雇った家庭教師どもに礼儀作法や英国訛りを仕込まれる、半野蛮人の闖入者《ちんにゅうしゃ》ではなかった。

「なんてこと」ミルドレッドが顔をそむけてうつむく。「あなたはまだ……」そこで言葉を失った。さすがのミス・ミルドレッド・ウィンペルホールも、訊けないことがあるらしい。

「それはないと思う」問いかけを聞かないうちから、ジムは答えた。

令嬢がさっとこちらに顔を向ける。「思うのね？」

ジムは肩をすくめた。「ああ。考えてみたこともないが、まずないと思うね」

「だけど、確信は持てない？」

「どうかな」彼女はいったい、なにをそんなにムキになっているのだろう。

「その人をまだ愛しているのなら、自分でわかるはずよ」

「そうなのかい？」

「そうよ。少なくとも、そうであってほしいわ。だって、当人が確信を持てないような愛なんて、悲しくてやりきれないじゃない」

「あんたは、恋愛の大家かなにかか？」

「さあ？」令嬢は肩をすくめただけで、答えようとしない。

「つまり、大佐への変わることのない深い愛情から、そういうことを言っているのかい？」出会ってわずか数日の若いレディ相手にそのように親密な質問をする自分を、ジムは想像したこともない。紳士には、越えてはならない一線というものがあるのだ。ミルドレッドが令嬢らしからぬふるまいをどう指導されているかは知らないが、祖母は、ジムの紳士らしからぬふるまいをけっして許さなかった——そうしていつも、懲罰を与えた。

ミルドレッドの顔は真っ赤だ。「あなたには、いっさい関係のないことでしょう？」

たしかに。だが、彼女だって一線を越えてきたのだ。

「ああ、なるほど。あんたはなんでもおれに訊くことができ、答えを得られるが、おれに同じ特権はないってことか。公平とは言えないな、ミス・ウィンペルホール」

侮辱された令嬢は胸を張って応じた。「だったら、わたしも答えるわ」

「では、大佐を愛しているのか？」

「もちろん」

ジムは信じなかった。「ほんとうに？　理由は？」おれもなにをムキになっているんだろう。ミルドレッドはすっかり狼狽した様子だ。ジムは女性を困らせて喜ぶような男ではない。

「答えるのもばかばかしいわ」彼女はぴしゃりと言い放った。

ジムはしつこくつづけた。

「ばかばかしくなんかないさ。あんたは恋愛の大家なんだろう？　だから、どれほどお許しいのか知りたいんだよ。助言が得られたらと思ってね。ご承知のとおり、おれの過去の恋愛はあまりうまくいかなかった。あんたの助言があれば、もっと明るい未来になるかもしれない」

「本気で言っているの？」とたずねるミルドレッドは当惑気味だが、どこか誇らしげでもある。

彼はうなずいた。「あんたがほんとうに大家ならね。でも、おれにはこう思える。あんたは、愛情を言葉にして伝えたりしない。ひょっとすると、大佐のことも愛していないのかもしれない」そう思うなりなぜか嬉しくなったが、ジムはわが心の動きを無視した。「あるいは、誰も好きになったことがないのかも。あんたが恋愛について知っているのは、クレオパトラの本で得た知識だけかもしれない」

令嬢は進退きわまった表情だ。

「大佐を愛しているわ。これまでにも人を好きになったことがあるし、恋愛経験だってあるわよ」

彼女をまじまじと見つめ、ジムはつづけた。「大佐のどこが好きなんだ？」

「そうね、ええと……粋なところ」

大佐が粋？　きっとおれが「粋」の意味を誤解しているだけだろう。

「なるほど。あとは？」

「献身的で、忠義心あふれる指揮官だというところ」

ジムはなにも言いかえさなかった。欠点はあるが、たしかに大佐は優れた指揮官だ。

「まじめで、勤勉で、働き者なところも」

「まるで有能な農耕馬みたいだな」

ミルドレッドが彼をにらみつける。顔に浮かぶのは、気分を害したというより、焦りの表情だ。「それに、正直で高潔だわ。しかも、ロマンチストよ」そう締めくくり、ジムの目をひたと見据えた。「わたしを愛してくれるロマンチストじゃなければ、結婚なんてしないわ。女はね、たとえ自分が美しくなくても、男性の心にすてきな、なんともいえない甘い感情をかきたてられると信じたいものなのよ」

令嬢は、大佐を愛してはいないのかもしれない。だがジムは、一ミリたりとも疑わなかった――ミルドレッドがいまあげた美点は、彼女がほんとうに男に求めているものなのだと。そんな彼女のために、ジムは大佐にそのうちのひとつでも備わっているようにと祈らずにいられなかった。ジムにはそんな美点はない。祖母との日々や、エジプトに渡ってからの暮らしのなかで、ジムは愛を求めるかすかな希望すらも失った。その事実にジムは、ミルドレッドを前にするたび感謝する。なぜなら彼女があまりにも魅力的で、欲しいと思う気持ちを――自分に許してしまいそうになるから。

「いまの理由でご満足かしら？」ミルドレッドがたずねた。

「ああ、ご満足だ。おれまで大佐に恋をしそうな気分だよ」ジムは応じた。ミルドレッドが笑みを隠そうとして顔をそむける。笑顔が見たくて言ったわけじゃないぞ、と彼は内心でつぶやいた。

つぶやきながら、嘘つきの自分に気づいていた。

10

怖いくらいにまっすぐな視線を受け止めるうち、彼があることに気づいたのがわかった。自分が守ろうとしてきた女性が驚くべきすがすがしいまでに大胆な勇敢さを備えていることに、彼もようやく気づいたのだった。

——ジネス・ブラクストンの創作日記より

「ほんとうに見てあげなくていいの？」ジネスはジェームズ・オーエンスにたずねた。「けがの具合を見るのは得意なのよ」

「だろうね、だがけっこうだ」ジェームズはマストに背をもたせて座り、読み物から顔もあげずに応じた。夜明け前で、表情はようやく見えるというところ。いつもよりさらに打ち解けない表情だ。「気持ちだけでいい」

なにを読んでいるのか知りたかったが、訊かないほうがいいだろう。ジェームズがジネスに腹を立てているように見えるからだ。せっかくいい一日になりそうなのに、残念だった。空気はさわやかだし、穏やかな風が吹いているし、ずっと陰気な表情だったヌビア人も今朝は笑顔だ。

当然だろう。彼らは昨日、思いがけない休暇を手に入れたのだから。

昨日は朝から最悪だった。前夜すっかり泥酔した船長は、朝になってもむさくるしく狭い船室から出てこず、水夫たちに指示を出すこともできなかった。それで、ヌビア語など一語もわからないというジェームズが身ぶり手ぶりで指示を出した。水夫たちが理解できないふりをして好き放題にやるのを傍観していられず、ジネスはジェームズに、指示内容を絵で示してはどうかと提案した。

ジェームズはいい顔をしなかった。

そこでジネスがみずから、するべきことを詳細な図に描き、水夫たちに見せた。だが見さげ果てた連中はジネスの指示を、「浅瀬に乗りあげよ」だと解釈したふりをした。なぜふりだとわかったかと言えば、連中がジネスの目の前で仕事をサボる計画を立てたからだ。彼女がヌビア語を理解できる（完璧に話せる）とも知らずに。

ジェームズに伝えるわけにはいかなかった。しかたなくジネスは怒りの声をあげるにとどめた。でもそれで正解だった。「連中はよからぬことを企んでいるのではないか」とジネスが相談を持ちかけたところ、ジェームズはフェラッカ船が砂州に乗りあげたあとですら、そういうのは人種差別だと切って捨てたのだから。その後、水夫たちは一日だらだらと過ごし、飲んだり、食べたり、ごくたまに砂州から逃れようと形ばかり手を尽くすまねをした。ジネスは砂州から一番離れたところに座って、ばかにされた、まんまとやられたと憤っていた。

船長がようやくしらふに戻ったのは、夜もふけたころだった。座礁の理由がわかるなり、船長はジネスに向かってわめき散らした。売られたけんかを買わなかったことのないジネスは、すぐさま応戦した。やがてジェームズが仲裁に入り、彼女をなだめようとしていたときに、船長からパンチをくらってしまった。当の船長は、ジェームズを狙った一撃だったと主張している。だがあれはほんとうは自分を狙ったもので、たまたまジェームズにあたったのだろうとジネスは踏んでいる。

以後、ジェームズとのあいだに初日に感じたような友情は消えてしまった。目が合うたびに彼の瞳に浮かぶのは、近づいてくる野犬をにらむときのような疑念ばかりだった。

立ちあがったジネスは船べりに歩み寄り、夜明け前の闇に浮かぶ風景を眺めた。銀色に光るパピルスの群生が、ナイルの西岸を覆っている。川面に何隻もの船が現れ、分厚い霧を押しのけて前進する。優雅なフェラッカ船に、豪奢な造りの大きなダハビヤ船。ダウ船に、なにかと便利な小型のドリー船。蒸気を噴きだしながらルクソールへと乗客を運ぶ汽船の姿もある。

汽船の乗客は、フェラッカ船の舳先に立つ英国生まれの娘と、娘に視線をそそぐ険しい表情の長身の男を見て、どう思うだろう。恋人同士だと思うだろうか。あるいは新婚夫婦？　駆け落ちした男女？　そう、ジネスはなんにだってなれる。

なりすましの旅で、彼女は思いがけない至福を得ていた。名前と過去を隠した彼女は、それにまつわる憶測も期待も気にする必要がない。この旅でジネスは、家族からの期待がどれほどうっとうしいものだったか、彼らの信頼がいかに重荷だったか、つくづく思い知らされたのだった。

ジェームズ・オーエンスは、彼女にいっさい期待していない。彼女のことを、殿方の学び舎で勉学に励む変わり者だとも、父ハリー・ブラクストンの問題児だとも、母デズデモーナ・ブラクストンの失敗作だとも、ロバート・カーライル卿の不調法な孫だとも、悪童《ジン》あるいは悪魔《アフリート》だとも思っていない。

つまりジネスは自由だった。

とくになにも考えずに、ジネスはマストに張られた支索をつかんで船べりに立った。目を閉じて背をそらし、軽く体を揺らして、ジネス・ブラクストン以外の女性として過ごすなんとも言えない感覚に身を浸す。顔をあげて、暖かな曙光《しょこう》を肌で受け止める。ささやくように流れる風の音に目を開ければ、雪白のシラサギの群れが頭上を行くのが見えた。オパールを思わせる空を背景にした翼が、漂白した骨のようにきらめく。

帆を張って速度をあげよと船長が指示を出すのが聞こえた。ジネスはほほえんだ。突風が顔をなぶり、まとめ髪を乱して後ろになびかせ――。

「止まれ！　ストーップ！」

一瞬の出来事だった。周囲を見まわすジネスの目に、猛スピードで直進してくる一隻のダハビヤ船が映った。船長がふたたび叫んで走りだし、主帆の索をつかんで引き戻す。フェラッカ船ががくんと傾いた。ジネスは支索を両手で握ったが、不意の動きに足元がすべり、体が宙に浮いた。

　パニックに襲われつつ、なんとかして甲板のほうに足を伸ばそうとじたばたともがいた。眼下では川面が逆巻き、前方からはダハビヤ船がやってくる。つかの間、時間が凍りついた。クリーム色の朝の空にはためく縞模様の帆が視界をよぎり、鋭い痛みが手のひらを走り、ナイルの塩辛いにおいが鼻をつく。ジネスは思った……わたしは死ぬのね。死のうとしているのね。一度として誰かを愛さないまま。ああ、ミスター・オーエンスと愛しあえたらよかったのに。

　そのとき突然、ジネスの腰に長い腕がまわされた。彼女は支索にしがみついた。放すのが怖い。

「放すんだ」という声に顔を振りむければ、ジェームズが片脚を支柱にからませ、船殻《せんこく》に乗せた足で体を支えながら、半身を水上に乗りだしてジネスを抱き寄せようとしていた。「あのダハビヤ船にふたりしてなぎ倒されてもいいのか」

　ジネスは索を放した。ダハビヤ船がフェラッカの船体をこすりながら通過するその瞬間、彼女はジェームズの腕のなかに逃れていた。甲板に降り立ってからも、ジェームズはしばし抱きしめる腕を解こうとしなかった。ジネスの頬の下で彼の胸が大きく上下し、耳の下で心臓がとどろいていた。

「大丈夫か？」ジェームズが鋭く問いただした。「けがは？」

「なんともないわ」ジネスは答えた。これほどの安心感につつまれるのは生まれて初めてだった。

「くそっ、まったく！　いったいどういうつもりなんだ？」

ジネスはびくりとした。

いまのいままで、ジェームズはけっして声を荒らげたりしなかった。船長が泥酔したときも、水夫が仕事をしなかったときも、穏やかな口調を変えず、冷静さを失わなかった。アラビア語で始終悪態をついているけれど、そんなときですら、どこか事務的だった。

ジネスは身を引き離し、ジェームズが腕を解く。「どういうつもりって、なんのこと？」

「この旅に、呪いでもかけるつもりかと訊いているんだ」彼はますます声を荒らげた。

幼少期の自分につきまといつづけた、いまわしい単語を耳にしたとたん、ジネスはかっとなった。それでも懸命に怒りを抑えつけた。たとえ相手が紳士でなくても、自分はレディのままでいなくてはいけない。レディらしいふるまいを身につけ、短気を直し、軽率な言動を慎めるよう、一生懸命にがんばってきたのだから。

「質問の意味が、まるでわからないわ」ジネスは淡々と応じた。ジェームズが見おろしてくる。背筋を伸ばして、ジネスは彼を見かえした。

「あんたのせいで」ジェームズが大声をあげる。「今日は危うくほかの船と衝突しかけた。昨日は船が座礁した。一昨日はこのおれが汚い川に飛びこむ羽目になった！」

まさに呪いだ。

「おかげで、ようやくお風呂に入れたんじゃない！」ジネスも声を張りあげた。「今年最初のお風呂だったようだけど！」

そうやって怒鳴りあっていると、別のダハビヤ船がどこからともなく現れ、こちらの船首の槍出しを引っかけ、へし折って走り去った。衝撃で船体が揺れ、ジネスは積み重ねられた木箱の上に放りだされた。驚きと恐れで、彼女は体を折りたたんだまま動くこともできなかった。ありえない。一日に二度も、追突されるなんて。ひょっとすると、わたしこそが呪いなのかもしれない。

ジネスは意気消沈した。涙が浮かんできた。ボールのように体を丸め、両腕で頭を抱えて泣いた。

「大丈夫か？」とジェームズが問いかける声が聞こえ、大きな手が両肩をつかんできて彼女を起きあがらせる。「ミルドレッド、なんともなかったか？」

みじめったらしく洟をすすりながら、ミルドレッドっていったい誰よ、と思い、ああ、わたしのことかと気づいた。ジェームズの様子を盗み見る。ひざまずき、心配そうに眉根を寄せていた。

いけないのは自分だ。心配してもらう資格などない。ジネスは彼に嘘をつき、彼を利用し、彼を川に飛びこませて命を危険にさらし、彼に向かってわめき、にもかかわらず、こうして心配してもらっている。

周囲を見わたし、ジネスはいきなりジェームズの首に両腕をかけて抱きつくと、首筋に顔をうずめて泣いた。こんなふうにわんわんと声をあげて泣くのは、エジプトから流刑されたとき以来だ。自分がたとえようもなくみじめで、彼女は身も世もなく泣きじゃくった。ジェームズはなにも言わなかった。両の腕をジネスの体にまわし、ただ泣かせてくれた。

「もう大丈夫」ずいぶん経ってから、彼はどこか当惑気味に、ぎこちない声でなだめた。

「落ち着いて。なんともなかったんだから。大丈夫」片腕で彼女をきつく抱いたまま、反対の手で頭をぽんぽんとたたく。

「大丈夫じゃないわ」ジネスはむせび泣いた。「ちっとも大丈夫じゃない。わたしは厄災なのよ」

「そんなことはない」とジェームズが応じるが、確信のなさそうな口調だ。

「いいえ、わたしは厄災で、だからあなたはわたしを嫌っているんだわ！　出会わなければよかったと思っているんでしょう。出会ったことを、こ、後悔しているんでしょう！」

「してないよ」こたえながら、彼はスカートの裾でジネスの目元をぬぐった。「後悔なんてしていない。ほんとうだ」

「嘘よ」ジネスは洟をすすりあげた。「でも、後悔して当然よ。反対の立場なら、わたしだって後悔するもの」

「嘘じゃない、後悔してないって」

「親切心で言っているだけよ。わたしのやることなすことが、裏目に出るんだから」

「たしかに、それはそうみたいだが」なおも当惑気味の声で応じつつ、ジェームズは涙を拭きつづけた。「あんたのせいじゃない」

ジネスは目をしばたたいて、涙をこらえた。「ほんとうにそう思う？」

「ああ。いや……たぶん」

無実だと断言してもらえたわけではないが、ひとまずはそれで十分だった。なんだか急に幸せな気分がこみあげてきて、ジネスは彼にほほえみかけた。すると、彼が息をのむのが聞こえた気がした。

「出会った日のことを、後悔してもいないのね？」

「ああ、してない」

「とっても心が広いのね」

「そうかな」

「そうよ。約束するわ、これからは、厄災を招くような行動は慎むって」

「そいつはありがたい」と応じるジェームズの声は、約束が守られると信じているふうではない。当のジネスも心の底から信じているわけではないが、全力を尽くすつもりだ。

彼女が身を起こすと、ジェームズは先に立ちあがって手を貸してくれた。顔をあげて、彼ににっこりとほほえみかける。すると彼はどこか妙な表情を浮かべて、じっと見つめてきた。

それからジネスに背を向け、無言のまま、船尾へと行ってしまった。まごついたジネスはその背中を見つめるばかりだ。

「どこへ行くの？」

「背嚢のところに」

「どうして？」

ジェームズは立ち止まり、振りかえって彼女を見た。「酒が飲みたい気分だから」

「待って、ミスター・オーエンス」ジネスは心配になった。「気持ちはわかるけど、ご存じのとおり、お酒は偽物の元気しかくれないわ」

「それで十分」

ジネスは眉をひそめた。「大切なのは自制心よ」

ジェームズが背を向ける。「ずっとそう自分に言い聞かせてるさ」とつぶやくのが聞こえた。

でも彼は、歩みを止めなかった。

11

なるほど彼女は、恵まれたレディたちのように贅沢な衣装は身につけていないかもしれない。だがほっそりとした手足や、きらきらと輝く瞳、わななく唇は、彼女の女らしさを如実に物語っていた。

——ジネス・ブラクストンの創作日記より

「では、ミス・ウィンペルホール。おれはこれからあそこの警官と話をして、大佐の部下の居場所を確認してくる」

埠頭の端に建つ、白壁のいやに小さな建物の外には、警官の制服を着た老いたエジプト人が座っていた。ジネスは疑わしげに老警官を見やった。眠っているようにしか見えない。

「あんたはこの木箱におとなしく座っていてくれ。この木箱の上だ。動くなよ。誰とも話さず、どこにもさわるな」

彼のおせっかいに、ジネスは眉をひそめた。

「言うとおりにできるな？」

「ばかな質問はよして」

「ああ」彼は淡々と答えた。「たしかにばかな質問だ。だが、あんたにできるのか？　五分間ここでじっと待っていられるのか？」

生意気そうに鼻を鳴らし、そっぽを向いてから、ジネスはうなずいてみせた。

「いいだろう」

振りかえれば、ジェームズはすでに埠頭を歩きだしていた。ジェームズも振りかえる。気が変わったのかもしれない。そう思ってジネスは立ちあがったが、彼は首を振った。にらまれたジネスは、水夫たちが積みおろした木箱のひとつにすごすごと腰かけなおした。

ジネスはほれぼれとジェームズを見つめた。老警官に声をかけ、ふたりでなにやら話しだす。ジェームズは筋骨隆々として、じつに男らしい。ゆうべは停泊中に川で水浴びをしているようだった。その間ジネスは、フェラッカ船の舳先にジェームズの命令で水夫たちが毎晩張ってくれる即席のテントのなかで、必死に眠ろうとしていた。

水しぶきがあがるほうを、見てはいけないのはよくわかっていた。だが彼女は昔から誘惑に弱い。じつを言えば、心の底から誘惑に打ち勝とうと思ったためしもない。だから見た。罪悪感を覚えたが、大いに満足した。素晴らしい光景だったからだ。ジェームズは黒々とした水のなかに腰までつかって立ち、分厚い胸板や、筋肉の発達した長い腕に石鹸を塗っていた。それから水中に潜ったかと思うと、また立ちあがり、濡れた髪をかきあげた。たくましい体に、きらめく水滴がしたたる。

ジェームズは、想像していたよりもずっとたくましかった。そう、恥ずかしながらジネスは、服を脱いだ彼がどんなふうなのか想像していたのだ。でもいまは恥くらいなんとも思わない。広い肩から贅肉のないウエストにかけて上半身が逆三角形を描き、引き締まった臀部は水のなかにあって見えない。月明かりが、胸と腕を覆う淡金色の毛をきらめかせる。その明かりは、彼が体をひねるたびに腕の腱や、うねる腹筋を際立たせた。ジェームズがふたたび石鹸を手にし、豊かな泡がなめらかな肌をすべりおりていき……。

ジネスは唐突に背筋を伸ばし、頬をあおぐものはないかと探した。陽射しが強いせいだ。ジェームズが戻ってきたとき、彼女はまだあおぐものを探していた。

「約束を守ってくれたとは素晴らしい。五分間、なにも面倒を起こさずに待っていられるとは。ちょっとした記録じゃないのか？」

「残念でした」ジネスは尊大に答えた。「去年、一四分という記録を打ち立てたわ」

思いがけない返事だったのだろう。ジェームズは驚きの表情で濃い眉をつりあげ、声をあげて笑いだした。彼が心から笑うのを、ジネスは初めて見た。笑うとずっと若く、優しそうに見える。大きく開けた口に白い歯が光り、目じりにしわが寄って、こけた頬にも笑いじわが刻まれる。てっきり三〇代だろうとばかり思っていたが、考えなおしたほうがよさそうだった。ひょっとすると、ジネスより少し年上なだけかもしれない。

彼女はにっこりとほほえみかえした。自分の言葉に、彼が笑ってくれたのが嬉しかった。ふだんからもっと笑えばいいのにと思った。

「警官が使い走りの少年を大佐の部下のもとに送った。小さい町らしいから、さほどかからないだろう」

「その後は？」ジネスはたずねた。

「その後？」ジェームズがおうむがえしに言った。「あんたを大佐の部下に預ける。ここからのおれは純粋な案内役だ」と答える彼の表情に、安堵の色が広がるのをジネスは見た。ここまで連れてくるのが、そんなに大変だったのだろうか。厄介事だって、たったの三つしか起こらなかったのに。少なくとも、大きな厄介事は三つだけだった。大した数ではない。

「賃金は？」

船長の声に、ジネスとジェームズは振りかえった。のしのしとこちらに歩み寄る船長は、ブルドッグを思わせる顔に決意の表情を浮かべている。ふたりから三メートルほど離れたところで歩みを止めると、警戒の目でジネスを見やり、ジェームズに話しかけた。「賃金がまだだ」

「そうだったな」ジェームズはシャツのポケットに手を入れ、札入れを取りだした。けっこうな枚数の札を引き抜き、相手に差しだす。

船長はそれをさっと受け取り、すばやく数えると顔をあげた。「これじゃ、船の修理費が払えない。おれの船は壊されたんだ、この……この……」船長はきっとジネスをにらんだ。

「次の単語は、十分に注意して選んだほうがいいぞ」ジェームズが穏やかに助言した。

「この人に」船長は歯ぎしりしながらつづけた。「だから、あと一〇〇ピアスタは欲しい」

「最初に決めた額を受け取れただけで幸運だと思え。まともな水夫もいない船なんて、茶番もいいところだ」

船長は「茶番」という言葉など聞いたこともないだろう。だがおおよその意味はわかったようだ。怒った彼は顔を真っ赤にして訴えた。

「新しい檣出しの代金を誰が払うか？　もちろんあんたさ。責任は、その女にあるんだから」

ジェームズは笑みを浮かべたが、先ほどジネスに見せた笑みとは似ても似つかなかった。目が笑っていなかった。自分が船長なら、ここは穏便にすませようと思うだろう。「檣出しの折れた部分を見たが」とジェームズ。「おれたちが乗るずっと前から腐っていたはずだ」

「それがどうした？　その女がおれの船を引っ張ったせいで、航路がずれてダハビヤ船とぶつかったんだぞ！」船長はしわがれ声で訴え、ジネスを指差した。

「船を引っ張るなんて、できるわけが……」口を開きかけたジネスだったが、ジェームズにきっとにらまれ、持論を展開するのはあきらめた。

「おまえの船など、一ピアスタの価値もない」ジェームズが指摘した。「お互いにわかっているだろう」札をもう一枚引き抜き、船長の胸元に押しつける。「こいつはオマケにくれてやる。話はおしまいだ。万が一おれの荷物から紛失しているものがあったら、会いに行ってやるから覚えておけ」

憤慨して息をのんだ船長は、ジェームズの手から札をひったくり、しまいこんだ。「人を泥棒扱いしないでくれ、だんな。たしかにおれは酔っぱらいで、しけた船しか――前よりもっとしけた船しか持っていない」悪意をこめてジネスをねめつける。「それに、役立たずや泥棒を水夫に雇わなくちゃいけないこともある。でも、おれは泥棒じゃねえ。あんたの荷物は全部ここにある」背を向け、大またに歩み去る船長が、ヌビア語で言い添えるのがジネスには聞こえた。「……と思う」

「もう立ってもいいかしら」船長が消えるなり、ジネスは問いかけた。

「まだだ」

かまわず立ちあがる。

「ポンフリー大佐が用意してくれたドレスに着替えたいわ。ずっと着たきりだったんだもの」

当初、フェラッカ船にはジネスが眠る場所も、着替えをする場所もなかった。そこで船長が、主帆の下に設けられた狭くむさくるしい唯一の船室をジネスに提供してくれたのだが、ネズミの巣を発見した彼女がみずから甲板を寝場所に選んだ。しかたなくジェームズが水夫に命じ、着替えと寝るための場所を舳先に用意させた。テントができたところで、新しい服はどこにあるのかとジネスがたずねたところ、あいにく、見つからなかった。

そのへんの荷物をざっと点検したジェームズは、きっと積荷のなかにまぎれこんでいるのだろう、と言いだした。だが、どこにしまってあるかわからないし、木箱をすべて開けて確認するのは大変だし、と。ジネスは無理難題を言うような女ではないので、それもそうねとうなずいた。というわけで、この三日間というものジネスはずっとミルドレッド・ウィンペルホールの旅行着で過ごしていたのである。いまや上着にもスカートにも点々と染みができ、縫い目がほつれた部分もある。

ジェームズの（比較的）きれいなシャツとズボン、広い肩にかけた革のサスペンダー、首にさらりと巻いた簡素なクーフィーヤを見ると、ジネスは自分が薄汚く感じられた。そもそも暑かった。たまらなく暑かった。

水上にいるあいだはさほどでもなかったが、焼けつく陽射しの下で埠頭に座っていると、背中を汗が伝い、きつい上着が湿っていくのがわかる。ペチコートは脱いでおいたが、歩くたびにスカートが汗ばんだ脚にへばりついてかえって不快だった。悪臭を放つぼろ服から、解放されるときが待ちきれない。

髪が気になって、ジネスは頭に手をやった。カイロを離れてから一度も洗っていないので、少しだが、固まっている。川に落ちたときにからまったゴミが、まだ取れていない可能性もある。

「ドレスの入った荷物を、探してくれない？」

答える代わりに、ジェームズは木箱やかばんを開けはじめた。埠頭中に中身を広げ、やっとのことで、それとおぼしき荷物を見つけて彼女に手渡した。

「ありがとう」ジネスは立ちあがり、埠頭を歩きだした。ジェームズは一歩後ろからついてくる。「さっきの警官に、着替えのために部屋を貸してほしいと頼んでくれないかしら」

埠頭の端にたどり着いたところで、ジェームズが警官に交渉し、すんなりと受け入れてもらえた。ふたりの男たちの脇をすり抜け、ジネスは一部屋きりの詰所へと足を踏み入れ、扉を閉めた。テーブルに荷物を置き、油布の包みを開く。彼女は眉根を寄せた。そこにある服を指先でつつき、一番上の一枚を持ちあげてみた。眉間のしわが深くなる。次の一枚を広げてみた。残りも全部広げて、なんでもいいから、普通に着られる服はないかと探した。

ひとつもなかった。

「ここから出たくないんだけど」ミルドレッド・ウィンペルホールが言うのが、詰所の鎧戸付きの小窓から聞こえてきた。

「どうして?」

「誰かがまちがった荷物を送ってきたみたい。どれも、不適切だわ」彼女は妙な声で説明した。「いったいどんな女性がこれを着るというのかしら。女性だとして、の話だけど」

どういうことだろう。ハージの知りあいのレディとやらが欧州製の服を持っておらず、地元民の着るカフタンばかり入っていたのかも。その手の服で人前に出たくないと、ミルドレッドが思うのは当然だ。

ジムは悔やんだ。だが、なぜおれが彼女を気づかってやらなければいけない?

それは、ミルドレッドが泣いて彼の首にしがみついたとき、その腕をほどかなければいけないとわかっていながら、自分には彼女を慰めたり、抱きしめたりする権利はないのだと知っていながら……空と太陽を引き離せないように、自分たちも引き離せないと悟ったからだ。

「そうかい」ジムは自分に怒りを覚えつつ言った。「まあ、いずれ出てくるんだろう。一日こうしているわけにはいかないからな。暗くなる前には出発しないと」

「じゃあ出るわよ」明らかに警告する口調で、ミルドレッドが応じた。

詰所から出てきた彼女を目にしたとたん、ジムは口のなかがからからに渇くのを覚えた。なぜ彼女は半ズボンなどはいている？

そもそもハージの知りあいは、兵隊がはくような半ズボンをどこで手に入れた？　想像の余地をまったく残さない半ズボンなどを。それはミルドレッドの丸みを帯びた腰にぴたりと張りつき、太もものあいだの形をくっきりと際立たせて、ジムの心の平安を奪い去った。彼のなかで、ふたつの気持ちがせめぎあう。二度とスカートははかないでほしいという思いと、老警官の頭に巻かれたターバンを引き剝がして、ほかの誰にも見られないように彼女の下半身を隠してしまわなければという思いが。

上半身も似たりよったりだった。ファラシアと呼ばれる薄いコットンのシャツは、金色にきらめく肌を覆うというよりも、いっそう際立たせていた。ファラシアの下にはアンタレーと呼ばれるシルクのベストのようなものを着けており、これがファラシアの深い襟開きからこぼれんほどに、やわらかな乳房を押しあげている。

「わかったでしょ？」いらだたしげに言いつつ、ミルドレッドは手ぶりで自分の格好を示した。

ジムは息をのんだ。

「見られる前に隠すのだ！」老警官が椅子から勢いよく立ちあがり、彼女の前に立ちふさがって、通りを行き交う人からさえぎる。「なんという、みだらな！」

周囲を見わたし、ジムはなにか覆うものはないかと探した。

「あの上着とスカートに戻るつもりはないわ」ミルドレッドがうんざりした様子で先手を打つ。「エジプトの女性が着る服を探してきてくれれば、喜んでそれに着替えるわ。でも、あのぼろ服だけは着ない。絶対に」

彼女は本気だ。

ジムは哀れな老警官に向きなおった。斧に怯えるクリスマスのガチョウのように、周囲を警戒している。

「まともな服を買える場所は？」

「女性をなかに！　早くなんとかせい！」

くそっ。やはりミルドレッドは厄介の種だ。ジムは老警官のとなりに立ち、みずからも人壁となった。「いいか」と令嬢に話しかける。「こうしていれば誰かに見られる心配はない。ひとまず詰所に入って、しばらく待っていてくれ。なにか隠すものを探さなくちゃいけない、あんたのその、その……」太もものあいだを指差す。

「だから、出たくないと言ったでしょう？」

「たしかに。なかに戻ってくれ。頼む」

それ以上は口ごたえをせず、ミルドレッドは背を向けて詰所内へと戻った。その後ろ姿を見つめるジムは、引き締まった腰がセクシーに揺れるさまに、血液が奔流となるのを感じていた。

小さなうめき声をあげつつ、ジムはなんでもいいからあの腰を覆うものを探しに行った。旅の途中、彼女のせいで命を落とすことはさすがにないとしても、あの半ズボン姿を目にしていたらきっと心臓がもたない。

12

希望も、夢も、大志も、それらを実現するための奮闘も、なにもかもがれきと化した。すべては砂上の楼閣だったのだ。

——ジネス・ブラクストンの創作日記より

五日後　カイロ、ロバート・カーライル卿の自宅

少年は、姉の作ったライスケーキを目の前に並べ、細工の美しい張り出し格子窓《マシュラビーヤ》の下にひざまずいて、細い街路をときおり行き交う人びとを相手に気まぐれに売り口上を述べている。ひとつも売れなくても、別にかまわない。ライスケーキを売るのは少年の本来の目的ではない。頭上の部屋で起きている出来事に、少年は耳をそばだてていた。

「ローマ発の列車の乗客リストに、彼女の名前はなかったわ」ハージのおば、マギが言った。マギの鋭い視線は、ロバート卿の散らかった机の前に立ってもじもじするハージの胸を射抜

くようだ。

最後にハージがこの書斎を訪れたのは、もうずいぶん前になる。書斎はあのころとまったく変わっていない。本がずらりと並ぶ書架も、すり切れた絨毯も、傷とインク染みだらけのマホガニー製の古ぼけた机も、きちんと巻かれた羊皮紙も、粘土の小立像も、なにもかもが懐かしい。ここを再訪するにいたった理由がいかに不愉快でも、ハージは、「ついに帰ってきた」という喜びを感じずにはいられなかった。

「いいかげん、ミスター・ブラクストンに電報を打たなくては」マギが提案する。

あの悪魔《アフリート》が失踪した事実に、多少なりとも責任があるのはハージも一応認識している。

「おばさん、ぼくもちゃんとわかって――」

「おまえは、なにもわかっていません」黒髪の小柄なおばは、甥にさっと顔を向けた。しわひとつない肌が年齢に不釣りあいだ。「あの子に万一のことがあれば――」

「ジネスは、外国で列車を乗りまちがえたりはせん」巨大な机についたロバート卿が、穏やかな声音でさえぎった。白髪が少し薄くなり、眉毛が以前より濃さを増し、インク入れの上で組みあわせた手には染みが増えているものの、八五歳になるロバート卿はせいぜい七〇歳にしか見えない。「両親に知らせるのはまだ早い。おそらく、ギリシャ行きの補給船にでも乗りこんだのではないか？　あるいは――」

「ええ、ええ、きっとそうですね」マギが口を挟んだ。「そもそもあの子は、なぜ途中で船をおりたりしたんです？　あの子からは連絡ひとつ来ない。ここにも、なにも書かれていない」マギは電報をたたき、怒りに震える手で握りつぶした。「わかっているのは、あの子がここにいないことと、居場所が不明なことだけだわ」

「目的地に着けば、ちゃんと連絡をしてくる」ロバート卿は食い下がった。「あの子をもっと信頼してやりなさい、マギ。ジネスを見ていると、あの子の母親を、デズデモーナを思いださずにはいられん。ふたりとも、誰よりも賢明で、誠実な娘だ」

ハージとマギは、ロバート卿の顔をしげしげと眺めた。ハージは、ジネス・ブラクストンを賢明だの誠実だのと言う人間がいるとは信じられなかったから。そしてマギは（ハージが思うに）、かつてお目付け役を任じられていたデズデモーナについて、同じように言う人間がいるとは信じられなかったから。ロバート卿も年をとって人を見る目がなくなってきたのかもしれない、とハージは一瞬思い、すぐに考えなおした。ロバート卿はいつだって、愛する者のいい面（と彼だけが認める部分）のみを見ようとするのだ。マギのことを、落ち着いた女性と褒めるのがその証拠だ。

どう返答すればいいのかわからず、ふたりがなおもロバート卿を見つめていると、この家の唯一のメイドであるハシマが戸口に現れた。

「ジニーお嬢さんにお客様です。レディと紳士の」

三人は振りかえってハシマを見た。

「どうすればいいかわからなかったので」メイドは言い訳がましく言った。「いままでだって、お嬢さんがなにかしでかして当局の方がいらっしゃったら、なにも知らないふりをしろと指示されてましたから。今日もその指示どおりにしただけですよ。お客様に、お帰りいただきますか？」

三人は顔を見あわせた。

「いいえ、おとおしして」しばらくして、マギが口を開いた。

ハシマがいったん下がり、数分後に、英国レディと紳士を案内して戻ってきた。メイドは扉の向こうに立ったまま、客人に書斎へ入るよう身ぶりで促し、一歩下がると扉を閉めた。

紳士がロバート卿に歩み寄って手を差しだすさまを、ハージは観察した。細身の若い紳士で、年のころは二〇代前半。色白に金髪、薄茶色の瞳。知性を感じさせる顔は表情豊かだ。連れのレディはなで肩に茶色の髪の地味な雰囲気で、とてもつつましやかである。

「カーライル卿」紳士は机越しに握手を交わしながら呼びかけた。「お目にかかれて光栄です。エジプト第三中期王朝におけるワイン造りと人口の爆発的増加に関する論文を、大変興味深く拝読しました」

「ほう、そうかね」ロバート卿は嬉しそうに応じた。

「はい、大いに感銘を受けました」紳士は背筋を伸ばして答えた。

白い豊かな口ひげを撫でながら胸をそらすロバート卿は、どこか自慢げだ。「そいつはよかった」眉根を寄せてつづける。「それで、貴殿はどこのどなたかな？」

「申し遅れまして、失礼しました」紳士は頭を下げた。「ジェフリー・タインズバローと申します。ケンブリッジ大学のハーツ・カレッジで古代史を教えています」

ハージは眉をひそめた。ハーツ・カレッジといえば、ジネスが通っていたところだ。ハージはロバート卿の表情をうかがってみたが、老人はとくに気にする様子もなく、机に山と積まれた書類からなにかを探そうとしている。

「論文の元原稿がここにあるはずだ。きっと興味を持っていただけると思うんだが、どこにいったかな……」

しばし待ってから、タインズバロー教授は咳ばらいをして、連れのレディを手ぶりで示した。

「こちらは、サマセットシャーはパクストン・オン・タインからいらした、ミス・ミルドレッド・ウィンペルホール――」

「なんだって？」

ハージの突然の大声に驚いて、紳士が頭をめぐらした。

「この人が、ミス・ウィンペルホール？」ハージはたずねた。

レディが顔を真っ赤にする。

「ええ、ミス・ウィンペルホールですが？」タインズバロー教授がこたえる。

「でも、でも、そんなはずは」ハージは口ごもった。

「どういう意味でしょう？」教授は当惑もあらわに問いかけた。

「五日前にミスル駅で、ジェームズ・オーエンスからミス・ウィンペルホールを紹介されたんです。ジェームズはぼくの友人で、令嬢の婚約者のポンフリー大佐のもとまで、令嬢をご

あるじのもとへと飛び立った。

案内する役目を言いつかっていて」

ミス・ウィンペルホールが目を丸くし、声に出さずに口の形だけで「まあ！」と驚きをあらわにしたかと思うと、小さなうめき声とともに、その場で卒倒してしまった。床に倒れる前に、教授が抱きとめる。おもてのマシュラビーヤの下で、ラ・ブーフの「小鳥」の一羽が、あるじのもとへと飛び立った。

「でもいったいなんのために、ミス・ブラクストンがわたしになりすますのですか？」しばらくして意識を取り戻したミス・ウィンペルホールは、ロバート卿の書斎のすり切れた古い長椅子に横たわったまままたずねた。ロバート卿は、新品を買う余裕があるなどという理由では、古くてもお気に入りの品を買い換えたりしないのだ。莫大な富を持つにもかかわらず、彼が大金を投じるのは純粋な娯楽のためだけ。それもごくまれにだが、そのときには大いに楽しむ人である。

「悪魔だからに決まってるじゃないですか」ハージは苦々しげに答えた。「悪魔とはそういう生き物なんです。人を──」ミス・ウィンペルホールを見つめてつづける。「地獄に突き落とすのが仕事なんです」

「でも、ありえませんわ。たしかにミス・ブラクストンは、ポンフリー大佐がどんな方かお教えしたとき、ずいぶんと興味津々な様子でした。でも、いくらなんでも、なにかに取りつかれているようには見えませんでしたわ」令嬢は言いながら、わずかに嫌悪の表情を浮かべた。

「ご令嬢のおっしゃるとおりだ。ブラクストン家の女性はみな、分別をわきまえていることで知られておる」ロバート卿がうなずく。

すかさずマギが小さく鼻を鳴らした。ロバート卿が眉をつりあげて、マギを見る。マギは眉根を寄せて見かえした。無言の会話が交わされ、やがて、ロバート卿がため息をついた。

「しかたがあるまい。ハリーに電報を打とう」

そのあと一同は、少々時間がかかったものの、教授とミス・ウィンペルホールが現れるまでの一連の出来事を時系列に追うことに成功した。

本物のミス・ウィンペルホールは船酔いがひどく、イタリアで途中下船した。だがイタリアで一日やすんだ令嬢は、これくらいのことで弱音を吐いてはいけないと考えなおし、アレクサンドリア行きの次の船に乗ることにした。そうして旅を再開しようとしたとき、リドニア号を下船した際に受け取った荷物にジネスのものまで含まれていることに気づいた。令嬢は、船員の手ちがいだろうと考えた。

船上でミス・ウィンペルホールは、カイロに向かう途中だというタインズバロー教授と知りあった。話をするうちに、ジネスの共通の知人だということがわかった。教授はそもそも、ジネスに会いにカイロに向かうところだった。教授は令嬢に、ジネスの荷物を運びがてらロバート卿の屋敷まで案内しましょうと提案し、令嬢は、そういえばジネスは曾祖父に会いに行くと話していたと思いだし、そのようなわけで、ふたりしてここにやってきた次第である。

「でも、なぜミス・ブラクストンはわたしになりすましたりしたのでしょう？」ミス・ウィンペルホールがあらためて問いを口にした。「お友だちだとばかり思ってましたのに。優しく介抱していただいたお礼を、あらためて申し上げたかったわ」

「わたしの話が、ヒントになるかもしれません」タインズバロー教授が口を開いた。令嬢が経緯を説明するあいだ無言をとおしていた教授は、いまは立ちあがって、こぶしにした両手を背中にまわしている。「ミス・ブラクストンは、わたしの教え子なのです」教授の言葉に、ロバート卿が眉をつりあげる。

「彼女が一年生のときからの。ミス・ブラクストンはほかの生徒とはちがっていました。とりわけ、ほかの女子生徒とは。学位の取得を目指したのも、単に考古学に興味があるからというわけではないはずです。ああ、もちろんミス・ブラクストンは非常に優秀です。ただ、どれだけけいい成績を残しても満足せず、もっと別のかたちでなにかを成し遂げようとしているように見えました。その必死な姿に、同情心をかきたてられまして。それで、とある調査の手伝いを彼女に頼んだのです」

なぜジネス・ブラクストンがそこまで必死に？　ハージは内心で思い、いまいましげに眉根を寄せた。エジプト学がいやなら、大学なんかやめて、好きなことをすればいいんだ。あの甘ちゃんめ。

「半年ほど前、彼女があるものを発見したと言って相談に現れました。あるものの場所を特定したというのですが、希望的観測だろうと思って相手にしませんでした。それからほどなくして、彼女は助手をやめてしまった。おそらくは――」教授は重々しく言った。「教授への義理は果たした、あとは独力で調査を進めよう、そう決心したのでしょう」

「どういう意味か、よくわからんのだが」ロバート卿が問いかけた。

「数カ月前、ミス・ブラクストンとけんか別れのようになったのが悔やまれて、彼女の調査した跡を追ってみたのです。そこで発見したもの――彼女が発見したものに、驚愕しました。おそらく彼女は、失われた都市ゼルズラの位置を特定したのだと思います。それでミス・ウィンペルホールになりすまし、ゼルズラがあったはずの場所に……フォート・ゴードンに向かおうと考えたのでしょう」

「しかし、なぜそのようなまねを。父親なり、わしなりに相談すれば、手助けをしてやったものを」ロバート卿が言った。

しばしためらってから口を開いたとき、教授の表情は思いやりにあふれていた。

「自分の力で、高名なるご家族とともに考古学史に名を残したかったのでしょう」

「なんだと」ロバート卿はあぜんとした。「ばかげたことを。努力のむだづかいだ。あの子は、生まれながらに考古学史に名を残しているのだからな」

「おそらく、誰かから与えられた名ではなく、みずからの手でつかんだ名が欲しかったのでしょうね」タインズバロー教授はふっとほほえんだ。

アラーの神よ許したまえ……ハージは内心つぶやいた……この男は悪魔に恋をしているようです。

「信じられんな」ロバート卿は認めなかった。

「もっとそれらしい理由が考えられるというのなら、どうか教えてください。自力でフォート・ゴードンに行く手立てが彼女にあったかどうか、そこが重要だと思うんです」

「まったく！」無言をとおしていたマギがふいに大声をあげた。「ジネスのことです、別の女性になりすましまして、フォート・ゴードンに行ったにちがいありませんよ。理由とやらは、当人が戻ってきてから訊けばいいのです」マギはハージに指を突きつけた。「あの子を連れ戻してらっしゃい」

ハージは怯え、後ずさった。

「そんなこと言ったって、ぼくにも仕事が。ここを離れるわけにはいかないよ」

「いいえ、いきます。おまえには、ジネスをここに連れてらっしゃいと命じたはず。まだその命令を果たしてないじゃないの」

いらだったハージは唇をかんだ。過去の経験から、マギに従わなければますます耐えがたい事態に陥ることはわかっている。

「わかりました」

「ああ、よかった！」ミス・ウィンペルホールが控えめに歓声をあげた。「ずうずうしいお願いなのは承知のうえでお願いいたしますわ。わたしもフォート・ゴードンまで同行させてちょうだい、ミスター・エルカマル」

「お断りします」ハージは即答した。ただでさえ厄介な命令を仰せつかったのに、さらに重荷を背負うなどもってのほか。そもそも、青白い顔のひ弱そうなレディなんて、旅の道連れとしては最悪だ。

「いいですとも」ロバート卿が横から口を挟む。「ジネスがこちらのお嬢さんにご迷惑をおかけしたのなら、お嬢さんが早急に婚約者のもとに行けるよう、われわれが尽力するのが当然ですからな。今回はわたしも同行しましょう」

「なんですって」マギとハージは同時に叫んだ。

「ジネスはわしの曾孫だ。曾孫が助けを必要としているのなら、手を差し伸べるのが道理だろう。それに、あれがほんとうにゼルズラを発見したのなら、わしもこの目で見てみたい」なにか名案でも思いついたのか、老人はふいに笑みを浮かべた。「そうだ、発掘隊を結成しようではないか！」

ロバート卿がいったんこうと決めたら、けっして覆すことはできない。しかも老人の頑固っぷりは年々ひどくなる一方。反論しても無意味である。

「わたしも行きますわ」マギが宣言する。ロバート卿が抗議しかけたものの、マギににらまれると、開いた口を慌てて閉じた。ハージは内心、ジェームズ・オーエンスの悪罵の数々を思いかえしていた。

「ではわたしも」教授も宣言し、すぐに言い添えた。「つまりその、お邪魔でなければの話ですが」

ロバート卿が、疑わしげに教授を見つめる。

「誤解です」教授はいかにも重々しく応じた。「ミス・ブラクストンの発見をわがものにしようなどとは思っていません。個人的な理由で、同行をお許しいただきたいのです」

「理由って？」ハージは無遠慮にたずねた。

タインズバロー教授がばつの悪そうな表情を浮かべる。

「責任を感じているのです。最初から彼女の話にちゃんと耳を傾けていれば、このような状況は避けられたはずです。差し支えなければ、ひとつ提案をさせていただいても？」

「なんだね」ロバート卿が促した。

「可能なかぎり早く出発しましょう」

「どうして？」マギが眉をひそめる。「さっきのお話では、あの子の世話をしてくれる人はいるのでしょう？」

「ミス・ブラクストンのことは、よくご存じで？」

ミス・ウィンペルホールを除く三人が、思い思いの大きさでうなずく。

「でしたら、想像できるはずです。彼女をよく知る人間、彼女から目を離してはいけないことを知っている人間がそばにいなければ、いったいなにが起こるか」

13

「あれ以上長いこと見つめていたら、彼女に夢中になっていただろう」彼は言った。「愛嬌のある女性、無邪気な女性に、弱いんだ」

——ジネス・ブラクストンの創作日記より

一〇日後、エジプトの砂漠にて

砂漠に銃声が響きわたり、白髪交じりのニーリー中尉をはじめとする、ポンフリー大佐の部下たちが援護にまわった。

野営地の片隅ではミルドレッドが驚きの表情で、砂地にできたばかりの穴と、巨大なサソリだったものをじっと見おろしている。やがて彼女は手に握りしめた石、地面にあいたまさにその穴から先ほどみずから拾いあげた石に、視線を移した。

「またあなたに借りができたようよ、ミスター・オーエンス」かすかに震える声で令嬢は言った。

「なんてことはない」ジムは応じ、ショルダーホルスターに拳銃を戻すと、寝袋に背をもたせた。ミルドレッドの行動はまるで、常に断崖から身を乗りだしているかのようだ。だからジムはもう、そんな彼女を救うために銃を撃ち、山を登り、猛然と走り、水に飛びこむ羽目になってもいっさい慌てない。いわばそれが日常だと考えている。「どうぞ。さっきの話をつづけて」

「ほんとうに聞きたいと思ってる?」疑念と期待の両方をこめた問いかけは、いやに愛嬌があった。実際、ジムはほんとうに聞きたいと思っていた。ミルドレッドは、不思議と謎の百科事典だ。英国で通ったとかいうフィニッシング・スクールは、彼女の快活すぎる性格こそなおせなかったものの、代わりに知性に磨きをかけてくれたらしい。

「もちろん」

令嬢はサソリだったものの上に石を戻し、後ずさった。「どこまで話したかしら」

「アメンホテプ四世の名が、歴史から消された経緯まで。さっきの石を使って、その経緯を説明しようとしていたんじゃないかな」

「ああ、そうだったわ」ミルドレッドは話を再開した。ジムは聞きつつ、頭のなかでは別のことを考えていた。エジプトの歴史はたしかに興味深いが、彼女のほうがその倍はおもしろい。砂漠の太陽に一〇日も焼かれたせいで、赤毛はすっかり色が薄くなり、シナモンを思わせる優しい色あいに変化している。肌も薄い金褐色に変わり、青碧の瞳を、温かな砂床に浮かぶターコイズのオアシスに見せている。

服はまだ、あのいまいましい半ズボンのままだが、白い外衣《トーベ》をスカートのように巻いているから多少はましだ。トーベはソハーグで、ジムが商人と物々交換で手に入れた。この七日間は、ほぼなにごともなく過ぎている。食中毒騒ぎが起きたほか、テントが燃え、ラクダに何度か逃げられ、サソリが登場したものの、どれも想定の範囲内だ。

こうした厄介事は、ミルドレッドのせいではない。たとえばサソリがそうだ。あの石を一〇〇人の人が拾ったところで、なにも起こらないかもしれない。サソリは死を招く生き物だが、石の下から現れることはめったにない。ただ、ミルドレッド・ウィンペルホールが石を拾いあげれば、そこにはまちがいなくサソリが潜んでいるというだけの話。

それでも、彼女に責任はいっさいないと言いきれない場合もある。ミルドレッドは衝動的で、せっかちで、頑固な性格だ。なぜか毎回巧みに運命の女神をそそのかし、女神はけっしてそれに逆らわない。

ミルドレッドの身の安全を確保するのは、たいていそんなに大変な仕事ではないし、当のミルドレッドも（助ける側のジムも）ちょっとしたあざやかすり傷だけですんでいる。だが、肝を冷やすことも何度かあった。ナイル川で水上に宙ぶらりんになり、接近してくるダハビヤ船にぶつかりそうになったときがそうだ。

下手をすれば、命を落としていた。

あれほどの恐怖を覚えたのは、ジムは生まれて初めてだった。八年前にマフディストの野営地に潜入し、いまにも頭を撃ち抜かれるかもしれないと思っていたときですら、あそこまで恐怖することはなかった。あまりの恐ろしさに、甲板に彼女を無事におろしたあとは、わずかに残されていた冷静ささえも失って怒鳴りつけてしまった。そうして彼女を怒鳴りつけ、彼女から怒鳴りかえされた瞬間、歓迎すべからざるある思いにとらわれた。そのすぐ後には彼女が首にしがみついてきて、その思いは根を張り、どんなに追いはらおうとしても追いはらえなかった。ジムは、ミルドレッドに夢中だった。

これは単なる肉欲だと自分に言い聞かせた。若い女性とともに過ごすこと自体、数年ぶりだからだ。多感な時期なのかもしれない。では具体的に彼女のどこに欲望を駆りたてられたのか？　男は危険な女に惹かれるが、惹かれる理由は案外、その女がけっして手に入らないからだったりする。大胆で無遠慮で無邪気なミルドレッド・ウィンペルホールを危険な女と言わずして、誰を危険な女と言おう。ミルドレッドは絶対に手に入れられない女であり、だからこそジムは彼女に夢中なのだ。

というわけで、ジムはためらいも罪悪感も覚えずにミルドレッドをひたすら見つめ、機知に富む言葉の数々を記憶に刻み、彼女の声からなにからすべてを胸の奥にしまった。ミルドレッドのいない、これからの長い人生のために。

大丈夫。それで人に迷惑をかけるわけでも、誰かに責められるわけでもない。やましいことなどない。ほとんどない……。

「――とりわけ興味深いのはね」ミルドレッドは身を乗りだした。あたかも、三〇〇〇年前に死んだエジプト王の醜聞ではなく、隣人の情夫の名を明かそうとするかのように。「とある文書に、アメンホテプ四世が〝彼〟ではなく、〝彼女〟だったかもしれないことを示す文言が残されている点なの」背筋を伸ばしたミルドレッドは、驚いたでしょう、と言わんばかりの表情を浮かべている。

「嘘だろう？」

「嘘じゃないわ」令嬢は応じ、ひとつに束ねた髪を振って、顔の周りを飛び交うハエを追いはらった。意外にも令嬢は、野営地暮らしにさほど苦痛を覚えていないようだ。たしかにポンフリー大佐は婚約者のために、マットレスや磁器まで用意して、準備万端整えておいてくれた。それでも、令嬢のふだんの暮らしには遠く及ばないはずだ。

ところがミルドレッドは、毎晩のように夕食に出てくるソラマメとオイルのマッシュをきれいに平らげるし、目や喉が痛くなるほどの乾燥した空気にも、暑さにも、ラクダのにおいにも文句ひとつ言わない。砂漠での暮らしに順応し、機嫌よく、明るく過ごしている。まるで砂漠の民のように。

大佐もいい相手を見つけたものだ。まったく憎たらしい。大佐と言えば、ミルドレッドはめったに彼の話をしないが……たぶん、愛する男の話をジムとしたくないだけだろう。だがそれでいいのだ。ミルドレッドの婚約者への深い愛情を知ってしまったら、平静でいられるかどうかわからない。

大佐のもとに彼女を送り届けるのがおれの仕事で、おれはそいつをやり遂げるだけ……ジムはあらためて自分に言い聞かせた（これで一〇〇回目だ）。快適な旅を約束するのはもちろん、彼女の身を守るのも仕事のひとつ。それが「ジェームズ・オーエンスから身を守る」ことを意味するのなら、ジムはその義務もちゃんと果たすつもりだ。

「ミスター・オーエンス？」と問いかけるミルドレッドの声に、ジムは現実に引き戻された。

「どうかした？　変な顔をしていたけれど」

「なんでもない。そうだ、これからはジムと呼んでくれないか？　いざというときも、〝ミスター・オーエンス〟と叫ぶより〝ジム〟のほうが簡単だろう？」

さりげなさを装って提案すると、思いがけない応えがかえってきた。まごついた表情を見せるかと思ったら、春のツメ草に囲まれて喜ぶ仔馬のような笑顔で「いいの？」と訊いてきたのだ。

「ああ」

「ありがとう、ジム」と言ってからミルドレッドはためらいを見せた。ジムは待った。自分のことも名前で呼んでほしいと言われたかった。けれども彼女は、そんなジムの心を読んだかのように視線をそらした。

名前で呼ばせてもらえると、本気で期待していたわけではない。守るべき義務、越えてはならない一線というものがこの世にはある。たとえジムがそれを無視しても、ミルドレッドに無視するつもりはないのだ。

ミルドレッドは見るからにまごついた様子だ。ジムは彼女を困らせたくはなかった。「話をつづけて」彼は促した。「女王《ファラオエス》だったかもしれない王《ファラオ》についての、話の途中だった――」

「ファラオエスというものは存在しないわ。ファラオは単に〝統治者〟を意味する言葉で、性別はどちらとも定められていないの」ミルドレッドは落ち着きを取り戻したようだ。「それで、さっきも話したとおり、彼の、あるいは彼女のピラミッドを正しい位置に建設するために、当時の設計者はふたつの観測器《メルクヘット》を使ったらしいの。ひとつを北極星に合わせ、もうひとつを南北に走る経線に合わせたわけね」

令嬢は語りつづけた。古代エジプトについて語るときの、いつもの淡々とした、学者めいた口調だった。ジムは彼女を見つめつつ、その声を耳で味わっていた。そうしながらも異変がないかとときおり周囲に視線を走らせたが、必ず彼女の顔に目を戻し、そうするとしばらくは視線を引き剝がせずにいた。

ふと気づけばミルドレッドは話を終え、彼のこたえを待っていた。

「古代エジプト史に、ほんとうに詳しいんだな」ジムは言った。「おれはこっちに来て八年になるが、あんたの半分もエジプトを知らないよ」

ミルドレッドは頰を染めた。「ポンフリー大佐と婚約して……六年になるから。いずれエジプトに住むことになるとわかっていたわ。自分がこれから住む国について、なんでも知っておこうとするのは当然でしょう？」と説明する口調が、やけに嬉しそうだ。

「いい心がけだが、普通の女性なら同じようにはできないだろうな。六年と言ったか？」

「ええ」

くそっ。ほんの子どものころに婚約したんじゃないか。ということは、愛しあって婚約したわけではないのだろう。きっと、ミルドレッドの家族と大佐の間で決められた結婚にちがいない。

大佐への嫌悪感がジムのなかで大きくなっていく。子どもと婚約するとは、どういうつもりなんだ。それを許可する家族も家族だ。とはいえミルドレッドがほんの少し明かしたところから判断すると、彼女は家族を愛しているらしい。

彼女を大佐と婚約させることで、家族はいったいどんな恩恵を得たのだろう。金か？　土地か？　それとも、由緒正しい家と血縁関係を結ぶためだったのか？　ミルドレッドは、もっと別の未来を夢見ることはないのだろうか。定めに粛々と従うつもりでいるのだろうか。

シャーロットのように。

かつては、祖母アルシアの嘘をシャーロットが進んで受け入れた事実を思いだすたび、苦く暗い怒りがわき起こったものだった。だがそのような時期はもはや過ぎ去り、子どもじみた捨て鉢の恋情の記憶とともに、怒りも薄らぎつつある。そもそも哀れなシャーロットに悪気はなかった。それに、シャーロットが家族の野心を果たすための捨て駒だったというのなら、ジムにしても祖母の捨て駒にすぎなかった。

彼はみずから進んですべてを捨てた。人生も、名前も、遺産も。祖母に抗うためだったが、それでけっきょく、祖母に求めていたものを与える結果となった。祖母はなにもかもをおのれの管理下に置くことに成功したのだ。だが人生は、闘いつづけるよりも、放りだしてしまうほうがずっと楽だ。

ジムはミルドレッドに視線を戻した。彼女を大佐に渡すのがいやなら、いったいいつまで、どれだけ闘いつづければいい？　永遠に、だ。

「オーエンス！」

呼ばれたジムは周囲を見わたした。ニーリー中尉だった。みそっ歯だらけの、コックニー訛りのある痩せた老練兵が手招きをしている。ジムは立ちあがって中尉に歩み寄った。

「なにか？　中尉」

「さっきの一発で、半径三〇キロ内に棲むネズミどもが目を覚ました。よって今夜はきみにも監視に立つことを命じる」

命じる、というわりには、口調はおどおどしているし、視線もどこか泳いでいる。心配性で、そのくせ好戦的なニーリー中尉は、優れた指揮官とは言えなかった。中尉という立場も、人員削減の影響でたまたま手に入れたものにちがいない。

「わかった」ジムは答えた。

中尉は唇をかんで、立ち去りかねている。

「ほかになにか？」ジムは促した。

「ああ」ニーリーはジムの腕をつかむと、少し離れたところへ引っ張った。「よく聞け、オーエンス。われわれはソハーグに戻るべきだと考えている。いいから黙って聞くんだ」口を開きかけたジムをさえぎってつづける。「ソハーグで商人たちが話しているのを小耳に挟んだ。マフディストどもが襲撃計画を立てているらしい。言うまでもなく、連中にそのようなまねを許すわけにはいかん」

「その手の噂なら、もうずっと前から何度も流れている。心配は無用だ」ジムはニーリーの肩をたたいた。「たとえ噂がほんとうだとしても、砂漠で連中に出くわす危険性は、砂嵐のなかで一粒の種子を見つける可能性と同程度。なにしろここは、フォーティ・デイズ・ロードから一〇〇キロ以上も離れているんだからな」

古くからあるその交易路を、たまたまそれたわけではない。ジムはあえて、フォーティ・デイズ・ロードの南に進路をとった。歴史ある交易路はいまもなお多くの隊商に利用されており、獲物を探す追いはぎにとっても格好の狩り場となっている。一方、ジムの選んだルートはさほど知られていないオアシスへと通じており、ここからは三、四日ほどで到着できる。

ニーリーは勢いよく首を振った。

「監視にあたっていた部下が、遠くに光るものを見たとたったいま報告してきたのだ。わたしもゆうべ、たき火を目にした。部下たちは死ぬほど怯えている」

ジムは無言をとおした。ニーリーの言うとおり、一隊をつけている者たちがたしかにいた。三日前にそのことに気づいたジムは、深夜に馬を走らせ、こちらから接近を試みた。だがうまくいかなかった。しかし追跡者が誰であれ、こちらに害をなすつもりなら、とっくに行動しているはずだ。

そうしないということは、単に同じ方角を目指して砂漠を移動中なのだろう。だが、いまのような説明だけでニーリーを納得させるのは難しい。だったらなにも言わないほうがいい。

兵士たちのあいだにはすでに、ニーリーの警戒心が伝染してしまっている。誰もが不安げに周囲に視線を走らせ、ライフル銃を握りしめて、数人で固まって声を潜めて話しあっている。どうやら近ごろの徴集兵は、未熟で暗示にかかりやすい連中ばかりらしい。いずれにせよ、元凶はニーリーだ。

「幻覚だ」ジムは言った。「追いはぎなら、とっくにわれわれを襲っている。ゆうべもそのへんを見てまわったが、誰かいれば、そのときに出くわしたはずだ」

「ばかだよ、オーエンス。おまえは、どうしようもないばかだ」ニーリーは前髪をかきあげた。「幻覚などであるものか」取りつかれたような目でジムを見つめる。「あのごろつきどもが、いったいどんな非道を働くか知らないのだろう？」中尉は深々と息を吸い、目を閉じると、息を吐いた。「知りたくもないのだろうな。わたしも、知らずにいたかった。陸軍に入って二〇年になる。あと一年のご奉公で、恩給をもらって退役だ。一年で英国に帰れるんだ。その前に死にたくはない。ソハーグに戻るべきだ」

「支離滅裂だ」ジムはあきれた。「まったく意味をなしていない。ソハーグに戻って、いったいなにが好転するというんだ。追いはぎどもがいるなら、ソハーグにだって簡単に追ってくる」

「それはない」ニーリーは断固として否定した。「連中は、あのオアシスで待ち伏せ攻撃を仕掛けるつもりなのだ。ここで進路を逆にとれば、連中の裏をかける。ソハーグに戻り、大佐殿が援軍を送ってくださるのを待とう。六人では心もとない」

ジムはしばし考えをめぐらせた。だが、危険が迫っているとは思えなかったし、フォート・ゴードンまであと半分というところまで来たのだ。ここで戻るのはばかげている。しかもニーリーの言うとおり引き返せば、援軍が到着するまでソハーグにミルドレッドと留まらなければならない。二週間。あるいはそれ以上。

それはきっと、とてつもない過ちを引き起こす……ジムは正直に認めた。いまだって毎日ミルドレッドと一緒にいるせいで、自制心を保つのが日に日に難しくなっている。果たしておのれの義務を果たしたあと、すんなりと彼女のもとを去れるかどうか。何週間もともに過ごしたりしたら、本気で離れられなくなりそうだ。

「いや、やはり戻るのはやめよう」

ニーリーは身を硬くし、ライフル銃を掲げた。

「わたしが戻ると言ったら戻るのだ。ここでは、わたしが指揮官だ」

ジムはなにも言いかえさなかった。その場に立ちつくしてニーリーの目をのぞきこみ、相手に考えなおす余地を与えるにとどめた。ジムだって、ニーリーの身を危険にさらしたいわけではない。中尉もおそらくこれまでは、五体満足で英国に帰れるとは思っていなかったはずだ。けれどもついに任期も終わりが近づき、いまや希望が、恐れとともに彼の手のなかにある。

ジムはニーリーに同情心を覚えている。それでもやはり、戻るわけにはいかない。

深い落胆にしばらく歯をかみしめていたニーリーが、ジムを見つめかえした。片方のまぶたが痙攣《けいれん》していた。それから中尉は、うめき声とも泣き声ともつかない声をあげ、くるりと背を向けてその場を立ち去った。

「なんの話だったの？」ミルドレッドがかたわらに立っていた。

「なんでもない。深夜の監視に立ってほしいと言われただけだ」

「まあ。じゃあ、これから行くの？」

そう。いますぐ。手遅れになる前に……まだ間に合えばの話だが。

「いいや」

ミルドレッドは満面に笑みを広げた。

「だったら、階段ピラミッドの話を聞きたくない？」

「ぜひとも」ジムは答えた。

令嬢は地面に腰をおろし、小さな笑い声をあげながら、空高く飛ぶハゲワシが落とした羽根を拾いあげた。

ジムはシャーロットの顔を思いだそうとした。だが、思いだせなかった。彼の視界に映るのは目の前のレディだけ。ミルドレッドは身を乗りだし、羽根を使って地面に絵を描いている。髪はほどいてあり、そのうちの一束が恋人の手のように、細い首にからみついて――。

ライフル銃の台尻が、ジムのこめかみを打った。

彼は両膝がなにかで結わかれるのを感じた。最後に脳裏をよぎったのは、ラ・ブーフの高笑い。地面に絵を描くレディに見とれていたせいで、不意をつかれた愚かなジェームズ・オーエンスをあざ笑う声だった。

14

大いなる危険が迫っていても、彼女は常に勇気を忘れなかった。人によってはそんな彼女を、災難危険など慣れっこの勇ましいレディと呼ぶだろう。

――ジネス・ブラクストンの創作日記より

「一緒に来るんです！」ニーリーが叫んだ。

「お断りよ」ジネスは答えた。意識を失って地面に倒れたジム・オーエンスのかたわらにひざまずき、指先でそっと頭の傷を探る。

「荷物をまとめて、ラクダに積むんだ！　急げ！」ニーリーが部下に命じ、男たちがすかさず行動に移る。野営地を設けるときにはけっして見せなかったすばやさだ。

ジネスを振りかえったニーリーは、険しい表情で告げた。

「いいかげんにしてください、お嬢さん。死にたいんですか？」

「死ぬわけがないでしょう」ジネスは応じた。

「たしかに。なぜならあなたは、われわれと一緒に来るからです。オーエンスはここで朽ち果てるがいい。本人がそれを望んでいたんですから。だがわたしは、あなたを大佐のもとにお連れするよう命じられている。命令は果たさなくては」

「よく言うわ。ほんとうは、ソハーグに連れ戻そうとしているくせに」

「援軍が来るまでの辛抱です。さあ、立って」

「いやよ。ミスター・オーエンスを置いていくわけにはいかないわ」ジネスは抗い、ジムを見つめた。呼吸は苦しそうではないものの、彼の顔は蒼白だ。

「いいですか、ミス・ウィンペルホール」ニーリーは懸命に、理性的な口調を作っている。「われわれと一緒に来るか、オーエンスの銃でご自分の頭を撃ち抜くか、ふたつにひとつです。ここにいたら、いずれ死ぬことになるんですからね」

ジムを背後から殴りつけておいて、なにを偉そうに。ジネスは心底腹が立った。

「中尉」断固とした声で呼びかける。「はっきり言います。あなたとは一緒に行かない。力ずくで連れていこうというなら、とことん抵抗するわ。背後から近づいて頭を殴り、意識を失わせようというなら」中尉がきまり悪そうに赤面する。その程度の慎みはあるらしい。

「殴られる前に逃げるわ。なぜだか知りたい、ニーリー中尉？　下劣でやくざな中尉と、その卑しい部下なんかより、意識を失ったミスター・オーエンスのほうが信用できるからよ」

ジネスは侮蔑をこめたまなざしを、ニーリーの部下たちに向けた。誰ひとりとして視線を合わせようとしない。

彼らは撤収作業を終えていた。テントはたたまれ、ラクダは荷物を背負わされ、綱をつけられている。

ニーリーは背筋を伸ばし、可能なかぎりの威厳をかき集めて言った。

「オーエンスが命令に応じなかったからです」

「わたしも応じないわ。わたしは、彼をここに置いていったりしない」

口の端をめくりあげてうなり、中尉はジネスのとなりにしゃがみこむと、目線を合わせてにらんできた。「賊どもが、獲物にどんな非道を働くかご存じないようだ」震えを帯びた低い声で言う。

「獲物が男なら、連中になぶられたあとは、もはや人間なのかどうかすら見分けがつかない。やつらは、ときには獲物の肉を切り刻み、生きたまま皮を剝ぎ、あるいは内臓を引きずりだして……」

ジネスは顔から血の気が引いていくのを覚えた。だが、この手の話を聞くのは初めてではない。父の発掘隊の野営地で、夜中に似たような話を耳にしたことだってある。誰も、彼女が起きているとは知らなかったのだ。現地の人たちが、同じくらいおぞましい噂話をしているのを立ち聞きしたことだってある。ただ彼らの噂話に出てきた賊どもは、軍服を着ていたようだが。

「獲物が女だった場合は、考えたくもないが――」ニーリーはわざとらしく言葉を切った。

ジネスは息をのんだが、視線はそらさなかった。

「ミスター・オーエンスを置き去りにはしないわ」

たっぷり一分間にらみあってから、ニーリーは立ちあがり、悪罵を吐いて帽子を地面にたたきつけた。ジネスは身じろぎひとつせずに中尉を見ていた。

「ソハーグにオーエンスを連れずに戻っても、誰も気に留めやしない」中尉はわめいた。

「だがあなたを連れずに戻ったら、どう申し開きをすればいい?」

「それはあなたの問題でしょう?」

「くそっ、なんならあなたをラクダの背にくくりつけて——」

中尉は言葉を失った。ジネスが立ちあがり、彼の胸に銃を突きつけたからだ。ジム・オーエンスの銃を。

「もう一度だけ言うわ、ニーリー中尉。わたしは、ミスター・オーエンスを置き去りにしません。あなたは、彼を連れていかないとすでに断言したのだから——」

「身を賭してでもやつを連れていけと?」

「ともかく、彼を見捨てるのならわたしも行きません。それから、一歩でもわたしに近づけば引き金を引くわ。それで死ぬかどうかはわからないけれど、この距離だものね。危険は冒したくないでしょう?」

男たちがざわめいた。思いがけない展開だったようだ。

「くそうっ!」ニーリーはわめいたが、その声には怒りよりも、あきらめのほうが濃くにじんでいた。

ジネスは銃を突きつけたまま告げた。「ラクダ一頭と、装備一式を置いていくのよ」

ニーリーがまた悪罵を吐き、部下のひとりに鋭く目配せをした。「最後尾の一頭を」と叫ぶ。部下がすぐさま命令に従い、ニーリーはジネスに向きなおった。

「いいですか。わたしとしては、あなたをここに置いていきたくはない。クリスチャンですからね……根っからとは言えないが。じつは、オーエンスにどの程度の打撃を与えたか自分でもわからない。おそらくかなりの打撃でしょう。つまり目を覚まさない可能性もある。そのときは、どうします？」

底なしの奈落が足元に開いた錯覚に、ジネスは陥った。大きく息をし、その穴にのみこまれまいとした。ニーリーの話など信じない。父だって何度も頭をこん棒で殴られたが、毎回ちゃんと目を覚ました。だからジムも大丈夫だ。

「覚ますほうに賭けるわ」

険しい表情でたっぷり一分間ジネスを凝視してから、ニーリーはついに引き下がった。

「わかりました。わたしの負けだ。あなたを連れていこうと、わたしなりに努力はした。ついでにいいことを教えてあげましょう。これであなたも少しは溜飲が下がるはずだ。わたしと部下はこれから無断で軍を離脱する。軍法会議にかけられるのは、目に見えていますからね」中尉は非難がましくジネスをにらんだ。まるで、なにもかも彼女のせいだと言わんばかりに。

「最初から、こんなまねをしなければよかっただけの話でしょう」ジネスは言いかえした。

ニーリーはせせら笑った。「第一に、そいつは厄介者だというので有名です」ジムのほうを顎でしゃくりながら説明する。「ほんとうにそうなのか、知りたくもない。第二に、オーエンスがなんと言おうと、部下のひとりが遠くに光るものを見たのはたしかだ。というわけで、砂漠で首をはねられる前に、五体満足でエジプトから逃げるほうが利口だと判断したわけですよ」

だがジムは、危険が迫っている兆候はないと言っていた。彼が安全だと言うなら、そうなのだ。「だったら、もうなにも言えないわね」ジネスは応じた。あとは銃をおろし、ジムの介抱に戻る彼女を見て、ニーリーがこの場を去ってくれるといいのだが。

「そのようですね」ニーリーがこたえ、部下がラクダを引いてきて、綱を上官に渡す。最後尾のラクダを選んだのは、ちゃんと理由があってのことだ。年寄りで、雌のわりに気性が荒く、毛皮にはげがあり、片目が見えない。ラクダがつばを吐き、ニーリーのズボンにかかった。ジネスは、老いたラクダが気に入った。

ニーリーがまた大声で指示を出し、別の部下が鞍につけてあった水筒をはずして、上官に投げた。ニーリーはそれをジネスの足元に放った。彼女は視線を動かさなかった。意識をそらして、そのあいだに銃を奪おうという魂胆なのはわかっている。中尉はまた悪態をついた。

「わたしがあなたの立場なら、ミスター・オーエンスが目を覚ます前にここを立ち去るわ」

ニーリーはくるりと背を向け、待ち受ける部下たちのほうへ大またで歩きはじめた。ところが五歩ほど行ったところで、またこちらに向きなおった。驚いたことに、唇を震わせ、涙を浮かべている。

「今度はなんなの」ジネスはいらだった。ディケンズの連載小説よりなおくどい。これでおしまいかと思えば、また新たな問題が持ちあがる。

「ミス・ウィンペルホール、あなたは勇敢な女性だ」中尉はもごもごと言った。「どうしようもない頑固者だが、わたしよりずっと勇気がある。あなたの雄々しき骨をどこで拾えるか、できることなら部隊に伝えたい。だがそれは無理な相談です。部隊には、オーエンスがあなたを連れ去り、最後にはふたりとも追いはぎの襲撃に遭ったと伝えましょう。そのあとはなにが起ころうが、アレクサンドリアを発つ最初の船に乗りこむつもりです。ごきげんよう、ミス・ウィンペルホール。死ぬときは、あまりわたしを恨まないでください」

別れの言葉を聞きながら、ジネスは気が滅入るばかりだった。

中尉がラクダの背にひらりとまたがり、最後に敬礼をする。膝でラクダの腹を蹴って走らせると、部下たちも従った。

重たい拳銃をゆっくりと太ももに置き、ジネスは意識を失ったジムのかたわらにしゃがみこんで、一隊が去っていくのを見守った。やがて彼らは小さな影となり、きらめく地平線へと消えていった。じきにあたりは闇につつまれ、冷たく恐ろしい夜があっという間に訪れるだろう。

ジネスはジムの額を撫でた。ほのかなぬくもりを感じたが、熱はない。頭を殴られて、熱が出るかどうかはわからないが。不安のあまり唇をかみ、ジムの様子を見る。起こしてみたほうがいいのだろうか。父が昏倒したとき、母がどうしていたか思いだせない。起こそうとしたとして、母はなにを使っていただろう。水をかける？　頬を打つ？　体を揺らす？　でもそれで、ますますひどい状態になったらどうすれば？　ただでさえ重傷を負っているかもしれない脳に、取り返しのつかない損傷を与えてしまったら？　最終的にジネスは、当人に任せようと決めた。彼の体が、意識を取り戻せる状態まで回復したとみずから判断するまで待とうと。用心深く彼の頭を膝にのせ、ジネスはじりじりと待った。待つのは苦手だ。

その間、ふたりとも死ぬかもしれないという思いがずっと脳裏から離れなかった。自分の死は、誰にも知られずに終わるのだ。ニーリーの嘘の報告を手がかりに、自分を探しに来てくれる人だっていない。なぜなら彼らが探すのはミルドレッド・ウィンペルホールだから。ミルドレッドはいずれカイロにやってくる。そうしてポンフリー大佐の準備した葬儀は結婚式へと変わり、大佐の悲嘆は歓喜へと変わる。

ジネスはため息をついた。あるいはポンフリー夫妻は、何年後かの結婚記念日に乾杯の途中でふと手を止め、思いだすかもしれない。ミルドレッドになりすました、おかしな若い女性のことを。そして彼女が、なんのためにそんなまねをし、誰だったのか思いをめぐらせるかもしれない。

なりすましの犯人が、ミルドレッドが船上で出会ったジネス・ブラクストンだと推理できる人はいまい。ジネスは曾祖父に電報を打ってしまった。あの電報を見た人たちはみな、ジネスは東欧のどこかで消息を絶ったのだろうと思うはずだ。さらわれて、アジアの某国の王子にめとられたか、ブルガリアの伯爵と駆け落ちしたと考えるはずだ。

なんてロマンチックな物語……指にはめたエメラルドの指輪のきらめきが目に留まり、ジネスは少し気分がよくなった。一六歳の誕生日に、母から贈られた指輪だ。母は……。

なんてことをしてしまったんだろう。

ここで死んだら、自分は両親に、無為な捜索を永遠に強いることになる。娘が生きている可能性がわずかでもあれば、それがどんなに小さな可能性だろうと、両親は捜索をあきらめないにちがいない。絶対に。娘の骨が見つかるまで、あるいは自分たちが死ぬまで、永久に捜しつづけるはずだ。なぜなら娘を愛しているから。でもジネスを愛する両親は、娘の骨を見つけることはできない。捜す場所が、まちがっているから。

終わりのない捜索を何年も何年もつづける両親の姿を想像すると、恐れと後悔の念に襲われた。万一のときのために、計画を詳述した手紙を信頼できる誰かに託しておくべきだった。もしも今度、同じくらい愚かな計画を実行できる機会があったら、そのときはきっと手紙を用意しておこう。だけど今回は……死ぬかもしれないなんて考えもしなかった。いまいましいニーリーの登場など、計画に入っていなかったのだ。

日に焼けたハンサムなジムの顔を見おろす。高い頬骨のあたりにまつげが扇形の影を落とし、湿った髪が額に弧を描いてかかっている。目の前の彼はいつもよりずっと若く、頼りなげに見える。鋭いまなざしは消え、表情はゆるみ、厳めしい頬の線も和らいでいる。ジネスは彼のこめかみの髪をかきあげた。見捨てるなんてできなかった。もう一度選択を迫られても、同じ道をとるだろう。いまいましい、ニーリーめ。

それにしても、なぜジムは目を覚まさないのだろう。かれこれもう二〇分は経つ。赤紫色の空には三日月がかかっている。間もなく夜がやってくる。ジネスは慎重に片手をジムの頭の下にあて、そっと地面におろした。凍えるような砂漠の夜が訪れる前に、やるべきことがある。

——そのとき、ジムがうめいた。

すぐさまかたわらにひざまずき、両手で彼の顔をつつんだ。「ミスター・オーエンス。ジム」

「いや」ジネスの頬を涙が伝った。「大丈夫？」

ジムはくぐもった声をあげた。片目を細く開いてジネスを見あげ、しかめっ面をする。「なにがあった？」

「動かないで。ニーリーが、ライフル銃で背後からあなたを殴ったの」

ジムは横向きになると苦しげに身を起こし、うめいた。「どこに……」

「まだ起きないで。連中は行ったわ」ジネスは片腕を彼の肩にまわした。

「行った？」驚きの表情を浮かべ、ジムがあたりを見まわす。「あんたひとりを置き去りにして？」

「いいえ。あなたもいるわ。それ以上は動かないで。また頭から血が」

額に手をやり、ジムは荒い息をついて眉をひそめた。「どれくらい前に？」

「二、三〇分前かしら——だめよ！　いまのあなたは、どうこうできる状態じゃないわ」

けれどもジムは、よろめきつつもすでに立ちあがろうとしていた。しかたなくジネスは彼の腕を自分の肩にまわし、痛みをこらえて立ちあがる相手を可能なかぎり支えた。彼の体は重く、足元もおぼつかないようだ。倒れないように、両の腕をしっかりと腰にまわすしかなかった。

「お願い。あなたにできることはないわ。ますます具合が悪くなるだけよ。いまはとにかくやすんで――」

あいにく、ジムの耳にそれらの言葉は届かなかった。彼は膝からくずおれ、腰に腕をまわされたままの体勢でゆっくりと地面に倒れて、ふたたび意識を失ってしまった。

15

ああ、過ぎ去りし夢よ！　彼もかつては、金儲けや、その金で欲望を満たすよりもずっと崇高な目標を、おぼろげながら抱いていたものだった。

——ジネス・ブラクストンの創作日記より

「むむ。こいつはうまい。タインズバロー教授、鴨の胸肉も試してみたまえ」ロバート卿はすすめ、完璧な焼き加減の鴨肉に濃厚なザクロブランデーのソースをかけ、つややかなクスクスを添えた一皿をフォークで指し示した。

教授は残念そうに首を振った。

「ラクダがかわいそうなので、遠慮しておきます。今回の旅を始めてから、五キロも太ってしまいまして」

「それならハージ、肉が残らないようにおまえが手伝いなさい」ロバート卿はハージに向きなおって命じた。「ひとりでは食べ切れん。あの料理人は腕前は素晴らしいが、すぐに機嫌を損ねるから面倒だ。食べ残しは見せたくない」

腕前は素晴らしい？　ハージはロバート卿の言葉に内心で首をかしげた。砂漠のどまんなかで、食べ物に期待できるわけなどないのに……。それでも、フォークがすっと刺さるほどやわらかい肉を一切れ取り、口に入れた。なるほど、たしかに非凡な才能を持った料理人らしい。ロバート卿がコプト人の料理人をどこで見つけ、どうやって「救援作戦」への同行を納得させたかは、謎だが。だがきっと、大した謎ではないのだろう。おそらくロバート卿は、料理人がとうてい断れないほどの給金を提示したのだ。

ロバート卿は今回の旅で、いっさい費用を惜しまなかった。食事をする場所は大型テントで、両脇の出入り口に掛けられた紗織の布は、ハエを追いはらうと同時に、心地よいそよ風を招き入れて揺らめいている。テーブルには純白のリネン。そこに並ぶクリスタルのグラスや銀器が、傾きかけた陽射しを受けてきらめいている。銀のドームカバーの下には、食べられるときを待つ絶品料理の数々。たとえば刻んだトマトにコリアンダーとミントを混ぜたさわやかなサラダや、ニンニクとレモン、オリーブオイルで煮込んだヒヨコマメ、ブドウを詰めて焼いたハトなど、伝統的なアラブ料理も並ぶ。

贅を凝らしたのは、食堂代わりの大型テントばかりではない。毎日、午後になれば二〇人余りのポーターや随行者が、小さな町にも匹敵する数のテントを設置する。マットレスと枕が置かれ、出入り口に風通しのための縞模様の天幕が掛けられたテントで、午睡を楽しむためだ。ロバート卿は、午睡が大好きだった。

陽が十分に沈むころ、随行者として雇われた現地人がテントをたたみ、一行は気性の荒いラクダの背にまたがって三、四時間ばかり、目的地へと歩を進める。やがて、これもロバート卿がじきじきに雇い入れた随行団長のザイードの声がけにより、その日の旅は終わりを告げる。ここで随行者らはふたたびテントを張り、野営地を設けて、料理人が軽い夕食を用意する。食後はめいめいのテントに下がり、夜明け前に起きてコーヒーとクロワッサンの朝食をとったら数時間の旅に出て、それ以上の前進は困難だとロバート卿が判断したところで休憩となる。

言うまでもなく、フォート・ゴードンまで強行軍は組んでいない。ロバート卿の健康状態はすこぶるいいが、なんといってももう八五歳だ。快適なテントと上等な料理が用意されたのんびりとした行程でも、過酷な旅であることにちがいはない。当のロバート卿をはじめとする誰ひとりとして、老人の限界を試すつもりはないのだ。

ただベドウィン人の随行団長だけは、例外かもしれない。ザイードは、何度となくたっぷりの休憩をとる老齢の雇い主にいらだちを募らせていた。

ハージはテントの外に視線をやった。ザイードが腕組みをして砂漠をにらんでいる。全身に不満がにじんでいるかのようだ。ロバート卿が案内役としてザイードをどこで探してきたのか、ハージは知らない。だが老人はエジプトに長く住んでおり、さまざまな部族から敬意をはらわれている。そのなかには当然、遊牧民たるベドウィン人もいるだろう。

「ミス・ウィンペルホール？」タインズバロー教授が呼びかけた。「赤ワインをいかがですか？」

「遠慮しておきますわ」

「赤ワインくらい、よいではないですか」ロバート卿が気づかいを見せる。高齢により少々気の短くなった彼だが、紳士としてのふるまいはなくしたくないらしい。

「いいえ、ほんとうに」令嬢は応じた。「毎日、豪華なお食事ばかりなんですもの。こう申し上げてはなんですが、冷肉とチーズが恋しいくらいですわ。牛のミルクのチーズが」

「また胃の具合がよろしくないの？」マギがロバート卿のとなりの席からたずねる。マギはその席で、ロバート卿を油断なく見守っているのだ。

「ええ、少しですが」ミス・ウィンペルホールは顔を赤らめた。こんなにすぐ赤くなる女性をハージは見たことがない。身体機能についてちょっと話題にのぼるだけで、茶色の髪の根元まで真っ赤に染まるのだから驚く。

ジネス・ブラクストン演じるミス・ウィンペルホールも失敬だったが、本物のほうがずっとひどいとハージは思っている。令嬢は毎日、夕食に遅れて現れる。そうしてマギとハージを認めるなり、眉をつりあげる。言葉にしなくてもわかる。彼女はきっと、マギとハージはともに食事をする相手ではなく、給仕をする使用人にこそふさわしいと思っているのだ。その考えは、ある意味まちがっていない。実際ふたりは、文官《パシャ》や貴族よりずっと低い階級に属すのだから。ミス・ウィンペルホールは常に礼儀正しさを忘れないが、それはどこか慇懃無礼で、おのれの優位性を他者に思いださせるためのように感じられる。

だがそのことに気づいている者はいない。マギですらそうだ。とはいえマギが気にかけるのは、いつだってロバート卿だけだ。だから令嬢の偏見を、気に留めている暇などないのだろう。ハージの不快感を大して気に留めないのと同様に。正確には、まったく気に留めないのと同様に。

「では、さっそく用意させましょう、ミス・ウィンペルホール」マギが言い、背後に無言で控える随行者のひとりに合図した。ハージだって、あのなかのひとりになっていたかもしれないのだ。雇い主はロバート卿ではないにしても。

「ところで教授、ジネスはゼルズラの位置をどうやって特定したのですかな?」ロバート卿が食事をつづけながら問いかけた。

失われた都市は、これまでに何度も話題にのぼってきた。

「ゼルズラの位置と思われるもの、です」若い教授は穏やかに訂正した。「それが不思議なことに、ローマ教皇ウルバヌス二世の書庫に残されていた巻き物にヒントが隠されていたんですよ」

「誰かが古代エジプトの民衆文字《デモティック》で、教皇に書いて知らせたというのか? ばかげている! デモティックの最後の使用例は、ウルバヌス二世の就任の六〇〇年以上前ではないか」

「誰かが書いたとは言っていませんよ。誰かが教皇に送ってきたのです。教皇は第一回十字軍の際、北アフリカにも派遣団をやったようです」

興味を引かれたハージは身を乗りだした。学問的な会話は久しぶりだったし、ロバート卿とタインズバロー教授は、当のハージも気づいていない知識の穴を埋めてくれる。きちんとした教育を受けるすべがあったなら、自分の人生はいまごろ、どんなふうだっただろう。

「教皇が、北アフリカでいったいなにを?」ハージはたずねた。

教授がすまなそうに片手をあげた。「あいにく、そこまでは。問題の巻き物は、デモティックで書かれているからという理由でわたしが預かったのですが、ざっと見たあとは、すぐに存在すら忘れてしまった。クレオパトラの治世に書かれた隊商の積荷一覧だったので、管轄外だと判断したんです。わたしの専門はもっと古い時代ですから」教授はミス・ウィンペルホールのために説明をくわえた。「さらに五〇〇〇年以上前の時代が、専門なのですよ。それで問題の巻き物は、蔵書として保管しておくようミス・ブラクストンに託したわけです」

そこへコプト人の料理人、ティモンがテントの入口に現れた。豊かな顎ひげをたくわえた、チーク材を思わせる黄褐色の肌の、妊婦のような腹をした男である。ティモンはドームカバーののった皿を手にしていた。

「どこの誰がチーズを所望された?」ティモンは問いただした。「砂漠の旅にチーズを持ってくるとお思いか? ここにはチーズなどない」

蔑《さげす》みの表情を浮かべた料理人をちらと見やったミス・ウィンペルホールが、椅子の上で身をちぢめる。

「すまないな、ティモン」ロバート卿がとりなした。「こちらのミス・ウィンペルホールが、ちょっとおなかの具合がよろしくないようなのだ。このような豪勢な食事には慣れていないらしくてな」
料理人は黒々とした目で令嬢を見据えた。
「チーズも、スパイスやソースを使わない肉もない」
「だったら、どんなものならあるかな、ティモン？」ロバート卿がたずねる。
「涙が出るほどうまいデザートを作るための食材」ティモンは説明を始めた。「やわらかい
クレープ、オレンジリキュール、バター、砂糖。いますぐテーブルを用意する」雇い主の返
事も待たず、ティモンは手をたたいた。たちまち助手が小さなテーブルを持って現れる。
「素晴らしい！　少なくともわしは、甘いものに目がないぞ」ロバート卿が陽気に言いつつ、
ミス・ウィンペルホールを見やる。「ティモンはデザート作りの名人ですからな、あなたに
も、がっかりはさせませんぞ」まごついた令嬢をよそに、老人は肩を揺すって笑った。
ハージは元の会話に戻るのが待ちきれなかった。
「うかがってもよろしいでしょうか、教授。なぜ派遣団は、積荷一覧などを教皇に送ってき
たのでしょう？」
「問題はそこなんですよ」教授は軽く指を揺らした。「その隊商は、ゼルズラから来たらし
いのです」
ティモンがさっと顔をこちらに振りむけた。「ゼルズラ？　あれは伝説の都市だ」
「そう、おそらくはね」教授はうなずいた。考古学について料理人や一介のエジプト人と論

じることに、違和感を覚えていないらしい。ハージは教授が好きになった。それに彼はどことなくジムに似ている。「ミス・ブラクストンの調査によると、ゼルズラ、またの名を〝小鳥のオアシス〟は、エジプト最南西部の山脈地帯にあるらしい。だがこれまでに誰ひとりとして、ゼルズラはもちろん、その山脈地帯を見た者はいません」

「欧州人で、ということですよね」ハージは興奮気味に言った。「ぼくもその山脈のことは知りませんが、商売相手の男たちが、そのまた商売相手の話として聞かせてくれました。砂漠の果てに、広大な台地が広がっているって」

柑橘系の果物をバターと砂糖でソテーしていた料理人が、つと手を止めた。薄いクレープを金色のシロップのほうにすべらせ、小ばかにしたように鼻を鳴らす。

「そこに、十戒の石板を納めた〝失われた聖櫃《アーク》〟が隠されているとでも？」

「ありえん」とロバート卿。「ユダヤ教の聖伝にもちゃんと記されておる。あれはアレクサンドリアで失われたのだ。だが砂漠の果てにそのような都市が万一あったとしたら、古代における文化の交差点、隊商の交易の中心地だったのだろうな。お宝もあっただろう」老人は料理人にほほえみかけた。「だが、アークはありえない」

「お宝の」ティモンが告げる。「できあがり」料理人は真っ先に、ミス・ウィンペルホールの前に皿を置いた。それから小さく頭を下げ、テントを出ていった。

しばらくのあいだ、誰も口をきかずにデザートを堪能していた。やがてロバート卿が椅子から立った。「たまにはこのような不便な暮らしも楽しいものだ」老人は満足げに腹をたたいた。「都会暮らしのありがたみがよくわかる。さて、ジネスはいまごろどうしているだろうな？　もうフォート・ゴードンに到着したと思うか？」

「まだだとしても、もうすぐだと思います」ハージはジムのことを考えつつ応じた。ジネスのなりすましがばれるときに、ジムがその場にいなければいいのだが。なにしろジムは、笑い物にされるのを好まない。彼女の父親に免じてジムが許してくれるよう、ジネスはせいぜい祈るべきだろう。祈りが届くかどうかは不明だが。

「ふむ、ふむ。ジネスが、われわれより不便な暮らしを強いられていないといいのだがな」ロバート卿はタインズバロー教授に目を向けた。「とはいえあの子は、野営暮らしはお手のものだ。トゥアレグ族の追いはぎ並みに、砂漠でくつろいで過ごせる。曾孫娘ではなく、曾孫息子かと思うくらいだ」

「それは意外ですね」教授が応じた。「ロンドンで普通の若いレディと同じように優しく扱われ、甘やかされる暮らしを、ミス・ブラクストンはいわば楽しい休暇のように感じているのではないかと思っていたので」

思いもよらない意見だと言わんばかりに、ロバート卿は眉根を寄せた。

「ジネスにはここでの暮らしが一番合っている、わしはずっとそう信じてきた。あの子がそうではないときみに言ったのかね、教授？」

「まさか」教授は慌てて老人に請けあった。「そんな気がしたというだけです。ミス・ブラクストンは新たな学位の取得にそれは熱心でしたが、がり勉という感じではなかった。だから彼女にとって学位の取得は、英国に留まり……ここに戻らないための、口実なのではないかと思ったのです」教授はつぶやくような声で締めくくった。

「なんと」ロバート卿がささやき、眉間にしわを寄せて、深く考えこむように唇をすぼめる。

老人は悲しげだった。老人の平穏な心に影を落としたタインズバローに、ハージは腹が立ってしかたがなかった。

「ジネスは、エジプトにいるときが一番幸せだと思いますよ、ロバート卿」ハージは口を挟んだ。老人が嬉しそうに見つめてくる。「彼女の気持ちなら、ぼくに訊いてください。なにしろぼくは、ミスター・ブラクストンの発掘現場にジネスが行くときも、彼女のお守りを仰せつかったくらいですから」

「お守り？」ロバート卿は当惑気味にたずねた。「そんなふうに思っておったのか？」

別にお守りでもかまわないんですよ、と言わんばかりに、ハージは肩をすくめて、ほほえんでみせた。

「ええ、だって、そうだったんですよね？」

「ばかな」ロバート卿の品のある顔に、悲しげな色が広がる。「おまえのことは、ジネスの兄のように思っていたのだ。従者や使用人としてではなく、兄として、家族の一員としてあの子を見守ってくれたらと。おまえも、わかっているものとばかり」

ハージは凍りついた。そんな。知らなかった……。

「だが、そういえばそうだな。あの火事のあと、ジニーがエジプトを離れ……おまえはいなくなってしまった。おまえにとって、われわれは家族ではなかったのだな」ロバート卿は、咎《とが》めるようにハージを見つめた。「こうなったら言ってしまうが……おまえとジネスがいなくなった屋敷は、ひどくがらんとしていた。だが、若者はおのれの選んだ道を歩む必要がある、そう自分に言い聞かせた。せめて、連絡だけはこまめにくれ。おまえは家族と思っていないかもしれんが、わしはおまえを、家族と思っているのだからな。それにしても、なぜ屋敷を出ていったのだ、ハージ？」

罪悪感からです。誇りを守るためです。ジネスがうっかり起こしたボヤを放っておき、彼女に罪をなすりつけたからです。ジネスさえいなくなれば、彼女に勝手なふるまいを許している発掘現場の所有者たちがぼくに気づいてくれる、ぼくの才能を認めて、考古学を教えてくれると思ったからです。

だが、望みはかなえられなかった。ジネスがいなくなると、そもそもハージが発掘現場に行く理由はなくなった。ハージへの教育に唯一、関心を示してくれたロバート卿を、みずから裏切るようなまねをしてしまった。だから、もう屋敷にはいられないと思った。みんながジネスの不在を悲しんでいて、責任は自分にあるとわかっていたから。しかも、すべては自分の誤解だった。もうずっと、ジネスに責任をなすりつけることで罪悪感をなだめてきたというのに。

「そうするのが、一番だと思ったので」ハージは言った。ミス・ウィンペルホールのおかげで、それ以上の説明はせずにすんだ。

「とっても……民主的なご家庭ですのね」令嬢は言い、にっこりとほほえんだ。

16

彼女はわななく唇をおずおずと寄せてきた。彼女という大切な贈り物のなかに、純真で甘やかな、このうえないキスの喜びを彼は見いだしていた。

——ジネス・ブラクストンの創作日記より

「お願いよ、ジム」ジネスは懇願した。「出発する前に、数時間でいいからやすませて」

それは新しい戦法だった。頭にけがをした直後に出発するのはよくないと、合理的に説得する戦法は、まるでうまくいかなかったのだ。

ニーリーの置いていった鞍嚢《あんのう》の中身を確認していたジムは、その手をやすめ、まじまじとジネスを見つめてきた。彼女は疲れた顔をいとも簡単に作ってみせた。

「ニーリーめ」ジムが小さく罵《ののし》った。「しかたがないな。数時間だけだぞ。それと、残念ながらやつは大した物資は残してくれなかった。テントも食料も石炭もない。鞍嚢の中身は、毛布が二枚と軍服一着、火打ち石やなにかが入った火口箱《ほくちばこ》だけだ」

「なんて卑劣なの——」

「それだけじゃないぞ。水筒の中身も半日分しかない」

ジネスはジムを凝視した。ニーリーの裏切り行為の重みを、なかなか理解できずにいた。ジムさえ目覚めれば、これまでとほぼ変わらない旅をつづけられると思っていた。ちがいは道連れが減ったことだけだと。けれどもようやく悟った。ニーリーは絶対にふたりを砂漠から逃さないつもりなのだ。数日分の水も食料もないのでは、ラクダを置いていったのも、良心の呵責を和らげるためにすぎない。老いた片目のラクダがいたところでなんになるというのだろう。ラクダは生き延びられるだろうが、人間ふたりは無理だ。

でも……ジネスは自分を奮いたたせた……ニーリーはジムを見くびっている。たとえニーリーが一ダースいたところで、ジムにはかなわない。

「それにしてもやつは、なぜあんたを置き去りにしたんだろう。死刑執行令状にみずから署名するようなものなのに」ジムはつぶやいた。同じことをもう五回はつぶやいている。「しかもおれがこんな状態なら――」陰気なひとり言がつづく。

ジネスは無言をとおした。嘘をつくくらいなら、無言でいたほうがいい。ほんとうのことを話せば、部隊とともに行くのを自分が拒んだのだと言えば、きっと怒られるにちがいない。ものすごく。

「これから向かうオアシスは、彼らと行くはずだったオアシスとは別なの？」ジネスは話をそらした。

「ああ。近いほうのオアシスに予定変更だ」

「最初からそっちに行こうとしなかったのはなぜ？」

「元のルートから、三〇キロばかりはずれた場所にあるからな。水は十分に用意してあったから、ルートをそれる必要はなかった」

ざまあみろだわ！　ジネスは内心で勝ち誇った。ニーリーは、もっと近いオアシスが別にあるとは知らなかったのだ。彼の思惑どおりになどなるものか。

「それでも数日はかかる。だから進むべきときに睡眠をとって貴重な時間をむだにしたくない。とくに、汗をかかない夜間は」

たしかに彼の言うとおりだ。じつに理にかなっている。でも、ジムが倒れて砂漠に突っ伏し、動かすことすらできない状況になるようでは、理にかなっていない。

「数時間でいいの。お願い」

瞳を見つめてから、ジムはようやくうなずいた。「ただし」と口を開く。「あるのは毛布が一枚に、ラクダ用の毛布が一枚に、ラクダだけだ」

意味がわからず、ジネスは眉根を寄せた。

「防寒の手段だよ」

「お互いの体温もあるわね」ジネスはもっともらしく提案した。

ジムがぎょっとした表情を浮かべる。「ああ、まあ。おれもいまそう言おうと――」

「やっぱり。だって、抱きあわないのは、むしろばかげているもの。弟たちとも、いつもそうしていたの。母に子犬団子と笑われたわ。あなたはラクダのとなりに寝て。そのとなりにわたしが寝るから。スプーンを重ねあわせるような具合に」

「いや、それは」ジムは口ごもった。なんだか妙な態度だ。「あんたがラクダのとなりに寝てくれ。おれはそのとなりに」

ジネスは肩をすくめた。「わかったわ」

合理的な考え方を苦手とするジネスも、悪臭を放つ片目のラクダに背を預け、ジム・オーエンスのたくましい背中に身を寄せて数分後には、さすがにジムの合理性に気づかされた。彼の背中はたしかに温かかった。いや、熱かった。皮膚から熱気がたちのぼり、わが身に浸透するかのようだった。それに、深い安心感も得られた。ただ、手の位置に困った。祈るときのように両手を組みあわせて、ジムの肩甲骨のあいだに置いてみたが、そうすると互いの体のあいだに隙間ができてしまう。それでは体のぬくもりを分けあうことができず、本来の目的が果たせない。

それに、彼女のなかの悪魔《アフリート》がささやいていた。せっかく目の前にたくましくハンサムな男性がいるのに、それを（ほんのちょっぴりでも）利用しないのは、見た目と同じくらい感触もすてきかどうかたしかめないのは、もったいないと。

だから触れてみた。すてきだった。問題はそこだ。見た目よりも感触のほうがずっとすてきだった。ジネスが腕をジムの腰にまわすと、あたかも電流をとおされたかのように、彼の体がこわばった。ジムはまるで……みかげ石でできた生ける彫像のように硬く、密度があった。筋肉がうねる腹部に手のひらを置いてみれば、なんともいえない安堵感につつまれた。

ジネスはさらに、彼の背中に頬を寄せてみた。すると、なんだか苦しげな声が聞こえた。

「大丈夫？」心配になって彼女はたずねた。

「ああ、なんともない」彼が大きくうなずくのが感じられる。「大丈夫だ。気にするな。なんともない。早く寝ろ」

寝ろ？　それは無理だ。ジムの男らしさを全身で感じとっているジネスは、眠気とともに、興奮も覚えているのだから。夢のようだった。こんな気持ち、えもいわれぬ心地よさは、いままで味わったことがない。だから眠らずにいようと決めた。この一瞬一瞬を味わい、心地よさを、筋肉のうねりを、心臓の鼓動を、ひとつひとつ記憶に刻もうと。

「お祈りをしているの、ミスター・オーエンス？」〝神《ゴッド》〟と言うのが聞こえた気がしたので、ジネスはたずねた。

「ああ」ジムは応じた。「気が散るから話しかけないでくれ」


ジネスは初めて知った。ラクダの背にまたがって会話をつづけるのは難しい。とりわけ、ふたりでひとつの鞍にまたがっている場合は。さらにとりわけ、一方がいかにも男らしい男性で、他方の後ろにまたがり、両腕を前にいる女性の腰にさりげなくまわし、広い胸板を女性の背中にあて、長い太ももで女性の太ももを挟んでいる場合には。そうして、男性の息が女性のこめかみを撫で、女性の頭が男性の顎の作る影に守られている場合には、会話をつづけるのはほとんど不可能である。

夜の一二時前から、ふたりはラクダに乗りつづけている。あと数時間で夜明けが、一日で最も寒い時間がやってくる。頭上では南十字星が、漆黒の空に浮かぶ氷のようにきらめいている。前方には果てしなく広大な砂漠。砂漠の端が、青い光で描かれたナイフの切っ先となって揺らめいている。

「大きいの？」

「なにが？」

大声で問いかえされて、ジネスはびくりとした。「オアシスは大きいの？」

「いや」

居心地が悪そうに、ジムが後ろで姿勢を直した。

「オアシスに行けば、ほかの旅人に会えるかしら？」

「さあね」

ジネスは眉をひそめた。ラクダにまたがってからの彼はいやに口数が少なかったが、ますます寡黙になっていくばかりだ。もちろん、話したくないのならそれでかまわない。ジネスにしても、ジムの腕のなかにいる感覚を堪能しながら、ほかのことを考えるのは難しいのだから。彼と並んで横たわる夜を過ごしてから、また同じひとときを、あるいは似たようなひとときでもいいから、味わいたくてたまらない。

ジネスはいま二一歳。自立心に富み、近代的な考え方の持ち主である彼女は、これまでの十分な経験からキスにもいろいろあること、キスをする人の腕前がさまざまであることを知っている。その経験をさらに豊かにしたいと思っている。もっと具体的に言うなら、ジム・オーエンスとのキスを、経験のひとつにくわえたいと願っている。その気持ちは、もはや否定しようもない。

もちろん、それ以上を望めないのはわかっている。彼は他人のいいなずけと愛を交わすような男ではない。道義を重んじる男なのだ。それに、彼のほうがいいと言っても、ジネスはそういうわけにいかない。婚約者のいるレディを演じ、その人のもとに行くために遠い旅をつづけている最中なのだから。そのようなレディにキスをされたら、ジムがどう思うことか。それを言うなら、ジム・オーエンスにキスをされたら、本物のミス・ウィンペルホールがどう思うことか。いったいどんな男なら、他人の花嫁にくちづけるというのだろう。

他人の花嫁への思いに抗えぬ男、欲望を抑えられない男。たとえどんな理由があろうとも。ミルドレッドがどう思うかなどどうでもいい。ジネス・ブラクストンは、気にしないのだから。ジネスはジム・オーエンスにキスされたかった。たとえ道徳観念がないと非難されても、ジムを責めるつもりはない。

じつはミス・ウィンペルホールではないのだとジムに打ち明ければひょっとすると……いや、そうなったら彼はすぐさま進行方向を変え、ジネスをカイロに連れ帰るだろう。つまり、彼のたくましい腕に抱かれる喜びだけで満足しなければならないということだ。

時が経つにつれ、ジネスはくつろいだ気分になっていった。ラクダの足どりは揺り椅子のように穏やかで、足を一歩踏みだすたびに、ジムの胸板と自分の背中が密着する。幾層にもなった薄いコットン越しに、彼の放つ熱がジネスの背中に、背骨に、腰に、臀部に浸透していく。ジネスはいっそう深々と彼に身をもたせた。するとたくましい太ももが硬くなり……さらにその先にあるものが、そっと押しあてられるのがわかった。

本来なら、恥辱感と恐れと驚愕を覚えるべきなのだろう。あるいはせめて、当惑くらいは。でもジネスはどれも覚えなかった。硬く、男らしくそそり立つものによって突然目覚めたかのように、女としての自我がふいにめばえてきた。ジネスがジム・オーエンスを男として意識しているように、ジムもジネスを女として意識している。薄闇のなかで、彼女は満足げにほほえんだ。つまりジムはもう、ジネスの貞操を妹のそれほど大切には思っていないのだ。

「なにか話を」ジムがふいに言った。こわばった声だった。

「なあに？」

「三〇分以上も黙りこんでいた。だから、なにか話を。サフランの歴史でも、中国の虫かごの作り方でも、儀式における黒曜石の使い方でも、なんでもいい。なにか話してくれ」こわばっているというより、必死な声だった。

ジネスは半ば彼を振りかえってみた。砂漠の照りかえす月明かりを受けて、瞳が妙にぎらついている。彼はうめき声のようなものをあげると、大きな手をいきなりジネスの膝の裏にすべらせ、片脚を持ちあげて鞍頭をまたがせ、彼女の身を回転させた。横乗りの状態になったジネスは、両脚を彼の太ももに乗せ、肩を胸板に預ける格好だ。

ジムが安堵したようなため息をもらした。「これでいい。そら。なにか話を」

どうやら彼は……ジネスは興奮とともに悟った……自分を女として意識しているどころではないらしい。女として求めているのだ。ジネスの一部、新たに目覚めた〝女〟の部分が、自分の力を試したがっているのがわかる。分別ある学者ではない部分が。

なにを話そうか……ジネスは考えた。

「ナポレオン・ボナパルトの推定では、ピラミッドの材料を使ってフランスの領土を囲む壁を造った場合、その高さは三メートルになるそうよ」

「へえ」ジムは前方に視線を向けたきりだ。

「古代ローマのキューピッドが愛の神として有名になったのは、一五世紀のとあるフィレンツェ市民のせいなのは知ってる？　その人は、カーニバルの際に翼やらなにやらをつけてキューピッドの扮装をし、最愛の女性のもとを訪れた。セレナードを歌う一五〇人の男たちを引き連れ、花綱飾りをふんだんにあしらった荷馬車を引いてね。そうして窓下でセレナードを歌い終えると、翼をはずして荷馬車に放った。すると荷馬車は炎につつまれ、そこから空に向けて幾本もの矢が放たれた。そのうちの一本が、彼の最愛の女性の心臓を貫き、女性の愛を勝ちとることができた。お互いへの愛を確認すると、彼は馬をなだめて後ろ歩きをさせ、女性の視界から消えるまで、止まることなく通りを進んだ。けっして彼女に背を向けないと誓いながらね」

「なんだそれは」ジムが言った。「ばかじゃないのか、その男は。最愛の女性とやらのほかに、いったい何人がそいつの矢を受けたんだ」

「ロマンチックな話だわ。いけない、ロマンチストでいいのはガキのうち、という人を相手に話しているんだった」ジネスはしゅんとなった。ジム・オーエンスがロマンチストだろうとなかろうと、しゅんとする筋合いではないのに。「あなたでも興味がわきそうな話をするわね、ええと……」眉根を寄せて考える。「ルクソール神殿は、エジプト第一八王朝のファラオであるアメンホテプ三世がもともと建立したものだけど、その後、ラムセス二世が規模を拡大し――」

「いい」

ジネスは目をしばたたいた。「いいって、なにが」

「エジプトの死んだ王の話も、墓や古文書の話ももういい。伝承のたぐいも。あ、あんたが興味のある話をしてくれ」

しばらくして、ジネスは彼の言葉の意味を理解した。「わたしは、そういう話に興味があるんだけど」どうして自信がなさそうな声音になってしまうのだろう。「ほんとうよ」なんだか言い訳がましい。

ジムが見おろしてくる。

「嘘だ。あんたは……大佐に感心されたいだけだ。王様の話を始めると、いつも妙に堅苦しい口調になる。まるで、口頭試験でも受けているみたいに。そんなこと、必要ないのに」

「必要ないって、なにが？」

「エジプトに住むために、エジプトの統治者の名前や墓所をすべて覚える必要なんかないんだよ」

「そういうんじゃないわ」ジネスはぎこちなく抗議した。キスだの女としての自我だのは、あっという間に消えてしまった。「知りたいのよ。古代の王朝や、建築物や、帝国のことを……あなたは興味がないの？」

「ない」

ジネスはあぜんとした。エジプトに興味がないなんて、信じられない。いや、ブラクストン家でそれは、神への冒瀆《ぼうとく》に等しい。

「ほんとうに？」

ジムが肩をすくめた。そんなふうに平然と否定されると、彼女の世界も、人生も、ブラクストン家の業績も、すべてがただの道楽におとしめられたような錯覚に陥る。

「おもしろい話もそれなりにあるが、しょせん王朝は墓の上に建つもの。おれは、生あるものにこそ興味があるね」

信じたくなかった。

「でもあなたは……いわば、古代エジプトの歴史や遺物に関する知識で生計を立ててきたわけでしょう？　発掘現場で働いていたんだから」

ジムは唇をゆがめ、どこか愉快げにジネスを見つめた。

「墓場に詳しいのは、そこが仕事場だから。興味があるわけじゃないんだよ、ミルド……ミス・ウィンペルホール」

どう反応すればいいのか、ジネスはわからなかった。紆余曲折はあっても、これまでずっとエジプトの考古学のために生きてきた。家族だってみんな考古学を生きる糧にしている。曾祖父も、父も、母も、弟たちも……ジネス自身だって。彼女は眉根を寄せて顔をそむけた。すると、腕に胸板があたった。ジムは笑っているのだ。

眉間のしわがいっそう深くなった。なんの権利があって人を笑ったり、人の興味や情熱や生きるよすがに難癖をつけたりするのだろう。彼女がなにに興味を持ち、なにに持たないか、ジムに決める権利などない。彼女のことをなにも知らないのだから。彼女のことを、ロンドンからやってきたオールドミス、ミルドレッド・ウィンペルホールだと信じているのだから。ジムはジネス・ブラクストンに会ったこともない。だから、ジネス・ブラクストンの名が輝かしき考古学一家のひとりとして刻まれることが彼女にとってどんなに大切か、理解できるはずもない。能なし呼ばわりされるのがどれほどつらいものか知らないのだから、理解できなくて当然だ。もちろん、ジネスは能なしではない。絶対にちがう！　事実、考古学の学位をちゃんと取得した。ゼルズラだって見つけた。心から興味を持っている！

そういえばここ数日は、ゼルズラのことを考えもしなかった。ふいに、旅の目的が思いだされてくる。忘れていたわけではない。ただ、砂漠を日々渡ることに精いっぱいで、ジムの謎めいた過去も知りたかったし、創作日記を書いたり、彼との会話を楽しんだり、まじめな顔で笑わせる彼に惹かれたり、温かな抱擁の心地よさを知ったりして……旅の目的をちょっとおろそかにしていただけの話。ミルドレッド・ウィンペルホールにすっかりなりきってしまって、自分が誰であるかを忘れていただけの話だ。

「古代文明に対する情熱を、理解してもらえないようで残念だわ、ミスター・オーエンス」ジネスはこわばった声で言った。「でも、あなたはまちがっている。わたしは、エジプトの歴史と考古学に心の底から興味を持っているの」

「なあ」ジムは困惑の面持ちだ。「それで大佐に感心されると思ったら、それこそ大まちがいだ。大佐は考古学なんて知らないし、墓場にも王様にも興味がない。だから、別の人間のふりをしたりしなくていいんだよ、ミス・ウィンペルホール」口調が優しくなっている。

「そんなこと、しなくていいんだ」

「そうもいかない場合だってあるわ」ジネスはつぶやいた。小声だったので、相手の耳に届いたかどうかはわからない。

「まあいい」ジムはややあきらめたような口調でつづけた。「おれが興味を持ちそうな話をしてくれ」

「それよりも」ジネスは話の方向を変えることにした。それ以上、考えたくなかった。なんのためにミス・ウィンペルホールになりすまし、ジムを騙しているのか、真剣に考えるのがいやだった。「あなたが話して」

するとジムの体にかすかな変化が表れた。身を硬くしたわけではない。もっと体の奥のほうの変化。あたかもジネスだけが地面におろされたかのように、ふたりのあいだに距離が生まれていく。

「なにが知りたい」彼はたずねた。

「ポンフリー大佐の手紙に、あなたはならず者だと書いてあったわ」

「へえ」

まつげの下から彼の顔をのぞき、うなずく。「そうなの？」

「ならず者の定義は？」

「高潔でない人」

「だったら、大佐の言うとおりだ」ジムが腕の位置をずらし、ジネスは彼のかいなに背を預けて、顔を見あげる格好になった。口元が和らぎ、口調も穏やかだが、前方を見据える瞳は険しいままだ。

「それから、あなたはごろつきだ、とも」

「それも大佐の言うとおり」ジムの顎がかすかにこわばる。

「粗野で無礼な男だ、とも」ジネスはさらにつづけ、相手が認める前に言い添えた。「でもわたしは、そんなことはないと思うの」

ジムは驚いた表情を浮かべた。

「だけど大佐は、あなたはならず者のお仲間だと言うの」大佐の手紙には〝ジャッカル〟と書かれていたが、その言葉は使わないことにした。

「おれの欠点を並べ立てるのに大佐がそんなに多くのインクを使ってくれたとは、じつにありがたいね」というジムの口調は、もうカウボーイには似ていない。むしろ、ヨーロッパの尊大な貴族のようだ――人生に退屈して快楽を求め、そのくせ、無礼にも非難しようとする者には内心で冷たい怒りをたぎらせる。

「では、これもほんとう？　大佐いわく、あなたとはあまり交流しないほうが――」

「彼のファーストネームも知らないのか？」

唐突な質問にジネスはまごついた。「あの……どういう意味？」

「ポンフリー大佐のファーストネームだよ。あんたは一度として口にしていない」見あげるジネスの顔をジムはじっと見つめている。月明かりが彼の顔に影を作っている。

「もちろん、知ってるわ」当然でしょう、と言わんばかりの口調で答える。実際は、思いだすことすらできずにいた。

「あんたがおれの女なら、そばにいないときでも、ファーストネームで呼ばれたいと思うね」とても近くにいるせいで、彼の温かな息が唇にかかる。彼の首筋に砂粒がついているのさえ見える。彼のまなざしがふいに、けぶるような輝きを放った。かつて見せたことのない、熱いまなざしだった。ジネスは息をのみ、鼓動が速まるのを覚えた。

愚かなジネス。危険が迫っているとわかっているのに、黙ってじっとしているべきだとわかっているのに、彼女はささやかずにはいられなかった。

「なぜ？」

「あんたがおれの名前を呼ぶたび、その唇におれの名前が触れることになるから」ジムの声はとげとげしさを失い、まなざしと同じ熱を帯びている。「ちょうど、キスみたいに」

顔をそむける時間はたっぷりあったのに、ジネスはそうしなかった。それどころか顎をあげ、〝そっちはだめ〟と理性が叱りつけてくるほうへと体を傾けていた。ジムが身をかがめ、金髪に覆われた頭がおりてきて、そっと唇が重ねられた。

ジネスはうずきを覚えた。神経という神経が喜びを感じていた。ジムに抱き寄せられ、唇がいっそう強く押しあてられる。ジネスは抗わなかった。彼の腕のなかで、溶けてしまった。ジムは片手で彼女の頭を支え、反対の手で首筋をなぞっている。その手が薄いコットンのファラシアのほうへとおりていき、肩からファラシアをすべらせて、シルクのアンタレーにつつまれたふくらみに愛撫を与える。

背を弓なりにしたジネスは、彼のなかでなにかが、自制心が破れるのを感じとった。ジムはいっそう強く彼女を抱きしめた。鼓動が乳房に伝わってくる。くちづけが深みを増し、重ねられた唇の角度が変わり、舌が忍び入る。思いがけない愛撫にジネスが息をのむと、舌はさらに奥へと入ってきて、えもいわれぬエロチックな興奮がわき起こった。

ジムが腕の位置をずらし、唇が離れる。ジネスは抗議の声をもらしたが、彼はくちづけをやめたわけではなかった。彼の唇はジネスの唇の端から離れて、顎のほうへと移動していき、そこからさらに首筋へとおりながら、温かく湿ったキスを降らせていった。首のつけ根のくぼみにたどり着いたときには、そこでいったん止まって舌を這わせ、ジネスを味わった。

心地よい快感に彼女は身を震わせ、愛撫しやすいように、ジムの肩に頭をもたせた。彼の指先が肩を撫で、乳房の丸みをなぞる。もっと触れてほしい、もっと感じたいという、言葉にならない欲望が高まっていく。彼の手に乳房をつつまれてみたかった。硬くなったつぼみが解放されるときを求めてうずく一方で、この甘い責め苦をいつまでも味わっていたいとも思う。

抑えきれずに身をよじると、手のひらがつぼみをなぞった。快感に息をのみ、ジネスは彼の手に胸を押しつけて、心地よさと期待にすべてをゆだねた。

「お願い、ジム」ジネスは息をあえがせた。

でも、懇願は届かなかった。ジムの手が胸から離れ、唇がゆっくりと引き剝がされる。わけがわからず、途方に暮れたジネスは、満たされない思いで彼を見あげた。

日に焼けた肌が妙に青ざめて見えるのは、月明かりのせいだろう。彼のなかで生を感じさせるのは瞳だけで、そこには炎が宿っており、ジネスを見てはいなかった。彼は口のなかでなにごとかつぶやくと、やがて視線を彼女に向けた。優しく丁寧にファラシアを着せなおしてから、ジネスを抱き起こす。

ふたたび口を開いたとき、ジムの声は冬を思わせる冷たさを帯びていた。

「おれと交流しないほうがいいかどうか、という質問だったな。答えは、〝しないほうがいい〟だ」

17

彼は必死の思いで抗った。しかし、人にはとうてい抗しきれない強烈な力によって、愛すべきものへと心駆りたてられるばかりだった。

——ジネス・ブラクストンの創作日記より

太陽が中天にさしかかるころ、ジムはようやく岩の露出を発見した。オアシスは近い。腕のなかで眠る女性を見つめ、彼女を奪わなかった自分に喝采を贈る。彼女のほうはジムを完璧に奪い去り、打ちのめし、残されていたはずの道義心さえも摩滅させてくれたが。道義心か……。この八年間、ジムはトランプでいかさまをし、人を騙し、盗掘に精を出し、おのれのこぶしと銃の腕前を高値で売って稼いできた。だから、道義心が残っていたなどと考えるのは傲慢というものだろう。

大佐の未来の花嫁に恋情を抱いただけでは飽き足らず、くちづけまでしてしまった。大佐に知られたらどうなるか、わかっていたはずなのに。どれほど誘惑されようが、多少なりとも誠実さを持ちあわせた男であれば、あんなまねはすまい。しかもミルドレッドの誘惑は、ごくささやかなものだった。彼の腕のなかで背をそらし、彼を信じ、それとわからぬほど控えめに愛撫に応えただけ。暴走したのは彼のほうだ。

ミルドレッドを抱きしめる一瞬一瞬が、やがて責め苦のような永遠へと変化していったせいだ。いまいましいラクダののろくさとした一歩一歩が、ふたりの体を触れあわせ、彼のもろい自制心を崩していったせいだ。ジムの数々の欠点をミルドレッドが口にしたとき、彼はまさにそれを口実に、望むものを手に入れようと決めた。とはいえ、望むすべては手に入れられなかったが。なぜなら、唇を重ね、彼女がしがみついてきたその瞬間、もっと欲しくなってしまったから。相手のすべてを。

あとほんの少しでも彼女に経験があったなら、情熱のなんたるかを知っているそぶりを見せていたなら……。

だが彼女の懇願を耳にしたとき、それが心からのものだと気づきながら、ジムはできないと思った。道義心がいともあっさりと許したことを、体のほうが許さなかったのだ。ジムはミルドレッドを愛していた。だから彼女を怖がらせたり、傷つけたりしたくなかった。彼女の胸に浮かんだ不安が、いずれ快感に取って代わられるとわかっていても。あのとき、ミルドレッドのしなやかな体は弓なりになり、唇は無意識のうちに上向けられた。重ねた唇の下で彼女の唇はいとも簡単に開き、乳房は手のひらに押しあてられた。思いだすと全身をおののきが走り、ジムは砂に覆われた灼熱の荒野をにらみながら、苦い笑みを浮かべた。この砂漠は、抑えきれないおのれの欲望によく似ている。

幸いなのは、その後の長く気づまりな沈黙ののち（その間、ミルドレッドは二度と彼に襲われませんようにと祈っていたことだろう）、彼女が寝入ってくれたことだ。思いがけない恩恵だった。おかげでジムは、永遠に手に入れられないものを思って過ごすことができた。頬を撫でるミルドレッドの髪。ベルベットを思わせるなめらかな肌。腕に抱きしめる、しなやかで軽い肢体。熟睡した彼女の頭を支える腕は、長いこと同じ体勢を強いられたせいで悲鳴をあげている。けれどもその程度の代価はなんでもない。それで、彼女を見つめられるのなら。日に焼けた肌や、赤みがかった頰の色を堪能できるのなら。まつげの先端が金色にきらめいていることに気づけるのなら。ふっくらとした唇の輪郭や、高く、すっと通った鼻筋に見とれることができるのなら。

ジムは顔をあげ、徐々に大きさを増していくオアシスだけを見ようとした。だが無意味だった。視線をそらせば、今度はミルドレッドの呼吸のひとつひとつや、首筋にかかるかすかな吐息、眠っているうちに彼の肩にかけられた手が安心しきったようにそこに留まっていることを、意識せずにはいられなかった。みずからに流刑を科してからというもの、ジムはなにも欲しがらず、誰も必要とせず、孤独に身をゆだねてきた。そうして、世界を傍観者のように眺める日々に満足していた。世界は勝者のいないゲームだと思った。

けれどもふいに、痩せっぽちのレディが人生に転がりこんできた。そうして無能な考古学者のように、ジムの心の壁をかいくぐり、彼の心を巧みに日のもとにさらし、いくつかの感情をよりあわせ、別の感情を粉々に砕いた。自分はミイラのように空っぽで冷たい心の持ち主だと思っていたのに、ミルドレッドに初めて見つめられたその瞬間から、痛いほどの胸の高鳴りをふたたび覚えるようになっていた。

いまいましいことに彼の胸は、さまざまな経験と根拠に裏付けされた分別ある助言を拒絶し、どんなにつらい思いをしようが高鳴りつづけるつもりらしい。実際、ジムはすでにつらい思いをしている。彼はミルドレッドを手に入れることはできないのだから。永遠に。

視線をミルドレッドに戻すと、反逆心がわき起こってきた。彼女は多感で、ロマンチストで、人生経験が少ない。ジムのことは、カウボーイ兼、ならず者兼、日焼けした騎士とでもみなしているらしい。彼女の性格と勝手な思いこみを利用すれば、うまいこと誘惑するのも不可能ではないだろう。それなりの技巧は彼にもある。ずっと禁欲生活を送ってきたわけでもない。ベッドをともにした女性たちは、たまにしか顔を見せないけれど熱心な生徒を、それは積極的に指導してくれた。だから、ミルドレッドを誘惑するのはたやすい。

けれどもジムは目を閉じ、脳裏に浮かぶ危うい想像を打ち消した。

誘惑して、そのあとはどうする？

彼にはミルドレッドに与えられるものなどひとつもない。名前すらも。数年前に死神と取引したからだ。ミルドレッドのためならば死神と闘うのも辞さないが、その闘いによって罪のない人間が傷つくおそれもある。心が壊れるところまでは、いかないにしても。

祖母のアルシアは、シャーロットの裏切りによってジムの心が壊れることを望んでいた。そうすればジムも学ぶだろうと踏んでいた……他人が見るのは彼の人柄ではなく、彼の身分だけなのだと。祖母自身が、彼の人柄などどうでもよかったのだ。けれどもジムの心は壊れなかった。むしろ、祖母に屈しない鋼のごとき精神力を身につける結果となった。最後に会ったとき、祖母もその事実に気づいたはずだ。

「わたくしとしても、おまえが死んでくれたほうがずっといい」祖母はジムに言った。「死になさい。ここを去り、死んでおしまいなさい。そうすればジョックがすべてを継げる。さあ、早く。それとも、わたくしに看取ってほしいとでもいうの？」

当時のジムは若く、気が短く、考えなしだった。祖母の目を見れば、そこには彼が胸に宿しているのと同じ憎しみが浮かんでいた。祖母は、それが可能なら彼をみずから亡き者にしていただろう。

だがそんなことはどうでもよかった。

ただ、母の弟、牧場主である叔父の身の上については、どうでもいいとは思えなかった。わが家と呼べるただひとつの場所、ヤングブラッド牧場がどうなるのか、それだけが気がかりだった。

当時は、公平な取引に思えたのだ。祖母はジムになにひとつ与えなかった。ほほえみも、優しい言葉も、ペニー銅貨の一枚ですら……財産はすでに取りあげられていた。祖母はただ、彼に最も厳しい教訓を、最も過酷な方法で学ばせただけ。そう、ジムはなにも与えられないことで、祖母になにも求めないことを学んだのだった。祖母が大切にし、賞賛し、価値あるものとみなすすべてを蔑み、見くだすことを。祖母は、彼自身よりも彼の相続権を重んじた。

だから、相続権を捨てるのはたやすかった。

後悔などしなかった。ミルドレッドに出会うまでは。

彼女に出会うまでは、相続を放棄した結果がどうなるかなど考えもしなかった。それを損失だと思うことさえなかった。だがいまの彼には、ミルドレッドに実在する名前を与えることもできない。家庭も。友人や、彼らに囲まれた永久の地も。なに不自由のない暮らしも。

ジムが持っているのは二頭の馬と、背嚢のなかのわずかな所有物だけ。

つかの間、彼は戻ることを考えた。彼の死はまだ公的には確定していない。祖母アルシアが裁判所に死の宣告を求めるまで、あと二カ月ある。しかしそれ以降はもはや手遅れとなる。名前くらいは取り戻せるかもしれないが、それ以外のすべては失われたまま。相続権の返還を請求しようにも、訴訟にかけられる金がない。

そもそも、そんなまねはできやしない。誰かの幸福を奪ってまで、幸せになりたくはない。しかもその誰かは、義弟のジョックか、あるいは牧場主だった叔父なのだ。ジョックは幼少時から、父の正統な相続人だと言い聞かされてきた。そして叔父は、ジムが死ねばニューメキシコ準州の土地を取り戻し、ヤングブラッド牧場を再興することができる。

第一、ミルドレッド・ウィンペルホールはすでに婚約している。身なりがよく、誠実で、勤勉で、高潔で、ロマンチックな男と。彼女に愛されるにふさわしい男と。

「オアシスなの？　それとも蜃気楼？」ミルドレッドがたずねる小さな声が聞こえた。

ジムは下を向いたが、彼女は視線を合わせようとしなかった。彼が葛藤しているあいだに、目を覚ましたらしい。

「オアシスだ」

詩に出てきそうな、絵のように美しいオアシスではなかった。地殻から生えでた石のこぶしのごときむきだしの岩々で囲まれた、わずかばかりの水が湧きでる小さな浅い水たまりにすぎなかった。水たまりの周囲にはまばらな草と、発育の悪いドームヤシが二本生えている。

岩陰にラクダをひざまずかせ、ジムはその背からおりた。岩の横から蛇が一匹現れ、すぐに消えた。蛇が穴に潜りこんだのを確認してから、彼は振りかえって、無言でミルドレッドを抱きあげ、地面に降り立たせた。ずっとラクダに揺られていたせいだろう、彼女は足元をふらつかせた。すかさず体を支えてやると、顔をしかめるのがわかった。小さく悪態をついて、ジムは手を離した。

なにも言わずにミルドレッドに背を向け、ラクダの背から荷物をおろす。荷物を岩陰に放ると、つづけて鞍をはずす作業に取りかかった。彼女の視線を感じ、ジムは顔もあげずに言った。「水は冷たくないはずだ。それと、少し塩気があるはず」抑揚のない穏やかな声が、動揺を隠している。「背嚢に錫のカップが入ってる。服の端で水を濾せばいい」

背後でミルドレッドが移動し、背嚢のなかを探る音がした。しばらくすると、水がはねる軽快な音と小さな歓声が聞こえた。思わず振りかえれば、彼女は膝まで水につかっていた。半ズボンの上に巻いたトーベを両手でつまんでいる。陽射しが彼女の髪をきらめかせた。埃まみれの頬には汗の跡がうっすらと残り、鼻は真っ赤に日焼けしているというのに、彼女は

る。そしてためらいも見せずに頭からファラシアを脱ぎ、体にぴったりと合った、襟ぐりの深い深紅のアンタレーと、いまいましい半ズボンだけの姿になった。ジムの体がたちまち反応する。

こらえきれずに満面に笑みを広げていた。ジムの目の前で、トーベを剥ぎ取り、岸に放る。

「向こうを向いていて」ミルドレッドが命じた。

いらだちと安堵を同時に覚えつつ、ジムは言われたとおりにした。視界の隅をなにかが飛んでいるかと思ったら、岩陰に落ちた。ミルドレッドの半ズボンだった。そのすぐあとには、アンタレーが。彼女は声をあげて笑っていた。頭がどうかしてしまったのかもしれない。ひょっとすると、熱射病の可能性もある。そうでなければ、エスコート役の兵士たちに見捨てられ、自分に乱暴を働いた男とふたりきりで死を目前にしながら――ジムだって死の危機を忘れてはいない――笑っていられるわけがない。

いや、そうじゃない。ミルドレッドは身の危険も現状のゆゆしさもちゃんと認識している。ただ、恐怖に駆られて喜びを忘れてしまうような性格ではないだけだ。彼女は一瞬一瞬を大切に生きている。この、喜びに満ちた一瞬を。その賢さを、ジムも見習うべきだ。

「ああ、もうっ」ミルドレッドが叫んだ。「服をこっちに投げてもらえないかしら」わずかにためらいのにじむ口調だが、警戒している様子はない。「夢中になって脱いだから、適当に放り投げてしまったの。ついでに洗おうと思って」

ジムは服を拾い、肩越しに放った。水に落ちる音がし、ミルドレッドがくすくす笑う。

「洗い終わったら教えてくれ」ジムは言った。「岩に掛けておいてやる。あっという間に乾くだろう」

しばらく水がはねる音がつづいたのち、彼女に呼ばれた。

「終わったから取りに来て。岸に置いてあるから」

振りかえったジムは、水辺の端だけを見ようと努めた。だが、ミルドレッドを見ずにはいられなかった。しゃがんで肩まで水につかっているため、静かな水面に、キャラメル色のサテンの織物のように髪が広がっている。彼女が動いたせいで水はにごっていたが、腕を組んで胸を隠しているようだ。水深一メートルほどのオアシスにしゃがむ姿は、水の精ナイアスを思わせた。

ミルドレッドは彼をじっと見つめていた。美しい瞳をまばたきもせず、まっすぐに。その瞳は吹きさらしの砂漠のごとく感情が読みとれないが、ありがたいことに、彼への恐れは浮かべていなかった。

服を取ると、ジムは岩の上に広げた。それからラクダのもとに戻り、馬勒《ばろく》をはずして、尻を軽くたたいた。それ以上、促す必要はなかった。数秒後には水しぶきがあがる音と、抗議の叫び声が聞こえてきた。小さなオアシスに、ラクダとミルドレッドが同時に入れる余地はない。

「陽射しの下にいたらまずいぞ」ジムは肩越しに注意した。「服が乾くまで岩陰にいろ。火ぶくれができる」

「イエス、サー」ミルドレッドは冗談めかして応じた。

ジムは野営地の設置作業に取りかかった。そそり立つふたつの岩にラクダ用の毛布を掛けて日陰を作る。毛布の両端には岩を置いて押さえた。つづけてたき火用の浅い穴を掘った。運がよければ、先ほどの蛇を焼いて食えるだろう。たき火と言っても、暖を取るためではない。なにしろ燃料は固い石炭がわずかにあるだけだ。

いまいましいニーリーめ。だが、あの愚かな男はすでに死んだも同然。ジムを砂漠に置き去りにしても誰もなんとも言わないだろう。しかし大佐の未来の花嫁を置き去りにするのは、銃殺隊の出動をみずから要請するようなものだ。

とはいえ、花嫁が死ぬ心配はない。ジムがそうはさせない。なにがあろうと、死なせはしない。無事に大佐のもとに送り届けたら、ジムはその場を立ち去る。そうして花嫁は、愛する男のもとで安心して快適に暮らす。きっと幸せになれるだろう。それだけで、ジムは十分だ。

立ち去ったあとはどうするか。まずはニーリーを捜す。見つけだしたあと、ニーリーが和解を図ろうとしても応じる気はない。

「服を着るあいだ、向こうに行っていてくれない？」ミルドレッドが声をかけた。

ジムが応じると、しばらくしてから、戻ってきても大丈夫だと言うのが聞こえた。そうして戻ってみれば、ズボンとアンタレーはまだ岩の上にあった。つまり、太ももまでの長さの薄いファラシアと白いトーベの下にはなにも着ていないということだ。トーベは普通のドレスなどよりずっと長さがあるので、ゆったりと体を覆うようにすれば、体の線はほとんどわからないはずだ。

　だが実際には、わかった。ミルドレッドがちょっと動くと、しなやかな手足や引き締まった臀部や形のよい胸の線があらわになり、また動くと、またあらわになる。しとやかに動き、軽やかに歩くたび、カイロの娼婦街よりも刺激的でなまめかしいショーを、無意識のうちに披露しているようなものだった。当人がその事実にまるで気づいていないのが、ジムにとってはますますつらい。

　彼女を見つめながら、しばらくその場に呆然と突っ立っていたジムは、くるりと背を向けると大またでオアシスに向かった。

18

彼女はわななく唇をおずおずと寄せてきた。彼女という大切な贈り物のなかに、純真で甘やかな、このうえないキスの喜びを彼は見いだしていた。

――ジネス・ブラクストンの創作日記より

ジムは上半身はだかでオアシスに立ち、濡れたシャツを絞っている。先ほどまでは、たっぷり一〇分かけてシャツを水に浸し、ざぶざぶと洗っていた。シャツをふたつにねじ切ってしまうのではないかと思うほどの勢いだった。だが洗濯に没頭しているおかげで、ジネスの視線に気づくこともなかった。

彼が身をかがめるたび、平らな腹部を覆う筋肉が波打ち、彼が暴力的な力をこめて哀れなシャツをねじるたび、上腕二頭筋と長い腱が美しいレリーフのように浮き彫りになった。腕と胸を覆う金色の毛は、下腹部にいくにつれて色濃くなり、厚みを増しながら、ベルトの下へと消えている。

あれで体にすり傷ひとつなかったら、アザラシに似ていなくもない。だが残念ながら、左の上腕にえぐれたような傷跡があった。肋骨のあたりにも、ぎざぎざの赤い裂傷跡が長く伸びている。右の肩甲骨の下にも、鎌みたいな形の傷跡が見てとれる。それから……ジムは全身傷跡だらけだった。完璧な肉体を容赦なく痛めつける彼に、自分を大切にしない彼に、なぜか怒りがわいてくる。ジム・オーエンスをわがもののように思う権利など、ジネスにはないのに。

ジネスは体を丸めた。水につかったときに感じたつかの間の喜びは消え、一秒ごとにやるせなさが募ってくる。

きっとジムは彼女のことを、とてつもなくふしだらな女だと思っているにちがいない。婚約者がいるくせに、別の男に抱かれて恍惚となるなど最低だと。だったらいっそ、ほんとうに恍惚となっておけばよかった。実際には、彼に触れ、彼に触れられ、キスをし、キスをされて、うっとりとなっただけだ。

みずからのふるまいをジムは責めている様子だが、ジネスはといえば、目を合わせようともしない彼にむしろ怒りを覚えていた。しかもときおり目が合ったかと思えば、おそらくジネスへの軽蔑心からなのだろう、顔をこわばらせた。そうだ、あれは軽蔑心からに決まっている。ジムから見れば、ジネスは裏切ったも同然なのだから。大佐を……ポンフリーを……ああ、あのいまいましい婚約者のファーストネームが思いだせない！　彼女のふるまいは道義心に欠けていた。ジムのように道義心に厚い男性にとって彼女の行いは、神罰の対象のはずだ。

だから、軽蔑されても当然。少なくとも、ふしだらなミルドレッド・ウィンペルホールは軽蔑されるのがあたりまえだ。

でも、ジネス・ブラクストンはそこまで厳しく非難されなくてもよいのでは？　そもそもジネスは誰とも婚約していない。誰とも将来を誓っていない。ただ、少しばかり衝動的なところがあって、ときどき無茶をしてしまう、情熱的な若いレディなだけ。誰も裏切っていないし、なにかに背いたわけでもない。まあ、ある種の不要なルールを破り、歴史に照らしあわせてみれば、古臭い道徳観念に背いたかもしれないが。

ジムも、そんなふうに考えてくれればいいのだけど。

ジネスは口元をゆがめた。そうなったら、きっとジネスはいずれジムに組み敷かれる。だからやはり、打ち明けるわけにはいかない。なりすましをやめれば、貞操帯まではずすことになる。唯一の貞操帯を……筋肉質な大きな背中を横目で見ながら、ジネスは陰気に思った。でも、貞操帯をひとつしか持っていないからといって、堕落した、いや、堕落しつつある女とみなされるのは耐えられない。

ジネスが立ちあがったちょうどそのとき、ジムも水からあがった。こちらを見たと思うとすぐに目をそらし、向こうの岩陰へと行ってしまった。腰をおろしてブーツのかかとをつかんで脱ぎ、逆さまにして、なかの水を出す。反対のブーツも同じようにし、靴下も脱いで水を絞った。

深呼吸をひとつしてから、ジネスは彼に歩み寄った。彼女に気づいたジムは背嚢からシャツを取りだし、すぐに身につけたが、あとは用心深い目でこちらをじっと見ていた。膝を曲げ、足の裏をぴたりと地面につけ、膝に乗せた両手はこぶしに握っている。全身から緊張感が漂っている。ジネスは彼の太もものあいだに視線をやらずにはいられなかった。それが腰にぶつかったときの感触が思いだされる。頰がほてった。

「謝りたいの」ジネスは告げた。

当惑しきった表情で、ジムは彼女を見あげた。それから、ずっとためてきたかのような大きなため息をつき、こぶしをほどくと、肩を下げ、腕の力を抜いた。

「本気で言ってるのか？」

ジネスは眉根を寄せた。

「もちろんだわ。不適切なふるまいだったと後悔しているの。婚約者のいる身で、あのような――」

「待て。それ以上は言うな」ジムはゆっくりと立ちあがった。「謝るのはおれのほうだとは、思わないのか？」

彼が濡れた髪を片手でかきあげ、しずくが散った。

「おれは、花婿のもとに花嫁を送り届ける役目を任された。けっして汚してはならない神聖な役目だ。だがおれは信頼を裏切った。道義心のある男なら、そんなまねはしなかったはずだ」

彼はジネスに無罪を言い渡そうとしているらしい。

ジネスの眉間のしわがいよいよ深くなる。

無罪になどなりたくなかった。抱擁の罪を犯した自分たちは、対等な立場のはずだった。ジネスの愛する人たちはいつだって、彼女の行動がさまざまな問題へと発展するたび、彼女のために弁解をし、もっともらしい理由をでっちあげる。彼らの気持ちはよくわかるし、ありがたいとも思う。けれどもそうやってジネスを擁護し、罪を代わりにかぶることで、彼女を子ども扱いしているという事実に彼らは気づいていない。

でも、ジネスは子どもではない。だからこそ、ゆうべはあんなふうに感じ……いまも感じている。

「道義心のある女なら、やっぱりそんなまねはしなかったわ」ジネスは熱をこめて言った。「わたしはもっと大きな信頼を裏切った。だって、ポンフリー大佐の求婚を受け入れたんだもの。彼を愛しているはずなんだもの」

「はず？」ジムが耳ざとく問いかける。

ジネスは咳ばらいをした。「つまりその、心から愛しているという意味」

「そうなのか？」ジムが一歩だけ近づいてくる。一歩だけなのに、ジネスの視界には彼以外のなにも映らなくなった。リネンのシャツの下で、胸が大きく上下しているのがわかった。顎の筋肉がぴくりと動くのも。青みがかった淡灰色の虹彩が、ダークブルーに縁どられているのも。

「彼と、結婚するのだし」

「そうなのか？」

ジネスは一歩後ずさった。すると彼が一歩を踏みだした。両手を脇にたらし、足どりはゆっくりとしているのに、どこか捕食者めいている。

「そうなのか？」ジムはくりかえした。

後ずさるのをやめ、ジネスは顎をあげた。唇がわななき、危うく打ち明けそうになる。ほんとうのことを知ったら、彼はどうするだろう。ジネスを嫌うだろうか。もちろん嫌うだろう。ジムは正直な人だから、嘘は許さないはずだ。そう気づいたとたん、打ち明ける勇気はなくなった。

「ええ」ささやくように答える。

その一言でジムは歩みを止めた。まるで、ふいに殴られたかのように。

「ごめんなさい」ジネスはささやいた。

彼は疲れた表情を浮かべた。心底疲れた表情を。「気がすんだか」と言うと、半ば顔をそむけた。

たちまちジネスは衝動に駆られた。それ以上なにも言わずにいればいいのに、なにも言うべきではないのに。

「謝るのはおれのほうだと、さっき言わなかった？　でも、まだ謝っていない。どうして？」

顔をこちらに振りむけ、ジムは射るような目で彼女を見つめた。「からむな、ミス・ウィンペルホール」低いつぶやきは、約束のようでも脅迫のようでもあり、警告のようでも誘惑のようでもある。「とんでもないことに、なるかもしれないぞ」

「どうして謝らないの？」

ジムは正面からジネスに向きなおった。まなざしは鋭さを増していたが、その奥に、欲望が光っているのをジネスは見逃さなかった。たちまち膝が萎えて、鼓動が速くなる。落ち着かないものを覚えて、彼女は舌先で唇を舐めた。そのささやかな仕草を、獰猛な獣のように彼の目が追う。

「後悔していないからだ」

彼のなかでなにかが変化していた。気だるい笑みを浮かべているのに、意識は鋭く集中して、ジネスだけをひたすら見つめている。周囲に広がる砂漠が溶けて消え、熱気もオアシスも太陽もなにもかもが消え失せ、ふたりだけが残された。

ジネスは目をそらせなかった。このなじみのない感覚を追い散らすせりふが思い浮かばなかった。唇をかみ、あっと後悔したときには、その仕草でまた彼の注意を引き寄せてしまっていた。見つめられると、彼にキスをされている感覚に陥った。全身がうずいて、下腹部がだんだん熱くなっていく。

「やめて」ジネスは懇願する声で言った。冷徹なカウボーイは、貪欲な男に取って代わられていた。どう対応すればいいのか、ジネスはわからなかった。

「なにを？」ジムがたずねた。

「それを」

「なにもしていない」

「わたしを……誘っているじゃない」

誘う、という言葉が気に入ったのか、ジムはふっとほほえんだ。数歩後ずさって大きな岩にもたれかかり、たくましい腕を組む。

「誘っているのは、そっちだろう」

「誘ってなんかいないわ。これからだってしない。危ないまねはもう……あなたに謝らなくちゃいけないようなまねは、もうしない」

「くそったれ」

「そんなふうに言わないで」

「どうして？」

彼の言葉に、ジネスはいらだった。彼のまなざしにも、ほほえみにも、彼女だけに向けられた意識にも、なんとも言えないいらだちを覚えた。唇や指先がむずがゆく、胸のつぼみがかすかにうずく。自分ではどうにもできないうずき。彼だけが、それを抑えられる。超然とほほえむ彼をにらみながら、ジネスは一歩歩み寄った。

「二度とわたしにキスをしてはいけないからよ。二度とあなたにキスをしてはいけないからよ」あえぐように言いながら、ジネスは彼を誘っている自分に、みずから危ない橋を渡ろうとしている自分に気づいた。危険だけど心そそられる、彼だけが見せてくれる橋だ。

「わかってる」

「それがわたしたちの義務だと思うの……ポンフリー大佐への」

「わかってる」

歩み寄るジネスを、ジムはくつろいだ様子でぼんやりと見ていた。だが彼女は騙されなかった。くつろいで見えるだけで、その冷ややかなまなざしの裏には張りつめたものが潜んでいるはずだ。

「わたしは女で、頼れる相手はあなただけなの」

ジムはなにも言わない。

勇気を得たジネスは、さらに一歩歩み寄った。「あなたの意のままも同然よ」

「あんたは」ジムは低い声で応じた。「誰かの意のままになったりしない人だ」

「そんなことないわ」ジネスは言い張った。さらに一歩歩みを進め、相手の顔を見るために顎をあげる。

「おれのほうこそ、あんたの意のままだ」

一日分のひげが伸びた顎以外は、ジムの肌はきめが細かく、つややかだ。まつげが淡灰色の瞳に影を落とし、目を細めると、まなじりの小さなしわが深くなる。必死に我慢したのに、ジネスはつい、彼の頬を手のひらでつつんでしまった。触れたとたん、ジムは目を閉じた。ふたたび開いたときには、瞳に燃えるような感情を宿していた。

「自分から火に近づくようなもんじゃないのか、ミス・ウィンペルホール」

意図してやったわけではない。ジネスはもともと、深く厳然たる直感に基づいて衝動的に行動するたちだ。いまもその直感に従って、彼の胸にそっと両手をあてている。手のひらの下で、胸板は大きく上下し、心臓が早鐘を打っている。

顔を上向け、ジネスは彼の首筋に軽く唇で触れてみた。ジムの全身におののきが走ったと思うと、彼はいきなり大胆になった。片手をすばやくジネスの腰にまわしてきつく抱き寄せつつ、反対の手で後頭部をつつみこみ、背を弓なりにさせる。後ろに倒れそうになり、ジネスは思わず相手にしがみついた。

「おれにどうしてほしい？　誘惑の手ほどきをしろとでも？」見おろしながらジムは低い声でたずねた。にやりと笑った口に白い歯が輝き、日焼けした顔のなかで瞳が燃えさしのように光を放っている。「だろうな。いいとも」怖いような笑みを広げる。「望みどおりにしてやろう。すべて教えてやろう」

ジムの唇が、ジネスの唇に押しあてられた。罰を与えるかのような熱く性急なくちづけを、彼のたくましさと切望と欲望を、ジネスは堪能した。みずから口を開き、舌で舌を誘い入れる。なまめかしく口のなかを愛撫されると、ジネスの閉じたまぶたの裏を小さな光が飛び交った。彼の腕のなかでさらに背をそらし、肩に置いた指の先に力をこめる。

うっとりとなりながらも、ジネスは地面に横たえられるのを感じた。背中と脚に、小石や岩のかけらがあたって痛い。ジムは彼女を組み敷き、太もものあいだに脚を挿し入れて、片腕で彼女の肩を抱き、反対の手で顎をつかんだ。そうして顎をつかんだまま、官能的なくちづけをつづけた。ジネスはくちづけたままあえぎ、無意識のうちに、誘うように腰を動かした。

するとジムは顔をそむけ、苦しげに深々と息を吸い、ぎゅっと目を閉じて――。

まさにそのせいで、彼は危険が迫っていることに気づかなかった。目を開けたときには、すでにライフルの銃口が脇腹に突きつけられていた。

19

彼の冷たい瞳は、彼女の心の奥底にまで、怖いほどの興奮をもたらした。

——ジネス・ブラクストンの創作日記より

いずれも藍色のローブをまとった男が四人。瞬時に確認できたのは、それだけだった。ジムはライフルの銃身をつかんで押し突き、相手が体勢を崩したところで武器を奪った。ミルドレッドはといえば、ジムの背嚢から拳銃を取りだそうとしている。勢いよく立ちあがったジムは、ライフルをバットのように振って、襲撃者のこめかみを殴りつけた。襲撃者が昏倒し、次の敵に向きあおうとしたそのとき、顔のすぐ横をライフルの弾がかすめた。ジムは凍りついた。

背後で男が、聞いたことのない言葉で叫んでいた。ジムは両手をあげて降参した。藍色のローブをまとい頭にターバンを巻いて、目だけを出して厚いベールで顔を覆った男が現れる。ジムはライフルを奪われ、頭を強打された。気が遠くなり、後ろざまに倒れかけたが、かろうじて踏みとどまる。

別の男がミルドレッドの腕をつかんで、乱暴に立たせた。ジムのかたわらに彼女を引っ張り、彼のほうにどんと押してから、ふたりには理解できない言葉でなにやら指示を出す。ジムはミルドレッドの腕をとり、背後に下がらせた。

「われわれは英国人だ」ジムは敵に告げた。「下手に手出しをすれば、ただではすまされないぞ」

「トゥアレグ族よ」彼にしか聞こえないくらい小さな声でミルドレッドが言った。「エジプト人じゃない。根城を離れてこんな遠くに現れたということは、商人にちがいないわ。奴隷商人に」潜めた声のままでつづける。「だからきっと、アラビア語はわかるはず」

ジムは内心でうなずいた。サハラ砂漠の遊牧の民、特徴的な藍色のローブをまとっていることから「青い種族」と呼ばれるトゥアレグ族の噂なら、彼も何度か耳にした。だがこれまで、砂漠で出くわしたことはなかった。ジムのなわばりから遠く西に離れたあたりを根城としているからだ。ニーリーたちが逃げる前につけてきていたのも、この連中だろう。ニーリーたちがいなくなったのを確認して、ついに行動に出たにちがいない。いまいましいニーリーめ。

ジムはすぐさま状況の見極めに移った。足元に倒れている男のほかに、敵は三人。指示を出した男に、ライフルを持っている男。そして、たっぷりと荷を背負った六頭のラクダの引き綱をつかんだ男。ラクダの列の末尾には、灰色の立派なアラブ馬が一頭いる。

ライフルを撃ったのが首謀者だろう。指示を出したのは別の男だが、銃器を手にし、その照準をジムに合わせているのはひとりだけだ。ジムは男に向きなおった。

「下手なまねをすれば、おまえと、おまえの部下たちはただではすまされない」アラビア語で慎重に言葉を選びながら告げる。「英国政府がおまえたちをきっと捜しだす」共謀者たちと同じように顔をベールで覆ってはいるものの、男がこたえる代わりに薄く笑うのがわかった。ジムの脅し文句に、なんの裏付けもないことを知っているのだ。トゥアレグ族の根城があるあたりは、英国ではなくフランスによって占領されている。

「厄介事を起こすつもりはない」男のアラビア語はたどたどしかったが、つもりはとわずかに強調したのはちゃんとわかった。

「水を求めてここに来たら、おまえが女と楽しんでいるのを見つけただけだ」

相手の淡々とした口調に、ジムはかっとなりそうになる自分を抑えた。

「おまえたちのおかげで、楽しむところまではいけなかったがな」ジムが応じると、男たちは鼻でせせら笑った。

首謀者はかまをかけているのだろう。ジムとミルドレッドの関係を探り、身代金をいくら要求できるか計ろうとしているのだ。あるいは、連中の要求はもっと別のことかもしれないが。とにかく、ここでしくじってはいけない。うまく立ちまわらなければ、ふたりとも命が危ない。

首謀者がベールを取った。藍色のベールを長年まとっていたせいで顔の下半分が染まり、青ひげをはやしているように見える。若くも年をとってもいないようだが、そもそも砂漠の民はみな、二五歳から五〇歳程度に見えるものだ。首謀者は視線をミルドレッドに移した。

「その女は？」

「おれのものだ」

「妻か？」

ジムは急いで考えをめぐらした。ミルドレッドに価値があると判断すれば、連中は身代金目的で彼女をさらうだろう。あるいは、身代金のためではなくとも連れ去るだろう。「いや。おれのものだというだけの話だ」ジムは淡々と答えた。

首謀者は考えこむ顔でうなずき、手下に向かってトゥアレグ語でなにか言った。手下のひとりが進みでて、意識不明の男を引きずっていく。もうひとりがライフルを預かり、ジムに照準を合わせた。首謀者が歩み寄ってきて、ミルドレッドの前で止まった。「赤毛だな」顎をしゃくって彼女の頭を指す。「赤すぎるということもない」

「ああ」ジムはうなずいた。赤毛がいいことなのか悪いことなのか、男の表情を見てもわからなかった。

「赤毛の女は、幸運をもたらす」

男の口調とまなざしから、意図するところを読みとったのだろう、ミルドレッドはわずかに体を震わせ、青ざめた。だが言葉は発しなかった。従順そうにうつむいただけだった。じつに賢い態度だ。

「へえ」ジムはがさつな笑い声をあげた。「女がおれにどんな幸運をもたらしたか見るといい」オアシスと、でき損ないの野営地、老いた片目のラクダを身ぶりで示した。

男がほほえんで、ミルドレッドの目の前に移動する。顔を左右に動かしてミルドレッドと目を合わせようとするが、彼女は拒んだ。男はジムに向かってにやりとした。

「しつけが行き届いているな。手に入れてから、どのくらいになる？」

ミルドレッドのことを、奴隷とでも思っているのだろう。思ったよりずっと若いのか、それとも、異国の文化に疎いのかもしれない。そうでなければ、欧州人が奴隷をとらないことくらい知っているはずだ。

「しばらく前だ」ジムは肩をすくめた。

「いくら払った？」思案げな視線をミルドレッドに向けたまま、男がたずねる。

「大金を」

「そうか」

ミルドレッドのとなりに立っていた手下が手を伸ばして彼女の乳房をつかみ、にやりと笑った。彼女は息をのんだ。獲物を狙う蛇のすばやさで、ジムは手下の喉笛をつかんだ。手下が苦しがり、手首につめを立ててきたが、ジムは痛みなど感じなかった。さらに喉笛を強くつかみ、もがく男を、怒りに細めた目でねめつけた。

「そこまでだ！」首謀者が警告を発しても、ジムの視界は赤くけぶり、破壊衝動が彼を駆りたてている。コブラを捕えたマングースのように喉笛をひねると、男の手から力が抜けていくのがわかった。ミルドレッドがジムの名を呼ぶ声が、ぼんやりと聞こえてくる。

「〝おれのものだ〟と言っただろう」食いしばった歯のあいだから、ささやき声で告げた。首謀者がライフルをつかみ、ミルドレッドのこめかみに銃口をあてる。「やめろ！」

ジムはやめた。手を開くと、男は膝からくずれおち、ジムの足元に嘔吐した。

男がトゥアレグ語でなにごとか鋭く言い、頭を低く下げたまま這うように後ずさった。視線はにらみつけるジムに向けているが、意気消沈した様子だ。ミルドレッドは乗馬はできるのだろうか……ジムは考えた。この場から逃れるには、彼が連中の意識をそらしているあいだに、彼女があのアラブ馬を奪うしか――。

「そいつを許してやってくれ。犬並みに礼儀のなっていない豚なんだ」首謀者が怒りにこわばった声で言った。

一瞬のうちに、状況が変化していた。首謀者は先ほどまでの笑みも、うわべばかりの愛想のよさも消している。ひげを切られた猫のように不機嫌そうだ。いや、憤怒に燃えていると言ったほうが近いか。

「顔に泥を塗られて怒っているのよ」ミルドレッドがかたわらから、小声でジムに教えた。「以前に……読んだことがあるわ。トゥアレグ族のあいだでは、持ち主の許可を得ずにその人の所有物に触れるのはタブーなの。それに首謀者は、手下のふるまいに責任を持たなくてはいけない。彼は手下に恥をかかされたの。だからいまは、わたしたちに償いをしなければいけないと考えているはずよ。でも、言葉には十分に気をつけて。不注意なことを言えば、侮辱だと曲解されるわ」

ジムは小さくうなずいた。だが砂漠の民のなかには、たとえ表向きだけでも、上下関係を重んじる部族もある。いまのふたりのやりとりを見て、ジムがミルドレッドの助言を聞いていたとみなせば、連中は今後、ジムを見くだすはずだ。それは望ましくない。ミルドレッドの助言は参考になるが、敵がそこまでの義務感を覚えているとは思えない。助言に利用価値はあるが、ここぞというときに使う必要がある。難しいのは、それがいつかを見極めることだ。

相手は商人だ。ならば第一のルールは、相手に先に提案をさせること。ジムは沈黙を守った。

長い静寂のときが流れ、ふたりは互いの出方を計りつづけたが、やがて首謀者がじれったげな身ぶりをしたかと思うと、口を開いた。アラビア語とトゥアレグ語が入り交じったごく短いせりふで、ジムにもだいたいのところは理解できた。

男の名はジュバといった。しばらく前のこと、彼らの首領が、別の部族の首領を侮辱した。しかし相手のほうが大きな勢力で資産もあることがわかったので、彼らの首領は態度をあらため、和解の品として、ベドウィン人から雌のアラブ馬を買ってくるようジュバに命じた。だがベドウィン人が貴重な雌馬を譲りたがらず、ジュバたちは、雄馬を連れて帰ることを余儀なくされたという。

ジュバの話を、ジムは無表情を装い、横柄な態度でただ聞いていた。

作戦成功だった。ジュバは唇をぎゅっとかんだ。ミルドレッドの助言どおりなら、ジュバはジムの返答を待っているはずだ。それを侮辱とあえて曲解するために。そうして侮辱への当然の報復行為として、ジムを殺害し、ミルドレッドをさらうために。けれどもジムは断固として無言を貫いた。これで敵は、ジムが謝罪を待っていると考える。

謝罪したが最後、ジュバはジムたちを無傷のまま見逃さなければならない。砂漠の民はさまざまだが、ひとつだけ真理を共有している。たとえ本心がどうであっても、いったん正式に謝罪した相手からは命も金品も奪わないのだ。ジムにも、その真理は理解できる。

「素晴らしい馬だろう」憤怒に顔を赤く染めながら、ジュバがついに言った。「雄馬の王者だ。よく見てみるがいい」

ラクダの列の末尾につながれ、落ち着かなげに足を踏み鳴らす立派なアラブ馬を、ジムはいかにも興味なさそうに見やった。無表情のまま、その目をジュバに戻す。

ジュバが手をたたき、なにごとか叫んだ。すると、ジムがライフル銃で昏倒させた男が足を引きずりながら、アラブ馬を引いてきた。ジュバの前で立ち止まり、用心深くジムを見る。

「見てみろ」ジュバは言った。「欠点ひとつない。気品のある頭の形、小さく整った耳、大きな鼻孔。立ち姿も、首を堂々とそらせ、脚をまっすぐに伸ばして美しい。どの雄馬にも負けない名馬だ」手招きしてジムを呼ぶ。「さわってみろ。よく見て、よく聞いて、よくさわってみろ」

肩をすくめ、ジムは馬に歩み寄った。馬が鼻孔を震わせる。なじみのないにおいに、後ろ足で立って地面を蹴り、物音を聞き逃すまいとして耳を前後に揺らす。

ほんとうに見事な馬だった。背筋もまっすぐで、背中は縦に短く横に広い。ジュバが言ったとおり首は長く堂々とそっていて、喉元におかしな凹凸もなく、アラブ馬のなかでもとりわけ優れた一頭だ。幼いころに乗っていたずんぐりとした野生馬に比べると、目の前のアラブ馬は体高こそそれほど変わらないものの、筋肉はずっと引き締まって長く伸びており、ひづめも小さくて、長距離の移動に適していることがうかがえる。

手を差しだすと、アラブ馬は首を伸ばし、黒く輝く大きな瞳でジムを見つめた。おずおずと手のにおいをかぎ、温かく湿った鼻息で指の関節を撫でる。やがて馬は首を戻して待つ体勢になった。ジムはゆっくりと、両手で馬の尻から背峰、脚と撫でていった。馬はくつろいだ様子で立ちつくし、ときおりジムに鼻息をかけてくる。

「どうだ？　最高だろう？」

「ああ、いい馬だ」ジムは慎重に応じた。

「いい馬？　エジプト中を探しても、それほどの名馬はいない。首領《アメノカル》にこそふさわしい馬だ」

「なるほど」

ジュバは眉をひそめて背を向け、しばらく馬の前を行ったり来たりしたのち、ジムの前で歩みを止めた。青く染まった顔に大きな笑みを広げ、真っ白だがほとんど折れた歯をのぞかせる。「おまえが気に入った。おまえも砂漠の子なのだろう？　馬のさわり方も巧みだった。トゥアレグ族並みとまではいかないが」すまなそうに片方の肩をすくめる。「ベドウィン人には負けない」

ジムは無言で応じ、次の言葉を待った。名案が浮かんでいた。

「おまえが気に入ったので、取引がしたい。といっても、金のやりとりはしない」笑みの広がる顔のなかで、瞳だけが危険な光を帯びている。相手は本気だ。「いや、こいつは取引ですらない。おまえへの贈り物だ」

「ほう？」

「ここにいる砂漠の王子を、風の兄弟を、おまえのラクダと交換しよう」

ジムは待った。

「どうだ？　ああ、そうか。自分の幸運が信じられなくて言葉も出ないのか。わたしがおまえの立場でもそうなるな。どうだ？　取引は成立か？」

「片目のラクダと、アラブ馬？　それだけか？　それがおまえの言う取引か？」

「そうだ！」ジュバは声をあげて笑ってみせた。「われながら笑えるな」ジムに背を向け、アラブ馬にかけた綱をほどきはじめたジュバは、つと手をやすめて向きなおった。わざわざ言うまでもないことを、ふいに思いだしたかのように言い添える。「おっと、その女もだ」

ミルドレッドが小さな悲鳴をあげるのが聞こえたが、ジムは彼女を見もしなかった。

「取引成立か？」ジュバがたずねる。

「ああ」ジムは答えた。

背嚢から拳銃を取りだし、肩に背嚢をかけ、ジュバの差しだす水筒を受け取るジムを、ジネスは見守った。ジムはひらりとアラブ馬の背にまたがった。鞍はない——取引に含まれていなかったからだ。彼はジュバを見おろした。「女は処女だ。おまえの首領が、さぞかし喜ぶだろう」大きな声で、ただしごく淡々と告げる。

ジネスはジムに感謝した。これで、処女であるという事実も和解の品の一部とみなされる。手下の前でその価値を明らかにされたジネスを、ジュバは奪おうとはしないだろう。たぶん。

彼女はジムを見つめた。振りかえって見つめかえし、なにも心配はいらないと目顔で約束してくれればいいのに。恐怖と衝撃で呆然としつつも、彼の馬術にはほれぼれとせずにいられない。ジネスの父も乗馬は得意だ。いや、名手と言っていい。だがジム・オーエンスにはかなわない。ジムは乱暴に馬の腹を蹴ることも、荒々しく鞭を振ることも、手綱をぐいと引っ張ることもしなかった。すべての動作を、音をたてずにさりげなくこなした。アラブ馬はその場にじっと立っていたが、次の瞬間にはジムを乗せて、音も声も出さずに砂漠を飛ぶように駆け、早くもたき火の明かりが届かないところへと去っていた。生けるケンタウロスのようだった。

ジムは振りかえらなかった。

20

なすべきことをしよう。彼女はそう決意を固め、どうか究極の犠牲をはらわずにすみますようにと祈った。

——ジネス・ブラクストンの創作日記より

「父はハリー・ブラクストンよ」ジュバについて野営地を歩きつつ、ジネスはアラビア語で用心深く告げた。「エジプトの重要人物で、冷徹な首長なの。フォート・ゴードンまでわたしを無事に送り届けてくれたら、父があなたに褒美を与えると思うわ」

ジュバはジネスを無視した。この四日間、彼はジネスのあらゆる懇願も陳述も聞こえないふりをしている。

「お願いだから話を聞いて」ジネスは強く訴えた。

ジュバが頭をめぐらせ、そこにいたのか、という驚きの表情を浮かべる。歩みを止めたジネスは、両手を組みあわせて頼みこんだ。

「お願い、父は——」

「おまえを売った」ジュバがさえぎった。「しつこいぞ。おまえは奴隷で、おれの妻ではない。おまえのしつこい嘘や哀願のおかげで耳から血が出そうだ」

著名な父の名前も、さすがにここ、リビア砂漠までは伝わっていないらしい。ジュバは毎日、彼女をラクダの背に乗せ、前後を隊商で挟んで移動させる。毎晩、彼女のために立派なテントを張って、暖を取れるようラクダを一頭寄越す。彼女を監視するのは砂漠。じつに有能な監視係だ。

砂漠から逃れることはできない。徒歩ではじきに砂に屈服する羽目になるだろう。ラクダを一頭盗むことができたとしても、たとえそれがとびきり足の速い一頭だったとしても、いずれ連中に発見され連れ戻されるだろう。

だが今日はいつもと様子がちがった。一行は砂丘をあとにし、あたりには岩場が増えてきた。砂と砂利の地面を進むにつれ、ときおり台地や浅い涸《か》れ谷が現れ、頑丈なアカシアのささやかな群生も見られるようになった。ジュバがいつもより早めに一日の道程の終わりを告げ、小さな洞窟の入口にテントを張るよう手下に命じた。

男たちは警戒するように目配せしあったが、おとなしく野営地を設置し、火をおこして、ラクダの背から荷をおろした。ジネスは、ジュバの視線を何度も感じていた。彼女が十分な食事を与えられながら安全な旅をつづけてこられたのは、砂漠の過酷な環境と、首領への贈り物という彼女の立場、そして純潔であるという事実のおかげだった。だがそのような旅はもうおしまいなのかもしれない。

囚われの身となった最初の晩、ジネスは確信を抱いていた。ジムが戻ってきて、夜の闇にまぎれて野営地を襲い、彼女を奪いかえしてくれるはずだと。けれども彼は戻ってこなかった。

しかし、それでよかったとも言える。トゥアレグ族も、ジムが戻ってくるのではないかと予期していたからだ。連中は寝たふりをしつつ、ライフル銃を膝に抱いて、砂漠をよぎるわずかな動きにも怠りなく目を配っていた。翌晩も、その翌晩もジネスは眠らずに、ジムが忍び足でやってくる音が聞こえやしないかと耳を澄ませていた。でも、彼は現れなかった。

ジネスは怖くなった。恐怖に襲われてしまうのがいやで、深く考えるのはやめた。それでも、ジュバの視線を感じるたびに体が震えた。ジムがしたように、ジュバが自分の上にのしかかるときのことを想像するたび、こぶしを唇に押しあてて必死に吐き気を抑えこんだ。

もう時間がないと思った。ジネスはできるかぎりジュバの視界に入らないよう、相手の注意を引かないよう努めてきた。だがジュバはいま、思案げな顔で彼女を見つめながら、折れた薄汚いつめで自分の頰を上下になぞっている。自分にどんな選択肢があるか考えているのがわかる。ジネスの純潔を証明するのはジムの言葉だけだ。首領に差しだしたときに純潔でなかったとしても、ジムに騙されたと言えばすむ話。それによってジュバも恥をかくが、当人がそれをどの程度の恥と思うかはわからない。たぶん、大した恥とは思わないだろう。

あのヘンナの粉末が憎たらしい。ジネスはいまの自分の価値をちゃんとわかっている。赤毛の女は所有者に幸運をもたらす。だからジネスは価値を認められた。彼女の髪は、もうそれほど赤くないのに。

「おれのテントに行って、待っていろ。おまえの父親と身代金について話がある」

ジュバは嘘をついている。嘘であることを、隠そうともしていない。彼の口調はいやに気だるげで、まなざしには冷笑が浮かんでいる。

「お願い。話ならここで――」

「おれのテントで話すんだ」ジュバはぶっきらぼうにさえぎった。「あとで。おまえは先にテントに入って、おれを待て。トゥアレグ族が、奴隷にどんな罰を与えるか知りたくなかったらな」

「知りたくないわ」ジネスは小声で応じた。

「ふん。いずれにしても、おれのテントに入ることになるんだ」ジュバはテントを指差した。

「行け」

選択肢はなかった。ジネスは頭をたれ、命令に従った。テント内は族長《シーク》の住まいかと思うほど贅沢だった。地面には分厚いペルシャ絨毯が敷かれ、中央にはきらびやかな刺繍の施されたサテンのクッションがいくつも並んでいる。天井からぶら下がっているのは、ひょうたんほどの大きさのシルクのタッセルと、見事な装飾の銅製のランタンがふたつ。ランタンに火はともされていない。

中央付近には打ち出しの真鍮《しんちゅう》のテーブルがあり、ほうろうのカラフェと、デミタスカップが並んでいる。一方の端には低いベッドが一台。その上にもクッションが積まれ、縞模様の毛布が掛けられている。ベッドの頭のあたりに、水ぎせるが見えた。

いかにも快適そうな、洗練されたしつらえだ。ジネスはテント内を見まわし、武器になるものはないかと探した。たしかジュバは、鞘に入れた短剣を腰に差していた。手下たちは腕に革紐を巻き、そこにナイフを忍ばせている。きっとどこかに武器になるものが……。

五分後、ジネスはあきらめた。何着かの衣服以外、なにも見つからなかった。武器になるものといったら、あとはブーツの拍車くらいしかない。それでやるしかないだろう。

必死になって拍車を取りはずしながら、彼女はおもての様子にも聞き耳を立てていた。はずし終えると、ブーツを慎重に元の位置に戻した。それから待った。胸の奥で、心臓が重たい鼓動を打っている。

男たちが会話する低い声がテントの前を行き来する。鍋がぶつかる音、ラクダたちの穏やかな鳴き声、たきぎが爆《は》ぜる音。テント内がいよいよ薄暗くなってきて、おもてでは風が吹きすさび、舞いあげられた砂がテントにぶつかる。ついに闇につつまれると、ジネスは火打ち石でランタンに火をつけた。ジュバが高圧的になにごとか命令する声がした。男たちはぶつくさと文句を言いながらしぶしぶ従った様子だったが、ややあってから、安眠しているところを起こされたのだろう、ラクダたちが不満げにうめくのが聞こえてきた。

ジュバが手下をどこかに追いはらったのだろう。秘密を守れそうな手下は残した可能性もある。

鼓動が早鐘を打った。ジネスはテントの奥のほうに身を潜め、拍車を握った手を背中にまわした。汗で手がすべり、膝に力が入らない。

入口をにらんで立ちつくしたまま、永遠の時が流れたように思った。野営地は異様に静まりかえっており、ときおりラクダの鳴く声と、たきぎの爆ぜる音が聞こえるくらいだ。男がなにか言う声がしたかと思うと、それに小声が応答し、足音が去っていく。

そうしてついに、最も恐れていた音が聞こえてきた。テントに近づいてくる男の、自信に満ちた足音だ。

ジネスは顎をあげ、あふれる涙を流すまいとがんばった。必死に目をしばたたいてこらえた。涙など流してたまるものか。弱虫じゃあるまいし。

テントの入口に、男の大きな影が浮かびあがる。速さを増した風にあおられて、男のローブがひるがえる。不気味なほど長く、ひどく不吉な影。闇につつまれた手が入口をつかみ、荒々しく横に開く。頭を下げた男が、テントに入ってくる。

ジム・オーエンスだった。

21

それは神がかった、あまりにも素晴らしい、驚嘆すべき、とてつもない、を言葉で表現するには、彼女には経験が足りない。

——ジネス・ブラクストンの創作日記より

長身のミルドレッドがテントの奥に隠れるように立っていると、ひどくか弱げに見えた。全身を抑えられないように震わせながら、彼女はその場に立ちつくし、ジムをじっと見ている。

「ずっとそばにいた。ずっとあとを追いながら、様子をうかがっていた。もっと早く助けたかったんだが、連中も予期しているはずだと思うとできなかった」ジムは焦ったように口早に言った。詰まった喉から、言葉が勝手にこぼれていった。

さぞかし怖い思いをさせてしまったにちがいない。見捨てられたと思っていたにちがいない。だがミルドレッドに伝えるすべはなかった。連中に気づかれずに、それとなく合図を送ることもできなかった。ほんの一瞬でも連中に疑われたら、彼女はリビアで奴隷暮らしを余儀なくされていただろう。

「だがけっしてやつの好きなようには――」言葉を切り、頼むからわかってくれと、まなざしで訴える。

この四日間、ジムは地獄の苦しみを味わわされた。ミルドレッドがどれほどつらい思いをしているかと考えるとたまらなかった。いちかばちか思いきって救出に向かってみようと、衝動に駆られたのも一度や二度ではない。だが彼女のために、いちかばちかはなしだと思いなおした。そのときが来るのを、手下が野営地を離れて監視が手薄になるのを、一秒一秒が永遠の地獄に変わっていくのを感じながらひたすら待ちつづけた。そして今夜、ついにジュバがふたりの手下に野営地を離れるよう命じた。ふたりは、すぐには戻らないはずだ。

「あなたは来た」ささやくようなミルドレッドの声だった。その声ににじむのが、驚きなのか、疑念なのか、非難なのか、それとももっと別の思いなのか、ジムにはわからなかった。そうして、自分に返すことができる言葉は純粋な真実だけだと、彼女への約束、あるいは誓いだけだと気づいた。

「いつだって」ジムは言った。「必ずきみのもとへ行く」

その一言で、ミルドレッドを縛るなにかがほどけたようだ。テントの奥からこちらへやってくると、彼女はジムの腕のなかに身を投げだし、彼の首に両腕でしがみついた。その勢いにジムは軽くよろめいてから、彼女を抱きあげた。

「来てくれると信じていたわ」ミルドレッドは彼の首筋に顔をうずめてすすり泣いた。「ちゃんとわかっていた。それがいつなのかが、わからなかっただけ。なかなか来ないから、あなたの身になにかあったのではないかと心配だった！」

ジムは目を閉じ、彼女にくちづけたい衝動を抑えこんだ。彼女はわかってくれていた。彼を心から信じ、疑いもしなかった。それどころか、彼の身を案じてくれた。彼のことを。わが身が奴隷商人の手に落ちる危険にさらされているというときに。

「二度とあんなふうに置いていかないで」

「二度としない」

ミルドレッドはいまや泣きじゃくっており、全身を激しく震わせている。彼女が顔をあげると、瞳から涙があふれ、頬を伝った。ジムは頭が真っ白になった。まともにものが考えられず、なにをすればいいか、なにを言えばいいか、どうすればいいかわからない。これまでは、どんな問題が起ころうとすぐに行動し、対策を講じた彼だった。解決のために探し、追跡し、盗み、闘い、こぶしと筋肉と脳みそを使い、狡猾さを駆使し、行動してきた。でもいま、ミルドレッドを目の前にして、どうすればいいのか見当もつかない。

「大丈夫か？」ジムはたずね、彼女の顔をさらにあげさせた。瞳をのぞきこみ、胸の奥にあるものを読みとろうと、ひょっとして手遅れだったのではないかと探ろうとする。「大丈夫なのか？」

「どうすればいいか、言ってくれ」ジムは懇願した。「どうすれば気がやすまるか。なんなら、やつを殺そうか？」そうだ、それがいい。

「よして！」

「卑怯なまねはしない。ジュバと残っていた手下は、昏倒させて縛りあげてある。ジュバを起こし、少し待ってから、剣なり銃なりで一騎打ちといけばいい。武器はやつに選ばせる。素手だっていい」うむ、素手は名案だ。

「だめよ！」ミルドレッドはわずかに身を引いた。「だめ。そんな……そんなことをしては……」ふたりの目が合う。彼女の瞳孔が大きくなっていき、唇が開かれるさまをジムはうっとりと見つめた。唇はぽってりとして、大胆に誘っているかのようだ。下唇を舌先が舐めるのを見たら、もう限界だった。

体のなかで解放感が渦を巻き、欲望が目を覚まして、全身が岩のように硬くなる。ミルドレッドと触れているあらゆる部分が、痛いほどに実感される。わが身に押しつけられた、やわらかく重みのある乳房、ほっそりとした腰、しなやかな太もも。荒々しいほどに屹立したものに、小さな丘があたっている。

ジムは動くことも、息をすることもできなかった。いまにも自制心が完全に砕けかけている。

と思ったら、ミルドレッドにキスをされていた。優しく探るようなくちづけではなく、焼き焦がすように熱いキスだった。彼女はみずから口を開き、両の手で彼の顔をつつみこみ、つま先立って、太ももで彼の脚を挟んだ。

ジムの体は、頭が思考することを再開する前に反応していた。

手を下に伸ばしてふたりを隔てるローブをつかみ、深々と舌を挿し入れて、ミルドレッドを、彼女の熱を、性急なくちづけを味わった。引き締まったまろやかな臀部を両手で探しあて、さらに高く彼女を抱き寄せる。脚のあいだに大切な部分がこすれる甘い責め苦に、ジムの胸はとどろいた。ミルドレッドがふいに唇を引き剝がし、腕をほどく。そうして大胆になりすぎた自分にジムが悪態をつく間も与えず、両手を互いの体のあいだに挿し入れたかと思うと、彼のシャツの前を引きちぎった。赤と金色のペルシャ絨毯の上にボタンが飛び散るのもかまわず、シャツを肩から脱がした。

ミルドレッドはその作業に夢中な様子で、頰を紅潮させ、視線を彼の胸だけにそそぎ、小さくあえぐように呼吸をしている。彼女の両の手が胸板を撫でおろし、手のひらで筋肉をなぞりながら、ベルトのほうへと移動していく。ベルトがはずされるのがわかった。ズボンのボタンも乱暴にはずされ、ジムは解放感につつまれた。屹立したものの先端を、指先がかすめる。

ジムは目を閉じ、耐えがたいほどの衝動を懸命に抑えようとして歯を食いしばった。だが相手は自制心など持ちあわせていないらしい。ジムがいっそう高くミルドレッドを抱きあげると、彼女の膝が腰のほうまであがってきた。満たされない思いに、彼女が低くすすり泣きをもらす。

かつてこんな気持ちを味わったことはなかった。道義心が粉々に砕けて純粋な欲望へと変貌し、熱い情熱のために道徳観念すらも吹き飛ぶのをジムは感じた。それでも彼は抑えようとし、心のなかで唱えた。彼女はおれのものではない、大佐のものだ。彼女はおれの――。

いや、おれのものだ。道義心も、大佐のことも、この世界もどうでもいい。ミルドレッドは、おれのものだ。

「お願い」彼女はかすれ声でささやいた。「初めてなの……どうすればいいのか……」

ジムは初めてではない。どうすればいいか知っている。

両手をミルドレッドの太ももの下に添えてしっかりと支え、いったん抱きあげてから、ジムは濡れそぼった秘所に自分のものをあてた。ゆっくりと彼女の体をおろしながら、頬が青ざめていくのを見つめ、甘やかに締めつけてくる感覚に身を震わせた。ミルドレッドは満足げにあえいだが、やがてその声は思いがけない痛みに耐えるうめき声へと変わっていった。目を合わせると、傷ついたような、恐れているような色を瞳に浮かべていた。ジムは腰を動かしてさらに奥へと忍び入り、そこにしばし留まった。なかがきつく締まって、さらに深く押し入ってくるものを本能的に押し留めようとしているのがわかる。だがもう手遅れだった。ジムは無言をとおした。ただそこに留まっていることしかできなかった。硬くなったものをそこに据えて、彼女がこの感覚に慣れてくれるのをひたすら待った。

ミルドレッドの両の手が肩をつかみ、額にしわが刻まれる。痛みに耐えかねて、ローブの下で胸が苦しげに上下する。けれども彼女が腰をわずかにあげて引き抜こうとしたそのとき、なかの筋肉がゆっくりと力を抜き、徐々に受け入れようとしつつあるのが感じられた。ミルドレッドはまたもや驚いたように目を見開いたが、そこに傷ついたような色はもう浮かんでいなかった。

ジムはやわらかな臀部を両手でつかみ、ぐいとなかに押し入った。ミルドレッドは喉の奥で小さな悲鳴をあげ、驚嘆の色を満面に広げた。彼の両肩をつかんだまま、みずから腰をおろして彼をいっそう奥深くへと導き、ふたたび腰をあげる。ゆっくりとリズムを刻みながら、彼女は初めての喜びをジムとともに味わおうとしていた。

歯を食いしばり、ジムはできるかぎりこのままでいようと努めた。目をきつく閉じて、わき起こる歓喜を実感しつつあるミルドレッドを見まいとする。見たら、彼女の準備がまだ整わないうちに達してしまいそうだった。けれどもやがて、ぎこちないリズムを刻んでいたミルドレッドが不満げにうめくのが聞こえてきた。

ジムはまず彼女の片手をとって持ちあげ、テントの屋根を支える梁《はり》をしっかりとつかませた。

「離さないで」湿った首筋に向かってささやきかけ、ジムはさらに奥深くへと挿し入れた。ミルドレッドが息をのみ、梁をつかんだ手に力をこめる。挿入したときの衝撃でランタンがゆらゆらと揺れて、金色の明かりが彼女の高ぶった顔を照らしたり、影を作ったりした。ふたたび深く、激しく突くと、自制心もなにもかもが吹き飛んで、彼女はおれのものだという思いだけが全身を満たした。

ぼんやりとした頭で、ジムはミルドレッドが梁を離し、彼の肩を覆う筋肉に深々とつめを立てているのに気づいた。脚を高くあげて彼の腰にまわして、彼の動きに、ぎこちないけれど甘やかな律動でこたえている。身をよじって解放の瞬間を求めるミルドレッドのために、ジムは死にもの狂いで突きたてた。みずからの恍惚を求める気持ちより、相手にそれを与えたい気持ちのほうがずっと強かった。

臀部を強くつかみ、彼女をぎゅっと抱きしめて、やわらかな丘に腰を押しあて、そこに潜んでいる小さくやわらかなつぼみから歓喜を引きだそうとする。ミルドレッドは首をのけぞらせ、両手を握りしめて胸板にあてたかと思うと、眉根を寄せて、すすり泣きをもらした。そうしてあえぎながら、彼女は唐突に絶頂を迎えた。目を見開いてジムの瞳をじっと見つめ、驚嘆と困惑がないまぜになった表情を浮かべていた。ジムのなかで欲望が急激に高まる。最後に深々と貫いて、彼はみずからを解放した。視線はそらさなかった。ミルドレッドがジムになにをしたか、彼からなにを奪い、どこまで打ちのめしたか、ちゃんと見ていてほしかったからだ。

声にならないうめき声をあげ、ジムは熱くたぎるものを彼女のなかに放った。

彼のなかの一部、欲深く不埒でやくざな一面は、自分のしたことに狂喜乱舞していた。けれども彼がなろうとした男、道義を重んじる男の亡霊は、自責の念に苛《さいな》まれていた。

ミルドレッドをそっと抱きあげて、腰にまわされた脚を優しくほどき、慎重に地面におろす。ウエストに引っかかっていたローブの裾が、ため息のような音とともに足元まで落ちた。ミルドレッドの体がわずかにかしぎ、ジムは肘をつかんで支えた。問いかけるような視線が向けられたが、それがなにを意味するのか、ジムにはわからなかった。

謝罪するにも、彼女にふさわしい男になるにも、もう遅すぎる。

「もっと別のかたちにすることだってできる」ジムは言った。「もっと……もっといいかたちに。約束するよ」

ミルドレッドは当惑の面持ちで彼を見つめた。「いいかたちって？」

ランタンの投げる金色の光が頭上で揺れ、彼女の顔を隠したり、あらわにしたりする。

「おれは善人じゃない。きみに軽蔑されるようなことだって、いくつもしてきた。だが人を殺したり、他人の正当な所有物を奪ったりしたことは、一度もなかった」ジムは深呼吸をした。「きみが初めてだ」

ミルドレッドは数歩後ずさった。「わたしが、大佐の所有物だと言いたいの？」

むっとした口調に気づいて、ジムは笑みをもらした。彼女の性格なら、誰かの所有物と言われれば当然、腹を立てるだろう。

「そうじゃない。きみを花嫁と呼ぶ権利を、おれは彼から奪った」

きみを花嫁と呼び、きみと家庭を築き、きみにドレスや宝石を買う権利を。きみに世界を見せ、新しいことを学んだり、ささやかだけれど心惹かれる新事実を知ったりしたときに、きみが瞳を輝かせるさまを目にする権利を。きみを政治家や軍人仲間に妻として紹介し、彼らの賞賛のまなざしや、きみの恥じらいの表情を目にする特権を。そうしたすべてを、ジムが手に入れることはない。ジムはなにものでもないから。ただの影、生ける亡霊にすぎないから。

結婚しても、ジムはなにひとつ与えられない。大佐の代わりにミルドレッドに差しだせるものは、なにもない。なにも。

彼は身勝手にも、ミルドレッドを完膚なきまでに汚《けが》したのだ。そこには思いやりも、純潔さをいつくしむ気持ちも、優しく促すささやきも、時間をかけて興奮を呼び覚ましてやる心づかいもなかった。ミルドレッドは四日間、未来に不安を抱いて怯えつづけた。そうしてついに奪われるのだと覚悟したとき、ジムが代わりに現れた。だからこれは、ごく自然な、当然のなりゆきだったと言える。恐怖からふいに解放された彼女は感謝と安堵の念につつまれ、本能的に、ごく原始的なやり方で、生を実感しようとした。その無意識の心の動きをジムは利用し、ずっと求めていたものを、初めて出会ったときから求めていたものを手に入れる口実にした。

ジムを受け入れるなど、愚の骨頂。けれどもミルドレッド・ウィンペルホールは愚か者ではない。彼女はれっきとしたレディだ。ジムだって紳士になろうと思えばなれる。彼女に提案し、それを受け入れてもらうのは不可能ではない。では、なにを提案できる？　彼女のために、どんな選択肢がある？

ジムは深々と息を吸った。

「ミス・ウィンペルホール、この数分間をなかったことにするのは不可能だ。だが、責任を取ることはできる。おれと結婚してくれるなら、きみを幸せにするために全身全霊で努めると約束する」

「なかったことにする？　責任を取る？」ミルドレッドの驚いた口調に、ジムはまごついた。だが、驚かれて当然なのだ。

「ああ」ジムはこわばった声で応じた。「まさかおれが、結婚を言いださないほど無分別な男だと思ったか？」

「結婚なんて、考えてもみなかったわ」ミルドレッドは目をしばたたいた。「これっぽっちも」

自分の犯した罪を、ミルドレッドにあらためて指摘された気分だ。言われなくとも十分わかっているのに。だが指摘されるのもまた、当然なのだ。

「だったら、いま、考えてみるべきだ」

「べき？」ためらいと不安のにじむ声だった。ミルドレッドは腕組みをした。腕組みなぞをしても威圧的な感じはなく、かえって子どもじみて、頼りなさげに見える。「どうして、あなたと結婚するべきなの？」

「どうして？」ジムはばかみたいにくりかえした。

「ええ。あなたと結婚しなくちゃならない理由を教えて」

おれが身勝手なろくでなしで、きみがよその男に抱かれているのを想像するだけで、脇腹をすねで蹴られるよりも強烈な痛みを覚えるからだ。二度ときみに会えずに六〇年後に死ぬとしても、きみの残像が最期の瞬間まで心の瞳に映りつづけると思うからだ。きみが欲しいからだ。きみだけが。

「おれはきみを汚した。おれは……おれにだって道義心はある。たとえおれの言動が、道義心からほど遠いものだとしても。頼むから、そのことだけは信じてくれ」

「もちろん、信じるわ」ミルドレッドは妙な声で応じた。ランタンは振り子を思わせる動きを止めており、彼女の表情は薄闇に隠れてたしかめられない。「誰よりも道義心に厚い人だと、信じているわ」

「よかった」信じてくれているのなら、なんだって可能だ。なんとしてでも、ふたりでやり抜けばいい。なんとしてでも、おれは彼女を幸せにする。

「わたしのことを思って、道義心から提案してくれたというのもよくわかったけど」ミルドレッドが抑揚のない、用心深い声で告げる。「やっぱり、お断りするのがいいと思うの」

「なんだって?」

「結婚するつもりはありません」

意味不明だ。大佐と結婚をするなら、事実を打ち明ける必要がある。あるいは少なくとも、大佐が花嫁に求める純潔をすでに失ってしまったことを話す必要が。誠実な彼女に、嘘はつけない。かといって、大佐が事実を知ったのちも花嫁として迎えてくれると信じるほど、能天気だとも思えない。

大佐のことをなにもわかっていないのなら話は別だが。

きっとそうなのだ。大佐との誓いを果たさねばと思う一方で、大佐の気持ちは理解できずにいるのだ。だがわからなくて当然。婚約したときミルドレッドはまだ子どもで、婚約してからもほとんど会っていないのだから。

ジムは髪をかきあげた。「ミス・ウィンペルホール――」いまさら名字を呼ぶのはばかげている。「ミルドレッド。きみはおれと結婚するんだ。おれのしたことのせいで、なにもかもが変わってしまったんだから。ポンフリー大佐のことも含めて」

意味がわからないとでも言わんばかりに、彼女は眉根を寄せた。

「それは、わたしが……堕落したから？」

どう答えればいいのか。だがこれまでミルドレッドは率直に話してもたじろいだりしなかったし、いま以上に率直かつ歯に衣着《きぬ》せぬ物言いが必要とされるときはないはずだ。大佐はもう受け入れてはくれないのだと、彼女に気づかせなければならない。

「そうだ。それがどういうことか、あれこれ説明するつもりはないが――」堕落とはなにかを説明しようとするやつがいれば、絞め殺してやる。「そのとおりだ」

「ふうん」

「いいか、ミルドレッド。こんな状況でなければ、おれもどんなことだってする。だがあいにくこんな状況だ。きみが夫に選ぶような男じゃないのはわかってる。別の人間になれたらいいんだが……。それでも、おれたちの結婚はうまくいくはずだと信じてる。ふたりのあいだに情熱がめばえているのは、きみだって否定しないだろう？　大切なのはそこじゃないか？」

彼の言葉は、ふたりが犯した過ちの重みを互いの胸に突きつけたようだ。ミルドレッドは彼が言い終えるなり、体をぐらりと揺らした。ほのかな明かりの下でも、その顔から血の気が失せていくのが見えた。

「そうね。大切だわ。でもやっぱりだめ。あなたとは結婚しません」彼女は声を震わせた。

ジムは眉間にしわを寄せた。絶望にとらわれつつあった。内心では、ミルドレッドがためらうことなく同意してくれると思っていたのだ。心の奥深くでは、こうなったことを喜び、事のなりゆきを歓迎していた。勝利を――そう、まさにこれは勝利だった――確信してもいた……罪悪感と自己嫌悪の念とともに。無意識の行動、意図せぬ行動だったにせよ、彼女を汚したことに変わりはないのだから。

そこまで確信していたのに、ミルドレッドに拒絶されてしまった。

「ミルドレッド、結婚してくれ。きみを幸せにするためなら、なんでもする」

「わかっているわ」と応じる声がかろうじて聞こえた。

「だったら、結婚しよう」手を伸ばして彼女の腕をつかみ、自分のほうに引き寄せる。彼女がかすかに抗うのが感じられて、ジムはどんな言葉を浴びせられるよりも傷ついた。腕を放し、相手の顔をのぞきこんで、どうか求婚を受け入れてくれと祈る。「頼む」

「いやよ」

「どうして？　妊娠したらどうする？　子どもができたら？」怒りと当惑のあまり、ジムは問いただした。「考えもしなかったか？　そうなったらどうする？」

「大佐がなんとかしてくれるでしょう」

「ばかだ、きみは大ばかだよ」ジムはささやいた。「わからないのか？　大佐はきみを受け入れない。別の男とのあいだにできた子どもなど、なおさら受け入れるものか」

ミルドレッドはまばたきひとつせず見つめてきた。「大佐には教えないわ」明確だが、感情のこもらない声で彼女は言った。「女性が純潔を失う理由なんてさまざまよ。そのうちのひとつを、彼に理由として話すつもり。それに万一、妊娠したとしても、早産は珍しくないわ」

ジムは心臓が止まったかに感じた。彼女のことが信じられなかった。ジムの知っているミルドレッドは、知っ、て、い、る、と思っ、て、い、たミルドレッドは、こんなことは言わない。ゆっくりとかぶりを振って彼女の言葉を否定し、別の説明を、拒絶の理由を探そうとした。

「どういうつもりなの？」とたずねる声は冷ややかだった。「彼は大佐で、さらなる昇進だって見こめるわ。権力と名声を兼ね備え、上官からは賞賛され、部下には尊敬される人よ」

言葉のひとつひとつが、かみそりのごとくジムを切り裂く。鞭で背中を打たれたかのように、彼は顔をゆがめた。

「高潔で、道義心にも厚い。あなたほどではないかもしれないけれど。だってあなたの言うとおり、このことを、わたしたちのことを知ったら、婚約を破棄するかもしれないもの。だけど彼には立派な名前と、富と地位がある。あなたにあるのは……一頭の馬だけ」ミルドレッドの声はすすり泣きでとぎれた。「小さな過ちのために、将来を台なしにするわけにはいかないの」

小さな過ち……ジムを打ちのめすのに、それ以上に威力のある言葉はないだろう。ミルドレッドの言葉は彼に鏡を突きつけ、彼女の手を求めるのがどんなに大それたことなのかを、痛いくらい詳細に思い知らせてくれた。

あたりまえだ。おれと結婚するくらいなら大佐に嘘をつくほうを選んで、あたりまえだ。おれがミルドレッドの立場なら、やはりそうするはずだ。彼は身じろぎひとつせず、背をまっすぐに伸ばして立ちつくしていた。かつて、これとよく似た結末を受け入れたときと同じように。義弟に劣る役立たず、死んだほうがましな男と蔑まれたときと同じように。

「おれよりもずっと、まともに物事を判断できるようだな」ジムは言った。「その頭のよさにも、決断力にも感服するよ」

ミルドレッドの顔がますます青ざめる。ここまできてもなお、彼女を傷つけてしまう自分がジムはいやだった。それ以上は彼女を見ていられず、手首をつかんで引き寄せるとくるりと振りかえり、ほとんど引っ張るようにしてテントをあとにした。

「なんなの？」ミルドレッドがおろおろとたずねた。「どこに連れていくの？」

「出会ったその日から、きみが行きたがっていたところさ、ミス・ウィンペルホール」歯を食いしばり、ジムは告げた。「いまいましいポンフリー大佐のところだよ」

22

これからの日々を彼女は、打ちひしがれ、傷心を抱え、切望だけを胸に、修道院尼僧院で暮らすつもりだ。

——ジネス・ブラクストンの創作日記より

わが身の奥にあるのを新たに発見した筋肉が痛み、脚のあいだにときおり疼痛が走ったが、ジネスは片目のラクダにひとりでまたがった。それから、トゥアレグ族のラクダたちをジムが綱から解き、尻をたたいて砂漠に逃がすのを、無言で見ていた。ジムと目が合うと、連中を殺してはいない、いずれラクダを見つけられるはずだと言われた。

「ご立派だこと」ジネスは腹立たしげに応じた。

「ご立派でもなんでもない。馬はいただくんだからな」ジムはラクダの背にトゥアレグ族の水筒をつなぎ、ジネスの膝を乱暴にどけて、鞍の位置を直した。「愚かなまねをした者は、相応の償いをする義務がある。馬が連中からの償い代わりだ」

それが、ジムがジネスにかけた最後の言葉だった。彼が無言をとおしたのは賢明だった。

なおも道義心を重んじ、責任を取ろうとする彼を見て、ジネスはずっと考えていたからだ。別の人間になれたらただの、この数分間をなかったことにするのは不可能だのと言いながら、背後にあるライフル銃を取りだして、ジムを撃ってやろうかと。

ジネスがとりわけ耐えがたかったこと。それは、ジムと深く結ばれ、自分は彼のために生まれてきたのだと感じたわずか一〇分後に、そんなせりふを吐かれたことだった。いまだってまだ、あれをなかったことにしたいなどとは思っていない。想像しうるかぎり最も親密な喜びを、深く激しい歓喜を、ジムは教えてくれた。ふたりで喜びを分かちあったとき、ジネスはどこまでが自分の体で、どこからが彼の体なのかもわからなくなった。そこには高まるばかりの切望感と、えもいわれぬ爆発の瞬間へとつづく細い螺旋《らせん》があるばかりで、その瞬間を迎えたとき、ジネスはなすすべもなくジムにしがみつくしかなかった。ジネスは彼を愛していた。あのろくでなしを。

この数週間で、ジネスは自分が求めているもの、ずっと求めてきたものをようやく理解した。それは尊敬や賞賛の言葉でも、認められることでも、考古学の歴史に弟たちとともに名を残すことでもない。ほんとうに求めていたのは、ありのままの自分を受け入れてもらうことだった。問題児と呼ばれた過去にも、学者としてのこれからにも、一族の華々しい功績にも惑わされることなく、ありのままのジネスを。ジム・オーエンスの前でなら、ジネスは想像力豊かで好奇心旺盛でロマンチストな——そしてちょっぴり衝動的なところのある——ひとりの女性でいられた。こうあらねばならないという自分ではなく、本来の自分でいられた。

彼の前でだけは。

カウボーイ、公爵、店番、ベドウィン人の王子。肩書きはどうでもいい。肩書きなど目に入らない。ジネスに見えるのは、頼もしくも厳めしい顔だけだ。めったに笑わないくせに、ユーモア精神にあふれ、冷静沈着で、いざというときには大胆かつすばやく行動に移れる男《ひと》。知識も経験も豊富で、紳士にもならず者にもなれる男。有能で、賢く、いまいましいほど道義心に厚い。ジネスが愛し、求める男。

自分がほんとうに欲しいものがわかったいま、それ以下ではもう満足できなかった。ジム・オーエンスの心を手に入れられないのなら、彼の一部だけを得ても意味がない。報われない愛の物語の主人公になどなりたくない。いつか彼が〝道義心からの求婚〟を後悔してくれる日を待ちつづける、そんな人生は欲しくない。これまでずっと、周囲が望むとおりの人間になろうとがんばってきた。だからこれからの一生を、ジム・オーエンスに愛される女になるために過ごすつもりはない。ありのままの自分で愛されるか、愛されないか、ふたつにひとつだ。

それでもやはり、「イエス」と答えたかった。ふたりのあいだにめばえた情熱を、ジムが「大切」だと言った情熱を信じたかった。彼からほかにどんなことを言われようが、自分への思いやりがいずれ愛へと変わる日が来ると信じたかった。でも待ちつづければ、その日がついに来たといずれ思いこんでしまう自分の性格はよくわかっている。ちょうど、自分は父や弟たちに負けない情熱を考古学やエジプト学にそそいでいると、思いこんできたのと同じように。

それは本来の自分ではないのだとようやく気づいたいま、けっきょく自分に残されたのはそれだけだというのだから、おかしな話だ。

というわけでジネスは、みじめな思いこみをしてしまわないために、道義心からの求婚にうっかり応じてしまわないために、自分にできる唯一のことをした。ジムがけっして越えようとしないはずの障害、ポンフリー大佐という名の障害を、ふたりのあいだに置いたのだ。

ふたりが関係を結んだ事実を、大佐に言わないつもりだと告げたときのジムの表情。衝撃を受け、ひどく傷ついた様子だった。その一言で目的は果たせたのに、ジネスはさらに言い添えた——大佐は自分にいろいろなものを与えてくれる、でもあなたにはそれができないでしょうと。ジムがそれ以上の説得を試みたり、彼女の決断を台なしにするようなまねをしたりしても、むだなのだと伝えるためだった。そんなことを言う彼女にさぞかしあきれるだろうと思っていたのに、ジムは冷たく険しい目をした他人になってしまった。

でも、よかれと思って選んだ道だ。これで、ジムは彼女が「堕落した女」になるのを防ぐため道義心から求婚したのであって、永久《とわ》の愛を情熱的に誓ったわけではないのだと、自分にしっかり言い聞かせることができる。

永久の愛、か。愚か者と言われようと、ジネスは永久の愛が存在することを信じている。実際、この世で最も素晴らしい愛の物語を間近に見てきた——両親が紡ぐ物語を。あのような愛を求めるのはわがままなのだろうか。わがままだとしても、それ以下では満足できない。

ふたりは夜になってもラクダと馬を走らせていた。冷淡なジムの態度にジネスの胸の痛みは増すばかりだったが、不満はもらすまいと思った。彼はだいぶ先を走っており、砂漠の月がシルエットを浮かびあがらせている。彼のシルエットが灰色のアラブ馬の輪郭と溶けあって、あたかもひとつの生き物のように見える。そうして真夜中を過ぎたころようやく、とげのある低木の雑木林にたどり着き、ジムがきびすを返してこちらにやってきた。

「休憩だ」彼は告げると、アラブ馬の背からひらりとおりた。

ジネスは鞭でラクダを軽くたたき、ひざまずかせようとした。ところがラクダは、珍しく言うことを聞かない。ジネスは慎重に片脚を鞍の反対側にやり、すべるように背をおりた。地面に降り立ったとたん、膝ががくんと折れたが、幸い転ばずにすんだ。かたわらにいたジムが、すぐさま抱きとめてくれたからだった。顔を見れば、またもや腹立たしげな表情を浮かべている。

彼のことを、謎めいているなどと思った自分が信じられない。顔を見ればすぐ、なにを考えているかわかるではないか。いらだち、罪悪感、心配。ひょっとして愛情も? それならどうして、彼は無言でいるのか。

「ひとりでおりられないと、言えばよかっただろう?」

「あなたには関係のないことでしょう?」ジネスは応じた。だが体は心を裏切り、ジムの腕のなかで溶けてしまいそうだ。

ジムの視線は冷ややかだった。

「はっきりさせておこう、ミス・ウィンペルホール。きみを大佐のもとに送り届けるまで、きみにかかわるあらゆること、すべてのことに、おれは関係があるんだ」

勢いよく抱きあげられてジネスは驚き、落ちてしまわないよう、彼の首に両腕をまわした。

「わかったか、ミス・ウィンペルホール？」

冷酷そのものといった感じの他人にどう対応すればいいのかわからず、ジネスは息をのんだ。

「わかったわ」

「わかればいい」ジムは数歩先に移動し、ジネスをゆっくりと地面におろした。へなへなと座りこむ彼女から手を離し、ラクダのそばに戻ると鞍をはずして、背中に掛けてあった毛布を手に戻ってきた。毛布をさっと広げ、「この上に横になれ」と命じる。

ジネスはなにも言わずにいた。体中が痛むし、寒くて疲れていた。ジムに渡された水筒を開け、一口飲むともう目を開けていられず、すぐにその場に倒れて、毛布に体が触れるなり眠りについた。

目を覚まし、またもやジムの腕のなかにいる自分に気づいたとき、周囲はまだ闇につつまれていた。だが東のほうにかすかな明かりが現れ、月はすでに姿を消そうとしている。

「出発するの？　だったらおろして。自分で歩けるわ」

「無理だ」ジムはつぶやくように言った。

彼女が寝ているあいだに出発の準備を整えたのだろう、ラクダは鞍を着けて待っており、アラブ馬はその後ろにつながれていた。ジムはラクダの背に横座りで彼女を乗せ、自分もそこにまたがると、膝のほうに抱き寄せた。

「こんなことしなくてぃいわ」ジネスは抗った。「ひとりでちゃんと乗れるもの。ゆうべはずっとそうしていたでしょう?」

怒りを静めようとしたのか、ジムはしばしのあいだ目を閉じた。開いたときには、ずっと落ち着いた声音になっていた。

「ああ。だが自分の判断を悔やんでいる。痛みが残っていただろうし、夜までラクダにまたがっていたせいで、ますますひどくなったはずだ。背にまたがるのは無理だ。少なくとも当面は。おれのそばにいたくない、腕のなかでもいやだという気持ちはよくわかるが、あいにく、痛みが和らぐまで待っている暇はない。すまないが」

ジネスは頬が赤くなるのを覚えた。「駐屯地まで、あとどれくらいなの?」

ジムは答えをためらった。

「わからない。トゥアレグ族は直線ルートを取らなかった。連中のあとを追ったために、おれの通常の経路からそれている。おそらく三日か四日はかかるだろう」

彼の口調に、ジネスはわずかな緊張を感じとった。「水は足りそう?」

楽観的な見通しは口にせず、ジムは「たぶんな」と正直に答えた。首をかしげて言い添える。「ずいぶん実際的じゃないか」

からかうような声音ではなかったものの、ジネスはわずかに身を硬くした。

「現状を把握したいだけよ」

「誰だってそうさ」ジムはつぶやき、小さく舌を鳴らしてラクダを歩かせた。「誰だって」

アラブ馬にまたがったジムは、前方を行くラクダの背の上でミルドレッドの体が揺れるのを不安な気持ちで見ていた。頭が妙に力なく揺れている。純白だったローブはすっかり汚れ、髪はもつれて小枝がからみ、顔には汗と埃の跡がついている。後ろから見ると、まるで洗濯物の入ったずだ袋だ。それでもジムにとってミルドレッドは、世界一美しい女性だ。

そんなふうに感じる自分は、頭がどうかしているのにちがいない。二度と正気には戻れないだろう。彼女がどんなに大切な存在か、否定したいのにできないのだから。ミルドレッドを見つめるたび、ジムは懐かしい場所に帰ってきたような、長い旅がついに終わったような気持ちに駆られる。これを狂気と呼ばずして、なんと呼ぼう。なにしろ彼女はジムに、あなたを必要としていないと宣言したも同然。ジム以外の誰かと結婚するためならば、道義心すらも捨てようというのだから。

「あとどれくらいだと思う？」片目のラクダの上で体を揺らしつつ、ミルドレッドが力なくたずねた。

ジムはますます心配になった。トゥアレグ族の野営地をあとにしてから、すでに四日が経つ。大丈夫かとたずねるたび、ミルドレッドはなんともないと答えるが、ジムはもうその言葉を信じていない。「あとどれくらい？」などとたずねるのは、体力が限界に近づいているからだ。それでも彼女はけっして、絶対に不満を口にしようとしない。頑固で、勇敢な女性なのだ。

野営地を出た初日こそ不快な沈黙をとおしたふたりだったが、その状態がずっとつづくはずはないとジムは確信していた。相手はミルドレッドだ。二日目の夕暮れには、彼女は死んだ王やタンザニアの二足動物、ナポレオンの衛生観念、サボテンのおいしい食べ方などについて豆知識を披露していた。

三日目の朝には食料が尽きてしまい、日中は間にあわせの野営地を作って日陰で過ごした。水もあっという間になくなりつつある。明日までに駐屯地にたどり着けなければ、旅をつづけるために馬を殺すほかない――馬にとっても、脱水症状で死ぬよりは楽な死に方だ。

「もう少しだ」ジムは初めてミルドレッドに嘘をついた。これまでは嘘など必要なかった。

「そう」

「水を飲むか？」

「いいえ。ただ……陽射しがきつくて。あなたは暑くない？」

「休憩しよう」まだ午前中で、ゆうべの寒さが日中の熱気を防いでくれている。それなのに暑いというのだから、数時間後には耐えられない状態に陥っているだろう。

「大丈夫よ。休憩すればするほど、たどり着くのが遅くなる。前進しなくちゃ」

ジムは首を振った。「数分後には、きみをラクダの背に縛りつけることになりそうだ」

ミルドレッドは弱々しい苦笑を浮かべた。「まんざら、いやでもなさそうね」

なんて大胆不敵な。ミルドレッドは大胆で、いたずらで、心惑わせる。彼女のような女性には出会ったことがない。これからも出会えないだろう。似たような女《ひと》を探すつもりすらない。いまいましい砂漠を三週間かけて渡り、生涯でたったひとり愛した女性を別の男のもとに送り届けた記憶、まさに罪人のための黄泉路《よみ》の思い出があれば、それで十分。

ふたりのあいだには、「個人的すぎる」話題はいっさい口にしないという暗黙の了解ができていた。とりわけ、トゥアレグ族のテントで起こったことについては、絶対に触れまいとしていた。先ほどの大胆な発言は、その協定を破ったも同じ。

予期してしかるべきだった。

「ああ、まんざらいやでもない」ジムも苦笑交じりに応じた。「だがきみはどうだろう。やっぱり、ここで少し休憩をとろう」

「いいの。ほんとうに……ちょっと疲れただけだから。でも、もしかまわなければ……後ろに座って抱いていてくれない？　そうすれば眠れるわ」

危険だ。ミルドレッドはよそいきの口調を保っているし、むやみに体が触れないよう努めてくれるだろう。だが、触れたときに体が反応するのは隠せないはずだ。ふたり旅の二日目、ミルドレッドの体の痛みに思いいたったジムは、ふたりで並んでラクダに乗った。あのときだって彼女は、ジムの腕に抱かれた瞬間しなだれかかってきた。彼が唇を見つめると、瞳をきらめかせた。その目にかかる髪をかきあげてやると、呼吸が速くなるのがわかった。

ミルドレッドだって、彼の体が反応するのに気づいていたのだろう。鎧でも着ていないかぎり、気づいて当然だ。だから三日目には、ひとりでラクダに乗れるわと自分から言いだした。だがそれは両刃の剣《つるぎ》だった。ジムは心から安堵しつつ、彼女に触れたいとますます強く願うようになった。

「いいとも」ふたりはそれぞれに、ラクダと馬を止めた。ジムは馬からおり、ラクダの後ろにつなぐと、ラクダにまたがった。ミルドレッドがためらいも見せずに、背中をもたせてくる。彼はぎこちなく片手を相手の腰にまわし、手綱をとった。ミルドレッドがわずかに横を向き、胸元に頬を押しつけてくる。早くもまぶたを閉じ、ひび割れた唇にかすかに苦笑を浮かべている。

「心配無用よ、ジム。この状況を利用したりしないから」彼女がつぶやいた。

「そいつは残念だ」ジムはつぶやきかえした。

前回、彼は状況を利用した。促されれば、また利用するだろう。だがミルドレッドは聞いていなかった。すでに寝入っていた。

23

「この哀れなレディがひとりぼっちで庇護者もいないのをいいことに、好き放題にできると思ったのだろう、このいやらしい下司野郎め」

——ジネス・ブラクストンの創作日記より

双眼鏡を目に押しあて、ヒリヤード・ポンフリー大佐は駐屯地の見張り塔に立っていた。

「ジョーンズ、あのラクダにはアラブ人がふたりまたがっているようだ」

かたわらの年若い中尉は、床に設置した望遠鏡を調節し、レンズをのぞきこんで、二キロほど先に見える人影をまじまじと観察した。

「大佐のおっしゃるとおりのようです。男がふたり、後ろの男が前の男を抱きかかえています。負傷して、救助を求めているのでは？」

「アラブ人が、英国陸軍に救助を？　ありえんな。連中は同胞しか頼らない」

「追いはぎに襲われた旅行者という可能性もありますが？」

「ふむ」大佐は思案した。「そうかもしれん。ここは隊商の通常の経路からだいぶ離れているが、そういう可能性もなきにしもあらず」

フォート・ゴードンは、古代ローマの要塞跡に建てられた英国陸軍の駐屯地だ。（おそらくただの皮肉で）「新たな谷《ニューバレー》」と名づけられた、サハラ砂漠を南北に分かつ長い長い稜線の最西端に位置する。フォート・ゴードンがとりわけ重要視されているのは、岩と砂と風しかない不毛の土地へと足を踏み入れる前に出合える、数少ない大規模なオアシスを有しているから。そして、誰ひとりとして越えようとする者のない境界線を、守っているからである。万一越えようとする者がいれば、その者は国王陛下の陸軍と戦う羽目になるのだ。

要するにヒリヤード・ポンフリー大佐は、英国にとって最僻地にあり、絶えず監視を必要とする前哨において、指揮を執る特権を持っているのである。彼はその事実を誇りに思っていた。これほど隔絶した場所で任務に就ける人間は、そうそういない。そして彼はそのひとりなのだ。部下たちも、この任務のために大佐みずからが選び抜いた人材ばかりだ。ただ大佐は、ここでの暮らしに耐え抜くおのれの強靭な精神力を誇りに感じつつ、内心では、家事全般を見てくれる配偶者がこの孤独な暮らしを共有してくれたら楽なのに、とも思っていた。

双眼鏡を目元からはずし、大佐は眉をひそめた。たとえのんびり旅をしているにしても、ミルドレッドと案内役の連中は一週間前には到着しているはずだった。とはいえ万一のことがあったのなら、ニーリーが知らせを寄越すはず。そもそも万一に備えたからこそ、大佐はオーエンスに案内役を依頼したのだ。オーエンスはごろつきのならず者だが、砂漠とそこに住む民に関する知識で彼に勝る者はいない。少なくとも、白人では。オーエンスなら、必ずミルドレッドを守ってくれるはずだ。

「門を開けるよう指示しますか？」ジョーンズがたずねた。

「いや。向こうからなにか言ってくるのを待とう」大佐は答えた。「アラブ人の目的がはっきりするまで、優秀なライフル銃兵をふたり、位置につけておけ」

「了解」ジョーンズはさっと敬礼してから立ち去った。塔にひとり残された大佐は、ミルドレッドが連絡もなく遅れている理由をふたたび考えはじめた。

ソハーグで合流するエスコート役の人選に、もっと慎重になるべきだったのだろう。熟練の勇敢な部下は大勢いる。にもかかわらず大佐は、あと一年で任期満了の初老の中尉と数人の新兵を派遣してしまった。

当時はそれで問題ないと思ったのだ。ニーリー中尉たちの役割は単なるエスコート役で、交戦にいたる可能性はないと判断した。彼らに危険が迫らぬよう配慮するのも、オーエンスの仕事だったからだ。それに万一、戦闘になっても、古参兵のニーリーなら部下とともに立派に職務を果たせると考えた。オーエンスについては言うまでもない。あのならず者は、生存不可能な状況でも生き残るすべを知っている。

砂漠でオーエンスを見つけたのは、スーダンとの国境付近で騎兵大隊による偵察作戦を展開しているときのことだった。青年は足を引きずり、死にかけの馬を引いてリビアの砂漠を脱出しようとしていた。のちにわかったのだが、彼は銃弾二発を受け、骨が二本折れ、ひどい脱水症状を起こし、飢餓状態にあった。

キリスト教徒としての義務を常に念頭に置いている大佐は部下に対し、隊を止めて哀れな男を救助するよう命じた。体を揺らしながら突っ立っている青年を横目に見ながら、大佐はラクダからおり、担架を用意しろと指示を出した。部下はすぐさま指示に従い、青年に名前をたずねた。答えを待つあいだに、大佐は馬の頭を撃ち抜いた。

その後の展開を思いだすと、大佐はいまだに驚嘆の念にとらわれる。馬がくずおれるなりオーエンスが走りだし、気づいたときには大佐は相手の右のこぶしを顔面にもろに受けて、地面に倒れていた。

「きさま！」青年はわめいた。「なんてことを！　こいつは、いわばおれの恩人なんだぞ」

部下が荒っぽく青年をつかみ、苦痛に耐えるうめき声が聞こえた。大佐は冷静に対処した。

「優しくしてやれ」彼は部下に命じた。「陽射しと風のせいで、頭がどうかしているんだろう」

飛びかかってこようとする青年を、すぐさま兵士たちが取り押さえる。やっとの思いで立ちあがった大佐は、用心深く顎に手をやった。

「おれはこいつに借りがあったんだ！」青年はむせび泣いた。「忠実におれを運んでくれたこいつに、こんなかたちで借りを返すことになるなんて！」

大佐は痛ましげに彼を見つめた。

「ばかな。まともな人間なら、心を持たない動物に借りがあるなどと考えないものだ」

残されていたわずかな体力すらも、青年は使い果たしてしまったのだろう。体すら支えられないのか、足元をふらつかせ、「放せ」と苦しげに訴えた。

「この馬に借りがあると言ったな。では、わたしにはどんな借りがある？　わたしはおまえの命を救った。にもかかわらずおまえは、わたしの施しにこぶしで報いた。道義にかなう行為と言えるか？　高潔な行為と言えるか？」

打ちひしがれた青年に、大佐の言葉は予想どおりの効果をもたらしたようだ。青年はもがくのをやめ、焦点が合わないかのように目を細めた。「借りなら返してやる」かすれ声で言う。「絶対に返してやる。おまえなんかに、借りを作ったままでいるもんか」

青年は意識を失った。

この出会いにより、大佐はオーエンスを信頼に足る男だと思うようになった。野蛮で粗野な男だが、道義心には厚い。一頭の馬に対する責任をそこまで強く感じられる男なら、命を救った相手にはその一〇倍の恩義を覚えるはずだ。だから彼をミルドレッドの庇護主として送りこんだことに、不安は感じていない。ただ、オーエンスの力量を過信していなければいいのだが。

大佐は駐屯地へと近づいてくるふたりのアラブ人に意識を戻した。そのまま立ち去ってくれればいいのだがと願ったが、そのつもりはないらしい。

「門を開けてくれ！」ひとりが大声で訴えた。

なんと。英国人だったのか。

「大佐？」ジョーンズが指示を求める。

「ミルドレッド・ウィンペルホール嬢だぞ、ちきしょう！」ラクダの上から、男が叫ぶ。

「とっとと門を開けろ！」

なんだと？　「門を開けよ！　ただちに開けるのだ！」大佐は命じ、階段を駆けおりた。

門にたどり着いたちょうどそのとき、ジム・オーエンスが門内に姿を現した。

「ミルドレッドだと？　オーエンス、いったいなにがあった？」

見ればオーエンスは、薄汚れた布きれでミルドレッドをくるみ、抱きかかえていた。分厚いベールが顔を覆っており、もつれた赤毛が一束、オーエンスの腕にかかっているのが見える。かろうじて見える顔の一部分は、体をつつむ布きれ同様に汚れ、汗と埃の跡がついている。目は閉じており、息をしているのかどうかさえわからない。

「無事なのか？」

オーエンスはうなずいた。ミルドレッドに負けず劣らず悲惨な状態で、埃まみれの顔は黒々と焼け、唇は塩がふいて白くなっていた。

「意識を失っている。水と食べ物を。それから休息も」

ぴくりとも動かないミルドレッドを見据えたまま、大佐は手近にいた兵士ふたりを手招きして命じた。

「彼女をおろし、ぼろ布を剝がしてあげてくれ」

駆け寄ったふたりが両手を差しだす。オーエンスはなぜかしぶしぶといった感じで、ミルドレッドをふたりの手に預けた。

「気をつけろ」オーエンスが大声をあげた。「慎重に。大変な旅だったんだ」

下士官の妻たちと、将校の妻がひとり集まってきていた。いずれも、ミルドレッドとオーエンスを好奇心に満ちた目で見つめている。

「ミス・ウィンペルホールの世話を頼む、ミセス・ブライ」大佐は言った。「風呂と、それから着替えを」

「まずは水を、それから食事を」オーエンスが指示を覆す。「見た目は後まわしでいい」

大佐は顔を赤らめた。「言うまでもないことだ」

令嬢が連れていかれると、オーエンスはラクダの背からすべりおりた。へとへとなようだ。だがようやく立っているという風情なのに、ひとりの兵士が手を差し伸べようとすると、払いのけた。

大佐は薄い笑みを浮かべた。「食事と風呂をすませたら、執務室に来て、わが部下たちがどうなったのか報告したまえ」大佐は告げた。ジョーンズにうなずいてみせると、若い中尉は直立不動を保ったまま、なぜわたしがと言わんばかりに口をぽかんと開けた。「ジョーンズ中尉に男性用宿舎まで案内させよう」

「ああ、はい」ジョーンズは答えた。「こちらへどうぞ、ミスター・オーエンス」

疲れた顔でうなずいたオーエンスが、きまじめな中尉について歩きだす。大佐はふと、なにかが足りなかったようだと思いなおした。今回の旅でオーエンスは、予期せぬ不快な目に遭ったにちがいない。にもかかわらず彼はミルドレッドを連れてきてくれた。彼を信じたのは、やはりまちがいではなかった。

「オーエンス」大佐は呼んだ。

疲弊に肩を落としたオーエンスが立ち止まり、振りかえる。

大佐はほほえみ、親しげに言った。

「借りは返すとつねづね言っていたおまえだが、ついにその目的を果たしたようだな。これでわれわれは対等だ、そう思わんかね？」

奇妙な苦笑いが、オーエンスのひび割れて血のにじむ唇をゆがませる。

「本気で言ってるのか？」

「ああ、むろんだ」大佐は答えた。「おまえはそうは思わないのか？」

「これっぽっちも。一ミリたりとも思わないね」オーエンスは謎めいた言葉を残し、足を引きずりながら立ち去った。


一時間後、やつはどういうつもりであんなことを言ったのだろうと大佐がまだ考えていると、当のオーエンスが執務室の戸口に現れた。風呂に入り、ひげを剃って、陸軍支給のカーキ色の訓練服に着替えてはいるものの、生きかえった、とは言いがたい風情だった。にもかかわらず、威厳のようなものをたたえていた。目元にはくまが浮き、頰はげっそりとこけ、頰骨は突きだすようである。

「ああ、オーエンスか。心配無用だ、ホビンズ」大佐はすかさず護衛に付こうとした部下を制した。「入りたまえ、オーエンス。そこに座るといい」

机の向こうの椅子を身ぶりで示し、相手が腰をおろすのを待つ。「紅茶でも？」大佐は促し、ホビンズが最前持ってきたポットを取ると、みずからカップにそそいだ。

するとオーエンスは、紅茶には目もくれずにたずねた。「彼女は？」

「彼女？」大佐はくりかえした。

「ああ、その、ミス・ウィンペルホールは？」

「ああ」大佐はうなずいた。「大丈夫だろう。そうでなければ、報告が来るはずだ。気づかいに感謝する」

「まだ話もしていないのか？」

「あたりまえだろう」大佐は心底驚いた声で応じた。「あのような状態の彼女のもとに見舞いに行っても、感謝などされん。むしろ恥ずかしい思いをさせてしまうだろう。だから見舞いは、彼女が人心地ついたころにするつもりだ。たぶん、明日にでも」

オーエンスの淡灰色の瞳が、奇妙に光った。

「さて、ニーリーとその部下たちのことを聞かせてもらおうか」

「おれたちを置き去りにした」オーエンスは抑揚のない声で答えた。

「なんだと？」

「マフディストどもにつけられていると思いこんだニーリーが、いったん引き返したいと言いだした。おれは拒否した」

「ニーリーがミス・ウィンペルホールとおまえを置き去りにし、逃走したというのか？」大佐は信じられない思いで問いただした。

「詳細はおれにもわからない。ニーリーに殴られて昏倒し、意識を取り戻したときには連中は消えていた、ミス・ウィンペルホールだけがそこにいた」

「なんということだ。それで、彼女はおまえになんと？」

「詳しい話は聞いてない」オーエンスはつかの間、まなざしを和らげ、厳めしい顔にふっと笑みに似たものを浮かべた。

「なぜだ」

オーエンスは肩をすくめた。「理由も言おうとしない」

「なぜ彼女が、そのような無分別なふるまいを」大佐はいらだたしげに、指先で机をとんとんとたたいた。

「むしろミル、いや、ミス・ウィンペルホールらしい」

大佐は身を硬くした。ミルドレッドのことをよくわかっているかのようなオーエンスの口調が気に入らなかった。なぜオーエンスから、婚約者の人となりを教えてもらわなければならないのか。

当のオーエンスは、上の空とも考えにふけっているともつかない表情を浮かべ、半ば閉じた目で机の中央を見ている。

「事実なのか？」大佐は詰問した。

叫びそうになるのを抑えるかのように、オーエンスは唇をかんだ。顔をあげ、「なにが」とたずねる。

「追いはぎどもに、つけられていたというのは事実なのか？」

「いや。相手はトゥアレグ族だった」

「トゥアレグだと？」

「そう。一週間ほど前からつけていたらしい。こちらに気づかれないように」

「なんだと」大佐は怒りに息をのんだ。「ではニーリーが正しくて、おまえは無意味にわが婚約者を危険にさらしたのではないか！」

オーエンスの首から、こけた頬が赤黒く染まる。「そうじゃない」彼は穏やかに言った。「もともとは、行き先が同じ方向だっただけだ。ニーリーたちが逃走したりしなければ、連中もおれたちを襲おうとはしなかっただろう。武器は古めかしいライフル銃一丁、人数も四人だけだった」

ニーリーがそこまで臆病風に吹かれるとは信じられないが、かといってオーエンスが嘘をつくとも思えない。ミルドレッドに訊けばすぐに真相をたしかめられるのだから。

大佐は椅子に背をもたせた。「それで、なにがあった？」

「ミス・ウィンペルホールとさっきの馬を交換し、四日後に連中の野営地に忍びこんで、令嬢を奪還した。そこからふたりで旅をつづけた」

大佐は血液が冷たくなっていくのを感じた。「なんだって」

「令嬢の身の安全を確保するには、ほかに方法がなかった。馬との交換に応じなければ、おれは殺され、令嬢は奪われておしまいだった」オーエンスは憤慨した面持ちで、大佐の冷ややかな目を見かえした。

恐怖のあまり、大佐は口元を手で押さえた。ミルドレッドが、砂漠の賊どもに四日間も囚われていたとは！　もしも連中がミルドレッドを……もしも……。誰よりも貞節なレディの彼女がおぞましい辱めを受けたのだと思うと、大佐は怒りではらわたが煮えくりかえるようだった。

さらに、部下どもの不始末の問題もある。ミルドレッドの身に起こったことを、隠しとおすのは不可能だろう。事実が明らかになれば、部下どもは、令嬢を犠牲にした裏切りものの烙印を押されることになる。なんてことだ。なんておぞましい……。

「恐ろしいことだ」大佐は無意識にささやいた。「ミルドレッドは辱めを……いったいどうすれば……」

「どうすればとは、なんのことだ」オーエンスが冷たくこわばった声でたずねた。

大佐は大きく見開いた目で、哀願するかのように相手を見つめた。

「教えてくれ……まさか連中は、彼女を……」

「いいや」オーエンスはさえぎった。「連中は、彼女に触れていない」

深い安堵につつまれて、大佐は椅子に沈みこみ、目を閉じて、感謝の祈りをささげた。目を開いたとき、オーエンスが蔑みの色を隠しもせずに見つめているのに気づいた。座りなおして背筋を伸ばし、あらためて怒りに震える。たとえ傷物でも、オーエンスならばたやすく受け入れるだろう。当人が傷物なのだから。彼みたいな人間には、ミルドレッドほど繊細な女性がこのような……このような厄災によって、どれほどの傷を負うかわからないのだ。

「おまえに礼を言う必要はなさそうだ」大佐は鋭く言い放った。

オーエンスが歯を食いしばる。「ああ」

「では、話はこれでおしまいだ」大佐は宣言した。さっさとこの会話を終わらせたくてたまらなかった。なぜか自分がオーエンスの面談を受けており、うまく対処できずにいるような錯覚に陥っていた。大佐はすでに二度も目をとおした報告書を手にとり、内容を検討するふりをした。

「頼みがある」オーエンスが口を開いた。

書類から顔をあげ、大佐は問いかけるように眉をつりあげた。

「あのアラブ馬のことだ」

「あれがどうかしたか」

「まだ撃ち殺していなければ、回復するまでここで面倒を見てやりたい」

大佐は顔を赤らめた。「必要なだけ、いればいいだろう」冷たく応じ、書類に目を戻す。

オーエンスがやっとの思いで立ちあがり、戸口に向かう音が聞こえてくる。大佐は安堵し、書類に視線を落としつづけた。ところがオーエンスは、つと立ち止まった。

いらだちながらも、大佐は顔をあげた。戸口から数メートルのところに立ちつくしたオーエンスは、半ば振りかえっていた。とっとと行けばいいのになんだというのだろう。

「まだなにか？」

「彼女を大切にしてくれ」

大佐はじれったげに書類を机に置いた。やつは、今度はいったいなにが言いたいのだ。

「誰を大切にしろだと？」

「あんたの婚約者を」

大佐は相手をにらんだ。差しでがましいにも、ほどがある。

「おまえには関係のないことだ、オーエンス」

「勇敢なレディだ。炎のごとき精神力を持ち、聡明で、情熱にあふれている」

ミルドレッドが？　大佐はまごつき、あぜんとした。ミルドレッドは情熱あふれる女性なぞではない。穏やかでしとやかなレディだ。悪意に満ちたこの騒々しい世界のいわば慰めであって、この世界の一部ではない。

「あの炎を絶やさないでくれ」

「それはわたしへの脅迫か？」

「忠告のようなものだ」

「それはありがたい」大佐は冷たく応じ、懸命に平静を装った。「よく検討しておこう」

戸口に向きなおって歩きだしたオーエンスが、ふたたび足を止める。大佐は感覚がなくなるくらいきつく唇を引き締めた。

「それと、彼女が黙りこんだら……そもそも、そんなことはめったにないが」オーエンスが言う。「根気よく待ってやれ。いずれ、カササギみたいにおしゃべりを再開する。どんなにつらいことがあっても、人生を謳歌し、それを言葉にせずにはいられないはずだから」

カササギみたいにおしゃべりだと？　大佐のなかで警戒心がめばえ、徐々に大きくなっていく。ミルドレッドがべらべらとおしゃべりをするところなど、見たこともない。会話は常に穏やか、かつなごやかだ。そもそも彼女は愛想はあるが、けっして人生を謳歌するという雰囲気ではない。なんだか、聞けば聞くほど彼女が他人に思えてくる。そういえば、婚約者と長い時間をともに過ごしたことはこれまでなかった。ハウスパーティで週末を楽しんだり、彼女の父親の屋敷で休暇をともにしたりはしたが、求愛はもっぱら手紙を介してだった。

いまさらながら大佐は、手紙では実際に会う代わりにはならなかったのだろうかと、不安を感じはじめた。文章ならば人は、好ましくない性質を隠したり、欠点をごまかしたりもできる。

「もうひとつ覚えておいてほしいのは……予想外の出来事が起こったとき、彼女はそれを自分の責任だと思いこむ傾向がある。そうじゃないと、安心させてやってくれ」

「予想外の出来事？」

「そう。たとえば、なにもかもうまくいっていると安心していたら、ふいに流星雨だのヌーの群れだのに出くわすような」

流星雨――？　「いったいなんの話だ？」

「だから、彼女には衝動的な一面があると言ってるんだ」

ちがう。絶対にちがう。ミルドレッドにそのような一面はない。わたしはありとあらゆる〝衝動〟を嫌悪している。主よ、わたしはなにか大変なかんちがいをしていたのでしょうか。

「衝動的な人間は厄介事を引き寄せるが、彼女の場合――」オーエンスは遠くを、見えないなにかを見る目になり、ほほえんだ。口調がささやきに変わった。「誰よりも情熱的に、厄介事を引き寄せる」

その一言で、大佐はたちまち気づいた。

勢いよく立ちあがると、椅子が後ろざまに倒れた。「彼女を奪ったのだな?」かすれ声を詰まらせながら問いただす。「このけだものめ。見さげ果てたやつだ！　彼女を奪ったのだろう？　そうなんだな？」

オーエンスは答えなかった。答える必要はなかった。

大佐の視界を赤いもやが覆う。机の脇をまわりこみ、オーエンスに歩み寄って乱暴に振りむかせると、大佐は空いているほうの手をこぶしにして相手の腹に沈ませた。濡れた砂袋を打っているかのような重たい衝撃が手に伝わり、疲労困憊していたオーエンスはすぐに膝をついた。それでも大佐は怯まなかった。ホビンズが大声をあげ、女性が叫び、駆けてくるブーツの足音がぼんやりと聞こえる。オーエンスに、公正な闘いを求める権利はいっさいない。

こぶしを振りあげ、オーエンスの顔に打ちおろす。彼は前のめりに突っ伏しかけ、片手を床について体を支えた。その脇腹を思いきり足で蹴り、大佐は憎々しげに歯をむいて、喉の奥からうめき声をもらした。

「けだもののめ。よくも彼女を汚したな！」

一歩後ずさり、大佐はふたたびこぶしを振りあげた。ところがオーエンスがゆっくりと顔をあげ、淡灰色の瞳で大佐をとらえた。銀色がかった瞳には炎が燃えさかっており、大佐はおのれの正義を確信しつつもなぜか、背筋がぞくりとするのを感じた。

「二度と彼女のことをそんなふうに言うな」オーエンスは言葉を絞りだした。

「ミルドレッドのことで、きさまに指図される筋合いはない！　きさまは彼女を堕落させたのだ」ふたたびこぶしを掲げ、敵の顔めがけて思いっきり振りおろす。だが、こぶしは顔に触れなかった。

あたかもばねが跳ねるかのように、オーエンスは勢いよく立ちあがると大佐のこぶしを素手で受け止めた。どこからともなく敵のこぶしが飛んできて、大佐はアッパーカットをくらった。視界に火花が散り、彼はよろよろと後ずさった。

オーエンスが追ってきて大佐のシャツの前をむんずとつかみ、その腕をぐっと伸ばす。壁でしたたかに頭を打ち、大佐はもうろうとなった。無我夢中で敵のみぞおちのあたりにパンチを繰りだすが、けだものはなにも感じていないようだ。けだものは片手で大佐を壁に釘づけにしたまま、反対の手を引いて、とどめの一撃をくらわそうとしている。

「彼を放して！」女性の叫び声が聞こえてきた。「ジム！　やめて！」

ぶかぶかのドレスを着たぼさぼさ頭の女性は、オーエンスの腕をつかんだ。

「ジム！」

オーエンスが肩越しに彼女を振りかえり、うなり声とともに口元をゆがませる。

「どけ、ミルドレッド！」

かすむ目を女性に向け、当惑にその目を細めた大佐は、相手が誰だかわかって仰天した。

「ミルドレッドだと？」とかすれ声で言う。「それはミルドレッドではない！」

オーエンスの視線が、女性から大佐へとすばやく移動する。「なんだって」

気づいてしかるべきだったと、大佐は悔やんだ。オーエンスの言っていた女性が、ミルドレッドのはずはないと。彼女に似たほかの誰かだと。

「ハリー・ブラクストンの娘だ」

24

彼の厳めしい顔は直視できないほど恐ろしく、彼女は思わずしりごみした。この草原の王子に、自尊心と虚栄心ゆえに自分がいったいなにをしでかしたのか、ようやく悟った。

——ジネス・ブラクストンの創作日記より

五、六人の兵士が執務室になだれこんできて、ジネスを脇に押しのけ、ジムをとらえた。どすんという音とともに、ジムを壁際に押さえこむ。やりすぎだ。戦闘意欲をすっかり失ったいまのジムが相手なら、八歳の男の子だって勝てる。彼は抵抗せず、兵士たちの頭越しに、傷つき、問いかけるまなざしでジネスを見つめるばかりだ。

立派な身なりのポンフリー大佐は髪も肌も瞳も茶色で、後退した生え際と豊かな口ひげが目につく。大佐は制服のポケットからリネンのハンカチを取りだすと、口元の血をぬぐいつつ、嫌悪のまなざしでまずはジネスを、つづけてジムを見やった。

彼女のほかに数人が、大佐が先に手をあげたのを目撃している。おそらくその事実に思いいたったのだろう、彼は部下たちに身ぶりで下がるよう命じてから言った。

「必要ない。そいつを放したら下がれ。いますぐに」

しぶしぶジムを放した兵士らは、後ろを振りかえりつつ、部屋をあとにした。

「ホビンズ、扉を閉めたまえ」大佐はさらに指示した。

「きみが例の彼女……悪魔《アフリート》だったのか」ジムはなおもジネスを見つめたまま、抑揚のない声で言った。

こんなかたちで、真実を知られたくはなかった。絶対に。ジネスは臆病者だが、こんな結末は望んでいなかった。ただ、怖くて言えなかった。彼の顔を見ると、その直感が正しかったことがわかった。

「ずっと、ずっとおれの気持ちを知っていながら……なのに一度も……」彼はささやき、途方に暮れたように首を振った。

「ごめんなさい」

ジムは顔をそむけ、眉根を寄せて床の一点をにらんだ。

「ミルドレッドの名をかたり、ここでいったいなにをしている？」大佐が問いただした。

ジネスは大佐を見やり、視線をジムに移し、ふたたび大佐を見やった。

「あの、ええと……とても込み入った話で」

「ミルドレッドはどこだ？」

「彼女なら無事です。嘘じゃないわ」ジネスは慌てて説明した。「航海中のリドニア号で知りあったんです。ひどい船酔いに苦しんでらして、ローマで下船を」視線をジムに戻してみたが、彼は依然として床の一点を見据えている。「そこから鉄道で旅をつづけるとおっしゃるので、わたし……彼女になりすましたんです」

「いったい全体なんのために」大佐が詰問する。

「どうしてもここに来たくて。失われた都市ゼルズラを探すために――」

「なんてこった」ジムがつぶやいた。

彼に向きなおり、ジネスは懇願のまなざしで見つめた。彼がまっすぐに見かえしてくる。

「わたしが誰の娘かわかれば、ここまで案内してくれる人はいない。わたしの身を危険にさらしてまで、案内しようという人はいないわ。だからあなたも、本名を言えば連れ戻そうとすると思った」

大佐がますます顔を紅潮させ、怒りを爆発させる。

「父親が娘の身を案ずるように、このわたしも婚約者の身を案じ、自責の念に駆られるとは思わなかったのか？」

ジネスは嫌悪感とともに大佐を見た。彼の人となりがだいたいわかってきた。世界は自分を中心にまわっている、この世のありとあらゆることが自分に関係があると思いこんでいるのだろう。

「もちろん、きみの身にはなにも起こらなかった。危険な目に遭う可能性があれば、わたしはミス・ウィンペルホールをここに呼び寄せたりはしなかったのだからな」

「いいえ、わたしは危険な目に遭った」ジネスは怒りを抑えきれずにやりかえした。「これがミス・ウィンペルホールだったら大変なことになっていたのよ。あなたの部下は、あなたの婚約者を守れるほどの力量を持っていなかった。これがミルドレッドだったら、いまごろあなたは、容易には忘れられない精神的苦痛を彼女に与えた責任を問われているところよ」

「生意気な小娘が！」大佐はわめいた。「礼を言えとでも？　傲慢にもほどがある！　だが傲慢は、きみの得意分野だったな、ミス・ブラクストン？」

悪意に満ちた口調に、ジネスは青ざめた。次の言葉を聞く前に、耳をふさいで逃げてしまいたかった。でも逃げなかった。自分はもう一〇歳の子どもではない。自分の言動から逃れて、隠れる場所はもうない。かばってくれる人もいない。打ちひしがれてジムに視線を投げたが、彼はこちらを見ていなかった。歯を食いしばり、内なる悪魔を、アフリートを見つめるかのように眉間にしわを寄せていた。

「エジプト中の誰もが知っているぞ。ジネス・ブラクストンはさんざん甘やかされた、慎みや自制心のかけらも持たない小娘だと。面倒ばかり起こす、厄介者だと」大佐はかすれたとげとげしい声で言った。「この国に住む外国人のコミュニティでは、誰もがきみをあざ笑い、こけにしている。災いの種だとな」

ジネスは目を閉じた。大佐はまさに、彼女を傷つけるのに最も適した言葉を、最も弱い部分に投げつけたのだ。ここに来ればきっと実現すると信じていたすべての希望が、大佐の非難の言葉によって粉々に砕け散った。ゼルズラという素晴らしい発見によってジネスは、過去を消し去り、劣等感や、みんなの期待に添えない悲しさを忘れられると、ついに歴史に名を残すことができると信じていた。けれども大佐は、そんな彼女を容赦なくあざ笑った。ジネスは悪運をもたらす厄介者、嫌われ者なのだ。一族の面汚しなのだ。

「このような……このような人間を、よくもわが婚約者とまちがえてくれたものだな、オーエンス？」大佐がふいに問いただし、驚いたジムがジネスを見やった。

「あの鉄面皮をよく見てみろ。災いと騒動と不運の宝庫だ。恥さらしにもエジプトから追放されておきながら――」大佐は締めくくった。「堕落しきった女詐欺師としてのこのこ舞い戻ってきた」

ジネスは否定の言葉を叫びたかったけれど、喉が詰まって言葉が出てこなかった。

「いまだに恥さらしは直っていないようだ」大佐は意味深長に言い足した。

「もういいだろう、大佐」ジムがようやく口を開いた。

大佐が視線をすばやくジムに移す。

「彼女に対して、喜んで責任を取るつもりのようだな」

責任を取る？　お願いだから「いいや」とこたえて。そんなふうに思ってくれなくていい。お願い。

「ああ」ジムは感情のこもらない声で応じた。「もちろん」

ジネスの口からすすり泣きがもれる。

「おまえの今後のために、念のため確認しておくが」大佐が言った。「彼女の父親が誰か、ちゃんとわかっているんだろうな？」

「わかってる」

大佐は小さな冷笑をもらし、「当然だな。知らないわけがない」と言ってうなずいた。

ジムは無言だった。ジネスを見もしなかった。かばいもしなかった。大佐の非難と中傷の言葉を咎めるわけでも、否定するわけでもなかった。彼女に対する気持ちすら口にしなかった。固くまっすぐな責任感から、銃殺隊の前に立つ兵士のように、運命を受け入れただけなのだ……ジネスは苦々しい思いでそう悟った。

でもわたしは、銃弾になるつもりはない。

「いやよ」ジネスの声は小さく、誰も聞いていなかった。

「哀れなやつめ。今度ばかりは、運命から逃れるすべはないぞ」

「もういいだろう、大佐」ジムが最前と同じせりふを口にする。「あんたにはもう関係のないことだ」

「いやよ」ジネスはくりかえした。

「そうはいかないようだぞ、オーエンス。なにしろわたしは、おまえたちふたりをうっかり引きあわせた張本人だ。つまりわたしには責任があるのだよ、おまえたちが――」

「いや!」

男ふたりがようやく彼女に向きなおった。傷ついたジネスは、身を震わせながら立ちすくんでいた。はっきり言えるのはひとつだけ。ジム・オーエンスと結婚するつもりはない。スキャンダルを避けるために、両親を喜ばせるために、大佐の倫理観念を満足させるために、ジムの悔恨のあかしとなるために、あるいは、彼に道義心の厚さを証明する機会を与えるために、結婚するつもりはない。たとえ自分がそれを望んでいようとも、結婚はしない。ふたりの結婚はいっときのもので、いずれ破局が訪れる——それがまだ訪れていないのならの話だが。

ジネスを思う気持ちがあるなら、愛しているなら、ジムは彼女を擁護したはずだ。でもしなかった。無言でたたずみ、大佐がジネスの心を切り刻むのをただ見ていた。

「あなたとは結婚しないわ、ミスター・オーエンス」ジネスは宣言した。「あなたがなんと言おうと、誰がなんと言おうと、結婚はしません」

男ふたりが口を開く前に、涙が頬を伝う前に、心の声が「ばかなジネス！　彼を愛しているくせに！　結婚したいくせに！」と叫ぶのに気づく前に、ジネスは執務室から駆けだしていた。

大佐がふんと鼻を鳴らしながらジムに向きなおる。

「おまえほど幸運な男はこの世にいないな、オーエンス。あの小娘ときたら、倫理観念のかけらもない。どこまで道徳に欠けるのか、まるで娼——」

ジムのこぶしが飛ぶ。

大佐は床に昏倒した。

25

当然のなりゆきとして、あの苦い痛みが戻ってきて彼を苛むのだった。

——ジネス・ブラクストンの創作日記より

ジムは営倉に四日間入れられた。巨大な営倉だったが、ほかの房はすべて空いていた。ジムはひとりぼっちだった。だがそれでよかった。考える必要があったし、そのためにはジネス・ブラクストンの顔——ミルドレッドではなく、ジネスの顔——が見えない場所にいたかった。彼女がそばにいれば、考えるのに差し支える……彼女のことで頭がいっぱいになってしまうからだ。

ジネスがなにかするたび、ジムはそれに反応した。自分を抑える暇もなく、本能的に、その結果がどうなるかを考えもせず。

たとえばジネスが川に落ちれば、ジムも川に飛びこんだ。彼女が笑えば、彼もほほえんだ。彼女が夕日の美しさをたたえれば、彼はその色あいに生まれて初めて気づいた。彼女が金色にきらめくまつげ越しに見つめてくれれば、彼はダマスク鋼のように硬くなった。さらに、大佐が彼女を侮蔑する言葉を吐けば、ジムはこぶしであの下司野郎をなぐり殺したくなった。常にそんな具合だった。

まったく自分らしくなかった。これまでの彼は常に、慎重かつ合理的な検討を重ねたうえで用心深く着実に行動してきた。

彼女はミルドレッド嬢ではありえないと、気づいてしかるべきだった。ジムは客観主義者ではない。主観的に、物事の詳細に目を配り、狩人の目で不自然な点や想定外の出来事を見つめるタイプだ。思いかえしてみれば、自称ミルドレッド・ウィンペルホールの人となりは、まったく令嬢らしからぬものだった。

ヒントはいくらでもあった。まずはあの、ぞっとするような赤に染まった髪――大佐なら、「髪を染めるなど、ふしだらな女のすることだ」と言うだろう。あの若さ。古代エジプトや歴史に妙に通じているところ。ラクダさえ楽々と乗りこなした。まったく。ハリー・ブラクストンの娘なら、アラビア語を流暢にしゃべるのも当然だろう。トゥアレグ族の野営地で囚われていたときだって、ひょっとすると彼らに歴史を講義していたかもしれない。

生き延びるための処世術を意味のないものとジネスに言われたようで、ジムはいらだちを覚えた。まるで砂嵐のように彼の人生に突然現れたジネスは、彼の自制心を徐々に損なっていき、忘れたはずの夢を目覚めさせ、無関心の仮面を剝ぎ取った。

ジネスと離れて営倉に入れられたのはむしろ幸いだった。しばらくここで、彼女のいない場所で過ごせば、冷静な視点を取り戻し、現実を見極めることができるはずだからだ。ジムは立ちあがり、鉄格子のはまった窓から外を眺めた。閲兵場で兵士たちが訓練を行っている。閲兵場の向こうに見えるのは既婚者用の兵舎で、兵士たちの妻や家族がともに住んでいる。高架式通路の下で、子どもたちが埃をたてながら遊ぶ姿も見える。ジネスもあちらの兵舎にいるのだろう。ジムは房の反対側に移動し、鉄格子を背にして床に腰をおろした。彼女を探す必要はない。必要なのは考えること。おれはなにを知っている？　憶測ではなく、知っていることをあげてみよう。

ジネスは彼を操り、彼に嘘をつき、他人のふりをした。それも、ゼルズラを見つけるとかいう夢物語を実現するために。真剣に宝探しをもくろむ人間なら誰もが知っていることだ――ゼルズラとは一五世紀、欧州からやってきた冒険家たちをエジプト奥地とリビアに追いやるためにアラブの商人たちがでっちあげた作り話にすぎないと。

さらにジネスは旅の途中でわが身をジムにゆだね、その後で、あなたと不自由な暮らしを強いられるくらいなら婚約者を騙すほうがましだと求婚を突っぱねた。彼女がほんとうにミルドレッド・ウィンペルホールなら、道義心に厚い判断とは言えなくとも、現実的な判断だと認めることができよう。だが彼女はミルドレッド嬢ではない。ほんとうはジネス・ブラクストンで、ジムの知るかぎりでは、誰とも婚約は……。

ジムは身を硬くした。ひょっとすると婚約者がいるのかもしれない。なにしろジムはジネスのことをなにも知らない。大佐を褒めたたえたあのときだって、別の誰か、彼女のよく知る誰かを想像していた可能性がある。ジネスは衝動的で、情熱的な女性だ。あのときふたりは、異常な事態に置かれていた。それゆえ衝動に駆られた彼女は、たとえようもない安堵感と、打ち消しがたい欲望に身をゆだねてしまったのだろう。ところが現実に立ち戻ってみると、別の誰かのことが思いだされてきた。そう考えれば、話の筋もとおる――。

いや、待てよ……。

それならなぜジネスは、自分がほんとうは誰なのかをあの時点で打ち明けなかったのだろう。どうしていつまでもミルドレッド嬢のふりをしつづけ、「小さな過ち」のために順風満帆な人生をあきらめるわけにはいかないと主張したのか。

ふたたび立ちあがり、ジムは幅三メートルの房内を行ったり来たりしつつ、大佐との話の内容を思いかえした。ジネスが現れる前、彼女をまだミルドレッド嬢と信じていたときに、なにを話していたかを。

いったいいつから、大佐は自分などとはちがう、ひとかどの人物だなどと思いこむようになったのだろう。ジムは自分のばかさ加減にあきれた。たったあれっぽっちの短い会話で、大佐は婚約者が汚されたと勝手に結論づけた。そのとき大佐の頭に最初に浮かんだのは、婚約者の痛みや恐怖ではなく、彼女の「恥」によって自分がこうむる悪影響のほうだっただろう。

大佐がおのれの小物ぶりや身勝手さを露呈したとき、じつを言えばジムは内心で狂喜乱舞していた。大佐の本性を見破ったとたん、ミル――ジネスの心を奪いあうライバルにもなりえない男だと気づいたからだ。ジネスが大佐を愛するわけがない。順風満帆な人生のために情熱を捨てることはあっても、あのようにつまらない男を配偶者に選ぶはずがない。ジムは確信を持ってそう言える。彼女にかぎって、そんなことはありえないと。あとはただ、彼女が大佐の本性を見抜くときを待てばいいと思った。

けれどもジムはジネスのこととなると、こらえ性のない、ばか正直な男になってしまう。だから執務室をあとにするとき、大佐を挑発したくなる自分を抑えられなかった。そこへジネスが髪を振り乱し、二回りは大きいドレスをひるがえしながら現れた。あのとき大佐の顔に浮かんだ表情。彼女が婚約者ではないとわかって、衝撃と安堵と喜びにいっときに襲われた様子だった。

それからの数秒間で、事態は一変した。

ジムはかつて、名前も忘れたどこかの貧しい町で拳闘の試合に臨んだことがあった。相手はドイツ生まれの大男で、ハムのごときこぶしと砲丸のような頭の持ち主だった。第五ラウンドの終わり、大男はゴングを無視することに決めたらしい。コーナーに戻るジムを、卑怯な大男はいきなり殴りつけた。倒れそうになるのをかろうじて踏みとどまったものの意識を失いかけたジムは、観衆が大声で叫ぶのをぼんやりと聞いていた。

大佐がジネス・ブラクストンを罵倒したとき、ジムはあのときとまったく同じ感覚に襲われていた。胸のなかでは相反するさまざまな感情――怒りと安堵、当惑、憎悪、高揚がせめぎあっていた。この三週間のあらゆる記憶が、走馬灯のように次から次へと、脈絡もなく脳裏に浮かんだ。

彼女はおれに嘘をつき、おれを利用し、おれと愛を交わした。そうして、大佐に中傷された彼女にあらためて手を差し伸べたおれを、ふたたび拒絶した。

ふいにうめいたジムは鉄格子をつかむと、そこに勢いよく額を打ちつけた。そうすれば、オックスフォード出身の学者だか父親の弟子だか知らないが、別の男の存在を受け入れられると思った。あるいは、彼女は単にジムの与えられるものでは満足できないだけなのかもしれない。そうだとしたら、彼女をどうして責められる？　彼女にとってジムは、つかの間燃えさかった情熱の対象にすぎず、人生をともにする相手ではないだけなのかもしれない。いまの暮らしや生きる世界、ブラクストン家の一員としての名声を捨てるには、ふさわしい男ではないと判断しただけという可能性もある。その場合も、彼女を責めることはできない。

「オーエンス！　扉から離れろ！」看守が命じ、営倉に入ってきた。

ジムが鉄格子から身を引き離すと、看守がやってきて房の鍵を開けながら告げた。「大佐から釈放の許可が出た」

ジムは眉をつりあげた。大佐に温情があるとは思えないが、そもそもいまのジムにはわからないことだらけだ。

看守が薄い笑みをもらした。「裁判なんて茶番さ。軍に属していなくて幸運だったな、オーエンス。さもなければ、生涯ここで暮らすことになっていたぞ」

「だろうな」ジムは応じた。「おれの馬は？」

「廏舎にいる。所持品は需品長の執務室だ。拳銃は、ここを出るときまで返してもらえないだろうがね」

「わかった」ジムは営倉をあとにし、その足で廏舎に向かった。入口で、革の前掛けを着けた痩せた赤毛の男に出迎えられた。

「ありゃいい馬だね」男はひどいスコットランド訛りで言った。「でも酷使しすぎだよ。かわいそうに」責めるように首を振ってつけくわえる。

「あとどのくらい、やすませてやればいい？」

男はあきれ顔で、ふーっと息を吐いた。

「最低でも明日まで。おれとしては、明後日までやすませてやりてえな」

二日間か。二日間、彼女と会わないよう、うつむいて、兵舎に閉じこもっていれば……ばかな。檻に閉じこめられでもしないかぎり、会いに行かずにはいられなくなるに決まっている。

「明日、また来る」

26

運命の日、すべてが明らかになる日がついにやってきたのだ！
——ジネス・ブラクストンの創作日記より

大佐はジネス・ブラクストンに謝罪をした。あのときは気が動転していたのだ。オーエンスの言う女性——賊どもに四昼夜も囚われの身となった、饒舌《じょうぜつ》で激情型で衝動的な女性——が、ミルドレッドではなかったとわかったとたん、めまいがするほどの安堵につつまれ、うっかり侮蔑の言葉を口走ってしまったのだ。無礼なふるまいだと自覚しながら、つい何度も彼女を罵倒してしまった。彼女のせいなのだからしかたがない。だが彼は紳士なので、紳士らしく謝罪することにした。

彼女がハリー・ブラクストンの娘だから、ということもある。短気で親ばかなブラクストンは、エジプトで大きな影響力を誇るのだ。ジム・オーエンスがジネスになんらかの思いを抱いている様子だったということもある。オーエンスもまた、危険人物としてエジプトで名高い——ブラクストンほどその名を知られてはいないが。

というわけで大佐はジネスを執務室に呼び、謝罪をした。小生意気な娘は「わかりました」とうなずいてから、兵士にエスコートを頼みたいと言いだした。失われた都市を探しあてるため、砂漠の奥地へと六〇キロの旅を再開するというのである。

そこで大佐は、自分は嘘つきのペテン師のために尽力するような人間ではないとはっきりわからせてやった。たとえ彼女がきちんとした紹介状や証明書を携えていたとしても、依願に応じるつもりはない。部下たちには、もっと重要な義務に、有意義に時間を使わせる必要がある。

それはそれとして、大佐は二度とおのれの執務室であのような醜態を許してはならないと心に決めた。そんな低俗な人間ではないのだ。決意表明の意味もこめ、彼はジネスに謝罪した晩、小娘とならず者を夕食に招いた。

というわけで大佐はいま、鏡の前に立って身だしなみを確認している。タイの結び目は完璧か、ポマードで光る髪に乱れはないか、口ひげの両端が同じ角度でぴんと立っているか、磨いたつめはきれいな光沢を放っているか。紳士とはなにか――彼自身が最高の生きた手本とならねばならない。大佐は最後にもう一度、タイの重なった部分をわずかに調整してから、鏡のなかの自分に微笑してみた。そこへ、従卒が扉をたたく音が響いた。

「入れ」

従卒が扉の向こうから顔を出す。

「大佐、アラブ人の斥候《せっこう》からたったいま報告がありまして、旅隊が当駐屯地に向かっているとのこと。一時間ほどで到着しそうだとの話ですが」

「旅隊？　なんの旅隊だ？」

「申し訳ありませんが、不明です。斥候の話では、老いた英国紳士が率いているもようです。おそらく考古学者だと思われますが、斥候の言う名前がよくわからないのです。ただ、老紳士のほかにも英国人がいるのはたしかです。かなりの規模の旅隊です。二五人ほどで、ラクダも人数分揃えているのではないかと」

大佐は最後の仕上げに、髪を後ろに撫でつけた。探検隊がフォート・ゴードンを訪れるなどめったにないことなので、兵士たちも過度に警戒しているらしい。

「おそらくどこかの愚かな老人が……ゼルズラだかなんだかを探しに行くところだろう。年末までには、ここもそんな愚か者どもで満杯になるかもしれんな」

大佐は不快げにため息をついた。「旅隊のために兵舎を用意するようジョーンズに伝えたまえ。その者たちには、明朝会うと――」彼はふと思いついた。礼儀を失することなく、いまいましい夕食を早めに切りあげるにはちょうどいい。「待て。やはりジョーンズには、連中が到着して着替えなどをすませしだい、食堂に案内するよう伝えたまえ」

「承知しました」

満足げにほほえんで、大佐は上着の袖についた糸くずをつまむと、食事に向かった。

食堂に着くと、ジネス・ブラクストンとジム・オーエンスはすでに席に着いていた。小娘はテーブルの端、オーエンスは反対の端である。オーエンスはあたかも森羅万象の謎を解き明かそうとするかのように、目の前の赤ワインのグラスをじっとにらんでいる。小娘も同じような目つきで、大佐の私物である磁器の模様に視線を据えている。

少なくとも小娘のほうは、この場にふさわしい装いをと配慮したようだな……大佐は思い、おのれの寛大さを自賛した。身長こそまるでちがうが、体型的にはジネスに一番近いドッド軍曹の妻が、彼女に数着のドレスを譲ったのだった。

ジネスが今夜のために選んだのは、さわやかな緑のローン地にレースのスタンドカラーとカフスがあしらわれた上品なドレスだ。赤茶色の髪はきれいなシニヨンにまとめている。けっして美人なわけではないのだが、彼女にはどこか男の気持ちをそそる雰囲気がある。いかにも生意気そうな眉や、ぽってりとした唇、異国人のようにつりあがった大きな瞳がそう思わせるのだろう。それにあの瞳の色。まぶしい瞳、と言う人もいるかもしれない。

「待たせたな」大佐は言い、テーブルの端のほうの椅子に着いた。「たったいま、間もなく客人が増えるとの報告があったので遅くなった」

「まあ。どなたですか」ジネスがたずねた。

「それがあいにく、よくわからないのだ。われわれの下で斥候として働くアラブ人たちは、正しい英語を学ぶ能力に欠けている。連中の話すよくわからない英語を、必死に理解しようとこちらが努めるしまつだ」大佐は愉快そうに応じた。

「大佐がアラビア語を学べばいいんじゃありません？」とジネス。

「なんだって？」

「異国を訪れ、現地の人たちを雇うのであれば、会話を成立させる義務は雇う側の人間が負うべきじゃないかしら」

「そんなわけはない」大佐は否定した。「わたしには軍で働く者に対し、言葉で正しく物事を伝えるよう求める権利がある」

「大佐が雇われた人が、〝正しい英語〟を使えると最初に言ったのならそうでしょうね。でもいまのお話だと、そうではないとわかったうえで、彼を雇ったんじゃありません？」ジネスは愛想のいい口調でなおも主張する。「それなら、会話を成立させる義務はやっぱり大佐にあるはずだわ」

彼女は思案げな表情になって言った。

「だからきっと、どうしてちゃんと英語を学ばないんだと大佐が彼に対して思うように、彼のほうでも、どうして大佐はアラビア語を学ばないんだと不思議に思っているでしょうね。しかも、彼のほうは多少なりとも英語を身につけることができたのに、大佐はアラビア語を学ぶ能力がない。つまり、彼のほうが頭がいいということになる」

「わが隊の斥候は、そのようなことはいっさい思わん」

それまで無言をとおしていたオーエンスがぷっと噴きだした。

大佐は怒りに唇を引き結び、オーエンスをねめつけた。だが長身の米国人は指で持ったワイングラスをまわすのに夢中な様子で、愉快そうに笑みを浮かべつつ、ワインが渦を巻くのをじっと見ている。

「その気になれば、あのようなくだらない言語くらいすぐに学べるわ」大佐は言ってから、すぐに後悔した。というのも――。

「だったら、学べばいいじゃないですか」

――相手が相手だったから。ジネス・ブラクストンだったからだ。

「ほかにもっと重要な仕事が山積みにされているのだ。駐屯隊を指揮するとかな」

「言い訳？」ジネスが淡々と指摘するのが、また気に食わない。

いったいなんの権限があって、彼女は人を非難するのか。体面を汚されておいて、汚した張本人の求婚を受け入れる良識さえも持ちあわせていない小娘が。

「いいかね、ミス・ブラクストン、きみはそのような――」

ふいにオーエンスが目を合わせてきて、「やめておけ」と警告した。だがとても小さな声だったので、空耳だったのかもしれない。大佐のせりふのつづきを待つジネスも、聞こえなかったようだ。

オーエンスの淡灰色の瞳に、先ほどまでの愉快そうな笑みはもう浮かんでいない。いまの彼はまるで褐色の肌の大きな獣のようで、全身に警戒心をみなぎらせている。つくづく恐ろしい男だ……大佐は内心でつぶやいた。

「大佐？」ジネスが促した。「わたしがなんですか？」

大佐は顔を赤らめ、オーエンスのせりふを聞かなかったふりをした。警告など必要ない。あたりまえだ。わたしは紳士なのだから。

アラブ人の給仕役がスープ皿を下げ、羊肉のローストを運んできたところで、大佐はふたたび尊大なまなざしをジネスに向けた。いまなら冷静に、小娘に注意できる。

「きみが生まれる前からお国のために尽くしてきた者に、きみは講義できる立場じゃないんだよ」

ジネスが恥ずかしさに頬を赤く染めるさまを見て、大佐はよからぬ満足感を覚えた。オーエンスの様子をうかがう。ここで腹を立てる権利などオーエンスにないのだが、当人はそうは思っていないのだろう。尋常ならざる警戒心を備えた護衛兵さながら、ジネスを見守っている。これでジネスがほんの少しでもオーエンスへの好意を見せていたなら、あの護衛ぶりも感動的と言えるのだが、彼女は好意のかけらも示さない。

大佐の見るかぎり、ジネスはオーエンスといっさいのかかわりを持ちたくないようだ。オーエンスとの生まれて初めての経験が、さぞかし残念かつ不快なものだったにちがいない。だが大佐は彼女に同情など覚えなかった。オーエンスのような無法者と荒野で獣のように交わっておきながら、彼女はいったいなにを期待していたというのだろう。思いやり？　優しさ？　とりわけ高貴な花嫁でさえ、妻としての義務を初めて果たす際には動揺し、おそらくはいやなものだと思うだろうに。相手がオーエンスなら、さぞかし野蛮な交わりだったはずだ。彼女が求婚を拒んだのも、そのせいかもしれない。

あいにく、大佐はふたりをここからすぐに追いはらうことができない。とくにジネスについては、当面ここで面倒を見なければならないだろう。彼女の監視役を終えられる日が早く来るよう祈るしかない。

「オーエンス」大佐は肉を切りながら呼びかけた。「馬丁長が言っていたぞ。おまえの馬は順調に回復していて、もう乗れる頃合いだそうだ。いつここを発つ予定だ？」

「明日にでもと思っている」オーエンスが答えた。

水の入ったグラスを口に運びかけていたジネスが、その手を止めた。「そんなにすぐ？」とささやく。

すぐさまオーエンスが彼女に目を向ける。視線が心の動きを物語っていた。

「おれに、ここにいなくちゃならない理由でも？」

ジネスが妙に挑戦的に顎をあげる。

「ここにいられない理由はないいんじゃない？」

「最も説得力のある理由を、きみはすでに退けたんじゃなかったのか」

「事を丸くおさめようとしただけのくせに」

憂鬱な思いで、大佐は肉をかみつづけた。このふたりといると疲れる。同じ部屋にいるだけで、ふたりに生気を奪われ、気持ちが沈んでいく。なんと原始的で、感情的で、自尊心の高い連中なのだろう。まるで、敵対する外国人同士の言い争いでも聞いているかのようだ。

「丸くおさめるだと？」オーエンスは椅子を後ろに引いてゆっくりと立ちあがった。その目はジネスだけを見据えていた。彼女の手にしたグラスのなかで水が震えた。大佐は凍りつき、肉の刺さったフォークを口元に持っていく途中で手を止めて、半ば期待した……オーエンスが小娘を肩にかつぎ、連れだして尻をたたいてくれることを。さて、当のオーエンスはどうするつもりなのだろうか。

それはわからずじまいだった。ちょうどそこへジョーンズ中尉が新たな客人をともなって現れたからだ。

安堵のため息とともに大佐は頭をめぐらし、驚愕した。ぽっちゃりとした赤毛のレディが、純白のリネンのスーツに身をつつんだ立派な老紳士にエスコートされ部屋に足を踏み入れる。そのあとに、身なりの整った細身の青年がつづく。

「ミルドレッド！」大佐は息をのんだ。

「ヒリヤード！」令嬢は応じた。「いえ、あの、ポンフリー大佐。やっと……やっとお会いできましたわね」

「ミス・ブラクストン！」と青年が呼びかけ、どこか陰気な顔をほころばせた。

「ジニー！」老紳士が呼びかける。

「大おじい様！」ジネスが歓声をあげ、倒れんばかりの勢いで椅子を後ろに引き、老紳士に駆け寄って首に飛びついた。

「ジョック」とささやいたのはジム・オーエンスだった。

すると、老紳士とジネスの再会の場面をにこにこと見守っていた若者が、オーエンスに目を向けた。その視線が徐々に鋭さを増していき、当惑の表情が懐疑のそれへと、驚愕へと、そしてついには、むきだしの喜びへと変化していった。

「なんてことだ。死者を発掘しにエジプトにやってきたと思ったら、さっそく一体目を見つけたらしい」青年は感嘆の声で言った。「ごぶさたしています、閣下」

27

疎外された人生のあらゆる苦しみも、みずからに科した流刑も、砂漠での長く孤独な眠れぬ夜も、すべては無意味だったのだ。

——ジネス・ブラクストンの創作日記より

「いま彼を〝閣下〟と呼んだかな？」老紳士がたずねるのをよそに、ジョックはジムに歩み寄ると優しく抱きしめた。

「なにも言うな」ジムはささやき、ジョックをそっと押しやった。「ちょっとしたしゃれでしょう」穏やかな口調で老紳士に告げつつ、義弟が黙っていてくれるよう祈った。ジムが懸命に実現しようとしてきたこと——ジョックの爵位継承——が、夢で終わらぬよう祈った。

この数分間で、その実現はジムにとっていっそうの重要性を帯びた。ジョックのまなざしがジネスをとらえた瞬間に気づいたからだ。義弟の瞳は嬉しそうに光り、顔にも喜びが広がった。ジョックはジネスを愛しているにちがいない。

つまり義弟こそが、ジネスが褒めたたえていた例の男なのだろう。道義心に厚く、高潔な若者。「粋だ」とも言っていた記憶があるが、よくわからない。「ロマンチスト」というのもどうなんだろう。ただ、「まじめで、勤勉で、働き者」というのは、少年時代のジョックそのものだ。おとなになったいまは、さぞかし模範的な紳士なのだろう。

ジネスがジムを拒絶したのは、ジョックのためだ。ここでジョックが黙っていてくれさえすれば、ジネスと公爵の位を手に入れられる。そしてジネスは、愛する男と、望んでいた人生を手に入れられる。

だが義弟はジムの警告に気づかないのか、警告などどうでもいいと思っているのか、一同に向きなおると言った。

「しゃれなんかではありません。もう二年近くも、バーナードの行方を捜しつづけていたんです」

「バーナード？」大佐がおうむがえしに言う。「なんだ、やはりな。貴殿はかんちがいをしておられる。この男の名はジェームズ。ジェームズ・オーエンスだ」

「そうとも」ジムは必死にうなずいた。「人ちがいというやつだ。がっかりさせてすまない、ミスター――」

ジョックは義兄の肩をぽんとたたいた。「かんちがいではありません、大佐。ご紹介しましょう、こちらはわが義兄のアヴァンデール公爵バーナード・ジェームズ・オーエンス・タインズバロー」ふたたび義兄に顔を向ける。「心配はいらない。あとでなにもかも話すから」

一同のあぜんとした表情にも、ジムはほとんど気づかなかった。彼はただ、呆然と義弟を見つめていた。終わりのない放浪の旅も、社会の隅っこでの暮らしも、名もなき者としての人生も、周囲の関心を引かぬようほどほどの成功に甘んじる日々も、道楽貴族に気づかれるおそれがあるために有名な発掘現場での仕事を断りつづけてきたのも……すべての努力は無に帰した。義弟との偶然の再会のせいで。

しかし、ジム生存の知らせが英国に届く前に、祖母のアルシアが裁判所に孫の死の宣告を求めてくれる可能性は大いにある。ただ、やがてそれがまちがいであることが判明すれば、ジョックはアヴァンデールの遺産は継げても、爵位は失ってしまう。ずっと死んでいたと思われていたアヴァンデール公爵バーナードがじつは生きていた——その証人はここに何人もいる。真相がわかれば、格好のスキャンダルの種になるにちがいない。哀れなジョック。あとほんの数カ月で自分のものになったはずの爵位を、義弟はつかみ損ねたのだ。

それに、ヤングブラッド牧場の叔父はどうなるのだろう。ジムが生きていることを知ったら、一〇〇年にわたりヤングブラッドのものだった土地を祖母は返さないと言いだすに決まっている。おそらくは腹いせに、土地をよその牧場に売りはらってしまうだろう。

ジムは泣きたくなった。

疲れきったまなざしが、老紳士のかたわらに立つジネスをとらえた。なぜか急に、すべてを彼女に打ち明けて謝罪したい気持ちに駆られた。正しいことをしたかっただけだ、道義心のためにしたことだ、自分なりに努力した——一生懸命に努力したんだと訴えたかった。

「ばかげてる」大佐が吐き捨てるように言った。「彼は米国人だ。それとも、例のごとく複雑に入り組んだ家系で、五親等離れた遠い遠い遠いいとこが公爵の位を継ぐことになったとでも？」

「米国人とのハーフです」ジョックが訂正した。「それと、そのような話ではありませんよ。義兄の母親は、わが父の最初の妻でした。義兄がまだおなかにいるころ、彼女は米国で父親が経営する牧場に戻りました。数年後に母親を亡くしたあとも、義兄は米国に留まり、叔父に養育された。父アヴァンデール公爵は再婚し、そうしてわたしが生まれたわけですが、義兄は父の死後に英国への帰国を果たし、爵位を継いだのです。そして今日、義弟と再会した。そうでしょう、バーナード義兄さん？」ジョックは笑みとともに締めくくった。

ジムにとってはギリシャ悲劇並みに残酷な搾取と裏切りと背信の日々を、そこまで簡単に説明されてしまうとは。

ジムの母、アルヴァ・ヤングブラッドは米国の新興成金の女相続人で、当時はそうした娘たちが英国貴族と結婚して、莫大な持参金と引き換えに地位を手に入れるのが流行していた。ただアルヴァは、爵位目当てのほかの娘たちよりもずっと純真だった。困窮したアヴァンデール公爵家の魅力的で粋な跡取り息子が、父である公爵の命令にも、それと正反対の母の命令にも背いて永久の愛を誓ったとき、その言葉を信じた。そうして彼女は、未来の公爵の求婚を受け入れた。

アルヴァが純真さを失ったのは、あることを発見したときだった。大牧場主である父が持たせてくれた莫大な持参金が、未来の公爵のぼろ屋敷の修繕だけではなく、未来の公爵の愛人たち（ひとりはロンドン在住、もうひとりはパリ在住）に住まいと使用人と贈り物を与えるために使われていたのである。

傷心のアルヴァはおなかの赤ん坊とともにただちに英国を離れ、父の牧場に帰った。そうして、娘に地位を授けるために実家がどれほどの代価を払わされたかを知った。干ばつや投資の失敗、さまざまな悪運が重なって、かつて栄華を誇ったヤングブラッド牧場は破産を余儀なくされた。

そのころ英国では、新アヴァンデール公爵が、金ばかりかかって得るもののない妻とやりなおすのはむだだとの結論を出していた。公爵は丁重な言葉づかいで、全関係者にとって最善の道を選んだあなたを賞賛したい、あなたも、ついでながら生まれたばかりの息子も、米国に留まるといいだろうと手紙にしたため、アルヴァに送りつけた。彼女はそうした。

アルヴァの死後、公爵は母親の願いを素直に聞き入れ（それまでは前公爵が妻に身勝手を許さなかったのだ）、裕福なレディと再婚した。初婚のときとちがい、相手はすでに爵位を持っており、家系も申し分なく、みずからの義務を正しく理解していた。跡取り息子を産むことである。

ジムはジョックの母親を知らない。夫よりも先に亡くなったそうだ。やがて公爵がカンヌの娼婦宿で心臓麻痺により命を落とすと、アルシアがヤングブラッド牧場に現れた。弁護士一団を引き連れ、公爵の後継者に対する全監督権の所有を証明する書類を携えた祖母は、ジムを「わが家」から引きずりだした。「身分ちがいの浅ましい婚姻の産物を、なんとかして使えるものにする」ためだった。

一瞬目を閉じ、ジムはその最後の記憶がいまだに痛みをともなうことに驚きを覚えていた。

「なぜお義兄様がこちらに？」小柄でぽっちゃりとしたミス・ウィンペルホールがたずねた。

「どうして二年間も、お義兄様を捜してらしたの、タインズバロー卿？」

「長い話なんですよ」ジョックが答えた。

「時間ならあるわ」いつになく黙りこんでいたジネスが口を開いた。

「そう、あとでならね」ジョックが彼女に優しく応じた。「バーナード義兄さんが――いや、ジム義兄さんと呼んだほうがいいのかな、それを望むならね。すでにわたしは、話すべきでないことまで話してしまったようだ。でも、もう一言だけつけくわえておこう」ジョックは大佐に視線を移した。「義兄は、法はいっさい犯していない」

「英国では、だろう……」大佐はもぐもぐとつぶやいたが、ジムにはちゃんと聞こえていた。

永遠にこの駐屯地をあとにする前に、大佐とはジネスの今後について話しあうことになるだろう。話しあいがすみしだい、ジムはすぐに駐屯地を出ていく。エジプトに来てからというもの、彼はさまざまな試練に耐えてきた。銃弾の傷、ナイフによる傷、砂嵐、渇き、追いはぎ、非友好的な砂漠の民、同業者との争い、彼を亡き者にしようとする暗殺者たち。だが、ジョックがジネスに求婚する場面には、耐えられそうにない。

「ということは」ロバート卿（たしかジネスの曾祖父はそんな名前だったはずだ）が陽気に言った。「あれだな、ジニー。おまえは本物の公爵と一緒に砂漠を渡ったわけだな。若いレディがそうそう体験できることではないぞ」

ジネスはちっとも嬉しそうではなく、むしろ打ちひしがれた表情を浮かべている。ジムはその理由を想像したくなかった。

「エジプトなんぞをさまよっている理由を話したくないとおおせなら、公爵、食事を楽しむとしましょう」ロバート卿が、室内を満たす緊張などどこ吹く風で提案する。老人はテーブルに歩み寄ると、そこに並ぶさまざまな料理を興味津々に眺めた。「ふむ。スティルトンチーズがあるようですな。ミス・ウィンペルホールが先日よりチーズを所望されていた、そうでしたな、ご令嬢？」

ジョックのおかげで婚約者との待ちかねた再会に水を差された令嬢が、なにやら控えめにつぶやいた。

未来の花嫁をほったらかしにしていた自分にやっと気づいた大佐が、彼女のために慌てて椅子を引く。令嬢が陰気な雌鶏のように腰をおろすと、大佐は給仕係に、追加の皿を用意するよう指示した。

「それでよい、それでよい」ロバート卿がうなずく。「ジニー、おまえも座りなさい。だいぶ痩せたようだな。少し赤ワインを飲むといいだろう」

ジネスは元の席に戻り、座るのとほぼ同時にワイングラスをつかんだ。そうしてゆっくりと、中身をすべて飲み干してしまった。

「さすがはわが曾孫だ」ロバート卿は満足げだ。みずからも腰をおろすと、まだ立っている面々を見あげて命じた。「教授、なにをうろうろしておる。座りたまえ。それと、そこの若者」ライオンを思わせる頭をジムのほうに振りむける。「きみはわしのとなり。曾孫との素晴らしい冒険のすべてを話して聞かせたまえ！」

とんでもない展開になってきた。

ジネスが見るからに青ざめ、大佐がため息をついて、落ち着かなげに椅子の上で尻の位置を直す。

「がっかりさせるようですみません、ロバート卿」ジムは言った。「義弟との再会を、ふたりきりで堪能するのをどうかお許しください。ご承知のとおり、なにしろ話すべきことがたくさんありますから」首をかしげて、相手の返答を待つ。

あからさまにがっかりした表情を浮かべつつ、ロバート卿は許すほかないと判断したのだろう、「どうしてもというのなら」と応じた。

「どうしても、なのです。ロバート卿とは、またの機会にでも」

老人は晴れやかな顔になった。

「約束だぞ、若者。さて大佐、問題のチーズだが――」

ジムはジョックの腕をつかむと半ば引っ張るようにして食堂をあとにし、戸口からおもてに出た。そこはこぢんまりとした中庭で、余人に邪魔される心配はなさそうだった。ようやく足を止めたジムは義弟と向きあった。どちらも長いこと黙っていた。ジムは義弟の顔に、あの広大で寒々とした屋敷でジムの跡をついてまわった、まじめくさった眼鏡の少年の面影を探そうとした。ジョックのほうも同じように、かつての面影を見つけようとしているらしい。

「変わりませんね」ジョックがようやく口を開き、首を振った。「大きくなったと言いたいところだけど、義兄さんは昔からとても大きく見えた。それに、ますますとっつきにくくなったらしい。もともと感情をおもてに出さない人だったけれど、それでも読みとれないことはなかった。でもいまは……なにを考えているかさっぱりわかりませんよ、ジム義兄さん」

義弟はほほえんだ。「新しい呼び名には、当分慣れることができなそうだ」

「おまえは別人だな」ジムは応じた。「無口で勉強熱心な、おとなしいガキだったのに」

「生き延びるための戦術ですよ。義兄さんはばあさんに逆らい、わたしはばあさんに目をつけられないようにした」

「おまえを見捨てたつもりはない」

「そんなふうには思っていません。お互い、生き延びるために必要なことをしただけでしょう？　わたしのほうが、ばあさんの圧政の下でやっていく能力に長けていただけ。義兄さんにはそれができなかった。いったい何度、むち打ちの刑に遭わされたんです？」

「そんな話はどうでもいい」

「じゃあ、やめましょう」

「いいか、おれはおまえに継いでほしかったんだ。すべてを」ジムはやりきれない思いで言った。もう手遅れだとわかっていた。

「知ってました」

ジョックは満足そうだ。おまえの一言のせいで人生を台なしにされる人間がいるんだぞとは、ジムには言えなかった。そもそも言ってもなんにもならない。

「ばあさんが義兄さんを脅迫してたことも知ってました。アヴァンデールの領地に戻ってこようものならアメリカの土地を売りはらってやる、そう脅迫したんでしょう?」

ジムは驚き、義弟を見つめた。「なぜおまえがそれを」

「あの日、あそこにいたんですよ。書斎に。壁龕《アルコーブ》でうっかり寝入ってしまって、目が覚めたら義兄さんとばあさんの話す声がした。話の途中で出ていけば、盗み聞きだと言ってばあさんに罰を与えられる。だからそのまま隠れていた。全部聞きました。義兄さんが出した条件も」

「ジョック、これはおまえとは関係のない話なんだ」

「それはちがうな。なにもかも、わたしと関係がある。当時のわたしはまだ一四歳だったけれど、ばあさんの計画の一部にはなるもんかと誓っていた。公爵になりたいなんて思ったことは一度もない。あれは義兄さんが果たすべき役割で、わたしは妬んでなんかいない。わたしよりも義兄さんのほうが、ずっとふさわしい」

意外な展開に、ジムは義弟を見つめるばかりだ。

「自由に勉強をさせてもらえれば、わたしは満足だったんです。子どもの自分がどうこうできる問題じゃないとわかっていても、義兄さんの代わりに公爵にさせられるのだけはごめんだと思っていた」

義兄の驚きの表情に気づいたのだろう、ジョックは言い添えた。

「なにを驚いているんです？　わたしは盗んだ爵位も、誰かの犠牲の上に成り立つ人生もいらない。義兄さんだってそうでしょう？」

「ああ」ジムは答え、義弟の誠実さを知って自分が恥ずかしくなった。この一件で、ジムはジョックの気持ちなど一度として考えなかった。傲慢にも、あのおとなしいガキのほうが祖母の計画に合っているだろうと勝手に決めつけた。だがわずか一四歳で、おとなでさえなかなか持てない意志の強さをジョックが内に秘めていたとは。

「すまなかった、ジョック。おまえを傷つけるつもりはなかった。おまえが爵位を欲しがっていると、そう思いこんでいた。それに書斎であの話を聞かなかったら、おまえだって相続に同意していたかもしれない。そうしたら、きっと立派な公爵になったはずだ。おれなんかよりずっと立派な。あの話さえ聞かなかったら……」

ジョックは小さな冷笑をもらした。「そういうの、義兄さんには似合いませんよ。でも義兄さんに褒められるのは嬉しいな。わたしの欠点を知ったら、どうせ前言撤回するでしょうけれど」義弟はほほえんだ。「あの話を聞いてしまったのも、わたしはよかったと思ってるんです。歯向かえば、あのばあさんにどんな圧力をかけられることになるかわかっていたから、わたしは沈黙を守りつづけた。そうして二年前に成人を迎えたとき、タインズバロー家の弁護士の事務所で会いたいと提案しました。そこでばあさんに、ふたりきりで話したいと頼みこんだ。

ふたりきりになったところで、計画はすべて知っているとばあさんに告げたんです。わたしを公爵に仕立てあげ、土地のことで義兄さんを脅迫したこともすべて知っていると。わたしが二五歳になるまで、あの土地はばあさんの管理下にある。だからばあさんに言ってやりましたよ。計画を実現などさせない、義兄さんの死の宣告を裁判所に訴えるなら、その前に洗いざらい議会でぶちまけますよとね」

「勇敢なガキだ」

「恐怖に怯えたガキですよ。手足に力が入らなくて、しかたがないから話しあいのあいだはずっと椅子の背にもたれていたんです。ばあさんの目には、さぞかし尊大に映ったでしょうね」

「そいつはいい」

ジョックは笑い、嬉しそうな表情を浮かべた。

「話はまだ終わりじゃないですよ。あの土地を義兄さんの叔父さんに返すという誓約書に署名しなければ、偽証とゆすりの罪で訴えるとばあさんを脅したんです」

ジムは声をあげて笑った。笑わずにはいられなかった。脅迫者を脅すとは。

「それで、ばあさんはなんて？」

「ばあさんの思考はすべて予測可能ですよ。婚姻によって手に入れたタインズバローの名前以上に、彼女にとって大切なものはない。その場ですぐに署名しました。以来、口もきいていませんよ」

「ということは、つまり——」

「そう。義兄さんの叔父さんは二年前からヤングブラッド牧場の唯一の所有者なんです。だからわたしは、義兄さんの行方をずっと探していた」

ジムは髪をかきあげた。自分がいまどう感じているのか、どう反応するべきなのかわからない。八年間、果てのない空虚が単調な未来へと広がる、砂漠のような暮らしに甘んじてきて、そこからの出口をいきなり与えられた。誰ひとりとしていっさいの犠牲を払わず、相続権を取り戻せた事実に狂喜乱舞するべきなのだろう。祖母がジムにもジョックにも勝てなかったことを喜ぶべきなのだろう。ついにわが家に帰る道を探しあてたことに、有頂天になるべきなのだろう。

わが家か……。

ジムはしぶしぶ、食堂の窓に目をやった。カーテンで彼女の姿はぼんやりとしか見えないが、あたかも身内で燃えさかる炎のように、彼女の存在を感じとることはできる。

「感想は？」ジョックが愉快げにたずねた。

「現実味がないな」ジムは答えた。「英国に戻るなんて、思ってもみなかった」

「なにも戻る必要はありません」ジョックが応じた。「戻るべき理由も大してない。残されたわずかなものも、銀行の管理下に置かれていますからね。農園は無事ですが、屋敷は荒れ果てている。そのほかに、なんらかの価値がありそうな財産といったらメイフェアの屋敷くらいでしょうが、ばあさんが死ぬまで明け渡さないでしょう。だいぶ先の話になると思いますよ」

「ばあさんに会うべきだな」

「どうして？」ジョックは苦々しげな口調になった。「義兄さんの人生を台なしにした張本人ですよ？　義兄さんの母親を憎んで蔑み、その子どもだという理由で義兄さんのことも憎んだ。義兄さんが会いに行っても喜ばない」ジョックは首をかしげた。「でも、ばあさんの顔につばを吐きかけるためというのなら、気持ちは理解できます」

そんな理由ではない。まったくちがう。ジムは眉根を寄せ、思いがけない心の動きをなぞってみた。祖母と向きあい、元気な姿を見せつけてやりたい、勝利をひけらかしてやりたいと思うはずだった。だがそうは思わなかった。祖母も、あのときの少年も、もはや遠い過去の一部にすぎず、ジムはもはやふたりを想像することさえできないのだ。ふたりとも、小説の登場人物のようにしか感じられない。二度と彼らに会いたいとも思わない。

「いや、やはりよしておこう」ジムはつぶやき、怒りの残滓《ざんし》が消えてなくなるのを感じた。

ジョックがうなずく。「ここを離れたくないんでしょう？」と指摘し、深呼吸をして、暗い川に広がるベールのように幾百万個もの光の粒がちりばめられた空を見あげた。「義兄さんがここに留まりたいと思う気持ちはよくわかりますよ。エジプトは素晴らしい。道中、ロバート卿から義兄さんのお手柄をいろいろと聞かされていたんです。トトメス一世の墓所の発掘にも参加したそうですね」義弟は言うと、誇らしさをわずかににじませた口調で言い添えた。「ミス・ブラクストンが、あの墓所に関する論文を書いたのは知ってましたか?」

「いや、知らないな」

ジョックは青年貴族が備えているべき特性をすべて身につけている。まさに青年貴族の典型だ。礼儀正しく、知性にあふれ、思いやり深い。一方のジムは戦士の典型。二枚舌で、狡猾で、哀れみのかけらも持たない。

「不思議ですね」ジョックが思いにふけるようにつぶやく。「何年も離ればなれに暮らしてきたのに、なぜかわれわれの歩む道はふたりをここに、同じ場所に導いた」

同じ女のもとにな……ジムはむなしい気持ちで思った。

28

けれども彼女はかつてのふたりを、かつてのふたりの未来を、聖なる宝物のように心に秘めた思いのその美しさや不思議や熱さを、いまなお夢に思い描くことができるのだった。

――ジネス・ブラクストンの創作日記より

「ともあれ何事もなくて安心したぞ、ジネス。公爵の様子では、おまえたちの旅は相当大変だったらしいが。公爵はずいぶんおまえを心配しているようだったが、わしには非常に元気に見える」ロバート卿はジネスににっこりと笑いかけた。「それにしても大冒険だったな！　おまえは母親に似たのにちがいない。あれもやはり、厄介事に巻きこまれたときが一番楽しそうだった」

ジネスは愛情をこめて曾祖父を見つめた。ロバート卿が彼女の手をしっかりと腕に置き、ふたりで食後の散歩を楽しんでいるところだ。ふたりとも、同年代の友人知人は道徳観念ばかり強くて窮屈に感じるたちだ。ロバート卿は、何事も楽観的に見る目を持っている。

「もちろんわしは、おまえの無事を一秒たりとも疑わなかった。マギはそんなわしを信じなかったが」マギは曾祖父とちがって実際的な人だ。ジネスや母のデズデモーナとの長いつきあいのせいで、絶対に大丈夫と言われても安心できなくなってしまった。

「心配をかけてしまって、彼女に申し訳ないわ」日はすでに沈み、ビロードのような空に三日月が浮かぶさまが、ヌビアの女神の耳飾りを思わせる。兵舎のほうから流れてくる男たちの話し声や、雑用をこなす物音が安心感を与えてくれる。葉巻の煙が、近くの見張り塔から漂いおりてきた。ジムかしら、とジネスは一瞬思ったが、よく考えれば彼は葉巻は吸わない。少なくとも彼女が知るかぎりは。だがそもそも、ジネスはジェームズ・オーエンス・タインズバローについて大したことは知らないのだった。

「カイロに戻りしだい、マギに謝らなくちゃ」

「謝るなら、そんなに待つことはない。マギも一緒に来ると言い張ってな」

「そうだったの？」ジネスは嬉しくなった。「いまはどこに？」

曾祖父はわずかに顔をしかめた。

「大佐に隔離されて、今夜はここで働くアラブ人と食事をしておる。大佐に抗議してもよかったのだが、むしろアラブ人のほうが彼女を歓迎してくれるだろうからな」

「でも、明日には会えるでしょう？」

「うむ、明日まで待ったほうがいい。長旅だったからな」

「そうね」ジネスはうなずいた。「明日は起きたら真っ先にマギに会いに行くわ」

「ハージも一緒に来た」

「ハージが？」ジネスは驚き、やや不満げにたずねた。「どうして？」

「彼が来たがったからだ」ロバート卿は妙にすらすらと答えた。ジネスはすぐに、ハージが来たがったわけではないのだと悟った。だがそう指摘するのはやめておいた。曾祖父がハージに誠実な青年役を期待しているのに、ぶち壊しにすることはない。

「どうかしたか、ジネス。ハージに対する偏見はもうなくなったのか？」

彼への偏見ですって？　辛辣に言いかえしそうになるのを、ジネスはやっとの思いでこらえた。

「ハージは非常に優秀な学者になった」ロバート卿がつづける。「しかも独学なのだから、大したものだ。おまえの探している失われた都市について、なぜ失われたのか、じつに洞察力に富む意見を聞かせてくれたぞ」

「ふうん」

「ゼルズラを探すなら、ハージがかけがえのない相棒になるのではないか？」曾祖父はあたかもたったいま思いついたことのように提案した。じつに嘘くさい。

「ゼルズラ……」ジネスはつぶやいた。失われた都市のことも、そもそもここにいる理由も、この数日考えもしなかった。だが、自分にはまだゼルズラがあったのだと思うとほっとした。あとはなにもかもなくしてしまったのだから。

「そう。タインズバロー教授から、おまえの発見については詳しく聞いておる。彼は図書館でおまえの行った調査の跡をたどり、それがどれほど素晴らしい発見かようやく気づいたそうだ。それで、話もろくに聞かずに調査を中断させたことを、深く後悔しているらしい」

「別に気にしていないわ」

「おまえに対する無礼を謝罪しなければならない男たちは、ひとりやふたりではないようだな」曾祖父はちゃめっ気たっぷりに目を光らせた。

謝罪してもらいたいのは、ジム・オーエンスだけだ。だがジネスは彼のことを考えるのを、なにかあるたびに彼に結びつけるのを、やめなければならなかった。ジネスの人生にとって、彼は重要人物でもなんでもない。いや、人生の一部ですらない。

「おかしなものだな、ジニー。ハージは、おまえに嫌われていると思いこんでおるぞ。しかも、嫌われる原因は自分にあると言っていた」

「それはよかった」ジネスはそっけなく応じた。人を陥れようとしてきたのをばらされたくなくて殊勝なことを言うなら、勝手に言っていればいい。

「仲たがいの責任を取るためにゼルズラ発見の手伝いをさせてほしいと、ハージから言ってくるかもしれんな」

責任を取る？　ジムも同じことを言っていた。ジネスはいらだたしげに、震える吐息を吐いた。

曾祖父がふいに歩みを止め、眉間にしわを寄せた。「なにかあったのだな」

「いいえ。なにもないわ」

「いや、なにかあったにちがいない。子どものころによく見せた、あのしかめっ面をしておる。不当な扱いを受けたときに、母親の後ろでいつもそんな顔をしていた」

「なんでもないわ。ただ、わたし自身のことで他人に〝責任を取る〟なんて言ってほしくないだけ」

ロバート卿はもじゃもじゃの白い眉をつりあげた。「他人？」とおうむがえしに言う。

「そうよ」ジネスはぶっきらぼうに答えた。「もう子どもじゃないんだから。人のことを荷物やロバみたいに言わないでほしいの。ハージが犯した罪はひとつだけ。わたしが古文書につけてしまった火を、彼は消してくれなかった。そうすればわたしが、発掘現場への出入りを禁じられると思ったからでしょう。まさか、英国に帰されるとは思ってもみなかったんでしょうね。戻って自分で消すこともできたけれど、罰を受けるのが怖くてできなかった。その直感はけっきょく正しかったわ。あのささやかな実験のせいで、英国への流刑に処されたんだもの」

「それは誤解だな、ジニー」曾祖父は巧みに皮肉めかした。「あの一件のために、おまえの英国行きが決まったわけではない。原因は、一覧表になるくらいたくさんあったはずだ」

かつて、それほど昔ではないかつて、ジネスはみずからの失態を指摘されるたびに、パニックに陥って必死に反論したものだった。でもいまは、そんなことに気力を費やすのはむだに思える。ジネスはありのままの自分を好きになっていた。自分の長所も短所もわかったし、みずからの言動を、自分自身を含めた誰にも謝る必要はもうないのだとわかった。

彼女は子どもから女性へと成長していた。子どものころのジネスは好奇心旺盛で、移り気で、人の言うことを聞かなかった。おとなの女性になったジネスも、たしかに好奇心旺盛で、考えるより先に行動する傾向がある。でも薄氷の上でスケートをして怖い目に遭った人がみな知っているように、ジネスもまた生き延び、そして成長するためには、臨機応変に機転をきかせることが大切だと学んだ。

「わたしが言いたいのは、ハージを責めてなんかいないということ。ハージが、〝ぼくのせいでジネスの人生は変わってしまった〟なんて思うのは、傲慢もいいところよ。わたしの運命はわたしが決めたもの。すべてはわたし自身がやったこと。ミス・ウィンペルホールになりすまし、ゼルズラを探そうとし、ミスター・オーエンスを騙したのも、なにもかもわたしが選んだ道だわ」ジネスは大きく息を吸った。「ほかのことも全部ね」

「わたしの船はわたしが操舵する、というようなところかね？」曾祖父が優しくたずねた。

「そのとおりよ」

「そのように感じられなければ、カーライル家の女は名乗れんな」ロバート卿は明るく言った。正確にはジネスはブラクストン家の女だが、古代エジプトの風習では婚姻によって家系図はどんどん拡大していくのである。しばらく無言で歩いてから、曾祖父がふたたび口を開いた。

「ミス・ウィンペルホールもかわいそうに。ここまでの旅が、むだ足でなければいいのだがな」

「どういう意味、大おじい様？　彼女がここに来たのは、長い婚約の末についに結婚式を挙げるためだとご存じでしょう?」

「久方ぶりに愛する男と再会できた女性のようには見えなかった。令嬢は、もっと温かく迎えられることを望んでいたのではないかな?」

「まさか」ジネスはのろのろと言った。ミス・ウィンペルホールのおかげで、ジムのことをいっとき忘れることができている。「そんなはずはないわ。リドニア号で旅しているときに、彼女と話したもの。再会したとき、ポンフリー大佐に両腕で抱きあげられるかもしれないわねって言ったら、ぎょっとしていたわ。彼女も大佐も品格を重んじるから、その手の大げさな愛情表現は絶対にしないそうよ」

ロバート卿は首を振った。「それが彼女の本心だと思うのかね、ジニー?」

「もちろん。どうして疑う必要があるの? ミス・ウィンペルホールは控えめで慎み深いレディよ」

曾祖父が妙な笑みを浮かべる。「髪を赤く染めるようなレディだ」

「わたしも染めたわ」ジネスは指摘した。それが令嬢の人となりにどう関係があるのか、よくわからない。

「つまり、そういうことさ」

曾祖父のあいまいな物言いが、果たして褒め言葉なのか批判なのか判断しかね、ジネスはそれ以上この件については考えないことにした。

「ま、ハージとミス・ウィンペルホールと大佐についてはこのくらいにしておこう」曾祖父が言う。「肝心な話から、すっかりそれてしまったわい。それで、いったいどうなっておるのだ？」

「どうなっておるって？」

「おまえとタインズバローだよ」

タインズバロー？　しばしまごついてから、ジムのことだと合点がいった。彼のことを知らないので、曾祖父は名字で呼んだのだろう。

ジネスはためらった。これは、曾祖父と話すような問題なのだろうか。でも、曾祖父の判断はこの世で一番信頼できる。両親は娘を溺愛しすぎて、黒でも白でもどちらでも、娘に都合のいいほうを支持する傾向がある。なぜか弟たちは反対につくことが多いが。

「どういう意味かよくわからないんだけど」寝ぼけた返答だと思いつつ、そう答えた。

「あの若者は」ロバート卿はきびきびと言った。「おまえを愛しておる。どうするつもりだね？」

気持ちが沈み、ジネスは大きなため息をついた。これまで、曾祖父の助言には絶大な信頼を寄せていた。でも、いまの曾祖父は状況を完全に読みまちがっている。あれほど洞察力に富んだ人が……。とうとう年には勝てなくなったのかもしれない。

「誤解よ、大おじい様。ミスター・オーエンスはわたしを愛してなんかいないわ」ジネスは応じ、いっそ打ち明けてしまおうと思って言い添えた。「結婚は申し込まれたけど。二度ね」

「そうか」ロバート卿は興味津々に目を見開いた。

「ええ、でも、愛のためじゃないの」

「そうなのか？　なぜ断言できる？」

「二度とも、愛情とか、あるいはそれらしき感情を求婚の理由としてあげなかったもの。それに、〝愛してる〟なんて一度も言われていないわ。それにポンフリー大佐があんなひどいうよ、〝愛してる〟なんて一度も言われていないわ。

――」ジネスは言葉を切った。大佐の中傷を口にしたくなかったし、曾祖父も聞けばなにをするかわからない。だがあのときジムがかばってくれなかったのは、求婚が義務感からのものである証拠だ。

「ひどい、なんだね？」ロバート卿が促した。

「なんでもないの。大佐のふるまいを目にしても、ミスター・オーエンスの気持ちは変わらなかった」

「なぜだね」ロバート卿は困惑の面持ちだ。「いいかね、ジネス。たしかにおまえは、一族のなかでもとりわけ敏感なたちというわけではない。だが六人の弟に囲まれ、男ばかりの家で暮らしてきたのなら、男という生き物、とくにミスター・オーエンスのような男が、素直に気持ちを明かせないことくらいわかるだろう？」

「彼、結婚を申し込む理由、熟慮した理由をいくつかあげたわ。でもどれも、彼の素直な気持ちとはいっさい関係ない理由ばかりだった」

「具体的にはどんな理由だったんだね？」

恥ずべきことにジネスは頬が赤らむのを覚えた。夜の闇が曾祖父の視界をさえぎってくれればいいのだが、彼は怖いくらいに夜目がきくのだ。

「そうか、そうか」ロバート卿も顔を赤らめた。「そういうことか」咳ばらいをする。「お目付け役もないまま長いことおまえとともに過ごしたので、おまえの体面を守ろうというのだな」

まったく……。「そう」ジネスは息をついた。「そういうこと」

「それでおまえは、彼の申し出は純粋に男としての義務感から来るものだと考えたわけだな？」

「義務感じゃなくて、罪悪感よ」ジネスは正した。「つまり彼は……後悔しているわけ！」

「おお、ジネス」ロバート卿は困ったときの癖で唇をかんだ。

「彼にはすでに、〝結婚でとりわけ大切なのはお互いへのロマンチックな感情だ〟という話だってしているの。だから、もしもわたしへの気持ちがあるのなら、それを言葉にするはずでしょう？」

「具体的には、彼はなんと言ったんだね？」

曾祖父の腕を離し、ジネスはウエストのあたりで両手の指をからみあわせながら、地面をにらんだ。曾祖父に涙を見られたくなかった。

「別の人間になれたら、と」

ロバート卿がたじろぐのがわかった。

ジネスは洟をすすり、わかったでしょうと言わんばかりにうなずいた。「それから、結婚を言いださないほど無分別な男じゃない、起きたことをなかったことにするのは不可能だとも言ったわ」またもや頬を赤らめる。「責任を取って、きみを幸せにする、ともね」

いよいよ涙が頬をこぼれ落ちた。怒りのための涙なのか、悲しみのための涙なのか、自分でもわからない。たぶん両方だろう。

「おお、ジネス」曾祖父がまたささやき、心からの思いやりをこめて曾孫の顔をのぞきこむ。「よほど責任感の強い男なのだな。だが、なにしろ彼はまだとても若い」

いらだったジネスは地団駄を踏みたくなった。ジムの若さがいったいどう関係があるというのだろう。

「そんなことはどうでもいいの。とにかく、わたしは断りました。だからこれ以上、彼のことは話したくないわ」

まだなにか言ってくるだろうと思ったが、曾祖父は彼女の手をふたたび腕にかけると、散歩を再開した。

「わかったよ」しばらくしてから曾祖父は言った。「おまえがミスター・オーエンスの話をしたくないと言うのならしかたがない。まあ今後、彼の呼び名はアヴァンデールにしたほうが――」

「その点もだわ」ジネスは大声をあげた。

曾祖父は歩を止め、忍耐強く次の言葉を待っている。

「公爵の名を継ぐなんて、一言も言わなかった。爵位を継ぐ可能性を打ち明けもせずに、結婚を申し込む人なんているわ。いるとしたら、相手の女性を試すためよ。女性の本心を探り、彼女にとってなにが大切か知るため。「どうだろうなあ――」

「そんな人いないわ。いるとしたら、相手の女性を試すためよ。未来の公爵だと知らないまま女性が最初の求婚を断ったら、その判断を覆すすべはないし、あらためて求婚を受け〝イエス〟と答えるチャンスも得られない。だって、あらためて求婚を受けること自体がありえないんだもの、その女性が……その女性が……」ジネスは嗚咽《おえつ》をもらした。

「その女性が、なんだね？」曾祖父は優しく促した。

「相手の男性に言ってしまったからよ。あなたのような人とは結婚できない、だってあなたにあるのは……」

「あるのは？」

「馬だけでしょうって！」ジネスは叫ぶように言い、曾祖父に背を向けてその場を走り去った。

駆けていく曾孫の背中を、ロバート・カーライル卿はじっと見守った。曾孫を呼び戻し、そもそもわしはジェームズ・オーエンスではなく、ジェフリー・タインズバローのことを訊いたのだと説明しようかとつかの間考えた。

だが、やめておこうと思いなおした。すでに濁った川を、ぬかるみにする必要はない。

つまり……ロバート卿は考えた。アヴァンデール公爵はジネスに一度ならず二度までも求婚したのだな。じつに驚きだ。だが驚く必要などない。ジネスは母親のカリスマ性を、父親の瞳を受け継いでいるのだから。

それに、フィレンツェ風のすてきな鼻の持ち主なのだから。

彼女は途方に暮れていた。

——ジネス・ブラクストンの創作日記より

29

翌朝、ジネスは大佐の住まいに借りた部屋を出て、マギが泊まっている建物の外で待った。誰にも行き先を告げずに消えた自分をマギはさぞかし厳しく叱りつけるだろうと、覚悟はしていた。けれどもジネスを一目見るなり、あからさまな愛情表現をめったにしないマギが両腕を広げて彼女を迎え、長いこと抱きしめて離さなかった。どんな言葉よりも、深い愛情が伝わってきた。ジネスは、愛してくれる人たちに二度と無用な心配はかけないと自分に誓った。そうして閲兵場をマギと歩きながら、その誓いを彼女に伝えた。

マギが誓いを信じたかどうかは、また別の話である。

「まあ、美しい馬だこと」厩舎の柵に歩み寄りつつ、マギが言った。

柵の前にタインズバロー教授を含む数人が集まって、ジムのアラブ馬がいかにも不慣れそうな少年に引かれて厩舎から出てくるところを眺めていた。アラブ馬が地面を蹴り、哀れな少年の隙をついて、調馬索《ちょうばさく》から逃れようと後ずさる。

「おはようございます、ミス・ブラクストン、ミス・エルカマル」教授が声をかけてきた。

「お楽しみにはもってこいの気持ちのいい朝ですね」

「お楽しみって?」マギがたずねた。

「馬丁長が、義兄の馬はとんでもないわがままだ、そうじゃないところを見せてくれるまで厩舎には入らせないと言いだしたんですよ。義兄の馬術の腕前は素晴らしいんです」教授は感服した口調で言った。「叔父さんの牧場で働くコマンチ族のカウボーイに習ったんですよ」

「それはおもしろそうね」マギが応じた。「でもわたしは、ロバート卿の朝のお茶を用意しなくては。またあとでね、ジネス」マギがかすかに首をかしげて去ってしまうと、ちょうどそこへ厩舎からジムが現れた。

ジムは素晴らしくハンサムだった。金髪が乱れ、まくりあげたシャツの袖から、日に焼けた太い腕がのぞいている。シャツの襟はみぞおちあたりまで開いている。集まった人びとを見るなり、彼はしかめっ面をし――どうやら、みんなの前で腕前を披露することになるとは知らなかったらしい――それから、ジネスを見つけた。その場にふたりきりになった錯覚に彼女は陥った。想像のなかで彼の鼓動が耳をくすぐり、温かな息が肌をなぞる。けれどもまなざしはとても冷ややかで、ふたりをつつむ空気を凍らせるかのようだ。

「柵の上に座ったほうがよく見える」タインズバロー教授がすすめてきた。ジネスが身をこわばらせているのに、まるで気づかないらしい。だが周囲を見れば、数人の女性は柵の上に座っていた。「危ないことはないと思いますよ」教授は請けあった。「馬にも調馬索がついていますし」

ほかの女性陣もそうしているのなら、ジネスも柵に座っていけないわけがない。彼女は教授の手を借りて柵に登り、腰をおろした。

教授がいつになく優しい表情で見あげてくる。ジネスは少々困惑したが、おそらく教授は、ゼルズラ発見の旅に同行したいのだろう。

思ったとおり、彼はこう言った。

「あなたに謝らなければなりませんね、ミス・ブラクストン。あなたが助手をやめたあと、失礼な態度をとってしまったとずっと後悔していたんですよ。それで、例の調査の跡をできるかぎり追ってみた。そうして、あなたは正しかった、発見されるときを待っている都市がここにあるという結論にわたしも達したんです」

本来ならば、それ見たことかと狂喜乱舞するか、少なくとも勝利の喜びのようなものを感じるはずだった。でも現実には、静かな満足感しか覚えなかった。いまいましいジム・オーエンスのせいだ。

「わたしを許してくれますか?」

「ええ、もちろん」ジネスは答えつつ、あんまりじろじろ人を見ないでよと内心で思っていた。教授の視線はまるで、背中に隠した骨をちょうだいとせがむ子犬のようだ。彼が求めているのは、骨ではなくてゼルズラだけれど。

たずねた。

「ミスター・オーエンスは米国にどれくらいいたんですか？」話題を変えたくて、ジネスは

「一四年です。母親は四歳のときに亡くしました。わたしの知るかぎりでは、母親代わりの

ような人もいなかったみたいですね。われわれの父親が死んだあと、叔父の牧場に住む義兄

を祖母が連れ戻しに行きましたが、義兄は自分の人生がそれからどうなるのかさっぱりわか

っていなかったはずです」

「お屋敷に現れたときの彼は、手のつけられない暴れん坊だったんでしょうね」ジネスは思

わずほほえんだ。かびくさい荘園屋敷のきまじめな使用人たちを、やんちゃな少年のジムが

恐怖に陥れるさまが目に浮かぶようだ。「正義の野蛮人ね」彼女はジムを見つめながらささ

やいた。

ジムは調馬索を軽く持って、アラブ馬が歩み寄るのを辛抱強く待っている。じっと待ちな

がら、ほつれた索の先でさりげなく地面を打ち、馬に予期せぬ行動のチャンスを与えないよ

うにしている。

「いいえ。家のなかでは、まったくそんなことはありませんでした。とはいえ学校では義兄

を試そうとする人間が大勢いて、義兄は彼らをさんざんな目に遭わせたようですけれどね。

それと、よそ者をいじめようとする連中は悲しむべきことにどこにでもいるもので、義兄の

米国訛りや礼儀作法のちがいを揶揄《やゆ》する人間もいました――」教授はそこで彼女を見あげた。

「無知、あるいは野蛮のなせるわざだと」

ジネスは顔を真っ赤にした。

教授が手を伸ばしてきて、柵をつかんだジネスの手にそっと触れ、思いやり深く見つめた。

「そういう意味で言ったのではないとわかっています。ただ世のなかには、もっとひどい言葉を、その言葉どおりの意味で使う人間もいますから。こえだめ公爵だの、いなかっぺ卿だのという呼び名はまだましなほう。もっとも、本人に対してそう呼べる人間はまずいませんでしたけれどね。義兄は当時から、運動神経の発達した、たくましい少年だったんです。

でもアヴァンデール・ホールには祖母がいましたから、義兄は礼儀正しく、おとなしくふるまっていました。嘘みたいに聞こえるでしょうけれどね。家でも、義兄はつらい思いをしていたんです」

英国上流社会にいきなり投げこまれた孤児の少年の、憂鬱そうな顔が目に浮かぶようだ。子どもというものがどんなに無慈悲になれるか、ジネスも身をもって知っている。校庭でジムが受けた残酷な仕打ちが、ありありと想像できる。野次、ばかにした笑い声、顔を真っ赤にして罵る子、たとえようもない無力感。涙で喉が詰まって、なにも言いかえせない。でも泣くことはできない。泣いてはいけない、いけない。泣けば、罵りの言葉はあざけりの言葉に変わる。

ジネスも、さまざまな罵りの言葉をかけられた。幸い、とりわけひどいいじめっ子には、先生方が気づいて注意してくれた。でも優しい先生方もいつでもそばにいてくれるわけはなく、ジネスはすぐにからかいの的にされた。痩せっぽちだの、鼻でかだのと言われては、怒り狂っていた。でも彼女には少なくとも、愛してくれる両親と弟たちがいた。

ジムの聖域はどこだったのだろう。

「誰かが彼をいじめるのを、おばあ様が止めてくれたのでしょう?」ジネスはたずねた。

教授はすぐには答えなかった。落ち着かない表情を浮かべて、適切な返答を探しているようだった。柵のなかでは、アラブ馬がついに好奇心に負け、用心深くジムに歩み寄るところだ。

「義兄は、女性が苦手でした。女性という生き物に、恐れを抱いていたと言ってもいい。あるいは畏敬の念を」教授はさびしげにほほえんだ。「やがて義兄は、残酷で嘘つきなのは男も女も変わらないと学んだ」

ジネスは眉根を寄せた。教授のほのめかしに混乱を覚えていた。

「どういう意味?」

「こんなことを言うべきではないんだろうが、あなたと義兄のあいだには緊張感が漂っている。わかるんです。義兄は冷淡で打ち解けない、よそよそしい態度をわざととっている。そうせざるを得ないんです」

ジネスはますます眉根を寄せた。

「祖母は息子とジムの母親の結婚に猛反対したそうです。アヴァンデールの血統が汚れると考えたのでしょう」

「では、どうしてふたりは結婚を?」

「ふたりとも意志が強かったから。アヴァンデール家は破産寸前でした。一方、ジムの母方の実家は当時、大変裕福だった。ジムの母親の持参金のおかげで、アヴァンデールのぼろ屋敷は崩壊を免れたんです。しかも彼女は夫である公爵に、広大な土地も譲渡した」

「どうして？」

「さあ。本気で夫に愛されていると思っていたからかもしれない。あるいは、娘が公爵夫人になるのを喜んだ父親の判断だったのかもしれない」教授は悲しげに肩をすくめた。「まあ、それについてはどうでもいい。問題は、われわれの祖母アルシアです。祖母は米国人とのハーフである長子が公爵の位を継ぐのがどうしても許せなかった。だから義兄が爵位を継いだとき、義兄が米国人であるあかしをすべて消し去ろうとした。礼儀作法、ふるまい、米国訛り、思い出まで。祖母は義兄に、米国に残してきた家族や牧場での暮らしについて、口にするのを禁じました。生涯です。祖母のしつけは……ときに残酷だった」

なんてこと。ジネスは身震いし、脳裏に浮かぶ光景から逃れるかのように両の腕で自分を抱きしめた。たかが想像でこれほど恐ろしいのだから、ジムはいったいどれほどの思いをしたことだろう。

「やがて義兄は、無関心を装うことを学びました。だから、いまの彼は本来の彼ではないんです。義兄はあんな人ではない。それだけじゃない、義兄はみずから、爵位が剥奪されるよう策を練りました。心から愛する人たちが、傷つくのを恐れるばかりに」

「誰が傷ついていらっしゃるの？」女性の声がふいにたずねた。

ジネスは振りかえった。ミス・ウィンペルホールが、レースのパラソルを手にこちらに来るところだった。その手にはレースの手袋。ロングスカートが小さな砂埃を巻きあげている。

「まさか、あの馬ではありませんわね？」

ジネスはまごついた。教授の語る世界から、令嬢の陳腐で儀礼的な世界にすんなりと移ることができなかった。だが幸い、教授はジネスなどよりずっと、そうした機転がきくらしい。

「いえいえ、そうではありませんよ、ミス・ウィンペルホール」教授は礼儀正しく笑みを浮かべて令嬢を迎えた。「あの馬でしたら元気そのもの。まったく問題ありません。ただ馬丁たちに面倒をかけたようで、強力な援軍——わたしの義兄がこうして呼ばれたわけです。馬術の名手の腕前を、一緒にご覧になりませんか？」

ミス・ウィンペルホールはえくぼを作ってほほえんだ。「初めてのものを見るのは大好きですわ、教授」ジネスを見あげる。柵の上に座る姿にも驚いた様子はまったくない。今回の旅のおかげで、極端な慎み深さはなくなったようだ。「こんにちは、ミス・ブラクストン」

「おはよう、ミス・ウィンペルホール」ジネスはやっとの思いで口を開いた。「よかったら、並んで見る？」たずねながら、柵を指し示す。

「まさか。あの、いえ、けっこうですわ」

「ポンフリー大佐もいらっしゃいますか？」教授が問いかける。

「いえ、たぶんいらっしゃらないでしょう。お忙しいようですから」令嬢は答えつつ、ジムとアラブ馬をじっと見ている。

アラブ馬がようやく足踏みをやめた。ジムがそのかたわらに立ち、背峰に手を置く。その手でゆっくりと優しく撫でると、馬がつややかな背を気持ちよさそうに震わせるのがわかった。骨格の美しい馬の頭に、ジムが調馬用の端綱《はづな》をかける。それから彼はなめらかな動きで、ひとつかみのたてがみを握ると、馬の背にまたがった。

馬が暴れ、斜めに後ずさる。ジムが前かがみになって脚の位置を直すと、すぐに馬はおとなしくなった。ジムが目には見えない合図を出し、馬が軽やかに走りだす。彼は乗り手ではなく馬の一部であるかのように、馬と一体になって体を動かしている。

「見事な腕前でしょう？」教授があからさまな賞賛をこめてささやき、よほど興奮したのか、またもやジネスの手に自分の手を重ねてきた。

ジムがこちらを見る。アラブ馬が後ずさり、首をのけぞらせる。

「ちゃんと面繫《おもがい》や轡《くつわ》も着けさせたほうがいいのではないかしら」ミス・ウィンペルホールが言った。

「必要ありませんよ」教授が応じる。「見ててごらんなさい」

だがジムはあきらめたようだ。馬を走らせたまま片脚を反対側に移動させ、すべるように地面におり立った。

「なんだ……もう少しがんばってくれよ」見物していた兵士のひとりがぼやいた。「五分以上乗っていられるほうに一ポンド賭けたんだからさ」

「それはすまない」ジムは応じ、ジネスの顔から、教授の手に握られた手へと視線を走らせ、言い添えた。「見るべき部分は十分に見たからね。馬房に入れるのに、もう苦労はしないはずだ。こいつの腹にはさわらないようにしてやってくれ。脚で蹴って命じられるのではなく、言葉で命じられるのが好みらしい」

見物人が散りはじめ、ジネスも柵からおりようとしたとき、ハージ・エルカマルを見つけた。ハージも彼女に気づいたらしい。ハージは口をすぼませて一瞬目をそらしたが、自分に気合いを入れたのだろう、みずから歩み寄ってきた。教授と令嬢に頭を下げてから、ジネスに向かってうなずいた。

「やあ、ジネス。エジプトにお帰りと、言う機会を逃したようだね」

「こんにちは、ハージ」ジネスは淡々と応じた。今回、マギは小言を我慢してくれた。でもハージの場合は、そう簡単にはジネスを許してくれないだろう。ジネスへの批判の言葉を、ハージが遠慮したためしなどない。ミス・ウィンペルホールになりすまし、そのために大小の規模にかかわらずさまざまな厄介事に巻きこまれたジネスへの非難を、これからいやと言うほど聞かされる羽目になるのだ。昔からずっとそうだったように。

「あなた、ミス・ブラクストンをファーストネームで呼んでいるの?」令嬢が当惑の面持ちでたずねた。

ハージがむっとして令嬢を見る。

「ええ、そうですよ。なにか問題でも、ミス・ウィンペルホール?」

彼は昔から神経質で怒りっぽく、自分を侮辱したり否定したりする相手を(いもしないのに)必死に探し、見つけたときには得意になってやりかえす。昔から小うるさい少年だったが、いまや小うるさい若者になったようだ。

「ハージ、お願いだから向こうに行ってて」ジネスはいらだたしげに言った。馬丁の少年が調馬索を離してしまい、アラブ馬がいかにも楽しそうに柵のなかを跳ねまわりだす。「ミス・ウィンペルホールは、わたしたちの長い歴史を知らないんだから。たとえば教授から〝ミルドレッド〟と呼ばれたとしても、同じように驚いたはずよ。そうでしょう、ミス・ウィンペルホール？」

令嬢は、横柄な態度のハージから、おろおろしている教授、そしてジネスへと視線を移した。

「ええ、そう。そうですわ。怒らせようと思って言ったわけではないの、ミスター・エルカマル」令嬢は顔を真っ赤にした。すまなそうに、と言ってもいいかもしれない。

「ほうらね」ジネスはうなずいた。「ハージが気安くわたしに接するのはね、わたしたちが小さいころから……〝友情〟を築いてきたから、と言おうと思ったんだけど。ハージのほうでは好意なんてまるで持っていないかもしれないから、やっぱりこう言いましょうか。ハージが気安く接するのは、子どものころにわたしのお守り役を押しつけられていたからなの」

ミス・ウィンペルホールは居心地が悪そうな表情を浮かべた。教授はまごついた様子だ。ハージは怒っているようである。「見張っているだけなら、きみにいやがられる心配はないと思っていたから」ハージはいつになく神妙な口ぶりで言った。「でも、ぼくのかんちがいだったみたいだね。だとしたら、ごめん」

「それって、謝っているの？」ジネスは問いただした。「だとしたら、ずいぶん下手なせりふね」ジムはどこへ行ったのだろう。アラブ馬はいまや柵のなかを走りまわっており、捕まえようと手を伸ばしてくる兵士から逃れておもしろがっている。

「そういえばポンフリー大佐が今夜、わたしの歓迎パーティ代わりのささやかな夕食会を開いてくれるそうですわ」ミス・ウィンペルホールが強いて明るい口調で言い、勇敢にも、話題を変えようとする。

「それは楽しみですね」教授が応じ、令嬢の援護にまわる。だがむだな努力だった。

ハージは怒りに顔を赤黒くしている。

「謝罪の言葉がきみのお気に召さなかったのならすまない。なにしろ、フィニッシング・スクールや大学で行儀作法を磨けるほど、恵まれていないもんだからね。きみの場合は、せっかくその手の学校に行ってもあまり効果はなかったようだけど」

「いいかげんにしてよ」ジネスは答えた。「あなたは、誰にも負けない教育を受けたはずよ。だって世界最高峰のエジプト学者のひとりに、わたしの大おじい様に、じきじきに手ほどきを受けていたじゃない。いったい何人の人が、大おじい様からの指導を望んでいると思うの？　にもかかわらずあなたは、純然たる嫉妬心から、自分は教育を受けられなかったと言い張るのね」

ハージは息をのんだ。だがジネスは気にしなかった。彼女は疲れて、傷心を抱えており、怒りの衝動に駆られていた。言いすぎだとは思ったけれど、過去に追いまわされることにうんざりしていた。

「夕食のメニューは、自由に決めていいと言われてますの」令嬢が必死にその場をおさめようとする。「それにロバート卿が、例の料理人を使っていいとおっしゃってくださって。ご親切だと思いません？」

「ええ、ほんとうに」教授が応じたとき、アラブ馬が猛然と後ろ足を蹴りあげた。男たちがハチがどうのこうのと叫び、女たちが慌てて逃げだす。けれどもジネスはわれ関せずだった。

ハージもわれ関せずだった。

「嫉妬心からだとして、いったい誰がぼくを責められる？」ハージはジネスをにらんだ。「きみは生まれながらに、すべてを持ってる。家庭教師も、発掘現場に出入りする権利も、名前も。ぼくは努力なしでは目もかけてもらえない、結果を残さなければ褒めてももらえない。だけどきみは、ジネス・ブラクストンだというだけで認めてもらえる」

「わたし自身が、その事実に絶えず苦しめられていたとは思わないんでしょう？」ジネスは怒りをぶつけた。

今度はミス・ウィンペルホールが息をのんだ。

「期待はずれ。厄介者。悪魔《アフリート》。みんながわたしをそう呼ぶ。どれだけチャンスを与えられようが、有利な立場を与えられようが、水準にも劣る事実にわたしが気づいていないとでも思う？　でも、少なくともわたしはあきらめなかった。与えられた人生に値する人間になろうとがんばってきた。あなたは、逃げただけじゃない」

最後の一言に、ハージは蒼白になった。

「わたしはちゃんと成し遂げるわ」ジネスは涙があふれてくるのを感じた。「成し遂げてみせるわ。みんなに誇りに思ってもらえるようなことを。わたしに尽くしてくれる人たちに報いるためにね。あなたは、あなたはどうなの？」

ハージは答えられなかった。ただ立ちつくして、彼女を見つめるばかりだった。ジネスは、先に目をそらして彼に優越感を与えたくなかった。

そのときふいに、誰かが警告の言葉を叫ぶのが聞こえてきた。アラブ馬が柵に向かってくる。ぎりぎりのところで方向転換したものの、最後の最後で間にあわなかった。馬の後ろ半身がすさまじい勢いで柵にぶつかり、その衝撃で、ジネスは柵のなかに放りだされた。

肩から地面に落ち、やわらかな土の地面に頭を打って、意識がもうろうとなる。ハージがアラビア語でなにごとか叫び、ミス・ウィンペルホールが驚いて金切り声をあげ、馬が痛みにいななくのが聞こえた。薄ぼんやりとした視界の少し先で、大きなひづめが彼女の顔のすぐそばの地面を蹴ったのだろう、土くれが海の泡のように宙を舞い躍った。

そしてついに気を失いかけたとき、たくましい腕に抱えあげられ、広い胸板に抱かれるのを感じた。とどろくような鼓動がジネスの頬を打った。彼女は首をかしげ、のみで彫ったような顎の線、見まちがいようのないジムの顎の線に気づいた。彼がわたしを抱いて、柵の外に運びだしてくれている。目を閉じたジネスは、ジムの腕だけがくれる安心感と安堵感をたっぷりと味わった。

ややあって、ふいにジムが立ち止まるのがわかった。目を開いてみると、彼の険しいまなざしはこちらに向けられていなかった。すぐそばに、心配そうな面持ちのタインズバロー教授が立っている。

「大丈夫かい、ミス・ブラクストン？　医者を呼ぼうか？　誰か、医者を呼んでくれたまえ」教授が叫ぶ。

「いいえ、いいの、わたしなら大丈夫。衝撃で一瞬、息ができなくなっただけだから」ジネスは言った。自尊心もなにもかも忘れて、とにかくジムにここから運び去ってほしいと、それだけを願っていた。

ところが。ジムは彼女を教授の腕にどさりと預けた。

「彼女といるときは、もっとすばやく行動できるよう練習しておけ」ジムは義弟に告げ、あとは無言で立ち去った。

30

残酷な揺るぎのない真実……彼女が心からの不滅の愛をささげた相手は、彼女に愛を返してはくれなかったのだ。

――ジネス・ブラクストンの創作日記より

料理は素晴らしかったし――ロバート卿がお抱えシェフを大佐に貸しただけのことはある――ワインもたっぷりとふるまわれた。ハージとマギについては、ロバート卿がパーティに招くよう言ったのだろう。そうして大佐も、あえて拒みはしなかった。ハージとジョックとロバート卿のさまざまな暴露話のおかげで、パーティの間中、愉快な会話はとぎれることがなかった。大佐の部下とその妻たちはこれ幸いとばかりに、ダンスシューズと一張羅でめかしこんでいた。つまり誰もが、楽しい時間を過ごしていた。

ジム以外の誰もが。

彼は壁にもたれ、ロバート卿が用意した上等なスコッチウイスキーの三杯目を手に、彼女を見つめていた。一応、見ないよう努力はした。人生のさまざまな場面で学んだ慎みと自制心に関する教訓を、忘れまいとした。だがけっきょく、こと彼女に関してはそんなものはなんの役にも立たないのだと悟った。彼女が相手だと、いっさいの自制心を失ってしまうのだから。

今夜の彼女は、薔薇色の紗織のドレスをまとっている。腰にぴたりと張りつき、裾がひらひらするデザインだ。その色が、彼女の青碧の瞳を際立たせ、豊かな茶色の髪をきらめかせる。V字に深く刳《く》れたネックラインと、鎖骨もあらわな小さなパフスリーブのせいで、ジムは思考が困難になりそうだった。背中の露出はさらに大胆だった。背骨の小さな凹凸が、ウエストをきゅっと締めあげる黒いベルベットの細リボンの奥へと伸びている。

もはやジムは、彼女を見ずにはいられなかった。息をせずにはいられないのと同じことだった。彼女がジョックにほほえみかけ、ジョックのせりふに声をあげて笑うさまを観察しつづけながら、パーティの間中、おれは文字どおり彼女を義弟に手渡したのだと、自分に言い聞かせていた。ジョックこそ彼女にふさわしい、とも言い聞かせていた。ジョックは、ジムが用意した未来を受け取らなかった。さすがは、知性に秀でた高潔な男だけのことはある。しかもジョックは裕福だ。次男ゆえに父親の遺産を多く受け継ぐことはできなかったものの、母方から一財産を譲り受けている。

つまりジョックは、ジネスが求めるすべてを与えられる男なのだ。

ふたりはいま、ダンスに興じている。ジネスがジョックの腕にそっと手を添え、散らかった広間の隅に大佐が用意した寄せ集めの管弦楽団の奏でる陽気な音楽に合わせて踊っている。

ドレスの裾をひるがえし、首をかすかにのけぞらせ……ジムの脳裏にあのときがよみがえる。彼女が首をのけぞらせ、半ば目を閉じて、恍惚に唇を薄く開き……。

ジムはスコッチの残りをあおった。

「アヴァンデール卿」と呼びかけられて顔を振りむけると、ハージのおばのマギがこちらに来るところだった。年のころはわからないが、目鼻立ちの整った女性だ。ハージが言っていたとおり、いかにもあなどれない感じである。

「ジムです」

マギは問いかけるように小首をかしげ、となりに立った。しかたなくジムは壁にもたせていた肩を離した。

「ジムと呼んでください」

「ではそうしましょう」マギは言うと黙りこみ、踊る人びとに目をやった。いったいおれになんの用だろう……ジムはまごついた。

「踊れますの？」しばらくしてから、マギが訊いてきた。

「ええ」ジムは答えた。しつけの一環として無理やり仕込まれた。

「ではなぜ踊らないのかしら？」

ジムはこわばった笑みを浮かべた。

「女性は数人しかいないのに、おれよりも立派な紳士が大勢、恩恵にあずかろうとして列をなしていますからね」

「言い訳がお上手だこと」マギはどこか尊大に言った。

驚いたジムが見ると、彼女は軽やかに笑って言葉を継いだ。

「頑固でおしゃべり好きな家庭に、長いこと仕えてきましたからね。彼らの影響をたっぷり受けてしまいました。わたしが彼らに与えた影響はほんの少し」

「そんなことはないでしょう」

「だといいのだけど。あの家は、みんないい人ばかり。長い年月のあいだには、心の平穏を乱されることもありましたけれどね。たとえば、ジネスの母親のデズデモーナ。力ずくで分別をたたきこみたくなるのを、こらえなくちゃならないときもあったわ。明白な事実さえ見えていないことがあって」

「では、ジネスは母親似ですね」

「ジネスが？　いいえ、ちっとも。むしろあの子の場合は、物事がはっきりと見えすぎるんでしょうね。自分の欠点もすべて見えてしまう。短所も見えてしまう。しかも欠点や短所を受け入れられない。そのうえ、他人がみずからの欠点や短所を受け入れるのが許せない」

「おっしゃる意味がよくわかりませんが」

「でしょうね」マギは謎めいた笑みを浮かべた。「だからあなたに、力ずくでわからせてやりたいと思ってしまうわけ」

最後に謎めいた一言を残し、マギはすっといなくなってしまった。

ジネスはタインズバロー教授とワルツを楽しみ、数人の士官とツーステップを踊り、曾祖父とハーフターンで広間をめぐった。そうして、ポンフリー大佐からショッティッシュの相手を申し込まれたときには、面くらい、まごついた。意外にも大佐は踊りが上手だった。

ジェームズ・オーエンスとは踊らなかった。

士官やハージとしゃべる彼をときおり一瞥《いちべつ》することはあった。ジムはたいそうハンサムで、女性陣があからさまに賞賛のまなざしを送っていた。はしたない人たちだ。

最後のダンスが終わり、相手におじぎをしたところで、ジネスはこちらを見ているジムに気づいた。部屋の反対端に立つジムがグラスをわずかに掲げ、ひきつった笑みを浮かべて、無言で乾杯を告げる。ジネスは喉元が熱くなるのを覚えた。慌てて顔をそらし、ダンスフロアを急いであとにした。軽食のテーブルに逃れ、そこでミス・ウィンペルホールがみずからグラスにパンチをそそいでいるのを見つけた。

「ミス・ブラクストンは、わたしの舞踏会の華ね」令嬢はにこやかに言った。妬ましげな調子はまったくない。

「すてきなドレスを貸していただいたおかげよ」ジネスは応じた。「ほんとうにありがとう」

令嬢はほほえんだ。

「わたしよりずっとお似合いですもの。ロンドンを発ってすぐに、ふとした気まぐれで買ったドレスなの。そもそもなぜ買おうと思ったのかしら。わたしなんて、それを着たらどきどきして落ち着かないわ。いずれにしても、裾あげをしなくて正解だったみたい」

「あなたのほうが、絶対に似合うと思うわ」

「ありがとう。でもポンフリー大佐がお気に召さないでしょうね」

ミス・ウィンペルホールはロマンチックな憧れを胸に抱いている……曾祖父が言っていたのをジネスは思いだした。

「大佐がお気に召すかどうかが、そんなに大切？」

令嬢は驚いた顔でジネスを見た。「もちろん。わたしの夫になる方ですもの」

ジネスは昔から感情を隠すのが苦手だ。でも今回ばかりは、下手なことを言わず、自分を抑えている自分を褒めてあげたかった。

「大佐のことを、あまりよく思ってらっしゃらないのでしょう？」令嬢は用心深くたずねた。

「でも船でお話ししたときに、粋な方ではないとお教えしたはずよ」

「まあ、それはそうだけど……」ジネスはためらい、思いきって口にすることにした。これだけ自制すればもう十分。「でもあなたには、粋な男性がふさわしいわ。よそよそしさより、ぬくもり。仕事熱心よりも、ロマンチックな心。そういう人が似合うのに」

「そんな」令嬢はつぶやいた。やや当惑の面持ちながら、大いに心を動かされたようだ。「ご心配いただいてありがとう。ほんとうに。でも、ヒリヤードの人となりはよくわかっているし、彼こそがわたしの求めている方なの」

ジネスは疑わしげに令嬢を見つめた。

いらだたしげに小さなため息をもらしたと思うと、ミス・ウィンペルホールはジネスの腕

っていった。

に自分の腕をからませ、散らかった広間の隅のほう、ふたりきりで話せるところへと引っ張

「ミス・ブラクストン」令嬢が向きなおる。「いいえ、ジネス。あなたとわたしは、正反対の人間だわ。あなたが大佐のことを、よそよそしくて堅苦しい、少々退屈な殿方だと思っているのはわかっているの。そう、偏見に満ちた人だとも思ってらっしゃるわね」申し訳なさそうな表情から、ジネスに対する婚約者の態度を令嬢が不快に思っているのが伝わってくる。けっしてその気持ちを言葉にはしないだろうが。

「たしかに彼はそういう人かもしれないわ」ミス・ウィンペルホールはつづけた。「それでも、優れた指揮官としての素質はちゃんと備えてらっしゃる。望ましい状況で、望ましい人たちに囲まれていれば、善人になれる方なの。それにね、わたしは彼のことがとてもよく理解できるの。なぜならわたしたち、似た者同士だから」

「そんなことはない――」ジネスは反論しようとした。

「いいえ、否定なさらないで。自分の欠点はわかっているの。この数日間で、自分のどこがいけないのかますますよくわかったわ。だからね、大佐とわたしはお似合いなの」

「だけど、情熱についてはどうなの？」納得できず、ジネスは食い下がった。

「情熱？」ミス・ウィンペルホールがくりかえす。「情熱なんてものからは、解放されたいわ」ジネスの驚きの表情に気づいて、令嬢は淡々とした声音でつづけた。「あなたやミスター・エルカマル、あなたの大おじい様、それにミスター・オーエンス。タインズバロー教授

もある意味ではそうね……あなたたちを見ていると、なんだかみなさんの情熱に圧倒されてしまうの。心が乱れてしまうのよ。あなたはとても感情の起伏が激しくて、まるで燃えさかる炎のよう。でもわたしは炎に近づきすぎると怖くなる。そのドレスと同じで、居心地の悪さを覚えてしまう。あなたの……」笑みを浮かべ、彼女は口調を和らげた。言葉が見つからないのか、かぶりを振る。「あなたの胸にあふれるものよりも、穏やかさや調和を大切にしたいの。あなたにはわたしの選ぶ道が理解できないでしょうけれど、わたしもあなたの選ぶ道を、きっと不思議に感じると思うわ」

ジネスはしばらく無言でミス・ウィンペルホールを見つめていた。その瞳には、心からの誠意と友情だけがあった。自分が欲しいものよりも、自分に必要なものに先に気づける人はそうそういない。

「あなたは、とても賢い人ね、ミス・ウィンペルホール」

「誰かしらが賢くならなくてはね」令嬢が言い、ジネスは思いがけない率直な物言いに声をあげて笑った。「これからのわたしの幸せを祈って、祝福してくださるわね？」

「もちろん、もちろん」ジネスは答えつつ、目の前の小柄で控えめな女性を見くびっていた自分の愚かしさを強く実感していた。

「よかった。ああ、わたしたちが真剣な顔で長々とおしゃべりしているものだから、大佐が心配してらっしゃるわ。あなたといると悪い影響を受けると思ってらっしゃるのよ」令嬢は瞳をきらめかせて言った。「あちらに行って、安心させてあげたほうがよさそう」

ミス・ウィンペルホールがいなくなるとすぐ、ハージが決意の表情でこちらにやってきた。

「あら、ハージ」ジネスはうんざりした声を作った。また彼とやりあえる気分ではない。それにジムの過去についてタインズバロー教授に聞かされて以来ずっと、ジムが大佐の中傷からかばってくれなかったのは、そうした過去に関係があるのかもしれないと頭を悩ませていた。ひょっとすると悲劇的な少年時代のせいで、ジムは彼女が求めるような愛情を感じられなくなってしまったのかもしれない。

「話があるんだ、ジネス」ハージが言った。

「もうよしましょう。ミス・ウィンペルホールの言うとおりだわ。わたしたち、熱くなりすぎよ。大おじい様のためにも、ここは一時休戦しましょう」

「言ってる意味がよくわからないけど、でも心配は無用だよ、謝りたいだけだから。心から、って意味だけど」ハージはほんとうに悔い改めているように見える。まったく彼らしくない。

「ちょっとしたきっかけがあって、これまでの自分を振りかえってみたんだ」

「へえ。わたしのお説教が効いたわけ？」

「まさか」ハージは昔と同じ、いたずらっぽい笑みを浮かべた。「きっかけはミス・ウィンペルホールだよ」

「彼女に叱られたの？」ジネスは仰天してたずねた。たしかにミルドレッドは思いがけない強さを秘めた女性だが、そこまで積極的な一面があるとは信じられない。

「ちがうよ」ハージは笑った。「彼女と話したわけじゃない。彼女がポンフリー大佐に話したことがきっかけなんだ。マギとぼくが今夜のパーティに招いてもらえたのは、令嬢のおかげなんだよ」

「そうなの?」ジネスは驚いた。

「そうなんだ。ぼくも驚いた。なんだか……」ハージが赤面する。「なんだか、畏れ多い気持ちになったよ」

ジネスは思わず鼻で笑った。

「ほんとうなんだ。この三週間、ミス・ウィンペルホールほど偽善的な人間はいやしない、なんて思っていてさ。でも先入観を捨ててみると、彼女のささいな仕草……なんでもない表情や、さりげなく脇にどく仕草なんかを、わざと曲解しようとしている自分に気づいたんだ。それで、ぼくたちの関係についても、勝手にこうだと思いこんでいた部分をあらためて見なおしてみたんだよ。そうしたら、やっぱり曇ったレンズをとおして見ていたんじゃないかなと思って」

「それほど曇ってもいなかったんじゃない? それに、あれだけお守り役を押しつけられたら曇るのが当然」

「ちょうどいいお守り代わりだったよね。でも、それでいいんじゃないかな?」ハージは意外な発見をしたときのような口調で言った。「多くの家庭が、大きい子どもに小さい子どもの面倒を見させるんだから。とにかく、ぼくはきみと仲なおりがしたい。だからゼルズラ発見の手伝いをするよ。今回の旅隊の随行者に話をして、発掘にも参加してもらえることになっているんだ。ぼくはきみの下で、作業監督として働く」

「だけど、大おじい様は……」

「曾孫が歴史的発見を成し遂げるまで、いつまででもフォート・ゴードンに留まるってさ」

ジネスの胸をさまざまな思いが駆けめぐる。実現できるときを待ち焦がれてきた夢が、すぐそこまでやってきてくれた。夢をかなえるためのあらゆる条件が、あたかも見えざる手に操られたかのように、いっときに満たされた。ゼルズラを発見できる。すぐにも世界的に著名な学者となれる。父に並ぶ権威として認めてもらえる。

ジムと離れられる。

いまはそれが最大の理由に思える。ジネスは悲嘆に暮れていた。これからも毎日ジム・オーエンスの顔を見つづけたら、立ちなおろうにも立ちなおれない。

「いつから始める？」彼女はたずねた。

ハージがほほえみ、その瞳に冒険心が燃えさかるのが見えた。これは単なる仲なおりのための旅ではないのだ。ハージの瞳には、エジプト学者だけが持つ熱い思いが宿っている。父や曾祖父の瞳に宿っているのと同じ思いが。ジネスはこれまで、それが自分の心にもあることに気づかずにいた。

「きみが望むなら、明日にでも出発しよう。荷物だって、あっという間にまとめられるさ」

返事をしようとしたとき、人波を縫うようにしてタインズバロー教授が現れた。ふたりと並んで立ちながらほほえむ。

「ミスター・エルカマル、こちらの美しいお嬢さんと踊るつもりがないなら、わたしが横取りしても？」

ハージはおじぎをした。「こちらのレディがお望みなら」

「ミス・ブラクストン？」

ジネスはダンスの申し込みを受けた。なにかしていれば、ジムのことを考えずにすむ。ジネスの腰にそっと手を置き、反対の手で彼女の手をとり、教授は優雅な身のこなしでダンスフロアのほうへといざなっていった。完璧なフォームで、ジネスを巧みにステップへと導く。教授は喜びの色を顔に浮かべ、楽しいおしゃべりで彼女を笑わせ、けれども饒舌すぎて音楽の邪魔をすることはなく、相手がジムではないことを、ジネスはほとんど忘れ……。


空のグラスをジムはにらんだ。ジョックをにらんでしまうよりはいい。義弟はいま、ジネスのウエストに手を置き、あらわな背中を指先でなぞりながら、チェシャ猫のようににやにや笑っている。ふたりはワルツを踊っていた。義弟はなんでも巧みにこなすが、踊りもしかりだった。ジネスもジョックの腕前に感心している様子である。

ジネスはかすかに首をのけぞらせており、ほっそりとした首筋が誘うかのようだ。ランタンの光を浴びた肌は、とりわけ上等なベルベットのようにつやめいている。大きな口には笑みが浮かんでいて、弧を描く唇は火をともした蠟燭のしなやかさと、禁断の果実の甘みを帯びているにちがいない。

いや、彼女こそが禁断の果実だ。ジムにとってという意味だが。なぜならジョックはジネスを愛していて、ジョックは善人で、まともな人間で、レディの純潔を奪うようなやからではないからだ。しかも、しかもだ。義弟は、花婿のもとへ送り届ける途中の花嫁の純潔を奪ったりするやからではない。一方のおれときたら……。

おれときたら。

盗まれた花嫁は、おれのものだ。

道義心も慎みもくそくらえ。自分以外の男が彼女に求愛する場面をこれ以上見せつけられたら気が変になる。なすべきことをしたというつまらない満足感を得るために、正気を失うつもりなどない。なすべきことなどくそくらえ。大切なのはジネスだけだ。彼女を奪われないために全力を尽くすこともせず、手放すなんてできない。

空のグラスを勢いよく置き、ジムは大またでダンスフロアに向かうと、義弟の肩をつかんでぐいと引いた。「交代してもらってもいいか?」どこか脅迫めいた優しい声でたずねる。

ジョックの返事は聞かなかった。返事などどうでもよかった。ジネスはすでにジムの腕のなかにいた。ジムは彼女のほっそりとしたウエストに手を添え、手のひらに伝わるぬくもりを味わった。肩に置かれた彼女の長い指の一本一本が感じとれる。ジムは反対の手を握りしめた。

そうしてダンスへといざなった。勢いよくターンすると、ジネスがしがみついてきた。ふたりは話さなかった。ジムは彼女を見おろし、キスがしたいと思っていた。彼女がキスにこたえ、彼の首に両の腕をまわし、首筋に唇を寄せて彼の名をささやいてくれるまで。抱きしめたジネスの体は蘆《あし》のようにしなやかだ。はちみつ色の髪の一束がほつれて鎖骨にかかるさまは、象牙の海に浮かぶ金線細工のよう。

ジネスが目をそらそうとするので、ジムが不適切なほど強く彼女を抱き寄せると、怒ったように見あげてきた。

「やめて」ジネスは息をあえがせた。興奮したために繊細なレースからこぼれんばかりに胸が大きく上下する。

「なにを？」

「そういう目で見るのはやめて」彼女はかすれたささやき声で言った。

「やめようにもやめられない」

「だったらもう放して」

「絶対に放さない」

ジネスは大きく目を見開き、警戒の色を瞳ににじませた。「酔っているのね」

「あいにく酔ってない。酔おうとはしたが」

「いいえ、酔ってる。それに人が見てるわ」

見まわすと、嘘ではなかった。数人の男たちがこちらを見ており、ジムと目が合うと慌ててそらした。女性陣はあからさまに非難のまなざしを向けている。

ふん。まるでおれが彼女の体面を汚そうとしているみたいじゃないか。ジムはダンスを中断し、ジネスの手をつかむとフロアの端へと引っ張っていった。ふたり組の士官兵が踊る人びとを見物しており、一方がジムに気づくなり、すぐさまふたりしてそこから退散した。

ジムはジネスに歩み寄り、彼女を壁際まで後退させ、好奇に満ちた人びとの目から広い肩でさえぎるように立った。ジネスは眉根を寄せて、顔をそむけている。ふたりはいわば同類だった。ジムはどんな遍歴の騎士よりも深くジネスを、彼女の感情の移ろいを、ちゃめっ気や知性を理解できる。けれども彼は、なすすべもなくただジネスを見つめた。なにを言えばいいのか、どうすれば求婚を受け入れてもらえるのかわからなかった。

身体的な喜びなら与えられるが、それは彼女もすでに知っている。ふたりはともにさすらい人だが、もしもジネスが〝わが家〟を求めるのなら、ジムはすぐにでも用意するつもりだ。尊い名前や富や地位が欲しいというのなら、その気持ちを理解してやろう。いや、当然のことだと、筋のとおった願いだと認めてやろう。赤貧の放浪者と結婚するより、ずっと筋がとおっているのだから。

そうは思っても、どこから始めればいいのかわからない。すでに二度も拒絶された相手に、いったいどうやって迫ればいいのか。けっきょく彼は迫るのはやめ、人差し指と親指をジネスの顎に添えて顔を上に向けるにとどめた。

「結婚してくれ」と告げ、相手の瞳をのぞきこむ。ここからどう話を進めればいいか、ヒントのようなものを瞳のなかに探す。

ジネスは目をそらさなかった。ジムの鼓動は太鼓のようにとどろいた。

「どうしてあなたと？」ジネスがたずねた。かすれた声ははかなげで、なぜか希望がこめられているようだった。

ジムは深呼吸をした。どうすればいいのかわからず、途方に暮れていた。「それは」とつぶやき、もっともらしい声音を必死に作った。「飼い馬の数が増えたからだ」

彼を見あげたジネスの顔から、血の気が引いていく。

次の瞬間、彼女はジムを殴った。

ざわめく人びとをかき分けて、ジネスは広間をあとにした。みじめな怒りの涙に目の奥がちくちくと痛んだ。

「なんてことでしょ！」誰かが言うのが聞こえた。

「一八九五年にペドラー・パーマーがビリー・プリマーを倒したとき以来の、見事なパンチだったな」

「なにしろブラクストン家の娘だもの」

ようやく扉を見つけ、その脇に口をあんぐりと開けて立つハージと目が合う。

「明日は準備が整いしだいゼルズラに出発よ」ジネスは告げると、彼の前をさっと通りすぎ、夜闇のなかへと出ていった。

ジムはおそるおそる自分の顎に手をやり、指先で唇に触れてみた。血が出ていた。どうやらやり方を誤ったらしい。だが、正しいやり方がわからなかったのだ。顔をあげると、人びとがこちらを見ていた。外野がなにを考えているか想像がつく。どうでもよかった。肩で押し分けてようやく人波から逃れたところで、ジョックに前をふさがれた。

「義兄さん」ジョックはこわばり、むっとした顔で呼びかけた。「いったいどういうつもり――」

「おれがおまえの立場なら」ジムはさえぎった。「それ以上はなにも言わない。そうだ……そんなつもりはなかった……彼女を怒らせるつもりなんて……」言葉がとぎれる。ジムは義弟の脇をすり抜け、扉を乱暴に開けて出ていくと、長い長いため息をついた。

考える必要があった。だが彼女がそばにいるかぎり、それは不可能だった。

31

周囲を彩る手つかずの自然の美でさえも、彼女の傷ついた心を憂鬱で満たすばかりだった。
——ジネス・ブラクストンの創作日記より

「素晴らしい」タインズバロー教授はつぶやいた。

一行は、砂漠にどこからともなく隆起したかに見える長い断崖に向きあっていた。黒ずんだ苦灰石《くかいせき》を主体とする断崖は西に向かって数キロ伸び、灰褐色の水平線に消えている。一行は大きな格子状に一帯を区切って、この三日間は真北に進路を取り、前進をつづけていた。不屈の旅がついに実を結んだのだ。

なぜならとうとう、彼らは未踏査の広大な地形の終端に立ったのだから。それは巨大な涸れ谷への入口だった。涸れ谷は断崖を数百メートルにわたって北に切り裂き、そこから西に分岐して、おそらくは崖の反対側までつづいていると思われる。断崖の幅は定かではないが、ジネスは少なくとも二キロはあるだろうと見積もった。

「この崖がここにあるのを知っていた人は？」教授がたずねた。

みずからの無知がばれるのを嫌うハージは、もったいぶった、どこかあいまいな表情をつくろった。

「では、欧州人ではわれわれが一番にこの風景を目にしたのかもしれないな」教授は恍惚の表情を浮かべ、大きく息をついた。

教授を発掘隊に誘ったのはひとえに、それが礼儀だと思ったからだ。なにしろ出発の日の朝、気づいたときにはハージが教授に、どこへ向かうのか話してしまっていた。教授ががっかりする顔は見たくなかった。準備を整えて出発したのは昼前。ロバート卿は陽気に、旅隊の随行者たちとついでに料理人まで、ジネスたちと一緒に送りだしてくれた。暗黙の了解で、彼女がジムを殴った事件を口にする人はいなかった。ハージを除いては。

「あんなにいいやつを傷つけるなんて」旅の初日、ハージはフォート・ゴードンを発ってすぐにジネスを責めた。自分のラクダを、わざわざ彼女のラクダのとなりに並ばせて。

「なんのこと?」ジネスは冷ややかにたずねた。

「ジム・オーエンスだよ。昔はいいやつだったんだ。寡黙で、穏やかで、冷静で、どんなときも落ち着きを失わなかった。心から尊敬していたよ。でもきみのせいでジムは理性をなくした」

ジネスは無言でハージを見つめた。

「自分が恥ずかしくないかい、ジネス? すっかり打ちひしがれたジムを助けてやろうともしないで」

「おせっかいもいいかげんに——」ハージはさえぎると目を閉じ、指先を口元にあてた。「もうこの話はよそう」有無を言わせぬ口調で告げる。それきり、ふたりはその話はしなかった。

あんなにいいやつを傷つけた、ですって……ジネスは憤慨した。ジムにいいところなどひとつもない。

あの求婚の言葉で、彼に対する思いは終わりを迎えるはずだった。なにしろ今回は、ジネスを金で買おうとしたも同然だった。値段だってはっきり告げられた。「飼い馬の数が増えた」と。金目当てに結婚する強欲な女だと思われているのが、これでよくわかった。そもそもなぜジネスと結婚したがるのかは謎だが。だが彼が「したい」ことと、「するべきだと思う」ことはまったくちがうのだろう。ジムは彼女の体面を汚した。けっきょくそれが結婚の理由だ。祖母との暮らしに耐えたジムへの哀れみの気持ちはまだあるが、だからといって、金で買われるのは我慢できない。

彼との結婚はジネスのためにならない。ジムもいいかげんにそのことに気づいただろう。それでも念のため、ジネスは彼に置き手紙をした。ジムもおそらくもうフォート・ゴードンを発っただろう。カイロまでの道程を半分くらいは進んだかもしれない。それでいい。これからジネスはほんとうに重要なこと、学者としての未来に集中する。ジムとのことはちょっとした寄り道で、いまは本筋に戻り、名を成すために決意を新たにしている。

だからジム・オーエンスには二度と悩まされたくない。

少なくとも、実物には。なぜなら、日中は怒りを覚えていられても、夜になると夢がジネスを裏切るから。毎晩ジムは夢のなかで彼女を待っており、熱いくちづけで彼女を迎えると、たくましい腕で岩のように硬い胸板に彼女を抱き寄せ、ゆっくりと腰を動かして――。

「それにしても、この地形がここに存在することをどうやって発見したんです？」教授がたずねてきた。

「発見したというほどのものでは」ジネスは応じ、手近の岩によじ登って周囲を見わたした。「例の商人がファラオのもとへ向かう隊商に預けた巻き物には、詳細な積荷一覧が含まれていました。ファラオは言ってみれば締まり屋で、ワインの一滴から米の一粒にいたるまで細かく一覧に記すことを商人に求めたんです。巻き物には積荷のほかにも、隊商に同行する奴隷の人数や、食料の割当量などがすべて記されていた。そこから隊商が何日間旅をしたのかがわかったので、さらに積荷の量から、一日にどれだけ前進できたかを推定してみたんです」

ジネスは岩の上でゆっくりとまわり、ゼルズラへの入口がどこなのか、ヒントがないかと探した。「その後、調査をつづけるうちに、さらにいろいろなことがわかって」説明を半ば上の空でつづけつつ、ヒントを探す。「ある地名がこのあたりの方言とよく似ていること、ある星座がまさにこの空で見られることが明らかになった。要するに、あらゆる情報がここを指していたんです。ただ、わたしたちを待ち受けているものが、まさかあれだとは思わなかった」彼女は目の前の断崖を指差した。

「素晴らしい発見だ」タインズバロー教授は温かな賞賛のまなざしを向けた。「素晴らしい。大いに喜んでいい」

「光栄だわ」ジネスはつぶやき、両手を腰にあてて断崖をにらんだ。すでに断崖の入口付近の、西風を避けられる場所に野営地を設けてある。万一のときにはラクダともども避難できる、小規模な洞窟も付近にいくつかあった。だが避難が必要になることはないだろう。季節は冬になったばかりで、暑く乾いた日がつづくと予想されている。風は日中は強いが、夜にはやんでくれる。

「どこから始めましょうか？」教授がたずねた。教授は発掘の全権限をジネスに与えてくれている。エジプト学者として彼女が名を成しつつあるひとつの証拠だ。

「文献には必ず、〝ゼルズラは双子の黒い巨人に守られている〟と書かれているけれど、崖のこちら側はひとつの巨大な黒い岩にしか見えないわ。だから〝双子〟は、ふたつの部族の暗喩ではないかと思うの」ジネスはため息をついた。「谷の奥をもっと調べる必要がありそうね」

「小鳥は？」ハージが白い都市ゼルズラの別名である〝小鳥のオアシス〟に触れる。「渡り鳥が集まりそうな水源を探すという手もあるんじゃないかな」

「そうね。ここからは三手に分かれて調査を進めましょう。ハージは崖の周囲に沿って水源を探す。ただし、すでに水が涸れている可能性もあるわ。タインズバロー教授が谷の西のルートを探してくれるなら、わたしはもう一方のルートを可能なかぎり奥に進んでみます。いまから四時間、調査にあたり、いったんここに戻ってそれぞれの結果を報告しあいましょう」

あいにくハージは、教授とちがってこの手の作業には不慣れである。彼は反論した。

「いや、二手に分かれて谷の内部を徹底的に調べるのがいいんじゃないかな。それでなにも見つからなかったら、野営地そのものを西に移したらどうだろう」

ジネスは首を振った。

「それはだめ。できるだけ短時間で、できるだけ多くの成果を出す必要があるの。発掘シーズンはすでに半分過ぎているのよ。天候だっていつ急変するかわからない」

「ばかだなあ。熱風の季節はまだ一カ月は先だよ」ハージが指摘した。ハリケーン並みの威力で砂漠を吹き荒れる熱風は、大規模な砂嵐を引き起こす。「それに三手に分かれたら、一隊の人数が少なくなる。目は多いほうがいいって言うよ」

「ミス・ブラクストンの決定なんだから」教授がとりなそうとする。

ハージは両手をあげてあきらめた。「そうそう。そのとおり。そうしましょう。行くぞ！　おーい！」作業員たちを呼び、そのうちの数人には自分についてくるよう手ぶりで指示を出す。ハージは料理人の太った姿を見つけると、鬱憤を晴らすかのように彼にまで声をかけた。「ティモン、きみも一緒にどう？　どうせみんな、あと数時間は食事も必要ないんだし」

「ありがとう、教授」ジネスは礼を言った。ハージを説得する自信はあったが、できればここで議論はしたくない。

「どういたしまして」

ジネスは彼に背を向け、作業員を集めようとした。ところが教授に片手をつかまれ、ふたたび相手に向きなおった。調査方針について提案でもあるのだろうと思ったら、彼のまなざしはジネスの顔にぴたりと据えられていた。

まさか……。

「ミス・ブラクストン、いえ、ジネス」教授は呼びかけ、彼女を自分のほうに引き寄せた。「あなたにどれほど感嘆していることか」

「光栄だわ」

「でもこの気持ちは、単なる感嘆以上のものなんです」

どうしよう……。

「じつを言えば、わたしはあなたに恋をしてしまった」教授が苦笑をもらし、ジネスは初めて、彼とジムが似ていることに気づいた。「〝恋をした〟などと言うといかにも軽率で思慮に欠ける男のように思われるでしょうが、あなたへのこの思いは、いいかげんなものでも、軽薄なものでもない。絶えることのない、深く真剣な気持ちなんです。だから、代わりにこう言わせてください。あなたを愛しています」語りつづける教授の瞳は優しくきらめいていた。「あなたと一秒過ごすごとに、愛が深まるばかりです。あなたは明るく勇気があり、ちゃめっ気があって賢い。心の底から、大いなる希望を持って、あなたが多少なりとも同じ気持ちを持っていてくださるならと願わずにはいられません。もしも同じ気持ちなら、どうかジネス、どうか、わたしの妻として迎える名誉をわたしにお与えくださいませんか？」

ジネスが想像しうるかぎり、最もロマンチックな求婚の言葉だった。まさに聞きたかった言葉で……「飼い馬の数が増えた」なんてせりふよりもずっと、ずっとロマンチックだった。一年前に、ジムに出会う前に聞かされていたら、「イエス」と答えただろうか。わからない。ジネスは教授を恋愛対象として考えたことがなかった。教授のほうがそんなふうに見ているとは考えなかった。

それくらい、紳士的な人だったからだ。タインズバロー教授は知的で、まじめで、容姿に優れ、評判もいい。話しやすいし、ジネスの意見を尊重してくれる。それにジネスを愛してくれている。彼の気持ちに偽りはないだろう。要するに教授は、完璧だ。

ただし、教授はジムではない。

ジムはいまいましい男だが。

「教授――」

「ジェフリーと呼んでください。あるいはジョックと」

「ジェフリー」彼女は静かに呼びかけながら思いだしていた。いくつもの失敗や、傷つけられた言葉の数々を。「あなたの妻になる名誉を拒む女性なんて、想像もつかないわ」

教授は待っている。

「でもあなたのように優れた人には、妻から与えられる以上の名誉がふさわしい」

教授はわずかにたじろいだ。かすかな仕草だったが、ジネスにはわかった。彼女の心は痛んだ。同じ痛みを、教授には味わってほしくない。

「できることなら〝イエス〟と言いたいわ。あなたとのこの素晴らしい関係をつづけるためにも。でも、大好きなあなたには、ふさわしいものを得られない人生に甘んじてほしくない。わたしはあなたにはふさわしくないと、自分でよくわかっているの。だから、とても残念だけど、このお話はお断りしなければ」

「でも、ジネス」教授の声には絶望がにじんでいた。「ゆっくりでも、わたしを愛せるようにはなれませんか？」

「あなたにふさわしいのは、いまこの瞬間に〝愛している〟という言葉を聞くことだわ。それがわかっているのに、愛が生まれる希望だけを与えて、あなたを傷つけたくないんです」

教授は震える吐息をもらし、礼儀正しくうなずいた。「希望なら――」

「ジェフリー」ジネスはさえぎった。次の問いかけはわかっていた。その問いかけに嘘はつけないが、訊かれれば答えないわけにはいかない。「これからは仕事に専念するつもりよ。だってゼルズラを発見できたら、わたしたちはその後何年も調査に没頭しなければならなくなるわ。わたしたち、つまり、共同研究者である教授とハージの三人で」

彼は笑顔を作った。

「それなら、この発掘はきっと成功しますね。それにひょっとすると、一緒に五年も発掘をつづければ、いずれあなたはわたしの魅力に気づくかもしれない」

ジネスは黙っていた。教授は最後にもう一度、苦笑めいた笑みを浮かべると、ジネスの手をとってそこに額を寄せ、残る作業員の半分に声をかけながらその場を立ち去った。

ジネスは備品に水筒、懐中電灯が入った小さな背嚢と、杖代わりにしている太い棒を手にした。打ちひしがれた思いだったが、残された作業員を連れ、断崖へと向かった。

こんな気持ちで調査にあたることになるとは思ってもみなかった。思い描いていたのは、熱い期待を胸に作業に没頭する自分だ。それなのに、おなじみの空虚が胸を満たしている。ジネスは自分を鼓舞し、これは勝利を前に立ちはだかる恐れにすぎないのよと言い聞かせた。素晴らしい発見の瀬戸際にいるのだから、一瞬一瞬を楽しむべきだと。

細い谷に入ると、ジネスは作業員たちに上下左右に散らばるよう指示した。進路の分岐路や、広い平坦地、洞窟への入口を探すのである。文献の多くはゼルズラを「都市」と記しているが、なかには「オアシス」と書いているものもある。あるいは、「死せる王と女王の住まい」と記す書物もあった。

だからゼルズラは、断崖の側面に建設された神殿という可能性もある。あるいは、谷の奥深くたたずむ小さな宮殿かもしれない。色にしても、金色と記す文献もあれば、「鳩のように白い」とする説もあった。というわけでジネスは作業員たちに、周囲とちがう色がないかとくに注意して見るよう伝えた。それから三時間にわたり、一同は岩が転がる狭い谷のなかをゆっくりと上下左右に移動しつつ調べつづけた。

ジネスはもっぱら地面を調べたが、奥に進めば進むほど地面に転がる石や、壁から剥離した岩が増えていった。斜面に出ると、壁の裂け目や穴に杖の先を挿して体勢を整えながら前進し、半分ほど登ったところで、上方の亀裂のてっぺんに奇妙な形の巨岩があるのを見つけた。目を細めて見れば、巨岩は大きな……アヒルに似ていなくもない。

ジネスはさらに目を細めた。たしかにあれは、鳩ではなくアヒルだ。だが古代エジプト人は、ときに詩的な表現を用いることで知られている。ジネスは巨岩をもっとよく調べずにはいられなかった。亀裂のてっぺんまで登るには思ったよりも時間がかかった。しかもようやく登りきってみれば、アヒルはただのアヒルだった。お尻の下に秘密の分岐路が隠れているわけでも、くちばしが神殿の入口を指しているわけでもない。単なる奇妙な形の岩にすぎなかった。

ただ、アヒルのとなりに立ってみると、断崖の南北に広がる砂漠をいっぺんに見わたすことができた。つまり断崖は思ったよりもずっと幅が狭かったのである。南側には自分たちの野営地がある。北側にはとくになにもないが、五〇〇メートルほど先に高い丘の黒々とした輪郭が見える。断崖と丘に挟まれた砂漠は、どこまでも細長く延びている。

ジネスは首をかしげた。眉根を寄せた。足元の黒い岩を見おろし、考えた。この断崖に南側からではなく北側から来ていれば、あの丘が黒々とした崖ととなりあって立つ姿が見えただろう。双子の黒い巨人？

ひょっとするとゼルズラは、北側から接近しないと姿を見せてくれないのかもしれない。失われた都市を発見する道は、ただひとつという可能性がある。

谷を見おろしてみたが、作業員たちの姿はなかった。でも近くにいるはずだ。ゆっくり移動しているだけだろう。彼らを呼び、ここまで登ってきてもらって、断崖の外壁をおりるという手もある。距離は数百メートルだろう。もしくは、ひとりでおりて、またここに戻ってきてもいい。二〇分もかからないはずだ。崖をおりるのにちょうどよさそうなルートもすでに見つけた。

杖で体を支えつつ、ジネスは慎重に外壁をおりていった。今回は思ったとおりの展開で、一〇分後にはもう砂漠におり立っていた。強い風がローブをはためかせる。断崖に目を凝らし、ジネスはヒントを探した。だがなにも見つからなかった。西に目をやると、灰褐色の水平線が高くなっているように感じられた。

疲れたため息をつき、断崖を離れて錐体の丘のほうに向かい、崖と丘のまんなかあたりで立ち止まってみた。杖にぐったりと寄りかかりながら、あたりを見わたす。すると、杖の先がずぶずぶと砂に埋まっていった。

恐怖につつまれながらも、砂漠の落とし穴の上にうっかり立ってしまったのだと気づいた。落とし穴は、穴よりも小さいものが上に立つと液体のように動いて、そのものをのみこんでしまう。慌てて穴の上に腹ばいになり――。

――次の瞬間には、ジネスは砂にのみこまれていた。

32

兵士のごとき彼の心に、愛する女性のかたくなな心との闘いに挑み、彼女をわがものにするという聖なる決意がわき起こった！

――ジネス・ブラクストンの創作日記より

親愛なるミスター・オーエンス――

厩舎のおもてに立ったジムは、声に出さずに悪罵を吐いた。ミスター・オーエンスだと？　ふたりのあいだにあったことを忘れて人を「ミスター・オーエンス」などと呼び、すんなり逃げおおせると思ったら大まちがいだ。ジムは手紙に視線を戻した。アラブ馬を厩舎に入れようとしていたときに、どこかの子どもに手渡されたものだ。

この二晩、彼はこれからどうするべきか考えようと、凍える砂漠で過ごした。だがなんの考えも浮かばないことがはっきりとわかったので戻ってきた。三度目の求婚にパンチで応えた女性に、これ以上どう求愛すればいいというのか。

やっとの思いで冷静さを取り戻し、彼はふたたび手紙を読みはじめた。

親愛なるミスター・オーエンス
万が一の場合に備えて、この手紙を書いています。つまりわたしたちが再会したとき、いえ、うっかりわたしたちが再会したときと言ったほうがいいでしょうね。だって再会したくありませんから。とにかく、そのときにあなたが厚かましくもわたしにまた求婚したりしないよう、この手紙を書いています。自分の時間も、わたしの時間もむだにしないでください。

それ以上は冷静に読み進められず、ジムはいったん顔をあげると、何度か深呼吸をくりかえして気持ちを落ち着かせた。あの魔女め！　自制心なるものが彼にあったとして、いま以上に厳しくそれを試されたことはないだろう。彼女のせいで。あの比類なきレディのせいで。彼を苦悩のどん底に突き落とした張本人のせいで。彼の心の平穏を盗んだ犯人のせいで。
彼の心を。
くそっ！

あなたが何頭の馬を飼っていようが、わたしにはいっさい（大きな傍点を打ったせいで、鉛筆の芯が便箋に刺さり穴が開いていた）関係ありません。それから、公爵の妻になりたいとはまったく（またもや大きな傍点）望んでいません。人類の未来がかかっていたとしても、あなたと結婚するつもりはありません。

以上で、わたしの立場ははっきりとおわかりいただけたかと思います。

敬具
ジネス・ロベルタ・ブラクストン

「だったら、あの女の望みはいったいなんなんだ」ジムは大声をあげた。兵舎の外で演習に備えて銃の清掃にあたっていた兵士たちが、驚いて彼を見る。ジムは彼らを見かえし、手紙をひらひらと振ってみせた。

「誰か、この女の望みを頼むから教えてくれないか？　最初に彼女は、おれがなにも持っていないから結婚はしないと言った」警戒の色を顔に浮かべた兵士たちに、ジムは説明した。「まあいい。いやならいやでいい。そのときおれが、なにもない男との結婚を彼女に強いることになるにもかかわらず、〝イエス〟の返事を期待していたかどうか？　ああ。期待していた。だがおれは、彼女の気持ちをくんだ。彼女の判断に感心すらした。納得のいく判断だ」

兵士たちの顔から警戒心は消えている。なかには、おまえの言うとおりだと言わんばかりにまじめにうなずく者もいた。

「だがこいつは納得がいかない」ジムは手紙を指差した。「いまのおれは彼女に与えられるものを持っている。快適な暮らしを保証してやれるし、立派な名前も授けてやれる。なにしろ、公爵様だからな。だからあらためて求婚したのに、まだ結婚を拒んでいる。誰か、どういうことなのか説明してくれないか？　理由がわかるやつはいないか？　わかるなら、おれに教えてくれないか？」ジムは空を見あげた。「おーい、誰か教えてくれ。ヒントをくれ。どうにもわからないんだ。彼女に〝イエス〟と言わせるにはどうすればいいのか、お願いだからヒントをくれ」

「きっとあれだな」古参兵のひとりが、ライフル銃を膝に置いて言った。「おまえは、なにかまちがいを犯したんだな」

「ああ、そうさ。そのとおり。おれはまちがいを犯した」ジムは叫んだ。「でもおれは、どうしても責任を取りたかった」

古参兵はあきれたように目を細めた。「なるほど、それが原因だろうな」

「それ？」ジムは問いかけた。

「そうさ、彼女にそう言ったんだろう？」

「それってなんのことだ？」ジムは問いつめた。

白髪交じりの古参兵はぎくしゃくと立ちあがると、ライフルを肩にかけた。しばしジムを見やってから、悲しげに首を振り、兵舎に戻っていった。

「いまのはどういう意味だ？」ジムはほかの兵士たちに問いかけた。「彼はなにが言いたかったんだ？」

「そのレディはあんたを愛してる、そう言いたかったんじゃないかな」ひとりが座ったまま答えた。

その兵士につかつかと歩み寄り、ジムはしゃがみこむと、自分の目を指差して言った。

「これが愛されている男の目か？　当のおれは、愛されている実感がまるでない」

「愛は痛いものだからね」別の兵士が、丹念に銃を磨きながら言う。

「ぼくがきみの立場なら、その女性に会って直接訊くね。ぼくたちに訊くんじゃなくて」青二才といった風情の若い兵士が口を挟んだ。

ジムは青二才を見つめた。ジムはジネスにはっきりと告げられたのだ。あなたとは会いたくも話したくもない、どんなかたちであれ、かかわりたくないと。九年前、シャーロットにも同じような手紙をもらったが、二度と顔を見たくないとまでは言われなかったし、あの手紙は全体にもう少し穏やかな言葉で書かれていた。いずれにせよ、シャーロットにはあれ以来、二度と会っていない。会おうとしたこともない。

会いに行くなり、手紙を書いて誤解を解き、嘘つきの策士は祖母のアルシアだと暴露するなりしてもよかった。だが自尊心がそれを許さなかった。では、その自尊心はいまどこにある？

跡形もなく消え去った。ジネス・ブラクストンのせいで。

「そうだな」ジムは陰気につぶやいた。「そうするとしよう」

閲兵場を大またで横切り、ジムは大佐の住まいに向かった。ジネスはそこにいるはずだ。住まいに到着すると扉をどんどんとたたき、彼女との対面のときに備えて身がまえた。いざとなったら、肩にかついで連れだせばいい。

扉を開いたのは大佐だった。

「おや、オーエンス。きみだったのか。執務室に向かうところだったのだ。わたしになにか話か？　歩きながら聞こう」

「ミス・ブラクストンはどこだ？」

大佐がジムの脇をすり抜ける。「ここにはいないが」

「そうか」ジムは応じ、大佐のあとについた。「ここにいないなら、どこにいる？」

大佐がいらだたしげに、西のほうを適当に指差す。「あっちのほうじゃないのか」

「なんだって？」

大佐は歩みをゆるめようともしない。「二日前、それをやった次の日に出発した」彼はジムの顎のあたりを一瞥した。「例の失われた都市を探しにな」

「なんだって？」

大佐はジムをうるさそうににらんだ。

「まったく、人の話をちゃんと聞いていないのか？　ザボザだかゼルバタだかを探しに行った、そう言ったんだ」

「たったひとりで砂漠に行かせたのか？」

ついに大佐は歩を止めた。

「そんなわけがないだろうが。人に敬意をはらわないのはともかく、せめて責任感の強さについては信用してもらいたいものだな。彼女ならロバート卿のポーターや随行者を連れているし、タインズバロー卿も同行した」

ジムは身を硬くした。ジョックが？　どんな危険や惨事が彼女を待ち受けているか、ジョックは知らないのだ。義弟では彼女を守れない。しかも、出発してすでに二日も経っているだと？

「具体的にはどこへ向かった？」

大佐はふたたび歩きだしていた。「わたしが知るわけがないだろう」

ジムは彼の腕をつかんで止まらせた。その手を大佐がいまいましげに見おろし、ジムの顔に視線を戻す。

「営倉暮らしがよほど気に入ったようだな」

ジムは必死にいらだちを抑えこんだ。営倉に入れられたら、ジネスを救うことはできない。

「どうしても知る必要があるんだ、大佐。あんたには理解できないかもしれない。だが彼女には天災を招く才能がある。だから、なんとしても彼女を捜さないと」

また「知らない」と言われるのだろうか……ジムがしばし考えていると、大佐は彼の手を振り払った。

「ロバート卿によれば、西経二四・二度から二四・三度のあたり、ここから約六〇キロの位置だそうだ」

「水を運ぶために、馬を一頭貸してくれ」

「まったく、必ず健康な状態で返したまえ」

「もちろんだ。感謝する」

ジムは廏舎に戻りつつ、手紙をシャツのなかに突っこんだ。心臓に押しあてるようにして。

33

黒々と日に焼けた彼の顔は薄汚れており、無精ひげは伸び放題、長い髪はもつれ、眉もぼさぼさで、目は血走っていた。

――ジネス・ブラクストンの創作日記より

ハージと作業員たちは断崖の南側を五キロにわたって調査した。崖を登ったりおりたりしながら横穴や亀裂を調べ、岩棚の下をのぞいたのち、元の地点に戻って同じ場所をあらためて調べることにした。ロバート卿から、念には念を入れることの大切さを教えこまれていたし、ゼルズラをうっかり見過ごすようなドジを踏むわけにはいかない。それに今回は、ジネスのために最善を尽くさなければならないのだ。

作業員たちは喜んで指示に従ってくれた。ふだん重い荷物を運んでいる彼らにしてみれば、この程度の仕事は散歩同然だ。いかにも運動不足に見える料理人のティモンですら、意外なほどの几帳面さで調査にあたっている。彼に手伝わせた自分を、ハージは少し後悔した。料理人として、すでに一生懸命働いてくれているのに。

野営地から一キロほどのところまで、二度目の調査を進めたころ、ティモンがついに弱音を吐いた。岩棚の下でやすむと言って消え、ずいぶん経ってからようやく出てきたと思ったら、荒い息をついていた。顔のなかで分厚いひげに覆われていない部分は、汗でぬめっている。ティモンはわずかに腰を折り、両手を腹に押しあてながら、断崖の急な斜面をのろのろとおりた。

おやと思ってハージはティモンをまじまじと見た。なんだか、旅のあいだにさらに太ったように見えるが……。

「具合が悪いのかい？」作業員のひとりが訊いた。「この手の仕事をするには年をとりすぎているか、太りすぎているんじゃないのか？」

ティモンはうめいて、疲れた笑みを浮かべた。「ああ。腰が痛くてたまらん」

ハージははっとなった。あらためてティモンを凝視してみると、手の色が顔よりもやや白いようだし、ひげは眉よりも黒いようだし、肥満しているわりには頬骨が高すぎるように思えた。そういえば、ティモンがアラビア語を話すのはいま初めて聞いた。彼はいままで、ロバート卿をはじめとする一行とは英語で話していたはずだ。その理由にハージは思いいたった。彼のアラビア語には、フランス語訛りがある。

ラ・ブーフだ。

なぜいままで気づかなかったのだろう。いや、カイロで最も悪名高き犯罪者のひとりが、まさかあれほどの料理の腕前を誇るとは誰も思わない。それにハージは、ラ・ブーフの顔を知っていたわけではない。犯罪歴や、どんな容姿をしているのかを耳にしただけだ。おそらくラ・ブーフはジムを亡き者にしようと砂漠にやってきて、お宝探しを優先することにしたのだろう。

ふとひらめくものがあり、彼が太ったように見える理由にもハージは思いいたった。ハージは急いで考えをめぐらせた。ラ・ブーフはジャッカル並みの道徳観念しかない悪党だと言われている。とくに窮地に陥ったら見境がないと。作業員のひとりを、人質にとられるようなことがあってはならない。

「だいぶつらそうだね、ティモン」ハージは心配そうな声音を作った。ほかの作業員に向きなおって告げる。「みんなはここで作業をつづけてくれ。ぼくはティモンを野営地に送って、また戻ってくるから」

「ご親切にすまない」ティモンが英語で言った。「だが、ひとりで帰れる」

「ばか言うなよ。きみに体を壊されたらかなわない。ほかに誰が料理をするというんだい？タインズバロー教授かい？　まさか。万一のときのために、テントに薬を用意してあるんだ」真っ赤な嘘だが、見破られる心配はない。「痛みに効くやつをあげるよ」

さすがのラ・ブーフも断れなかった。野営地までは二〇分強かかった。到着するとハージはまず相手をたき火用の穴に座らせ、「症状」を簡単に聞いてから、テントに走った。そこでロープと拳銃を取りだし、ラ・ブーフのもとに戻った。

敵はまだ座っていた。だがハージが様子をうかがっていると、なにごとかつぶやきながら腹、の、肉、を、移、動、さ、せ、て、い、た。

「はずせばいいのに」

ラ・ブーフは笑顔で振りむいた。「なにを？」

「腹の肉さ。暑いだろう？　それとも、見つけたものをそこに隠しているのかな？」

「なんの話かわからない。なにも見つけてない」ラ・ブーフは怯えたように目を見開いた。だがその目の奥に怯えの色は浮かんでいない。冷たいその目はハージを探っている。

「岩棚の下に消え、出てきたときには腹が大きくなっていただろう？　そら、両手をあげないと撃つよ」

一瞬ためらってから、敵は両手を前に出した。

「ありがとう、ムッシュ・ラ・ブーフ」

敵は感心したように目を光らせた。「ブラボー、ミスター・エルカマル。次はどうする？」

「きみを撃つべきか、撃たざるべきか考えているところ。武器を持っていないか身体検査するには、きみは危険すぎる。先にきみの手を撃っておけば、対等かな」

「その必要はない。銃は持っていない。ベルトにナイフがあるだけだ」

「じゃあ、右手を前に出したまま、左手でベルトごとはずして。はずしたら横に置いて。よし。お次は腹ばいに地面に寝て、両手を背中にまわすんだ」

「ミスター・エルカマル――」

「早く」

いまいましげに鼻を鳴らしつつ、ラ・ブーフは言われたとおりにした。ハージはナイフを向こうに蹴ってから、ラ・ブーフの後頭部に銃口を突きつけ、背中のまんなかに膝を乗せた。空いているほうの手で敵の両手首をロープで縛る。結び目をしっかり確認し、ラ・ブーフが服従を装っているのではないことをたしかめてから、ハージは立ちあがった。

「起きたら地面に膝をつくんだ」

ハージを鋭くにらんでから、敵は従った。

背後にまわって、ラ・ブーフの両膝もロープですばやく縛る。これで、手のロープが万一ほどけても、すぐに立ちあがることはできないだろう。そこまでやり終えたところで、ハージはラ・ブーフのローブの前を裂き、なかから小さな包みを取りだした。妙に重たく、一方の口が紐で閉じられている。視線はラ・ブーフに据えたまま、ハージは紐をほどいて口を下に向けた。サンダルが地面に転がり落ちた。

金無垢のサンダルが。

明らかに副葬品だ。このように重たい履物では歩けない。底の部分には紅玉髄《カーネリアン》と孔雀石《マラカイト》が有線七宝風にあしらわれている。二本のソングにはヒヨコマメほどの大きさがある真珠がちりばめられ、ソングが交差する部分には大ぶりのカボションカットのルビーが左右に一粒ずつ。だが最も目を引くのは、古代エジプトの歴史学者の心を最も躍らせるのは、内底に描かれた模様だった。

これまでに二度、ハージはファラオのサンダルを見たことがある。いずれの場合も、サンダルの内底には同じ模様が描かれていた。睡蓮の茎とパピルスで縛られた黒人とアジア人の捕虜と、四本の矢である。それらはエジプトの九つの敵を模したもので、内底に描くことでファラオが敵を踏みつける仕草を象徴するとされる。数千年前の意匠だ。だが、いま目の前にある模様は黒人でもアジア人でもない。矢もなかった。そこには、精巧なドレスをまとった小さななにかが描かれていた。いったいこれはなんだろう。

ハージの鼓動は速さを増した。使われた金の量だけでも一財産分の価値がある品だが、考古学的な史料としての価値は計り知れない。この内底の模様に、中央アフリカのまだ見ぬ歴史が隠されている可能性もある。

「なかなかのもんだろう?」ケシの花の美しさをたたえるときのような、なにげない声でラ・ブーフが言った。

「素晴らしいね」ハージは息をのんだ。

「おまえのものだ」ラ・ブーフが言う。

ハージはサンダルから視線を引き剝がした。

「代わりにわたしを見逃してくれ」ラ・ブーフはくだけた口調でつづけた。「お互いにわかっているはずだ、おまえは冷酷に人を殺せる人間じゃない。そういう手合いじゃない。目を見ればわかる」

くやしいが、相手の言うとおりだった。ハージは暴力を忌み嫌っている。「そうだね、フォート・ゴードンに連れ帰って、後始末はジム・オーエンスに任せようかな」ハージは陰気に応じた。

「ジム・オーエンスか」ラ・ブーフがなにやら考えこむ。やがて彼はうなずいた。「そうだな、やつはそういう人間だ」その目が砂漠の夜のように冷たくなる。「このわたしも。わたしはあの小僧に貸しがある。やつはわたしのものを盗み、わたしの肋骨を折り、しかも、わたしをこけにした。許せない。おっと、ジムの話じゃなかった。駐屯地に連れ帰るという話だった。個人的には、そいつは名案とは言えない。とくに、おまえにとって」

「どうして?」ハージはたずねた。不安に駆られていた。恐れる様子さえ見せず、うつろに見つめてくるラ・ブーフには、どこか爬虫類めいた雰囲気がある。

「自分に訊け。本気でこのわたしを、たったひとりで駐屯地まで連れて帰りたいか? 眠らずに何日も旅をつづけられるか? わたしはできる。もちろんおまえは、発掘を途中であきらめて戻ろうとミス・ブラクストンに頼むことだってできるだろう。二〇人がかりなら、わが身の安全を確保しながらわたしを連れ帰れる。おそらくな。だが問題は、果たして彼女が頼みを聞き入れてくれるかどうか」

やつの言うとおりだ。くそっ。

「だから、黙ってわたしを見逃せ。わたしだってばかじゃない。命懸けで手に入れるべきものなどない。金無垢のサンダルもしかり。戻ってくるつもりもない」

ハージは信じなかった。ここで見逃せば、ラ・ブーフは時機を見てサンダルを取り返しに来るはずだ。夜中にテントに忍びこむか、あるいは発掘作業でみんながばらばらに行動したときに作業員のひとりを、ひょっとするとジネスを、人質にとればいい。かといって、サンダルだけを駐屯地に送るのも不可能だ。ラ・ブーフは、木の上の鳥を撃つのと同じくらい簡単に、輸送途中のサンダルを横からかすめ取るだろう。

「ジムのことは？」ハージはたずねた。

ラ・ブーフの笑みが消えかかる。「愛しのジェームズがどうかしたか？」

「あんたを見逃してやったら、ジムには手を出さないでくれる？」

「いいや」ラ・ブーフは淡々と答えた。「やつはわたしのものを他人に売り飛ばした。この手の話は、噂となってどんどん広まっていくものだ。そうなったら、どこかの誰かがおれのためにと落とし前をつけようとしてくれる。つまり、あの首飾りを取り返せないかぎり、やつにはいい教訓となってもらうつもりだよ」

ラ・ブーフの言葉の意味を考え、ハージは吐き気を覚えた。頭が痛くなった。だが、選択肢はないのだ。

「サンダルをあんたにやると言ったらどうする？」

さすがのラ・ブーフも驚いたようだ。彼は眉間にしわを寄せ、ハージを凝視した。

「サンダルをやり、見逃してやると言ったら？」ハージはくりかえした。

「なんのために？」

「死にたくないからさ。ジムにも死んでほしくない」

「それで？」

「サンダルはジムにもらったものだと、首飾りとサンダルのどちらがいいと言われたのだと、周囲の人間に伝えるんだ。首飾りよりも、このサンダルのほうが価値がある。ルビーだけでも一財産だろう」

ラ・ブーフは眉間のしわを深くして考えこんでいる。膝を縛られてなお、これほどまでに危険なオーラを漂わせることができるのだから驚きだ。

「やつがわたしへの復讐を企まないという保証はない」

「いまのジムは公爵だ」

ラ・ブーフは目を細めた。「作業員たちが噂をしているのを聞いた。信じられんな」

「ほんとうの話さ。父親の爵位を継いだんだ。いまの彼はアヴァンデール公爵。嘘だと思うなら、カイロに戻ってから調べればいい」ハージは淡々と説明した。「ジムとしては、首飾りをあんたに渡さなかった話が広まるのも、あんたとこれ以上かかわりあいになるのも、どっちも避けたいはずさ。ジムがあんたと再会する日が来るとは思えないね」

ラ・ブーフはげらげらと笑いだした。「いかれた話だ！　かつての仲間がいまは公爵とは」

いずれ脅迫してやろうとラ・ブーフが考えているのが、ハージには手にとるようにわかる。そうやって考えるだけで満足してくれるといいのだが。なぜなら、ジム・オーエンス以上に他人にどう思われようが気にしない人間はこの世にいないから。

「いいだろう、ミスター・エルカマル。交渉成立だ。サンダルとジムの命を引き換えよう」

ラ・ブーフはほほえんだ。「おまえの命とも」

背筋に冷たいものを覚えつつ、ハージはうなずいた。相手の背後に移動し、手首を縛るロープを手早く切って飛びすさる。ラ・ブーフは手を前にやり、縛られていたところをさすった。愉快そうな表情を浮かべている。

「心配無用。おまえを傷つけてもなにも得られないどころか、なにもかも失う。おまえのお仲間が戻ってくる前に、ここから逃げるさ」身をかがめたラ・ブーフは膝を縛る縄を手早くほどいた。「それに、ロバート卿はよほどおまえを気に入っているらしい。おまえの身になにかあれば、大騒ぎしそうなほどに。そうなれば、わたしの仕事にも差し支える。ジムについても、さっきの話がほんとうなら同じことだ。さてと」立ちあがり、手を差しだす。「サンダルだ」

あたかもわが子を手放すかのような痛みを、ハージは覚えた。これほど重要な品には二度と出合えないかもしれない。ほんの一時間もあれば、内底の小さな模様を模写できるのに。だがラ・ブーフは横柄に指を鳴らして催促している。模写するあいだ待ってくれるはずなどない。彼はしぶしぶ、サンダルを手渡した。片方で一〇キロはあるだろう。ラ・ブーフも汗をかくはずだ。

「もちろん、ラクダは一頭いただいていくからな」

「ああ」ハージはうなずいた。「あんたがいなくなるまで、引き金から指ははずさないけど悪く思わないでくれ」

「もちろん」

実際には、ハージはラ・ブーフとサンダルが南の方角に消えてだいぶ経ってからようやく引き金から指をはずした。銃をベルトに挟み、断崖のてっぺんまで登って様子をうかがった。風がハージのローブの裾をはためかせ、舞いあがった砂が顔にあたる。やがてラ・ブーフが視界から消え、そろそろおりようかと思ったとき、西の水平線になにかが見えた。

ハージは眉根を寄せた。ここに到着したとき、水平線は藤色を思わせるピンクがかった茶色で、かなり遠くに広がる丘のように見えた。だがいま、水平線は高さを増して青い空にぐっと近づいたように思える。丘というより、黄褐色の崖のようだ。蜃気楼かもしれないが、恥ずかしながら判断がつかなかった。ハージは生まれも育ちも都会だ。砂漠を放浪したこともないので、砂漠に関する知識も乏しい。墓所の発掘には何度か参加したが、ほとんどは「王家の谷」で行われたもの。あのあたりも地形こそ起伏があるが、寝泊まりする場所や食事はごく快適だった。

なおも西の方角を眺めていると、誰かが呼ぶ声がした。銃を取りだし、すばやくあたりを見まわす。灰色のアラブ馬が一〇メートル下の地面を蹴っていた。その背には、ベドウィン人のように頭にクーフィーヤをかぶり、ローブをまとったジム・オーエンスがまたがっていた。

「拳銃なんか持ってなにをしてるんだ、ハージ?」ジムが問いかけた。「撃つのか?」と言い添えて、西の方角にうなずいてみせる。

再会が嬉しくて、ハージはほほえんだ。

「親友のヴァンサン・ラ・ブーフにさよならを言い損ねて、残念だったね」

ジムは背筋を伸ばした。「どういう意味だ？　ジネスはどこにいる？」

「彼女なら元気だよ」

「どこにいる？」

「ラ・ブーフのそばじゃないから安心してよ。あいつが南の方角に消えるのを見ていたところなんだ。ジネスは、そうだね、断言はできないけど、そこの谷を入ったところにいると思うよ」ハージは説明しつつ、涸れ谷の入口のほうを向いてうなずいた。

「ひとりで？」

「まさか。ひとりのわけがない。作業員が五、六人ついてる」

「作業員だって？　疑うことを知らない、未熟な、軽率な作業員だって？」

「まあ……そうだね」

「熱風が迫っているというのにか？」

「なんだって？」ハージは大声でたずねた。

アラブ馬がじれったそうに足踏みを始めた。「まったく、おまえはそこでいったいなにを見ていたんだ？」ジムはそれだけ言うと、涸れ谷のなかへと馬を走らせた。

どれほど彼を大切に思い、嘘をついたことをどれほど申し訳なく思っているかを伝えることもなく、このまま死んでいくのだろうか。彼女は、とてつもなく大きな機会を逃してしまったのかもしれない。

——ジネス・ブラクストンの創作日記より

34

うめき声とともに立ちあがると、ジネスは埃にむせて咳きこみつつ、けがをしていないか慎重に全身を調べた。大丈夫そうだった。ところで、ここはいったいどこなのだろう。

周囲は闇につつまれ、一〇〇〇年以上ものあいだ閉ざされていた場所を思わせる、鉱物臭が漂っている。干上がった地下水脈だろうか。サハラ砂漠の地下にはそうした水脈が迷路のように広がっている。だが、人が落ちてしまうほど地面に近い位置にはないはずだ。

ジネスは頭上に顔を向けた。五メートルほど上に、彼女が落ちた穴が鮮やかな青い円盤のように開いている。穴から射しこむ明かりが足元の凹凸の地面を照らしているが、周りの闇までは届かない。

五メートル上。だが気持ち的には一五メートル上に思える。ジネスは目を閉じ、恐怖を抑えつけた。きっと誰かが見つけてくれる。涸れ谷のどちらの分岐路を彼女が調べていたかはみんなが知っている。でも、まだ涸れ谷にいると思うかもしれない。断崖の北側から砂漠におりたと彼らが気づくまで、どれくらいかかるだろう。大丈夫、きっとすぐだ。

肩をすくめて背嚢をおろし、口を開ける。ジネスは安堵のため息をもらした。懐中電灯は無事だった。日暮れまで待つことになっても、頭上の穴の外に向けて懐中電灯をつければなんとかなる。運がよければ誰かがこちらの方角を向き、その誰かが目のいい人なら、明かりに気づいてくれる。運がよければ。

あいにく、ジネスはこれまで運と縁がなかったのだが。

でも、もしかすると別の脱出口があるかもしれない……。

筒形の懐中電灯のスイッチを入れ、光を闇に向ける。ジネスはあんぐりと口を開けた。

そこはゼルズラだった。

信じられない思いで、縦五メートル、横六メートルほどの小部屋のような場所を照らしてみる。天井は低く、壁は岩肌が露出しているが、石工や職人の手が入った場所もある。各地の墓所や神殿で何百回と目にしたような、さまざまな模様や絵が残されていた。ただ、これまでに見たものとはどこかちがう印象で、すぐには時代を推定できない。ジネスは懐中電灯を天井に向けてみた。どうやら直感は正しかったようだ。やはり古代の地下水脈で、大昔に干上がったのち、古代人に利用されるようになったのだろう。

数千年分の埃に覆われた床を進み、息を殺しながら周囲に目を凝らす。壁に沿って、数えきれないほどの小さな包みが肩の高さまで積み重ねられていた。数万個はあるだろうか。どれもほぼ同じ大きさで、高さが約四五センチ、グレープフルーツほどの円柱状である。

そのひとつをジネスはそっと手にとった。驚くほど軽くて、もろい。懐中電灯で照らすとすぐに合点がいき、裏がえしにしてみた。アフリカクロトキのミイラだった。リネンの腐食した部分から、特徴的なくちばしと長い脚がのぞいている。彼女は別の包みも手にとった。やはりアフリカクロトキで、同じようにもろくなっている。壁に沿って明かりを向けたジネスはうなずいた。**小鳥のオアシス**。

だがゼルズラは、〝死せる王と王妃の住まい〟でもある。多くの学者は、ゼルズラが古代の都市であることからそのような呼称がついたのだろうと推測していた。〝王と王妃〟は初代の統治者を指すのだろうと。けれどもその名は、文字どおりの意味を持っていた。ゼルズラは墓所なのだ。ジネスは壁に明かりを向け、小部屋への出入り口を探した。やはりあった。墓所が破られていなければ、扉は封じられているはず。だが封印は解かれていた。扉の下部に破片が散らばっていた。

まだ明るい空を一瞥してから、ジネスは扉の向こうへと移動した。最初の小部屋の三倍ほどの広さがある。室内は空っぽだった。木切れのひとつ落ちておらず、絵が残されていたはずの四方の壁はまっさらだった。おそらくここはいわゆる前室で、かつては、来世で快適に暮らすためのさまざまな品が置かれていたのだろう。こうした前室には普通、厨子や家具、木馬、使用人の像、寝台、長椅子、馬車、船などが置かれる。

ジネスは別の扉を見つけた。こちらも封印は解かれていた。なかに入ってみると、やはり空っぽだった。宝蔵だったのだろうか。それとも玄室だった？　わからない。歴史をひもとき、部屋の使用目的を知るための手がかりは残されていない。実際、そこは完璧ながらんどうだった。あたかも、慎重かつ効率的にたっぷりの時間をかけて、すべてのものを撤去したかのようだった。これまで目にした、略奪に遭った墓所とはちがう。普通は、ファラオの呪いを恐れた略奪者がとりわけ高価で持ちだしやすい品だけを慌てて盗もうとするため、壊れた品々が床にぞんざいに散らばっているものだ。

周囲を見まわす。別の出入り口はない。

なにもない壁に懐中電灯の明かりがちらつく。なんだか怖くなって、ジネスはもとの部屋に戻った。頭上の青い円盤は、もうさほど鮮やかではない。灰色がかってぼやけている。穴の真下に立ち、見あげてみる。小さな砂粒が穴から入りこんできた。見れば穴の向こう側を、砂が吹き荒れている。

ジネスは眉根を寄せた。強風が砂を巻き起こしただけだろうか。それとも砂嵐？　背骨の下のほうからわき起こる恐怖を、彼女は必死に抑えつけた。まだ砂嵐の時期ではない。だがカンビュセス王の一万五〇〇〇人の軍隊は、巨大な砂嵐によってのみこまれてしまったという。彼らの痕跡は、いまなお発見されていない。

頭上の穴をふたたび見あげる。大きな砂嵐は、砂丘をまるまるひとつ動かすことができる。砂嵐が起これば、この小部屋などすぐにのみこまれ、覆われてしまう。控えめに考えても、懐中電灯の弱い明かりなど消してしまう。

彼女は慌てて、ほかの選択肢はないか探した。ほとんどなかった。穴の下にアフリカクロトキのミイラを積みあげることを思いつき、すぐに却下した。まず体重を支えてはくれまい。足を乗せたとたんに粉々になるはずだ。穴の上まで登る方法はない。

ジネスはその場に座りこんだ。カイロを離れてからたぶんこれで一〇回目だろうか、彼女はまたもや思った……ここで死ぬのかもしれない、と。そうして思わず笑いかけた。死ぬかもしれないという言葉に、すっかりなじんでいる自分がおかしかった。ただ今回は、現実になる可能性が高い。おもてで砂嵐が吹き荒れているのであれば、可能性はきわめて高い。

なぜなら今回は、ジム・オーエンスが彼女の膝の上に頭を預けて気を失っていないから。今回は、ジム・オーエンスが来てくれないから。今回は、ジム・オーエンスが彼女を捜してもいないから。

ジネスはゼルズラでひとりぼっちだった。しかもゼルズラを見つけたというだけで、死んだ小鳥たちのほかにはなにもない。

自分はここでなにをしているのだろう。周囲を見まわしたが、数世紀前の秘密が暴かれるときを辛抱強く待つ墓は、どこにもなかった。生涯の夢を実現することはかなわなかった。理由は、それが自分の夢ではなかったからだ。それはずっと、ほかの誰かの夢だった。父の、曾祖父の、タインズバロー教授の、あるいはハージの。

涙が浮かび、ゆっくりとあふれて頬を伝った。これから死ぬとわかったからではない。ほんとうの意味で生きることなく、死んでいくからだ。進むべき道へと一歩踏みだすことさえなく、死んでいくからだ。その旅の道連れが誰であるかを知ることもなく……。

いや、それはちがう。

進むべき道へとたしかに一歩踏みだしたし、道連れも見つけた。でも与えられた時間はあまりに短く、旅を始めたのがあまりに遅かった。ジネスは膝を抱えた。そのとき、かたわらになにかが落ちてきた。すぐさま頭上を見あげる。

穴からロープが垂れ下がり、その端を褐色の力強い手がつかんでいる。目を凝らしていると、クーフィーヤで覆われた頭と顔が穴の向こうに現れた。

「ジネス！」ジムが叫ぶ。

「ここよ！　ここにいるわ！」ジネスは叫びかえし、勢いよく立ちあがった。「ジム！」

「けがはないか？」

「ないわ！」

「ロープを腰に結わいて、結わき終えたら呼べ。急ぐんだ。あまり時間がない」

ジネスは返事もせずにすばやくロープを体に巻き、きつく結んで叫んだ。「できたわ！」

一秒後には、宙に浮かんでいた。顔をあげ、ロープをしっかりと握りしめる。ほどなくしてジムに両腕をつかまれ、穴から引きあげられた。言葉を交わす時間もなかった。西の方角を見たとたん、血が凍った。渦巻く砂の波が高さ二〇〇〇メートルほどもある巨大な壁となって、襲いかかってくる。

ジムは彼女が転ばぬようしゃがませてから、アラブ馬の鞍に結わいたロープをほどいた。ジネスのもとに取って返し、腰を抱くと、馬の背に投げるように乗せた。その背後にひらりとまたがり、両の腕で手綱をつかむ。

ジネスに覆いかぶさらんばかりに身をかがめ、ジムは砂嵐がたてる轟音にかき消されぬよう大声で「馬にしがみつけ！」と怒鳴った。

次の瞬間には、馬は轟音の砂埃を切るようにして走っていた。砂嵐は速かったが、馬のほうがもっと速かった。首を地面とほとんど平行に落として四肢を大きく伸ばし、広がった鼻孔から鼻水を飛ばしつつ、距離を稼いでいく。ジムが手綱で操ったり、馬に指示を出したりしている様子はない。にもかかわらず馬は、断崖目指してまっすぐに走りつづける。東のほうへ、砂嵐に勝る速度で。

「避難場所を探せ！」ジムが耳元で怒鳴った。

ジネスは必死に断崖に目を凝らした。横穴も洞窟もない――。

「あそこよ！」片手を前に突きだして、岩盤にかろうじて見える隘路《あいろ》を指差す。

するとこちらの意図が伝わったのか、馬はふいにがむしゃらに走るのをやめ、やがて隘路のそばまで来るとさらに速度をゆるめた。ジムは馬にためらう暇を与えず、即座にかかとで合図を出した。馬は急勾配の隘路へと足音荒く入っていった。ひづめの下で小石や岩が音をたてる。道がさらに狭くなったと思ったら、大きな岩棚の下に出た。その向こうに、時間と風が作った深く大きな洞《うろ》が見える。洞穴と呼べるほどのものではないが、避難するにはちょうどよさそうだ。

ジムは鞍から飛びおり、ジネスと馬を洞へと導いた。彼が見あげてくる。砂嵐が太陽を覆ってしまったのだろう、鮮やかな陽射しはとうに消え失せて、薄明が周囲をつつんでいる。ジムの厳めしい顔に、引き結ばれた唇に、こわばった顎に、澄んだ淡灰色の瞳に影が躍る。その顔を、ジネスはどれほど見たいと思ったことか。

「来てくれたのね」ジネスは唇をわななかせた。

その言葉に機嫌を損ねでもしたのか、ジムは眉をひそめた。「ああ」とぶっきらぼうに応じる。「来ると言わなかったか？」

そんな返事を聞きたかったのではない。ジネスは彼に抱きしめてほしかった。彼女を無事に見つけだした喜びに圧倒されながら、唇を重ねて、それから、それから……。

ジムが腕を伸ばし、ジネスはおとなしくその腕に身をゆだねて、両の手を彼の肩に置いた。硬い筋肉に手のひらで触れたとたん、えもいわれぬ心地よさが全身を貫いた。彼と愛を交わした記憶が、脳裏によみがえる。

ジネスは首をかしげ、唇を彼に寄せ――。

「いらない」ジムは抑揚のない声で言い、彼女を地面におろした。

「いらない？」失望と困惑を同時に覚えて、ジネスはおうむがえしにたずねた。

「いらない」ジムがくりかえす。「その手の褒美はいらない」

ジネスのパンチがふたたび飛んだ。

35

彼の熱弁は、追い詰められた魂が発するものだった。

——ジネス・ブラクストンの創作日記より

今回は、ジムは顎に入る寸前で彼女のこぶしをつかみ、その手をおろして背中にまわさせた。さらに彼女を後ろ向きにし、胸板に背中がつくまで引き寄せた。「人を殴ろうとするのをやめるか？」耳元に唇を寄せて、低く静かに問いかける。

「人が怒るようなことを言うのをよせば、殴る必要だってなくなるのよ」ジネスも平然とした声音で応じようとしたが、ちっともうまくいかなかった。

ジムは彼女を軽く押しのけ、脇をすり抜けると、耳を下げて小さく震わせながら、そわそわと足踏みするアラブ馬に歩み寄った。弧を描く首筋を、ジムは優しく撫でてなだめた。それから戻ってくると、鞍嚢から丸めた毛布を取りだした。それをさっと広げて、洞の入口を手早くふさぐ。完全にはふさげなかったが、吹き戻された砂もこれでほとんど入ってこないだろう。その作業を終えると、ジムはアラブ馬を隅のほうにつなぎ、パニックに陥ることがないよう、シャツで目隠しをしてやった。

そこへ、砂嵐が戻ってきた。砂嵐はハチの大軍を思わせるうなり声であたりをつつみ、ほかの音はいっさい聞こえなくなる。ジネスは洞の入口にそっと近づいて頭上を見あげた。風に舞いあがった砂が断崖を覆い、空とほとんど平行に流れていく。

「ほぼ真上を通過するところよ」大きな声で報告し、振りかえると、ジムはすでにかたわらにいて空を見据えていた。クーフィーヤで口元を覆っている。布で隠れていないのは、破壊的な風に向かって細められた、白銅を思わせる瞳だけだ。

「じっとしていろ」ジムは言い、シルクの布を広げるとジネスの口元を覆い、端を後頭部で結んだ。「埃が口に入らないように」

砂粒は、針のように肌を刺して痛い。だが埃はもっとたちが悪い。鼻孔や喉を詰まらせ、目をふさぎ、肺にたまるからだ。砂粒は重みがあるから熱風の底部に留まるが、砂嵐の壁の上方にはおしろいのような埃が集まっている。細かな埃は、ごく小さな隙間や穴を見つけてはそのなかに忍びこむ。

ふたりは長いあいだ、釘づけになったように砂の分厚いカーテンを見ていた。ここが砂嵐の上方にあたらぬよう、埃に見つからぬよう祈りながら。ずいぶん経ってからようやくジムがクーフィーヤをゆるめ、顔からはずした。

「運がよかったな。砂が吹き戻されてこない、嵐の上方でもない、ちょうどいい位置だったらしい。嵐が突然止まり、その場に砂を降らさないかぎり、もう心配はいらない」

「どのくらいでおさまるかしら」ジネスも口元から布を取りながら訊いた。

「さあ。砂嵐の規模しだいだ。何日もつづくかもしれないが、それよりも心配なのは、嵐の速さだ。時期的に、あれほど速い嵐が来るのはおかしい。とはいえ……」意味深長にジネスを見やる。「おかしなことが起こるのも無理がない状況ではあるな」

「砂嵐まで人のせいにしようというの？」

「ちがうのかい？」ジムはあきらめと腹立ちが入り交じった声を出した。

ジネスは洞の奥のほうへ下がろうとしたが、彼に手首をつかまれてしまった。振りかえって、つかまれた手首を冷ややかに見おろす。効果はなかった。

「おいおい、逃げる場所なんてないぞ。今回は」

「逃げたりしないわ」ジネスはうんざりしながら応じた。「あなたに我慢ならないというそれだけの理由で、砂嵐の最中に外に出ていったりしない。あなたやほかのみんなにどう思われていようと、そこまでばかじゃないの」

「いやいや、きみはばかだよ」

ジネスはあぜんとした。「よくも言ったわね」

「だいたい、あんなところでいったいなにをしていた？」ジムは詰問した。「もしおれが、あの杖に気づかなかったら……もしおれが、双眼鏡を持っていなかったら……」ぶるっと身を震わせる。彼は唐突に手首を放すと、ジネスに背を向けた。

「ゼルズラを……ゼルズラを見つけたのよ」ジネスは答えた。誇らしげな口調を作りたかったのに、すまなそうな声音にしか聞こえなかった。

ジムが顔だけこちらに向ける。「それがなんだというんだ？」

ジネスは目をしばたたいた。

彼は振りかえり、彼女に向きあった。

「ゼルズラを見つけたからなんだというんだ？　ティンブクトゥでも、いまいましいエデンの園でも、見つけたからそれがどうしたというんだ？」ジムの声がどんどん大きくなる。「死んだかもしれないんだぞ、ジネス！」

「でも、死ななかったわ」彼女はもっともらしく言った。「あなたが来てくれたから」

ジムがようやくうなずく。だがそれは、否定しているようにも見えた。「ああ、きみのために来た。いつだって来るさ。そうせずにはいられないからだ。きみがどこにいようが、誰かにとてつもない迷惑をかけているときだろうが関係ない。きみが誰かと結婚していようが。そうだ、ジョックはどこにいる？　いや、いい、答える必要はない」彼は大げさに肩をすくめた。「どうでもいいことだ。ジョックはここにいない。おれがいる」

意味がわからず、ジネスは彼を見つめた。ここに来る途中で、頭のねじのひとつでもなくしたのだろうか。

つづけてジムは、意見を求めるように片手を差しだしたまま、とうとうと語った。

「そうさ、どうでもいいんだ。なぜって、地球がきみをのみこもうとしているとき、引きずりあげてくれるのは誰だ？　あるいは、きみの乗った客船が沈んだとき、救ってくれるのは

──」

「沈んだのはフェラッカ船よ。それだって、正確には沈んだんじゃなくて傾いただけ」ジネスはさえぎった。「リドニア号はなんともなかったわ。ほとんど」

「口を挟むんじゃない」ジムは警告した。「きみが登った山が噴火したとき、抱きとめてくれるのは誰だ？　空が落ちてきたときは？」

ジムは彼女をにらんで、待っている。

「あなた？」ジネスは思いきって口を開いた。

「おれだ。そうせずにはいられないからだ。ちょうどきみが……きみでしかいられないように。きみはまるで、この世界のあらゆる破壊活動や危険を引き寄せる磁石だ。きみがどこに行こうが、誰といようが、混沌のほうがきみを見つけだし、おれはそれを察知する」ジムは腹立たしげにジネスをねめつけた。「おれの心が、魂が、骨が、血液が察知して、気づけばきみのもとに来ている」片手で髪をかきあげ、彼は顔をそむけた。その顔をふたたびジネスに向け、またそむける。

ジネスはあぜんとして彼を見つめるばかりだ。こんなジムは見たことがない。正気を失いかけ、ぎりぎりのところで踏みとどまっている人のようだ。冷静の仮面は裂けて──いや、粉々に砕けている。いまや彼は、ムキになって彼女の目の前を行ったり来たりしている。

「やつはきみに言ったか？」

「やつって？　なにを言うの？」困惑したジネスはたずねた。

「ジョックだ。結婚してくれと言ったか？」

「ああ、ええ。どうして知ってるの？」

「盲目の男は――」ジムはかぶりを振った。「いや、どうでもいい。それで、なんと答えた？」

「ノー、と」

「どうして？」

今度はジネスのほうが熱く激しい怒りに駆られる番だった。

「あなたには関係がないでしょう？」

「大いに関係あるね。おれはきみに三度、結婚してくれと言い、三度、きみに断られた。義弟のことを愛しているからなんだろう？」

「それは誤解よ」

見ればジムは、脇にたらした両の手をこぶしにしている。ジネスは眉をつりあげた。

「それなら、なぜおれの求婚を拒む？」

答えてはいけない。なにも言ってはいけない。でもジネスは傷つき、腹を立てている。ついさっきはうっとりするような言葉を聞かせてくれたジムが、いまはこのありさまだ。「そういうあなたは、どうして自分を抑えられないの？」ジネスは大声でやりかえした。

「なんだって？」

「どうして、わたしのもとへ来ずにはいられないの？」両手を腰にあてて問いただす。

つかの間ジムは、ぽかんとして彼女を見つめていた。

「きみを愛しているからだろうが」ようやく彼は言った。あたりまえだろう、と言わんばかりの口調だった。

「なんですって？」いまの言葉を、ジネスは永遠とも思えるくらい長いあいだ待っていたのだ。それなのに彼はいともくだけた口調で、まるで無頓着に口にした。「すてきなドレスだね」とか「〝スポット〟は犬向きの名前だね」とか言うときの口調で。

「きみを愛しているからだ」ジムはくりかえした。「ほかにどんな理由がある？」

「知らないわ。頭がおかしいからじゃないの？」ジネスは言ってやった。よくもあんなふうに、心をこめずに、愛しているなどと言えるものだ。

彼はまじまじとジネスを見つめ、「怒っているのか？」とたずねた。

「あら、そんなふうに見える？」ジネスは優しい声を出した。背後で馬がそわそわと足踏みをしている。敏感な馬だ。「怒るとしたら、あなたのことが信じられないからでしょうね」

頬をぶたれでもしたかのように、ジムは後ずさった。心の底から動揺した面持ちで、「どうして？」とたずねる。

「どうして信じられないか？　たしかにあなたは三度、わたしに求婚したわ。わたしの考えでは、結婚を促した大佐に同意しただけでは求婚とは言えないけど。でも、愛という言葉を口にしたのは今回が初めてだった」

口を開きかけたジムを片手で制する。

「それだけじゃない。大佐がわたしを最悪のやり方で中傷したとき、不愉快な、許しがたい言葉を投げたとき、あなたはその場に立っているだけだった。愛する女性があんなふうに中傷されたら、普通は黙っていられないものよ」

「大佐がなにを言った？　まったく覚えていないんだが」ジムは眉根を寄せた。「なにしろあのときは上の空で」

「ああ、そう！　あなたって人は……」ジネスは口を閉じた。罵倒の言葉が出てこなかった。「話はこれでおしまいね」

しばし彼女を見つめていたジムだったが、やがてくるりと背を向けると、洞の壁をこぶしでたたきだした。小石がぼろぼろと落ちてくる。「いいかげんにしてくれ、ジニー！」おもての砂嵐の轟音もかき消すほどの大声で怒鳴る。「なんなんだ！　もうかんべんしてくれ！」

「なにをかんべんしてほしいのかしら」ジネスは取り澄まして言った。

「フェアじゃない」ジムは歯を食いしばって答えた。「あのときおれは、愛を交わした女性、心から愛するようになった女性が、別の誰かだと初めて知った。しかもその女性は、婚約者がいるという理由でおれの求婚を断ったのに、その婚約者のことを知りもしなかった。わけがわからないじゃないか。おれはあのとき……」またもや壁をたたく。「混乱していたんだ」

ジネスはたじろいだ。

「だから大佐の話なんて耳に入らなかった。彼がきみを中傷したのなら、すまなかった。なんなら、これから彼のところへ戻って殴り倒してやろうか？　それでおれを信じてくれるのなら、そうする。ははっ、喜んで殴りたいくらいだ。なぜっていまのおれは、誰かを殴りたくて心底うずうずしているんだから」

「その誰かって、わたしなんでしょう？」ジネスは横柄にたずねた。

ジムは凍りついた。顎の筋肉が震え、瞳がぎらついている。と思ったら急にため息をもらした。

「もう疲れた」それだけ言うと、彼はジネスを抱き寄せ、身をかがめてくちづけた。

長く、丹念で、心のこもったキスだった。ジムは片腕でジネスを抱きしめ、反対の腕を背中にまわし、その手のひらで彼女の頭をつつみこんでいた。息もつけないほどのキスだった。しまいには頭がくらくらし、鼓動が不規則に打った。それでも彼はくちづけをやめず、ついにはジネスは膝が萎えて、まぶたの裏に銀色の閃光が広がるのまで見た。彼女の頭にはもう、ジムが巻き起こす嵐のことしかなかった。

巧みな愛撫に、ジネスは口を開け、わが身をゆだねた。息が浅く、速くなっていく。彼が抱いていてくれなかったら、その場に卒倒してしまっただろう。ずいぶん経ってからようやくジムは顔をあげ、情熱にけぶる彼女の瞳と、次のくちづけを求めて開かれた唇を見おろした。膝からくずおれそうになったジネスを抱きしめ、しっかりと支える。

「愛してる」ジムはつぶやいた。呼吸が荒く、瞳はまだぎらついていたが、そこに宿るのは先ほどまでの炎とはちがうものだった。「これ以上はっきりと伝えるのは無理だ。わかったか？」

わ」

「えぇ」ジネスは答えた。息をつこうとして失敗し、またもや抱きしめられる。「わかったわ」

「おれの口から聞きたいのは、それだけか？」

「そうよ」ジネスはわずかに震える声で言った。「あなたからの求婚の理由はただひとつ、愛であってほしかった。愛だけが、わたしにとっては重要な理由だったから……こっけいなほどロマンチックな女だと思っているんでしょう？　愛という言葉を聞きたがるなんて」視線をそらして言い添える。

片腕を彼女の腰にまわして支えたまま、ジムは空いているほうの手を顎に添えて顔をあげさせ、瞳をまっすぐにのぞきこんだ。「愛してる」とささやく声音は、もうくだけてもいなければ無頓着でもなかった。「きみを愛してる、ジネス。わかるかい？　きみはおれのゼルズラだ。おれが探しつづけた祖国。心の旅の最終目的地。おれにとっては黄金も、神殿も、宝石も、きみの魅力のひとかけらすら持たない」

ジムは親指でジネスの唇をなぞり、そのまま首筋へと撫でていった。淡灰色の瞳にはもう険しい光はなく、けぶるようなきらめきが浮かぶばかりだ。

「きみはおれの」ジムはささやきつづけた。「〝ソロモン王の洞窟〟だ。おれの未踏査の帝国だ。おれが知りたい〝わが家〟はきみだけ。おれが望む旅はきみだけ。命懸けで手に入れたい宝はきみだけ。きみは風変わりで、愛嬌があって、アヘンのようにおれを酔わせる。道義心に厚いくせに、おれを甘く誘惑する」

ジムはほほえんだ。瞳には自嘲の笑みが浮かんでいる。「あとはもう、きみに与えられる言葉はない。残されたのは心だけだが、そいつはすでにきみのものだ」

ジネスの瞳に涙が浮かんだ。彼女はまばたきをして涙をこらえた。「信じられない」洟をすすり、すぐに後悔した。ヒロインは、ヒーローに愛を告白されたときに鼻水などたらさない。「ロマンチックの意味もわからない米国生まれのカウボーイから、こんなにロマンチックな言葉を聞かされるなんて」

思いやりとちゃめっ気が入り交じった笑みが、ジムの顔につかの間広がった。「だってこれは」彼は優しくささやいた。「公爵だからね」

ジネスが声をあげて笑うと、彼はいっそうきつく抱きしめてくれた。

「あとはなにが欲しい、ジニー？　教えてくれ。なんでもあげる。このおれだって」

答える代わりに、ジネスは両の腕を彼の首にまわした。首筋に顔をうずめ、唇と舌で軽く肌に触れた。彼の全身におののきが走るのがわかった。ジムの肌はしょっぱく、少し埃っぽくて、大地のにおいがした。男の人にこんなにいろいろな味や香りがあるなんて……。

ジムのローブの前を開ける。すると彼は身じろぎひとつしなくなった。

ベドウィン人風のローブの下に、ジムは開襟シャツを着ていた。なにも言わずに手際よくボタンをはずしていきながら、ジネスはこっそり、彼が唇を開くさまを見、鋭く息をのむのを聞いていた。彼が顔を横に向け、唇がジネスの顔のすぐそばに来る。

「なにをしている？」ジムが訊き、吐息がこめかみを撫でた。

「もらったものを、堪能しているの」ジネスは震える声で答えた。

「そうだろうと思った」ジムが応じたとき、ローブが肩から落ち、ジネスの手の下でシャツの前がはだけた。

彼の体は美しかった。美しい彫像のようだった。すっきりとした輪郭、よく発達した筋肉。硬く厚い胸板。たくましく、触れるとなめらかな腕。ジネスは両の手のひらを、大きく上下する広い胸板に押しあてた。身をかがめて、乳首を口に含んだ。ジムが荒い息をつき、彼女の肩をつかんで身を引き剝がす。

また道義心に駆られてしまったのだろうか……ジネスは一瞬、不安になった。けれどもジムは彼女のローブをつかみ、肩から脱がせただけだった。地面に落ちたローブが足元に広がった。

ジムのまなざし、太陽のように熱いまなざしが全身を舐める。「ひどいな」彼はかすれ声でつぶやいた。「あのいまいましい半ズボンより、なおひどい」

燃えるようなまなざしに、体が熱くなるのをジネスは覚えた。ローブの下にズボンをはいていたのは忘れていた。薄手のコットンでできた、ふくらはぎまでの丈のぶかぶかのズボンだ。裾はシルクの紐で絞るようになっており、ウエストにもシルクの紐が入っていて、たいそう着心地がよく、しかも涼しい。スカートよりも、ジムとの旅のあいだにはいていた男性用の重たい半ズボンよりもずっと楽なのだ。ただ、肌が透けて見えるほど生地が薄い。だぶだぶのローブの下にはいていているところを、誰かに見られたことはなかった。

たからだ。

「楽ちんなの」ジネスは小さな声で言った。

ジムはかぶりを振った。「目の毒だ」

ジネスがもじもじすると、彼はまたほほえんだ。優しく、愛情たっぷりに、どこか尊大に。見つめあっていると、彼は優雅な身のこなしでその場にひざまずいた。頭がちょうどジネスのウエストあたりにくるので、顔と下腹部との距離は数センチしかない。

「なにをしているの？」ジネスはあえいだ。

「きみに迫ってる」ジムはわずかにかすれた声で答えた。彼がしゃべると、吐息がかかった。薄い生地の奥へと吐息が忍び入り、脚のあいだがぬくもって、うずいてくる。酔わせるような心地よさに落ち着かないものを覚え、ジネスは後ずさろうとした。けれどもジムが許してくれなかった。彼は臀部をつかむと、自分のほうに引き寄せ、一番感じやすい部分に唇を押しあてた。大胆に舌で舐め、そこを湿らせる。

ジネスの体を電流が走り、下腹部で渦巻いて、つぼみや唇を、指先や膝の裏をうずかせ、やがて、彼の唇が押しあてられている場所へと凝集していく。彼女は身を震わせた。膝に力が入らないのに、支えられているので倒れることもできない。ジムはだぶだぶのズボンを途中まで引きおろすと、たくましい腕を太ももにまわし、きつく抱きしめた。

「両手をおれの肩に」ジムはささやいた。ささやくたびに、吐息のかかった部分になじみのない切望感が広がる。

言われたとおりにするしかなかった。ジムの肩に手を置くと、素肌に唇が寄せられ、舌が深々と挿し入れられた。

ジネスは衝撃に背を弓なりにし、愛撫の心地よさを味わった。小さなつぼみを探しあてたジムが、たとえようもない優しさでそこを舐める。彼女はあえぎ、痛いほどに感じながら、全身で愛撫にこたえ、やがて金色の液体に溶けていった。

肩につかまったまま、ジネスはその場にくずおれた。ジムが膝の裏に腕を差し入れて抱きあげ、暖かな砂の地面の上にそっと横たえる。おもてでは嵐が吹き荒れている。「欲張りすぎた」彼はささやいた。「それに性急で、がつがつして。すまなかった」

「いいの」ジネスは震える声で答えた。「ただ……驚いただけ」

ジムは優しく笑って、ジネスの顔にかかる髪をかきあげ、真剣な表情を浮かべた。「この世のものとは思えないほどきれいだ」とささやく。

意外な言葉に、ジネスは眉をひそめた。きっと喜ばせようとして言っているのだろうが、自分がきれいでないことくらいわかっている。だから、こんなときにそんなふうに言われると不愉快になる。ジムはすぐになにかまちがいを犯したことに、ジネスの気持ちがさめてしまったことに気づいたようだ。地面に腕をついて、彼女に覆いかぶさった。腕の筋肉が震えている。

「どうかしたか？」ジムは静かにたずねた。「なにか失礼なことを言ったか？　きみの機嫌を損ねるようなことを」

「いいえ」

「だったら、どうした?」

彼はまじまじとジネスを見つめた。こんなふうにじっと見つめてくれた人は、いままでいなかった。心の奥底を見透かされたこともない。彼にはなにも隠せない。なにも。

「ばかげたことよ。ただ……きれいだって言ってくれるのは嬉しいけど、お世辞だとわかっているし、そういうせりふって、男の人が……あなたが、こういうときに口にするものなんでしょう? そう考えたら……ほかの人にも、あなたは同じ言葉を聞かせたのねと思って」

彼女の顔を凝視しつづけるジムの顔に、さまざまな感情がよぎった。彼を謎めいているなどと思った自分が不思議でならない。彼の当惑も、驚きも、失望も、怒りやいらだちも、驚嘆も、そしてもちろん愛も、ちゃんと読みとることができる。

「おれの女性経験について、きみがいったいどんな失敬な、あるいはまんざらでもない憶測をしているのか知らないが。〝ほかの人〟なんていない。こんなふうに思えた相手は。近い思いを抱いた相手すら。つきあった女性は数人いたが……それだけだ。〝こういうときに口にする〟言葉を聞かせたことなどない。そもそも、その最中に話なんかしない」ジムが目をそらし、動揺しているのがわかった。「互いの身体的な満足感しか求めなかった。とりわけ愛など求めなかった」ふたたび目を合わせ、探るように見つめてくる。「わかったか?」

ジネスはうなずいた。

「それと、きみがきれいじゃないとかいう話だが……こら」顔をそむけようとするジネスをジムは叱りつけた。「ちゃんとこっちを見て。きみほど魅力的な女性はいない。世界一きれいだ。ひょっとして、いままで誰にも言われたことがないのか？」彼は問いかけた。その口調には、心からの驚きがこめられていた。「きっと男たちは、きみに圧倒されて言えなかったんだろうな。おれだって、ときどき圧倒される。そもそもおれは、初対面のときにその美しさにうたれ、ひざまずきそうになったくらいだ。あのときはまだ、その輝く瞳も見ていなかったし、きみの知性もぬくもりも知らなかったのに。きみの唇が、キスの味とともに夢に出てきて、きみの首筋が、そこに舌を這わせてみたいとよこしまな欲望をかきたてた。それにその、とびきりの鼻。みずみずしく愛らしい瞳や唇を裏切るかのように、きみの鼻はじつに毅然としている。ジネス、きみの美しさにおれは目がくらみそうだ」

ジムの瞳をのぞきこみ、ジネスは彼が本心を語っていることに気づいた。飾らない真実そのままを。ジムは本気で彼女をきれいだと思っている。それなら、ほんとうにそうなのだ。

小さな歓声とともに、ジネスは彼を抱き寄せ、その重みを堪能した。飢えたように彼の全身をまさぐった。硬い首筋に唇を這わせ、広い肩のなめらかな肌を味わい、耳の裏のやわらかな部分へと移動する。両の手を彼の背中にまわし、引き締まった臀部の張りつめた筋肉に触れたあとは、その手を前に戻してすべすべした肋骨の上を撫で、絹を思わせる髪をかきあげ、無精ひげのはえた顎の線をたしかめた。

唇に唇を重ねると、ジムの全身をおののきが走った。彼は片手でジネスの上半身を起こし、反対の手でシャツを脱がせて胸をあらわにした。乳房をつつみこみ、揉みしだいて、硬くなるまでつぼみを親指で転がしては、ふいにキスをやめ、彼女の体の位置をずらすと、身をかがめてつぼみを口に含んだ。

ジネスは息をのんだ。ジムはえもいわれぬ力加減で舌を使ってそこを愛撫した。彼女は背を弓なりにし、筋肉に覆われた広い肩をきつくつかんだ。無意識に懇願するかのように腰を突きあげ、脚のあいだに置かれた硬い太ももにこすりつける。するとジムは乳房にくちづけたままつぶやき、片手を互いの体のあいだに挿し入れた。そうして彼女を見つめながら、腰の下で引っかかっていたズボンを引きおろし、新たにあらわになった素肌を撫でた。

優しすぎる愛撫に、ジネスはじれったげに身もだえした。もっと欲しいのにジムが応じてくれないので、みずからふたりのあいだに手を挿し入れて彼のズボンの前を乱暴に開き、そのなかへと手を忍ばせる。硬くなったものを手のひらでつつみこむと、ジムは凍りつき、まぶたを閉じて荒い息をついた。それからしばらく、彼はじっとしていた。愛撫を楽しんでいるというよりも、責め苦に耐えているかのような表情を浮かべていた。やがてついに我慢できなくなったのか、荒っぽくうめいてからジネスの手首をつかみ、そこからどかした。

膝立ちになり、シャツを脱いでベルトを抜く。ジネスも彼にならい、まだ残っていた衣服を脱ぎ捨てた。ふたりはとうとう一糸まとわぬ姿で向きあった。ふたつの体が密着し、肌と肌が触れあい、欲望が熱を呼び覚ます。ジネスは両の手でたくましい体の感触をたしかめ、硬い筋肉が収縮する感覚を味わった。

ジムが彼女の臀部をつかみ、腰をあげさせる。次の瞬間には、ふたりはひとつになっていた。ゆっくりと、けれども力強く彼が入ってくる。えもいわれぬ責め苦と、満たされる感覚が、やがて痛みへと変わる。ジネスは膝を大きく広げ、太ももを彼の腰にまわし、いっそう深く迎え入れた。あえぎ声とともに彼が突きたてる。ジネスは歓喜にすすり泣いた。挿入がくりかえされるたび、切望感が高まっていくようだ。

歓喜が内へ向けて渦巻く。力強くたぎり、いっそう鮮やかに燃えあがりながら、さらに凝集していく。ジムの動きが速さを増して、彼女の背中がやわらかな砂の地面に埋まった。彼はジネスの耳元で荒い息をつき、「ジネス」と深みのあるかすれた声で呼びかけた。「いっていいよ。さあ」

ジネスはみずから腰を突きあげた。腰にまわされた腕に力がこめられ、さらに深々と突きたてられる。ジムは全身を岩のごとくこわばらせ、彼女に喜びを与えんとして挿入をくりかえした。

快感が頂点に達し、耐えがたいほどに膨張していく。ジネスは叫んだ。歓喜のただなかで動くことすらできず、首をのけぞらせ、背を弓なりにした。強烈な喜びがいくつもの波となってわき起こる。思いもしなかった歓喜の美しさに彼女はすすり泣き、絶頂を迎えるとあえいだ。それと同時に、ジムが喉の奥でかすれたうめき声をもらし、脈動するものを深々と沈ませた。

永遠にも思える数秒が経ったころ、ジムは顔をあげて彼女の顔から汗ばんだ髪をかきあげ、額と鼻梁にそっとキスをした。ジネスは彼のこけた頬をなぞり、鎖骨にくちづけ、完璧な肉体に見とれた。そのときになってようやく、悲しむべきことに自分があることを忘れていたのに気づいた。

「愛してるわ」ジネスはささやき、淡灰色の瞳を見あげた。

ジムは苦笑を浮かべ、それからしばらく彼女を陶然と見つめていた。そうしてジネスは思いいたった。彼はいまの言葉を初めて聞いたのだと。だからどう反応すればいいのかわからないのだと。

「やっぱりね」ジムは応じた。

今回は、ジネスのパンチは飛ばなかった。


それから数時間後、ジムはジネスを胸に抱いたまま横たわっていた。洞の外ではなおも砂嵐が、とどろく波のような音をたてている。太陽も隠れたままだ。ジムはかまわなかった。ジネスが寝入ってからずっと、優しく彼女を抱きしめ、見つめていた。

おれのジネス。ジネスもおれを愛している。さらに驚くべきことに、彼は〝帰ってきた〟という感覚につつまれていた。遠く離れた憧れの岸辺に、ようやくたどり着いた感覚に。おれのジネス。ジムはほかになにも必要としていない。ほかに欲しいものもない。けれどもジネスはもっと多くを必要とし、欲しているはずだ。ジムはそのすべてを与えるつもりでいる。ジネスの心を守り、彼女が生涯後悔などすることのないように、万一のときには地球の果てまでだって……。

「ジネス！　おおい！　どこにいるんだ？」男の声が聞こえてきて、ジムは現実に立ちかえった。

さほど遠くではない。

ジムは眉根を寄せた。聞き慣れない声だった。ハージではないし、ジョックでもない。ジムは立ちあがり、ズボンをはきながらジネスを起こした。かすむ目をしばたたいて、脱いだ服の上に横たわっていたジネスが見あげる。

「誰かがこっちに来る」ジムは告げ、彼女が手早く服を着られるよう、洞の入口のほうへどいた。

彼女を守らねばという思いが、ジムの眉間のしわを深くする。彼はジネスを見やった。すでにローブを着たので、肌は隠れている。けれども髪は、キャラメル色のショールのごとく肩に広がっている。頬は上気し、唇はふっくらと腫れ、しどけない感じがたまらない。

「おれに言い忘れた別の求婚者か？」ジムは半ば本気でたずねた。

ジネスは罪のない表情で目を見開き、首を振りかけ――。

「ジネス！」

――そうして凍りついた。

「大変」彼女はつぶやき、髪をひとまとめにしてひねった。慌てて立ちあがったところへ、体格のいい長身の男性が洞の入口に現れた。埃まみれのシャツとズボン、首に白いクーフィーヤというでたちだが、陽射しの戻ってきた空を背にしているので、顔は見えない。

どこの誰かはわからないが、男の視線の行き先は明白だった。まずはジネスへ、それからジムへ、最後にジムのあらわな胸板へ。

「すまないな、ミスター」ジムは疲れた声で言った。「あんたが誰だか知らないし、誰でもいいんだが、彼女の相手としてはちょっと年が――」

「どうも、パパ」

ハリー・ブラクストンが明るいところに立つ。なるほど。同じ瞳、同じ鼻だ。娘に向かってぞんざいにうなずいたハリー・ブラクストンだったが、鋼のように冷たく硬い視線は、ジムに据えられたままだった。

「結婚式には間にあったようだ」ハリー・ブラクストンが言う。「そうだろう、若造?」

不意をつかれたジムはいらだちつつも「はい、かろうじて」と応じ、視界の片隅でジネスの様子をうかがった。

彼女は毛布で作った仕切りのそばの陰に立っていた。慌ててかぶったローブがほっそりとした体を隠しているが、引きずった裾からははだしがのぞいており、ひとまとめにした髪は褐色の川となって肩を覆っている。ジムと目が合うと、ジネスはほほえんだ。自信と愛に満ちたほほえみだったが、なんとなく物言いたげだ。なんとなくだが。ジネスは彼に愛の言葉を求め、次にはそれが、〝こっけいなほどロマンチック〟ではないかと気に病んだ。ジムはこれから、この世でただひとりジネスの期待にだけこたえるつもりだ。そのために誰かが傷つくとしても――目の前に立つたくましい長身の男を見やる――たぶん、傷つけてしまうだろうけれど。

「いや、答えは〝いいえ〟でした」ジムは言い直した。

「なんだと？」ハリー・ブラクストンが吠えた。

ジネスの瞳が驚きで見開かれる。けれどもそこには恐れや不安はなく、ただ好奇心があるばかりだ。ジネスはおれを信じている。大切なのはその点だ。

「間にあいませんでした。あなたにこの場で言われて結婚するなんて、ロマンチックのかけらもない。だからジネスには、そんな結婚はさせません。おれが彼女に結婚を申し込むとき、彼女の父親はその場にいない。おれがズボンのボタンを必死に留めながら求婚の言葉をつっかえつっかえ言うのを、その場で聞くこともない」

「ああ、ジム！」ジネスは叫んだ。まるで、彼に空のかけらをもらったかのように感極まった声で。実際には彼女の父親に、この場でお嬢さんに求婚はしないと宣言したのに。

父親は、娘のように感極まってはいない。「きさま」とつぶやくなり、ジムに近寄った。

ジムはこたえなかった。こたえようとする必要もなかった。愛する女性が男ふたりのあいだに割りこんだので、一歩後ずさっただけだった。彼女は片手をすっと伸ばして父親の胸にあて、一歩下がらせた。

「だめよ」ジネスは言い、ふたたび父の胸を押した。「だめ」また押す。「だめだったら！」

「なにがだめなんだ？」ハリーが怒鳴った。

「彼にわたしとの結婚を強制しないで。わたしにも！」

「いいかい、ジニー、わたしはこの男がいったいどこの――」

「ジムよ。ジム・オーエンス」ハリーはくりかえした。驚愕のまなこをジムに向ける。顎はこわばり、両手はこぶしに握られている。

望ましい結末は迎えられなそうだ……ジムは内心でうんざりしていた。

「ジム・オーエンスは道徳観念のかけらもない、悪名高き盗掘品売買人で、殺し屋だぞ」

「かまわないわ！」ジネスが大はしゃぎで応じる。「まだ彼と結婚していないもの！」

ハリーもようやく、どうも想像したような状況ではないらしいと気づいたのだろう。彼は娘がらみのおかしな状況にも慣れっこらしい。こぶしを開くと、彼は言った。

「誰か、どうなってるのか説明したまえ」

「いやよ」ジネスはむっとした。「パパには関係ないわ。これはわたしとジムの問題なのに、どうしてみんなして口を挟もうとするの？　はっきり言うわね。彼が〝責任を取る〟と言っているかぎり、結婚しません。ポンフリー大佐が〝求婚するべきだ〟とジムに言ったからといって、結婚しません。彼が公爵だからという理由でも、結婚は――」

「公爵なのか？」

「黙ってて」ジネスはぴしゃりと言った。深呼吸をひとつしてつづける。「パパが登場して彼に〝娘と結婚しろ〟と命じたからって、結婚しません。彼に純潔を奪われたからといって、結婚しません」

「ジネス、なんてことを！」ジムとハリーは同時に叫んだ。

「ああ、いやだいやだ」ジネスはげんなりした顔で言った。男ふたりを不快げににらむ。

「いったいどこの老婦人かと思うじゃない。わたしは真実を言ったまで。誰も彼もが、わたしが純潔かそうではないかを重視する。もっともろい器官については、わたしの心については、誰も興味を示さない」彼女はまなざしを和らげた。「でも、ジムは別」そう言ってジムに向ける満面の笑みに、彼の心臓は高鳴る。「彼は別だから、わたしたち、いますぐには結婚しないの」

「どうして？」ハリーはまごついている。

「それは」ジムは口を開いた。「これから五週間かけて、まずは英国に戻り、お嬢さんに求婚した男がまだ公爵かどうか、結婚後にお嬢さんが住む場所があるかどうか、たしかめる必要があるからです。それから、借り物のドレスであわただしく形ばかりの結婚式を挙げるつもりもないからです。彼女にふさわしくありません。彼女のためには最善を尽くしたい。最善以下のものは与えたくない」

ジネスは演説の後半には興味がないらしい。「英国に行ってしまうの？」とたずね、眉間にしわを寄せた。

「少しのあいだだ」

みるみるうちにジネスの瞳に涙が浮かび、青碧の虹彩が宝石のように光る。ジムは手を伸ばし、彼女を抱きしめようとしたが、父親があいだに割って入ってきた。なんのまねだ。これがジネスの父親でなかったら、なんのまねだ、ではすまされない。血を見るところだ。だが相手は父親なので、ジムはその場に踏みとどまった。

「いつ戻ってくるの？」ジネスがたずねる。

「すべて整理がつきしだい。できるだけ早く戻る」さびしい思いをさせるのなら、行きたくない。ほんとうは行きたくないのだ。「頼むよ、ジニー。きみのために行かせてくれ。お願いだ」

長いこと彼の顔を探るように見つめてから、ようやく覚悟を決めたように、ジネスはうなずいた。

「念のため、確認しておこう」ハリーがゆっくりと口を開き、視線をジムに移してつづける。

「おまえは、この男と結婚するわけじゃないんだな？」

「ええ、パパ」ジネスは答え、口元に生意気な笑みを浮かべた。「こちらの紳士はわたしに求婚もしていないの。ここしばらくは、ね」

「そうか」ハリーは満足げにうなずいた。「だったら、こうしていけない理由はないな」

右フック一発で、ハリーはジム・オーエンスを倒した。

36

ふたりは輝く落陽に向かって、新たに昇りはじめた太陽に向かって走りはじめた。

——ジネス・ブラクストンの創作日記より

五カ月後
一九〇六年　エジプト　カイロ

「ほんとうに、アヴァンデール公爵ほどの男前はいないわ！」シェパーズ・ホテルの有名なバルコニーに並ぶテーブルのひとつで、頬を上気させた若い英国レディが、同じく露のような肌のレディに向かってささやきかけた。

まだ早朝だというのに、この春最初の気持ちのよい天候を味わおうと、すでにバルコニーは旅行者や移住者でいっぱいだ。土曜日なので、眼下の大通りは静かである。館内の蓄音機が奏でる『スイート・アデライン』のメロディが、開け放った窓から聞こえてくる。

「昨日、お母様と領事館に行ったときに彼を見かけたわ。彼、こっちを見たのよ！　ついでに白状してしまうけど、その場で卒倒してしまうかと思ったわ。ああ、あの燃えるような目！」手袋をはめた手で顔をあおぎ、頬のほてりをさまそうとする。「それに、なんて男らしい。ああ！」

「わたしはゆうべ彼を見かけたわ。マルメデューク家で、どこかの若い紳士と飲んでらしたの。そちらの紳士もすてきだったけれど、公爵と並ぶとまるで子犬に見えたわ！」

昨日……ジネス・ブラクストンは陰気に思った。昨日、ジムはカイロに到着した。どうやら自分以外の誰もが、彼を見かけたらしい。

「でも、こちらでなにをしてらっしゃるのかしらね？」

「父の話では、英国のお屋敷をアラブ馬の繁殖場にするつもりなんですって。さぞかし血統に優れた雌馬を探してらっしゃるんでしょうね――」

最後の一言にはさすがに我慢がならなかった。バルコニーの手すり側のテーブルに旧友(中年の学者ふたりと、その妻たち)とともについているジネスは、思わずむせた。

「あら、ジニー、大丈夫？」ミセス・スロックモートンが心配そうに声をかける。

「ええ、大丈夫、ごめんなさい」ジネスはこたえ、慌てて紅茶を一口飲んだ。あのばかみたいに、にたにたと笑っている娘が今度またジム・オーエンスの――いや、アヴァンデール卿の――美点を口にしたら、下の大通りに投げ飛ばしてやる。あいにく、バルコニーから地面まではわずか一メートル足らずなので、あの娘に道理をわからせることはできないだろうけれど。

男前だの、燃えるような目だの、男らしいだの。戯言《たわごと》ばかりをよく並べるものだ。

「タインズバロー君は今シーズン中にフォート・ゴードンに戻って、ゼルズラを探すそうだよ、ジニー」ミスター・スロックモートンが教えてくれた。「きみは同行しないのかね？」

「ええ」ジネスは答えた。「あのときの砂嵐はそれは巨大でしたから。いったいどれだけの砂が動いたかしら」

「では、ゼルズラはすべて失われてしまったとお思いなの？」ミセス・アーノートは夫君と残念そうに顔を見あわせた。この人たちはほんとうに考古学を愛しているのだ。

「そうじゃないんです」ジネスは落ちこむ夫妻に請けあった。「ミスター・エルカマルとタインズバロー教授というふたりの優秀な研究者が取り組めば、ゼルズラ発見は時間の問題だわ。ただ、わたしは発掘に参加しないだけ。けっきょく、わたしはエジプト学者向きじゃないってわかったんです」

一同が声を出さずに息をのみ、意味深長に目配せをしあい、慌てて表情を隠して、大げさに否定の言葉を口にする。

「そんなことはない！」とミスター・アーノート。

「きみには学者としての才能がある」とミスター・スロックモートン。

「あなたほどの業績を残した研究者はいないでしょうに！」と言ったのはミセス・アーノート。

「輝かしきブラクストン家の名前に、せっかく新たな星がくわわったのに」ミセス・スロックモートンも同調する。「ご両親もさぞかし満足してらっしゃるでしょう」

「ええ、まあ」ジネスは穏やかにうなずいた。「それよりも、『ロンドン・ガゼット』のミスター・コールマンの劇評はご覧になった？　『モンタナの花―真の愛までの険しい道のり』という記事。見出しだけでも興味深いわ。なんでも米国西部をとりわけ赤裸々に描いた――」

「ジニー！」男性が大声で呼ぶのが、大通りのほうから聞こえてきた。

ジネスは顔をあげた。弟たちのひとりだろう。エジプトにはいま、ブラクストン家の面々が残らず集結しているし、弟たちはみんな、通りであんなふうに恥ずかしげもなく大声をあげる。

ところが、視界に映ったのは長身で引き締まった体つきの若い男性だった。ベドウィン人の族長がまとう純白のローブをまとい、見事な灰色のアラブ馬にまたがっている。前をはだけたローブの下には、染みひとつない白いシャツとカーキのズボン。きれいに刈られた髪はきらめく金色で、顎のひげはすっきりと剃ってあり、乗馬用のブーツは髪に負けないつやを放っている。

ジネスの心臓は彼を一目認めるなり飛び跳ね、早鐘を打ちはじめた。

「ジネス・ブラクストン！」彼はまた呼んだ。なぜ何度も人の名を呼ぶのだろう。ジネスはちゃんと彼を見ているし、彼だってジネスをまっすぐに見つめているのに。周囲では会話がやみ、磁器や銀器がぶつかる小さな音も消えている。

「あの若者はあなたを呼んでいるようよ、ジニー」ミセス・スロックモートンが親切にも教えてくれる。

「ええ」ジネスはつぶやいた。この五カ月間、ふたりは何度も手紙をやりとりした。彼の手紙は簡潔だった。最初の一通は、ひょっとして妊娠していないか、と問うもの――していなかった。次は英国の「不条理なる相続法」を手厳しく非難するもの。ジネスの手紙はもっと饒舌だった。そして、ずっと洗練されていた。

「なんてこと」若い英国レディのひとりがささやくのが聞こえた。「彼よ。アヴァンデール公爵だわ！」

「聞いてるのか、ジネス？」ジムがまた叫んだ。

ミセス・スロックモートンがうなずいて、ジネスに返事を促す。

「聞いてるわ」ジネスも声を張りあげた。慎みを忘れない程度に。それにしても彼の立派なこと。尊大で……いかにも公爵然としている。

「よろしい」ジムが言い、アラブ馬が軽やかに足踏みをする。「きみを愛している。狂おしいほどに、熱烈に、心の底から、永遠に。わたしと結婚してくれ」

このへんで満足したほうがいい。ここは黙って求婚を受けたほうがいい。でもそういうのはジネスのやり方ではない。悲しむべきことに、返す言葉はもう口から出かかっている。やっぱり無理なのだ。

「そんなにわたしを愛しているのなら、この三六時間いったいどこに行っていたの？」椅子から立ちあがって、ジネスは問いただした。

ジムはとてつもなくハンサムだった。彼女の短気ぶりが愉快で、嬉しくてならないと言わんばかりに満面に笑みを広げている。アラブ馬が階段のほうに近づいてくる。いったいなにをしようというのだろう。

「なにを笑っているの？」ジネスは詰問した。

「一瞬、わたしの大切な悪魔《アフリート》が、退屈な英国レディと入れ替わったかと思ったからさ」

ジネスはミセス・スロックモートンを見おろした。

「いまのって、わたしへの侮辱かしら？　自分ではそんな気がするのだけど」

「そんなことはないわ」とミセス・スロックモートン。「たぶんわたしへの侮辱でしょう」

アラブ馬はいまや、ホテル内へとつづく短い階段をのぼりはじめている。美しい馬の堂々たる足どりに、驚いた客たちが脇にどく。フロントにいたドアマンのリヤドが慌ててやってくると、両手を振ってさえぎった。「馬で入館されては困ります！」

「いったいなんのまね？」ジネスはさらに問いただした。「みなさんが困っているじゃないの」

「花嫁を奪いに来ただけだ」ジムは穏やかに答えた。階段をのぼりきった馬は向きを変え、バルコニーへとやってくる。

ジネスは目を丸くした。ジムはまったく意に介さない。

「質問への答えは？　いったいどこに行っていたの？」

「ああ、結婚するときに必要なあれこれの準備にね」ジムは愛想よく答え、クロスの掛かったテーブルのあいだを慎重に馬を進ませる。押し殺した金切り声や驚いたささやき声、リヤドの懇願の声がバルコニーを飛び交う。「結婚許可証を取り、きみのお父上と面談し――そうそう、おかげさまで顎の骨は折れていなかった。お父上も安心していたよ。アパートメントを借りて、未来の義弟たちと簡単な自己紹介をしあい――そうだ、ソーン君というのはすごい大酒飲みだな。それから、使用人を雇った。まあ、そんなところだ」

すでにジムはジネスのすぐそばまで来ていた。ジネスの後ろにさがれる余地はほとんどない。「それで、わたしに会いに来る時間が取れなかったというのね？」

「あったら、きみをひとりぼっちになんかしないさ」あからさまなほのめかしの言葉に、バルコニーにいるレディたちが小鳥のようにくすくす笑いをもらし、男性陣が落ち着かなげに咳ばらいをする。

「二度とひとりにはしない」ジムは言った。先ほどまでのくつろいだ口調が、情熱あふれるものに取って代わられている。そこにこめられた忠誠と献身に、ジネスは息もできなくなった。もう一歩後ろにさがると、背中がなにかにあたった。

「ジネス、きみがいないとわたしはだめだ。ずっとひとりで生きてきたが、きみと離れるまで、孤独のほんとうの意味を理解していなかった。きみと再会するまで、幸福のほんとうの意味を理解していなかった」

ジムはジネスの瞳を見おろした。淡灰色の、ぬくもりのある、優しい瞳だった。

「愛してる、ジネス。きみへの愛の深さを知るのは、神だけだ。頼むからこの窮状から救ってくれ。結婚すると言ってくれ。きみなしでは、あと一秒たりとも生きていかれない」

「ああ、愛しい公爵様。なんならわたしが代わりに結婚するわ」ジネスの背後で、誰かが言った。

「〝イエス〟と言いなさいったら！」英国レディのひとりがささやきかける。

けれどもジネスは無言で両の腕を差しだした。次の瞬間にはアラブ馬の背に、ジムの腕のなかにいた。彼女がいるべき場所に。

彼のハンサムな顔に勝利と喜びと愛の笑みが広がる。ジネスを抱き寄せた彼は耳元でささやいた。

「しっかりつかまって。放すなよ」

ジムがかかとでアラブ馬に合図すると、馬はバルコニーの手すりを飛び越えた。その場にいた客たちが手すりに群がり、笑い声をあげて、アヴァンデール公爵ジェームズ・タインズバローへの賞賛の言葉を口々に叫ぶ。ジムは花嫁を抱きしめ、愛馬の向きを変えた。

「ロマンチックさが足りなかったかい、愛するジネス？」

「いいえ」ジネスは答えてから、冗談交じりに言い添えた。「でも、夕日に向かって走るほうがロマンチックだったかも」

ジムは声をあげて笑った。「そういうのは物語のおしまいに出てくるシーンだろう？」かかとで合図し、昇る太陽のほうへと愛馬を向かわせる。「これは、始まりなんだから」

エピローグ

一九〇九年　英国サフォーク州

「ジネスが墓所でアフリカクロトキのミイラしか目にしなかったのは、まちがいなく、ミイラが意図的にあそこに残されていたからだろう」ロバート卿は言い、指先を鼻にあてて、謎めいた表情を作った。「問題は、なぜミイラが残されていたか。その答えこそが、ゼルズラ発見の鍵となる」

金縁の眼鏡越しに、聞き入る男たちの反応を見る。ジェフリー・タインズバロー教授とハージ・エルカマルは、錬鉄のテーブルを挟んで、ロバート卿の向かいに座っている。ここはアヴァンデール公爵夫妻の住まいのフロントテラス。夫妻が先ごろ手に入れ、改築した荘園屋敷だ。昨年、公爵の祖母が亡くなったあと、夫妻はメイフェアの屋敷を売りはらった。祖母はテムズ川におりる階段を踏みはずして亡くなったのだが、目撃者によれば、野良猫を蹴ろうとして足をすべらせたらしい。

先祖代々の屋敷を売却したふたりを、誰が咎められるだろう。メイフェアの屋敷は冷たい、陰気な場所だった。一方の荘園屋敷はぬくもりに満ち、快適で、今日のように美しい秋の日を過ごすにはもってこいである。コマドリの卵を思わせる真っ青な空には太陽が輝き、やわらかな風は草原を彩る遅咲きの野花を揺らす。草原では、一年前に生まれた二頭のアラブ馬が追いかけっこをしている。石造りの古い荘園屋敷を抱いた大きなブナの木の陰で、朝露の最後の一粒がきらめいた。ブチ模様のスパニエル犬が、テーブルの下に潜んでなにかを待ち受けている。

美しい日だが、静かな日ではない。八歳から二三歳までの、いずれもよく似た面立ちの少年が六人、野球と呼ばれるゲームに興じている。少年たちはそのゲームを、義兄にあたるアヴァンデール公爵から教わった。

本塁で微妙な判定があり、たちまちこぶしが飛び交いはじめて、大騒ぎとなる。こうなると父親が介入するほかない。長々とため息をついて、ハリー・ブラクストンは心地よく揺れるハンモックをおりると、山となった子どもたちのなかから小さな戦士を救出した。上の子たちには、短気を起こした結果がどうなるかをよく味わわせる必要がある。とはいえ彼らはだいたいが、目の周りにできた黒いあざや腫れた唇を勝利のあかしと自慢して、短気の結果を味わうどころではないのだが。

「エドワードも助けてあげてね!」ディジー・ブラクストンの指示がどこからともなく聞こえてくる。娘と、末の息子と、孫娘と一緒に昼寝中のはずだ。「今日は新しいシャツを着ているから、血がついたらいやなの!」

「かしこまりましたー!」ハリーはこたえ、取っ組みあい、からまりあう少年たちの山から、一二歳になるエドワードを引きだした。

「邪魔しないでよ、パパ！」とみに男の子らしくなってきたエドワードは、父に抗議した。

「シャツを脱げばいい」ハリーが言うと、少年はにやりと笑い、すぐに憎たらしいシャツを脱いで、山に突っこんでいった。ハリーは五番目と六番目の息子を見おろし、厩舎で手足を洗ってきなさいと言いつけてから、妻のもとに向かった。

「アヴァンデールは？」彼はたずねつつ、引き締まった長身をディジーのかたわらに横たえた。

二歳になる娘のポピーの丸々とふくらんだおなかに口をつけ、「ぶーっ」と音をたてて息を吹き遊んでいたアヴァンデール公爵夫人が顔をあげる。「じきに現れるでしょ。今日はアフリートに乗ると言っていたから」

アフリートは二歳になる、美しい栗毛の気まぐれな雌馬だ。アヴァンデール繁殖場で生まれた初代のアラブ馬である。

「おまえの弟たちの殺しあいを止めるのを、手伝ってほしいんだがなあ」

「好きにやらせておいたら？　強い血だけが残るわ。最後に生き残るのが、最も強い。そうよね、ポピー？」ジネスはいたずらっぽくほほえんで、娘のおなかにまた口をつけ、きゃっきゃと笑わせた。

「最後に生き残るのはぼくだよ」と宣言しながらダニエルがやってきた。ポピーの四歳になる叔父で、ハリーとディジーの末っ子である。

「その前にわたしがおまえを食べちゃうぞ！」ジネスがからかい、弟の脚をつかんで引き寄せる。

「ダニーを食べるのは反対だ。ポピーもダニーの言うことだけは聞くから」男性の声がジネスに注意する。

たちまちジネスは身を起こした。ジムが鞍もつけずにアフリートの背にまたがる姿を見つけ、瞳を輝かせる。彼女が勢いよく立ちあがると、遊んでいるあいだにほどけた髪が、背中にふわりと広がった。

「とうとうやったのね！」ジネスは賞賛をこめた声で言った。運動選手のように引き締まった夫の体をうっとりと見つめる。白いシャツは胸元をはだけ、袖は肘までまくりあげ、ズボンは長く筋肉質な太ももに張りつくようだ。「さすがだわ、ジム！」

「なあ、ディジー」ハリーはひそひそ声で妻に話しかけた。「たしかにアヴァンデールの馬術の腕前は相当なものだ。でも、ジニーは大げさに褒めすぎると思わないか？」

「そんなことはないと思うわ」ディジーが軽率にも自信ありげに応じ、夫が眉根を寄せる。

「彼はジニーが思うとおりの腕前の持ち主よ。彼に負ける部分があるのを、そろそろ受け入れたらどう？」

「いやだね」ハリーは即答した。「自分は優れている、そういう思いこみは大切だ。愛する夫が存分に思いこめるよう、きみも手を貸してくれないと」

「だけど、あなたの思いこみは数が多すぎるんだもの」ディジーがこたえると、夫は優しく妻を見つめた。ディジーの頬が、少女のころのようにピンクに染まる。

「早く見せて！」ジネスが軽やかな笑い声をあげながら夫にせがんでいる。「自分だって早く見せたくてうずうずしているくせに！」

ほほえんだジムは、いとも簡単にアフリートを歩かせた。そこから速足《トロット》、駆足《キャンター》、襲足《ギャロップ》と速度をあげていき、元の場所に戻ってくる。アフリートの足どりは水に浮かぶシルクのように軽やかだった。優しい秋の風を受けて、たてがみが後ろに流れ、栗毛が星空のごとくきらめく。アフリートは、ジムのふくらはぎのわずかな動きに即座に反応していた。

一連の動作を終えたジムはアフリートを妻の待つほうへといざなった。ジネスは陶然とした表情だ。その顔を情熱的に見つめ、みずみずしい唇に、乱れた髪に、ふわりとしたスカートの裾からのぞくはだしへと視線を移す。

「ポピー、お母さんは遠乗りに出たいようだよ」ジムは娘に言いつつ、ジネスを見つめつづけた。片手を妻に差しだす。

夫に誘われたら、ジネスは絶対に断れない。「行ってきてもいい、ポピー、ママ？」

ディジーは訳知り顔に夫にほほえんでから、「もちろん」と応じた。

ジネスが両腕をあげ、ジムが温かな抱擁で迎える。たちまちジネスの心臓は、野性を取り戻して激しく高鳴る。

「準備はいいか？」ジムが耳元でささやいた。

うなずいたジネスは、アフリートがギャロップで駆けだしたとたん、なじみのある興奮がふたたびわき起こるのを感じた。

「ママ、ちゃんとつかまって!」ポピーがはしゃいで叫ぶ。「放しちゃだめよ!」

ジネスは、二度と放さなかった。

訳者あとがき

コニー・ブロックウェイの『偽りの花嫁と夢の続きを（原題 The Other Guy's Bride）』をお届けします。日本では二〇〇六年に『薔薇色の恋が私を』（原書房刊）に始まる〈薔薇の狩人〉シリーズで初お目見えしたブロックウェイは、同シリーズでも顕著だったように、骨太でクラシカルな作風が最大の持ち味です。その一方で、コンテンポラリー作品に代表されるような軽妙なタッチの作品をヒストリカルでも多数発表しており、二〇一一年発表の本作は、これらのふたつの特徴がうまくミックスされた作風と言えるでしょう。

とはいえ、「軽妙さのある骨太なヒストリカル」と一言で片づけられないのが、さすがはブロックウェイというところでしょうか。なにしろ舞台は一九〇〇年代初頭のエジプト。ヒーロー&ヒロインをはじめとする登場人物は英国人がメインですが、英国が舞台となるシーンはほとんどありません。

しかもヒロインはエジプト考古学一家に生まれ、学者を目指す女性。そしてヒーローは、フランス外人部隊の元兵士です。著名な考古学一家に生まれ、みずからも学者を目指しながら、始終トラブルを引き寄せるその破天荒な性格のせいで、幼少時から「悪魔《アフリート》」「悪童《ジン》」などと呼ばれつづけてきたジネス・ブラクストン。家族と暮らすエジプトで数多の問題を起こした彼女は、愛するエジプトから英国へとついに「流刑」されますが、ケンブリッジ大学で古代史教授の助手を務めていたときに、エジプトの「失われた都市ゼルズラ」の位置を特定する手がかりを見つけます。この手がかりを武器に、考古学界ですでに名を成しつつある優秀な弟たちや「宿敵」とも呼ぶべき幼なじみを見かえすため、英国からエジプトに渡ってゼルズラを発見しようと決心するジネス。とはいえゼルズラはサハラ砂漠の最西端にあると思われ、そう簡単に行ける場所ではありません。

けれども運命の女神はジネスにほほえみかけました。エジプトに向かう客船のなかで、まさにサハラ最西端のフォート・ゴードンへと婚約者に会いに行く途上の令嬢と、ジネスは偶然にも出会います。巧みな作戦で令嬢になりすまし、フォート・ゴードンへ、ゼルズラへと向かうジネス。砂漠を渡る令嬢（ジネス）のエスコート役を担ったのが、元兵士のジェームズ・オーエンスでした。

百戦錬磨の兵士だったジェームズがエスコート役とはいえ、「始終トラブルを引き寄せる」ジネスですから、ただでさえ過酷なはずの砂漠を渡る旅でふたりはまさに数えきれないほどの問題に直面します。力を合わせて（？）問題を乗り越えながら旅をつづけるうち、ふたりのあいだに予期せぬ感情が育《はぐく》まれていったのも、運命だったのかもしれません。サハラへの危険に満ちたドタバタ道中の合間にくりひろげられる、ふたりの恋物語をお楽しみください。

さて、本作にはふたりの恋の行方のほかに、「ゼルズラ発見」という大きな読みどころがあります。エジプト考古学で最大の発見といえば、やはりあの黄金のマスクで知られるツタンカーメン王でしょうか。発見者であるハワード・カーターがツタンカーメンの王墓をついに見つけたのは、一九二二年一一月。ちなみにカーターがエジプト政府考古局を辞めて遺跡発掘を手掛けるようになったのは、一九〇三年でした。そして、さまざまな発掘プロジェクトでの経験を生かしてツタンカーメン王墓の発見された谷の発掘に着手したのは、一九一四年のことでした。なお一九二二年の王墓発見後、カーターが黄金のマスクとようとう対面を果たしたのは、さらに三年の時を経た一九二五年のことです。

このようにエジプト考古学では、発見までには長い長い年月を要するのです。ジネスがついに位置を特定した「失われた都市ゼルズラ」は、果たしてほんとうに見つかるのかどうか。ふたりの恋の行方とともに、期待を胸にお読みいただければと思います。

二〇一三年一二月

ライムブックス

偽《いつわ》りの花嫁《はなよめ》と夢《ゆめ》の続《つづ》きを

著　者　コニー・ブロックウェイ
訳　者　平林祥《ひらばやししょう》

2014年1月20日　初版第一刷発行

発行人　成瀬雅人
発行所　株式会社原書房
〒160-0022東京都新宿区新宿1-25-13
電話・代表03-3354-0685　http://www.harashobo.co.jp
振替・00150-6-151594
ブックデザイン　川島進(スタジオ・ギブ)
印刷所　中央精版印刷株式会社

落丁・乱丁本はお取り替えいたします。
定価は、カバーに表示してあります。
 ISBN978-4-562-04453-5　Printed in Japan